沼澤女孩

Where the Crawdads Sing

Delia Owens

迪莉婭．歐文斯 ——————著　葉佳怡 ——————譯

媒體書評與各方推薦

我甚至無法表達我有多愛這本書！我不希望這個故事結束！

——好萊塢女星　瑞絲・薇絲朋

美得令人心痛……是一本揉合了謀殺謎團、成長故事，以及自然頌歌的作品。歐文斯透過一個遭人拋棄的孩童之眼，檢視了北卡羅來納海岸的孤寂溼地。由於她的孤絕處境，我們才能真正張開眼睛，在她所身處的私密世界中，看到各種奧祕的美好及危機。

——《紐約時報書評》

讓我們聯想到芭芭拉・金索沃。

——《每日娛樂》

歐文斯的優美作品不只訴說了一個成長故事，也是引人入勝的解謎小說。

——《純真》

抒情……它的吸引力來自於奇雅與她的家園，及其與所有生物的深厚連結。

——《書目雜誌》

令人回味……歐文斯打造了一個讓讀者難忘的女主角。

——《出版者週刊》

這部犀利、美好的小說孕育於北卡羅來納外灘群島的海岸溼地，孕育於溼地的韻律及陰影中，其主題關於……奇雅學習信任人際連結的心碎故事，其間還交纏著一樁揭露出野蠻眞相且扣人心弦的謀殺案。是一本驚人的出道作。

——《人物雜誌》

慢下腳步，任由這部專注於自然的豐美故事在你眼前鋪展開來……這是一部會讓你停不下來的懸疑作品，但在有關變換的潮汐、貝殼採集，還有卡羅來納海岸的斑駁光影的描述中，你又會不禁駐足欣賞。

——《花園與槍》

全新類型的南方小說……（一部）抒情的出道作。

——《南方生活》

從一個年輕女孩的角度講述一個成長故事和謀殺案調查的神祕記述……通過奇雅的故事，歐文斯探討了「孤立」如何影響人類行為，以及「拒絕」對我們生活的深遠影響。

——《浮華世界》雜誌

這本奇妙的小說包含了一切，神祕、浪漫和迷人的人物，是一個發生在北卡羅來納州的精彩故事。

——美國愛情小說天王、《分手信》作者 尼可拉斯・史派克

喜歡《*The Great Alone*》的任何人都一定會想讀《沼澤女孩》。這令人驚訝的處女作是一部美麗又令人著迷的小說，具有強大的衝擊力。這是很長一段時間以來，第一部讓我哭泣的小說。

——《夜鶯》作者 克莉絲汀・漢娜

一部驚人的處女作，歐文斯用華麗抒情的散文包裹著她的奧祕。很明顯地，她來自這個地方——南部海岸的土地，同時富有情感——你可以在字裡行間中感受到它。這是一項了不起的成就，雄心勃勃、可靠，且恰逢其時。

——《紐約時報》暢銷作家 亞莉山卓・傅勒

透過這本內容豐富的出道作品，歐文斯呈現出一部浸淫於優美、抒情散文筆調的懸疑作品。眞是非常了不起的成就，充滿野心、非常及時，來得正是時候。

——《今夜不要每況愈下》（*Don't Let's Go to the Dogs Tonight*）作者　亞歷山德拉・富勒

一個散發著光彩、引人入勝的奧祕，它可以穿透最黑暗的泥濘。

——《奧古斯塔紀事報》

推薦序

神會不會來到祂創造的花園？

吳明益　國立東華大學華文系教授

在閱讀《沼澤女孩》（*Where the Crawdads Sing*）之前，我們或許會先在網路上讀到關於這本書的許多「標籤」——諸如「年度最佳故事」（《出版人週刊》）、「瑞斯・薇絲朋（Reese Witherspoon）讀書俱樂部選書」、「紐約時報與亞馬遜百萬暢銷書」（目前是四百五十萬冊）、「動物學家所寫的小說」等等。

不過迪莉婭・歐文斯（Delia Owens）並不是一般文學讀者會認識的「美國小說家」，而她過去所出版的三部非虛構作品《我的動物天堂：卡拉哈里沙漠的故事》（*Cry of the Kalahari*）、《大象之眼》（*The Eye of the Elephant*）以及《薩凡納的祕密》（*Secrets of the Savanna*），雖然是我會注意的題材，但卻未讀過。幸運的是，我拿到書稿時正好對這位作者一無所知，因此得以先以直覺的眼光來閱讀它。

我得承認，在略爲翻看了幾頁後，並沒有對這本書產生興奮感，主要是因爲迪莉婭的「小說筆法」明顯偏向讀者取向。她不像安東尼・杜爾（Anthony Doerr）在《拾貝人》裡做的各種把科學揉合進文學與歷史的試探，我甚至未被書中安排的那個懸疑謀殺吸引。但不知道何時，就像我們為了某一隻閃現眼前的鳥而躡步向前一段時間後，會突然發現自己已置身沼澤深處。我回憶了一下，那大概是小說裡的少年泰特和沼澤女孩奇雅玩起「交換羽毛」的「求偶儀式（或遊戲）」時開始的吧。

一個動物學家為何要寫作一本小說？一個動物學家如何寫作一本小說？這兩個問題是種子發芽，以及發芽後與土壤、氣候之間的連動關係。

已成名的動物學家撰寫小說在西方世界並非先例，我印象最深的莫過於螞蟻專家威爾森寫的那本《蟻丘之歌》（*Anthill*），這是他八十一歲時驚人的嘗試。迪莉婭出版《沼澤女孩》時也已七十歲，到底是什麼原因，讓這兩位秉信科學的生物學家最終走向嘗試「以虛構文學表述」這樣的道路？

十年前《蟻丘之歌》（二〇一〇）翻譯到台灣時，我曾為這本書寫下自己的感想，威爾森在小說裡創造了一個少年拉斐爾，讓他在森林裡的湖畔成長，逐步成為一個螞蟻專家，而後回頭扞衛這個孕育他靈魂的森林。拉斐爾的少年時代一如預期地與威爾森有某種的相似性，拉斐爾成年後的哲學思考也與威爾森一生建構的學說有很大的關聯性——無論是「親生命性」（Biophilia），還是人類做為一種社會生物的宗教信仰特質，讓熟知他思考脈絡的讀者如我，閱讀時有了「和聲一般的閱讀經驗」——就彷彿我的眼前各有一個文學家與科學家，站在左右腦的方向對我講話。

我以為迪莉婭．歐文斯也會如此，她的童年時光，如何走向研究之路，以及與前夫馬克．歐文斯在一九七○年代開始，於非洲卡拉哈里研究獅子、鬣狗、牛群與大象的經驗，必然會編織到她的作品裡吧？但事實不然。《沼澤女孩》寫的是在北卡羅來納州沿海沼澤成長的奇雅．克拉克，她遭家人拋棄後獨自生活，唯一能與她對話的是沼澤、水鳥以及各種生物——故事的轉折是兩個男孩先後走進她的生活裡。

正如迪莉婭受訪時所說的，這樣的敘事方式讓她的故事太集中在奇雅的童年時光（畢竟當我們寫作時，必然會向自己的記憶求助，而她與奇雅的最大共同處正在於此）。根據《*Book Page*》的訪談，她於是決定「在沙發下埋個炸彈」，加入了一宗小鎮的謀殺案，並且讓兩條敘事線並肩進行。如此一來，除了這故事的時間設定在一九五○至一九七○年之間，與迪莉婭的成長時代約莫相同之外，奇雅成年後的經驗和現實裡的迪莉婭．歐文斯不再相同了。

不過，在此我仍想藉這兩本科學家所寫的小說去回應我在這段開頭寫下的兩個問句，迪莉婭寫《沼澤女孩》和威爾森寫《蟻丘之歌》的共同特徵是：**強調童年至少年（女）在自然野地隨意搜尋、隨意作夢經驗的可貴**。這必然是他們寫作小說的共同動力。而當他們開始進入理性認識自然界的領域時，那些知識與野地經驗影響了他們的生存哲學與世界觀，於是，他們想藉小說展示出一個科學家一生努力所擴展出的那些**對人性或人類文化的獨特認識**——對威爾森來說是「親生命性」與「社會生物學」，對迪莉婭來說，則是在自然演化中，雌性哺乳動物主導社會群體行為的著迷。（如獅群、如鬣狗、如象……），這便成了他們和一般文學出發的小說家最大的差異處。而更重要的是，他們又會因為深入科學後，懷抱著承認理性確然有力有未逮之處的謙抑，以及人性陰暗面的目擊與「理解」（請原諒我暫時想不出其它的詞，暫時用之）。於是，這又回頭肯定了那些作夢經驗的可貴。

動物學家寫作小說，首先給我們的疑惑是：他們眞的理解小說該怎麼寫嗎？但以這兩本小說爲例，我認爲完全不用擔心。美國作家法蘭岑（Jonathan Franzen）在他的散文集《地球的盡頭》裡曾說，文學的奧祕就是作家和讀者感受到個人存在感的地方，都是在自身之外，在某種頁面上。作者不透過加諸身體的動作，而讓自己的筆下更忠於自我，透過閱讀的過程，讀者甚至會感覺到自己比坐在本尊身邊更接近對方。

威爾森或迪莉婭都已證明他們能做到。威爾森寫作螞蟻，迪莉婭寫作她在非洲的經驗的非虛構文學，不但都獲得自然散文的獎項，也打動了大量的讀者。他們唯一要理解的是小說的敘事技術跟散文的差異——後者是不怕隱藏自我，基於個人經驗的主觀文體，前者則是不避虛構，並且是一種可以調動時間，以及敘事觀點的藝術。

威爾森在《蟻丘之歌》裡，用了一段拉斐爾所寫的科學報告，讓他的科學散文技巧不著痕跡地進入小說之中，甚或進入螞蟻的意識裡，讓牠們「造神」。而迪莉婭則用了她所說的「沙發下的炸彈」，讓讀者一開始就知道另一條敘事中主角的「結局」，從而讓兩條時間線逐漸接近，形成吸引讀者的張力（我知道最後是這樣，但爲什麼會變成這樣？）。

雖然我不知道迪莉婭的小說技術從何而來，但她顯然在第一本著作就看似明白小說是一種「時間的藝術」：她讓小奇雅在認識愛情認識「文字」之後，才有契機翻閱那本記錄了家庭裡每一個成員出生日期的《聖經》，從中展開已拋棄她離開的父母親的羅曼史的敘事（這些拋棄我的人，竟曾如此相愛）；而當哥哥喬帝回來之時，也帶回了失蹤多年的，那缺席的母親在缺席之後的片段故事。更別提她刻意將那段精彩法庭描寫不一口氣寫盡，而是穿插在現實與回憶之間。

迪莉婭把故事透過某種妥善的方式包裹，送到讀者面前，讓他們享受拆開故事的過程，這並不是普通的小說新手做得到的事。

走紅後原本不習慣面對人群的迪莉婭有限地舉辦了發表會，並接受一些專訪。她透露自己出生於佐治亞州南部，在托馬斯維爾**周圍的樹林中**長大。母親對她的教養是縱身到森林裡，別害怕任何的生物，她鼓勵她深入荒野，要「走到比小龍蝦唱歌更遠的地方。」小龍蝦指的是淡水龍蝦（Crawdads）這也是這本小說的英文名*Where the Crawdads Sing*（直譯爲《何處是小龍蝦歌唱的地方?》）的來源。在小說裡，則被編織進奇雅與她初戀情人泰特一段若有似無的對話。當時，已對奇雅滋生情愫的泰特刻意討好她，因而贊同她應該躲開想要帶她到寄養家庭的社會局人員，別去上學：

「這樣呀，那我們最好躲得遠遠的，躲到小龍蝦歌唱的地方。不然我可要同情起那些收養你的家長了呀。」泰特滿臉微笑。

「這是什麼意思？小龍蝦歌唱的地方？媽以前也會這樣說。」奇雅記起媽以前總是鼓勵她探索溼地：「去得愈遠愈好，比小龍蝦歌唱的地方更遠。」

「指的就是荒野深處，在那樣的地方，所有動物都野到不行，都是動物該有的樣子……」

泰特從此取代了教育系統，和沼澤同時成爲她的老師，認字的第一本書選擇了同樣影響迪莉婭一生的《沙郡年紀》（*The sand county almanac*）。這本「保育界的聖經」裡那段「有些人不需要野地也能活，有些人沒有野外不能活」，讓奇雅找到自己安身立命的位置。

當奇雅在沼澤待的時間遠超過泰特，另一方面當泰特帶來的書又打開她的視野時，奇雅的知識範圍擺脫了男性可以主導建立的世界。她愈加浸淫進生物學與生態學的世界裡，就愈爲自己的性衝動，男性以繁殖本能所引發的性交行爲（以及暫時在約會中的忍耐）得到解釋，她甚至還努力想在那個知識體系裡，尋找母親爲何能丟下孩子的理由。

於是，我們看到《沼澤女孩》顯示了它與那些文學家所寫的小說最大的不同（特別是強調女性處境的小說），它的女性觀點是來自生物學的，而非僅僅是哲學上的權利對等。加上她讓科學之筆與感性描述共存的筆法，讓《沼澤女孩》出現了獨特的美學與詩意：

「看看裡面。」他說。辭典在P開頭字詞的段落夾了一根鵜鶘（pelican）羽毛，F開頭的段落夾了勿忘我花（forget-me-not blossom），M的段落則夾了乾燥蘑菇（mushroom）。由於紙頁間夾了好多寶藏，這本辭典沒辦法百分之百闔上。(p.156)

> 光腳的她身穿截短的牛仔褲和白T恤，她先是站起來將手臂往高處伸展，露出如同大黃蜂般纖細的腰，然後再次跪下，雙手捧起沙子，透過指間篩落沙粒，檢視著留在手掌上蠕動的有機物質。他因為眼前這名年輕的生物學家微笑起來，她是如此專注而忘情。他想像她站在一群賞鳥人的身後，儘管努力不想引起他人注意，卻仍是第一個發現並認出所有鳥的人。儘管害羞，她仍會語氣溫柔地列出編織鳥巢的所有草葉種類，或根據母幼鳥翅膀尖端出現的色澤，來判斷這隻鳥已經出生幾天。她能指出許多細微的差異，這樣的觀察不但超越了指南書，也超越了名聲卓著的生態團體所擁有的知識範圍。所謂物種就是靠著這些最微小的差異而成立。差異就是一切的本質。(p.179)

> 奇雅讀過愛因斯坦的書，所以知道時間跟星星一樣並非恆定不變。時間會在星球及太陽周遭加速、扭曲，在山地及谷地的狀態也不同；其本質是組成空間結構的一部分，而空間就跟大海一樣會彎曲、膨脹。無論是星球或蘋果之類的物體，之所以會落下或旋轉運行，都不是因為重力，而是因為急速墜入由高質量物體在時空中創造出的絲滑縐褶——如同落入湖面的漣漪。(p.210)

不過，這是一本美的、暢銷的、動人心弦的，結合科學與文學的小說，卻不能說是讓我全然沒有疑慮的小說。

這本書最迷人或有些不迷人之處莫過於主人公奇雅，她擁有「高貴的沼澤人」所有的特質，讓人無法全然信服這種性格與外在形象的完美性。只是奇妙的是，當我們不相信此刻尚有人能保有這所有的特質之時，卻又嚮往、懷念、遺憾自己沒能擁有它們。

我想，這跟迪莉婭在寫這本小說時，避開了自己人生中一個重要的經驗所致。知名網路雜誌《*Slate*》在二〇一九年刊登了一篇題爲〈年度最佳銷售的新小說背後的黑暗歷史〉（The Dark History Behind the Year's Bestselling Debut Novel），作者勞拉．米勒（Laura Miller）提到迪莉婭和她的前夫馬克在非洲二十二年的研究與保育經歷。特別是後來馬克曾在尚比亞創建了基金會，用以提供職業培訓、小額貸款、醫療保健與教育。爭議的是，爲了阻止偷獵者殺死大象及其他野生動植物，馬克漸漸將此機構轉變爲「反偷獵行動的指揮中心」。到後來，馬克與他的兒子克里斯多弗（迪莉婭的繼子）甚至陷入了多樁對盜獵者開槍的謀殺事件的指控中。

勞拉所引述的那篇由傑弗瑞．高登博格（Jeffrey Goldberg）所寫的報導裡說：「馬克．歐文斯熱衷於拯救瀕臨滅絕的大象和其他野生動植物，被他自己的力量所迷惑，變成了現代版康拉德《黑暗之心》中的庫茲（Kurtz）。」

迪莉婭在她三本非虛構作品中，對這些事件沒有太多著墨，僅表明她曾表達與前夫不同的意見，並在訪談時強調：「我沒有參與。從來沒有一個案例，什麼也沒有。」但擁有數百萬讀者之後，顯然某些讀者會將小說中那場謀殺官司的辯論與她對人生的抗辯聯結在一起，也會讓人想像爲什麼小說裡對那段黑暗記憶的「空白」的原因爲何，取而代之的，是對黑人形象的完美描寫。

在《沼澤女孩》裡是美國的種族歧視依然嚴重的時代，那位開著雜貨店，名叫「跳跳」的黑人，如此庇護著同樣遭受歧視的奇雅，甚至勇於挑戰白人。這與迪莉婭和馬克在非洲所目睹的野生動物、保育者與盜獵者之間的激烈、不仁的競爭之間，似乎存在著不自然的跳躍。

當然，或許這空白是緣自於題材（這故事還不適合談它），或緣自於寫作篇幅的局限。或許，我們未來可以期待的是莉迪婭以小說這個「虛構」文體來進行自我提問：「做爲一個親身在非洲大陸面對過盜獵，目睹過對抗盜獵爭議的科學研究者，我是否願意以虛構的故事，來回應這樣一個不可迴避的問題——我如何看待生命與生命的價值？如何看待以惡對惡的懲治？」

這是一個橫跨藝術與科學的大哉問，是「神會不會來到祂創造的花園」的大哉問。我認爲迪莉婭已經注意到了這一點，她才會在寫到奇雅的母親與兄長棄她而去時寫下這一段：

她片片斷斷地唱著讚美詩——「而祂和我走著，當時玫瑰仍有朝露」——全是她少數幾次跟媽一起上那間小小白色教堂時記下來的。他們最後一次去，是在媽離開前的復活節星期天，但奇雅對那天的印象只有吼叫、血光，某人跌倒在地，還有逃跑的她和媽，所以最後她選擇將一切拋到腦後。

透過樹林，奇雅望向媽之前種的玉米和蕪菁田，現在全長滿了雜草，當然也沒看到玫瑰。

「算了吧。不會有神來這片花園。」

神會不會來到祂所創造的花園？我們希望祂會，縱使祂可能不會，有時我們的花園裡就是沒有神。這是小說除了是一種敘事與時間的藝術之外，可以用來表現多重自我的可貴之處。

譯者序

存活的孤獨之歌

葉佳怡

要談《沼澤女孩》（*Where the Crawdads Sing*）這本小說，很難不從其輝煌的紀錄談起，比如說，光是在《紐約時報》的虛構作品暢銷排行榜上，本書從二〇一九年二月到二〇二〇年二月初為止，就斷斷續續佔據了三十星期的第一名位置，幾乎堪比《麥田捕手》當年的成就。又比如說，這本書不但受到好萊塢女星瑞絲．薇斯朋的讀書俱樂部推薦，福斯電影公司還邀請她擔任製片，好將這部小說搬上電影大螢幕。

當然，聲名鵲起之後，質疑聲浪也隨之而來：故事的文字是很優美，但真有好成這樣嗎？書寫荒野的故事很多，這本有什麼特別？雖然是女性擔任主角，但性別意識不太夠吧？更別說男性角色也稍嫌刻板呀？而且又談生物學、又談愛情、又談謀殺案、又談女性成長，不會有點雜亂嗎？

先從頭說起好了：現在是網路資訊爆量的年代，在真實與虛構的界線彼此侵蝕之際，作者本人的經歷也增添了小說的傳奇色彩。迪莉婭．歐文斯（Delia Owens）推出這本小說時已七十歲，而除了之前與別人合著的兩本非虛構作品之外，這只是她的小說處女作，卻一下子就交出驚人成績。身爲動物學家的她曾在非洲待了二十三年，期間除了當時的丈夫跟動物之外，幾乎可謂與世隔絕。就連回美國之後，歐文斯也獨居在愛達荷州北部與加拿大接壤的荒野地帶，每天面對的只有山、河、草原，休閒活動不是開拖拉機跟馬賽跑，就是觀察雪地上的動物腳印。在出書之前，她不但少跟人來往，就連社交媒體也幾乎沒在使用。

本書的英文書名是*Where the Crawdads Sing*，直譯成中文是「小龍蝦歌唱的地方」，歐文斯是生物學家，因此根據書本獲得的理性知識，她當然清楚小龍蝦（或稱蝦蛄）這種生物別說不會唱歌，甚至不會發出聲音。但母親曾鼓勵她，「去到小龍蝦唱歌的地方」，意思是，人一旦願意獨自犯險，進入荒野般的無人之境，就能獲得獨一無二的獎勵。當然，歐文斯也自嘲表示，「我媽說的時候，大概也沒想到，後來我竟然買了去非洲的單程機票，還一待就是二十三年。」

所以比起荒野、生物知識，還有女性成長，《沼澤女孩》談的更是人生中走到某種孤獨盡處的處境。有記者去她在愛達荷州的住處採訪時，在一片曠野中問了她，「會寂寞嗎？」她答，「寂寞，非常寂寞，有時寂寞到快不能呼吸。」記者問她，「但是否也有一點享受？」她立刻答，「當然，非常享受，享受到我都爲此寫了一本書啊。」

這回答看似矛盾，但又如此合理，而且竟跟都市人的處境奇異地交疊起來。想想強納森．法蘭岑（Jonathan Franzen）二〇〇二年就出版的《如何獨處》（*How To Be Alone*），想想雪莉．特克（Sherry Turkle）在二〇一一年描寫科技時代的《在一起孤獨》（*Alone Together*），就能知道孤獨是趨勢、是困境，但也同時是門手藝。爲了成就獨一無二的自我，我們都必須孤獨地在這個世界探索，用各種手段保護自己親手形塑出的樣子；但爲了與世界產生連結，我們又得學會卸下孤獨奮戰時熟習的各種武器及攻勢，如此來回反覆，偶爾進退兩難。

更讓讀者深切感受到這份孤獨的，還有歐文斯的詩意文字，而美國生態保育之父奧爾多・李奧帕德（Aldo Leopold）在其中也有一份功勞。歐文斯受到他的名著《沙郡年紀》（*A Sand County Almanac*）影響，也在《沼澤女孩》中呈現出帶著人文情懷的生物學觀點。比如強調許多哺乳類都是由女性維護群體的穩定及存續、比如母螢火蟲靠著訊號改變吸引不同品種的公螢火蟲，甚至還能藉此行騙，來擴大自己存續的利基：生存可以是醜惡的，但這樣的醜惡卻又孕育了生命。她於是開始思考：同爲動物的人類其實也繼承了這些醜惡的印記，只是在文明化之後，學會透過心靈繼續與這些生物符碼對話。

其實，針對這種醜惡，歐文斯也在書中主角的名字中埋藏了線索。書中的主角名叫凱瑟琳，但她在還不太會說話時，就口齒不清地決定稱自己爲「奇雅」。長大之後，因爲她住在只有窮人和逃犯才會住的濱海溼地區，被鎮上的人惡意稱爲「沼澤垃圾」或「沼澤女孩[註]」。「凱瑟琳」這個名字象徵了父母給她的命運，「沼澤女孩」代表外人將她視爲永恆的異類，但這個發音有點古怪、幾乎像是某種鳥鳴的名字「奇雅」，卻是她幼時出自某種動物本能，決定靠自己掌握命運的開端。至於這種本能在書中跟醜惡造成了什麼樣的辯證效果？終究還是得靠讀者自己去解謎了。

再說回「孤獨」，這一切針對生物本能的辯證，也呼應了歐文斯對「孤獨」的愛恨交織：

親近自然，眞會讓我們遠離人群嗎？又或者更讓人接近埋藏在基因內的人性眞相？而透過荒野中的孤獨，讀者又該如何回望現實生活中的孤獨？比如許多人上網是爲了逃避眞實生活中的孤獨，卻又在尋求幾乎無地域限制的虛擬狂歡之後，感覺到了某種眾聲喧嘩的孤獨。於是到了最後，歐文斯在本部小說中最獨特的照見或許是：無論一個人如何逃避孤獨，眞正的孤獨往往在於對自己的不理解，以及理解之後，終究還得與醜惡自我和平共處的艱難。

所以，或許，這本書之所以大賣，就是讓所有讀者在其中讀到了自己，也就是每天嘴裡喊著孤獨，到處找人找事分心，但喊著喊著終於發現，畢竟還是得探進內心黑洞的那個自己。《阿拉斯加之死》的作者強·克拉庫爾執著地待在野外追求「眞實」時，曾用素樸到幾乎如同籤詩的語言說過，「哪怕只有一次，也要在最原始的生態中去發現自我，獨自一人面對冰冷的石頭，只靠你的雙手和大腦。」但其實，不只荒野讓人面對眞實，歐文斯另外想說的或許是：自我才是最孤獨的荒野，而且永遠都在等你走到更深處。

註：這部小說在描述北卡羅來納州濱海溼地時，最常使用的兩個字是Marsh和Swamp，根據地理學定義，Marsh是比較接近海邊的「草澤」，Swamp是比較接近內陸的「林澤」。然而，這兩個在故事中出現的尋常詞彙，不太會在台灣的一般對話中出現；再加上根據小說的描述，草澤旁可能也有較高的林木存在，甚至是會有草澤跟林澤混雜出現的狀況，若直接翻成草澤跟林澤，怕會造成讀者在想像畫面上的困難，也會讓書裡的日常對話顯得生硬。因此，最後的對應方式，是將Marsh翻為溼地，Swamp翻為沼澤。

另，書中居民稱女主角為「Marsh Girl」，不過考量這是一個罵人的情境，而「沼澤女孩」比「溼地女孩」帶有更多陰暗、幽深的感受，所以才譯為「沼澤女孩」。

獻給亞曼達、瑪格麗特和芭芭拉

獻給妳們
若沒有遇見妳們
就無法認識妳們
而我遇見了妳們
認識了妳們
愛妳們
直到永遠

巴克利海灣小村
防火瞭望塔
有色鎮
跳跳的釣餌及汽油舖
尖點海灘
閱讀小屋
奇雅的棚屋
N
W
E
S

第一部　溼地

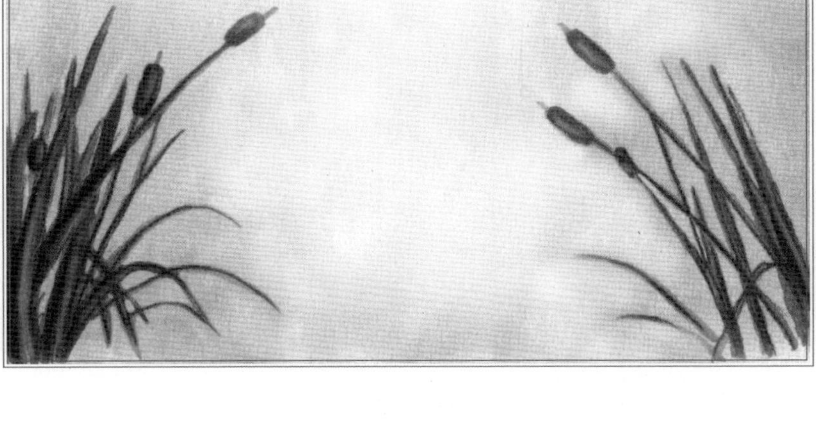

序曲

一九六九年

溼地不是沼澤。溼地是光的所在，這裡的草長在水中，水波彷彿直接流入天際。溪水緩慢而閒散地流動，將圓圓的太陽送入海中，長腳鳥以出乎意料的優雅飛升而起——彷彿並不是生來就要飛翔——背後則是數千隻雪雁的躁鳴。

而在溼地中，時不時能看到眞正的沼澤棲居於低窪的泥塘地，隱身在空氣潮黏的樹林內。沼澤內的水停滯、陰暗，所有光線都被沼澤的泥濘喉嚨吞嚥進去，就連夜間爬行的大蚯蚓在這帶都是白天出沒。這裡當然有聲響，但跟溼地相比顯得安靜，因爲所有分解工作都在細胞層次上進行。生命在此腐朽、發臭，最後還原爲一堆腐爛物質；這是一個死亡逐漸重拾生命力的刺鼻泥坑。

一九六九年十月三十日早上，柴斯．安德魯的屍體躺在沼澤地裡，沼澤本來打算安靜、公事公辦地將屍體分解吸收，永遠將其深藏於此地。沼澤對死亡瞭若指掌，不一定將其定義爲悲劇，也絕不認爲是罪惡。不過這天早上，兩個村裡的男孩騎腳踏車到這座老舊的防火瞭望塔，然後在迴旋階梯的第三個轉彎處，瞄見了他穿的牛仔外套。

1 媽

一九五二年

這個早晨灼燒得如同八月烈日，溼地的吐納潮溼，爲橡樹及松樹掛上霧氣。棕櫚樹林地異常安靜，只能聽見蒼鷺從潟湖起飛時，以低沉、緩慢的節奏拍打著翅膀。當時僅六歲的奇雅聽見紗門砰一聲闔上。她站在小凳子上，停下了刷洗鍋上玉米碎粒的動作，把鍋子放進水槽內已髒污的肥皀沫中。周遭一片寂靜，只有她的呼吸聲。是誰離開棚屋了？不會是媽。她從不會任由門這般隨便甩上。

不過奇雅跑向門廊時，看見的正是穿著棕色長裙的母親，她腳踩著高跟鞋走在沙土小路上，裙襬開衩的褶邊在腳踝處甩動。那雙鈍頭鞋是假鱷魚皮做的，也是她唯一一雙外出鞋。奇雅想大喊，但知道不該驚動爸，所以打開門，站在寬闊的磚造樓梯上。她可以從這裡看見媽帶著藍色手提箱。奇雅總是有種幼獸般的直覺，知道母親會帶包在棕油紙內的雞肉回來，雞頭還會掛在那兒晃呀晃的。不過之前她出門從不會穿這雙鱷魚高跟鞋，也不會帶箱子。

媽總會在小路連接大馬路那裡回望，單手舉高，一邊揮舞著白白的手掌，一邊轉向走上大馬路，那條路會穿過好幾片泥塘上的林地、長了香蒲的潟湖，又或者如果潮汐剛好幫忙，人還能一路走到鎭上。但今天她只是一股勁往前走，腳步因爲車子留下的胎溝而顚簸。她高高的身影時不時從樹林間的孔隙透出，最後只剩白色圍巾自葉間閃現。奇雅立刻往另一頭衝刺，她知道從那裡可以清楚看到大馬路；媽一定會在那裡跟她揮手，但她趕到時，只來得及瞥見那只藍色箱子一晃而逝——那顏色跟樹林完全不搭。她感覺到一種黑棉土泥般的沉重感壓上胸口，只能回到階梯口等待。

奇雅是五個孩子中最小的，其他人都比她大上很多，不過後來她老是想不起他們幾歲。他們與爸媽同住，像被圈養的小兔子般擠在那種做工很粗的棚屋內；裝了紗窗的前廊彷彿兩隻眼睛，從橡樹下張大往外猛瞪。

喬帝是跟奇雅年紀最相近的哥哥，但仍大她七歲，他從屋內走出來，站在她身後。他的眼睛顏色跟她一樣深，頭髮也一樣黝黑；他之前教過她不同鳥鳴的曲調、星星的名字，以及在芒草間駕船的方法。

「媽會回來的。」他說。

「我不知道。她穿著鱷魚鞋。」

「當媽的不會丟下孩子。她們就是不會。」

「你之前說狐狸會丟下她的寶寶。」

「是沒錯，但那隻母狐狸的腿都被扯爛了。如果她想餵飽自己又餵飽小孩，最後一定會餓死。她只好先離開，把自己治好，等有辦法養小孩時再生上一窩。媽又沒挨餓，她會回來的。」喬帝的口氣聽起來根本沒那麼篤定，但還是對奇雅這麼說。

奇雅感覺喉嚨緊縮，悄聲說：「但媽提著那只藍色箱子，好像要去某個很特別的地方。」

棚屋就位於棕櫚樹後方，那叢棕櫚樹長在一片沙地上，樹叢蔓延到項鍊般的一連串綠色潟湖邊，再蔓延向遠處溼地。這些綿延數哩的草葉非常堅韌，長在鹹水裡也沒問題，時不時打斷這片棕櫚樹叢的是一些被風吹彎的樹木。橡木林群聚在棚屋另一側，共同爲最近的潟湖遮蔭；湖面因爲生命旺盛而翻湧滾動。鹹鹹的空氣和海鷗的歌聲從海邊穿林而來。

這裡取得土地的方式打從十六世紀以來就沒什麼改變。散落各處的溼地歸屬不是透過法律詞彙來描述，而是由一群社會叛逃者隨意插旗掠地——以這條小溪爲界，在那棵死橡樹旁。正常人不會在泥塘內挨著棕櫚樹搭建小屋，除非他正在逃亡，或者人生旅程即將走向終結。

溼地被一條崎嶇破碎的海岸線守衛著，這條海岸線浪極大、風很猛，船常擱在淺灘後如同紙糊的一樣被扯碎，因此曾被早期探險家貼上「大西洋墓園」的標籤。這也就是後來我們所知道的北卡羅來納海岸。曾有名海員的日記這麼寫道：「在海岸漫遊……但看不出任何入口……有場激烈的暴風籠罩我們……我們被迫跳下海，想保住我們的性命和船，卻被快速的強力海流推送……」

「這片地都是溼地和沼澤，我們回到自己船上……那些之後決定定居在此的人們，一定會深深受這類令人沮喪的事物侵擾。」

想找一片像樣土地的人離開了，這片惡名昭彰的溼地成爲一張網，撈捕到一大堆有的沒的傢伙，包括叛變的水手、社會邊緣人、負債者，以及那些躲避討厭的戰爭、稅金或法律制裁的逃犯。靠著生養孩子，這些沒被瘧疾殺死或沒被沼澤吞沒的人發展出一個林中部落，其中包含了許多種族的人及各種文化。不過每個人都能靠一把手斧砍倒一小座森林，或者背一頭雄鹿走上好幾哩。他們就像河鼠，每隻都有自己的領域，但必須想辦法適應林地的極端環境，不然總有一天會在沼澤中消失。兩百年後，這群人當中又出現了逃亡黑奴，這些逃進溼地的人被統稱爲「逃奴」，另外還有被解放的奴隸。他們身無分文，坐困愁城，因爲沒什麼選擇可言，只好在這片水流漫溢的土地上四散求生。

這或許是一片環境惡劣的鄉間，但絕沒有一吋地是貧瘠的。這片土地上層層疊疊堆滿生命，包括彎曲的沙蟹、在泥中歪倒前行的淡水螯蝦、水禽、魚、蝦、蠔、油脂豐厚的鹿，以及肥嘟嘟的鵝。如果是個不在意晚餐湊合著吃的人，在這裡絕不會挨餓。

現在是一九五二年，四個世紀以來，陸續有人將部分取得土地的過程零散記錄下來，但其中許多人沒留下紀錄。這一切大多發生在南北戰爭之前。其他人則是最近才開始佔據土地，兩次世界大戰之後的案例尤其多，因爲許多男人在從戰場回來後破產或沒了另一半。溼地不是他們的牢籠，反而定義了他們的存在，而且就像任何聖地一樣嚴守著他們的祕密。沒人在意他們佔了這些地，因爲也沒其他人想要。畢竟，這裡就是一片荒涼的泥塘。

就像私釀酒一樣，這些住在溼地的人也私自制定他們的法律——不是用火燒在石板上或抄寫在文件上的法律，而是銘刻於基因內更深層的法則。這些法則既古老又自然，就像直接由老鷹和鴿子推論出來的通則：當你被逼到無路可退、絕望或孤軍奮戰時，人就會回歸本能，完全只以存活爲目標。這樣的改變迅速、有效又正當。這些規則永遠是這類人的最後王牌，因爲比起相對溫和的基因，這類基因遺傳給下一代的頻率更高。這不是一種道德判斷，而是單純的數學問題。畢竟在這些人之中，鴿派必須奮戰的頻率都跟鷹派一樣高。

媽那天沒回來。沒人提起這件事。爸更是不置一詞。身上散發魚腥味及劣質烈酒臭氣的他只是敲敲鍋蓋問，「晚餐吃什麼？」

兄弟姊妹們垂下雙眼，聳聳肩。爸大罵了一串髒話，跛著腳走出屋外，返回樹林。他們之前也吵過架，媽也離家出走過一、兩次，但總是會回來，然後把需要擁抱的孩子一把抱進懷中。

兩個年紀比較大的姊姊煮了腰豆和玉米麵包，但沒人跟媽在時一樣坐在桌前吃。大家各自從鍋中舀了一些豆子，把玉米麵包堆上去，隨意晃回鋪在地板上的床墊，或者就在褪色的沙發上吃。

奇雅吃不下。她坐在門廊的階梯上望著小路。她的身材以這年紀來說算很高，骨瘦如柴，膚色曬得很深，一頭直髮又黑又粗，就像烏鴉的翅膀。

黑暗讓她無法繼續偵查外頭的動靜。就算有腳步聲也會被青蛙的嘓嘓叫聲淹沒；即便如此，她還是躺在門廊的床上仔細聆聽。今天早上她起床時聽到豬背肉在鑄鐵煎鍋內劈啪作響，還有比司吉在木柴爐中逐漸烤熟的香氣。她穿起連身工裝褲，跑去廚房擺好盤子跟叉子，挑出玉米堆裡的象鼻蟲。大多數清晨，媽會滿臉微笑地抱住她——「早安呀，我獨一無二的小女孩」——然後兩人彷彿跳舞般忙著各種家務事。有時媽會唱民謠歌曲，或者來個兩句童謠：「這隻小豬去了市場。」抑或是她會拉著奇雅大跳吉特巴舞，她們的腳敲擊著合板地面，直到收音機逐漸沒電，聲音聽起來就像從酒桶底部發出的悶響。還有些早上，媽會跟她說一些大人的事，奇雅聽不懂，但她想媽需要有人傾聽，所以在把更多柴火丟入烤爐時透過皮膚吸收了一切，還彷彿理解地不停點頭。

接著就是要忙亂地把大家叫醒後餵飽。爸不在場。他只有兩種模式：徹底安靜或大聲咆哮。所以最好他就是直接睡過頭，或者乾脆別回家。

不過今天早上，媽一直很沉默。她的臉上沒有微笑，雙眼通紅，還像海盜一樣在頭上綁了白色圍巾，幾乎蓋住了整片額頭，但頭巾邊緣還是透出了一些紫黃色的瘀青。才剛吃完早餐，連碗盤都還沒洗，媽就把一些私人物品放進手提箱，沿著大馬路離去。

隔天早上，奇雅又坐在門前的階梯上等，深色雙眼緊緊盯著那條小路，彷彿那是等待火車通過的隧道。遠處的溼地受到霧氣籠罩，低垂的柔軟霧氣底部直接與泥地貼合。光腳的奇雅扭動腳趾，捲起草莖挑弄著蟻獅，但六歲的孩子畢竟坐不久，很快地，她就溜達到灘地，腳趾從溼沙子中拔出時發出波波的抽吸聲。她蹲在清澈的水邊，望著小小的鰷魚在陽光的光點及陰暗處之間一次又一次短距離地衝刺著。

喬帝從棕櫚樹那邊大吼大叫地跑過來。她瞪著他，說不定他有什麼新消息了。但就在他從尖刺的細長葉片間揮舞手臂跑來時，那漫不經心的動作讓她知道，媽沒有回家。

「要玩探險家嗎？」他問。

「你說你已經長大，不玩探險家了。」

「沒啦，我只是說說而已。才沒有長大就不能玩這回事。來賽跑！」

他們拔腿跑過一片片沼地，穿過樹林後朝海灘跑去。她在他超前自己時大聲尖叫，一路大笑，直到抵達彷彿從沙中探出巨大手臂的那棵大橡樹邊。喬帝和另一個年紀較大的哥哥小莫在樹上釘了幾片木板當作瞭望塔和樹屋。現在那些木板幾乎全都鬆脫了，只靠著生鏽的釘子垂掛著。

奇雅之前就算獲准加入探險家的船員行列，通常也只能當小女奴，負責從媽媽的平底鍋裡爲哥哥們偷偷帶來熱呼呼的比司吉。

但喬帝今天說：「妳可以當船長。」

奇雅立刻舉起右手發號施令。「趕走西班牙人！」他們揮斷好幾把樹枝做成的劍、衝破黑莓灌木，對著敵人又吼又砍。

接著——幻想總是來得快，去得也快——奇雅走向一根長滿苔蘚的圓木，坐下。喬帝沉默地跟著坐在一旁。他想說些什麼，好讓她別再想媽的事了，但什麼都想不出來，所以只是望著水黽映照在水面的影子。

之後奇雅又回到屋前階梯，等了好長一段時間，望向小路盡頭的她始終沒有哭。她的臉上沒有任何波瀾，四處張望的雙眼底下，兩片嘴唇抿成一條細線。但媽那天也沒有回來。

2

喬帝

一九五二年

媽離開後，奇雅的大哥和兩個姊姊彷彿因爲有了媽的示範，也在接下來幾個星期擺脫這個家。他們早已受夠爸總是臉紅脖子粗的怒氣，他一開始會大吼，接著升級成一輪猛拳，也會用手背揍他們，於是他們最後一個個都消失了。反正他們也即將成年。之後，奇雅不只忘記了他們的年紀，也忘記了他們的眞名，只記得大家都叫他們蜜西、小莫，和曼蒂。在她放在門廊的床墊上，奇雅找到一小堆姊姊留下來的襪子。

就在家裡只剩喬帝這個哥哥的早上，奇雅起床時聽到噹啷噹啷的聲響，還有早餐的油香味。她立刻衝進廚房，心想是媽在家炸玉米油條或玉米餅，但卻是喬帝站在柴爐前攪拌玉米粥。她用微笑掩飾自己的失望，他拍拍她的頭，溫和地提醒她保持安靜：若沒有吵醒爸，他們就能自己吃早餐。喬帝不知道怎麼烤比司吉，家裡也沒有培根了，所以他煮了玉米粥，還用豬油炒了蛋，接著他們一起坐下，沉默交換著眼神及微笑。

他們吃完後迅速洗了盤子，出門跑向溼地，喬帝在前面帶頭。但爸就在此時大吼起來，腳步蹣跚地追上他們。他瘦到不可思議的身形似乎就要因爲缺乏重量而撲通倒下，口中的臼齒就跟老狗的牙一樣黃。

奇雅抬眼望向喬帝。「我們可以逃掉，躲在苔蘚很多的那個地方。」

「沒事的。一切都會沒事的。」他說。

那天接近日落時，喬帝發現奇雅在沙灘上盯著大海。他站到她身邊，她沒看他，只是繼續盯著翻湧的海浪。奇雅從他說話的方式，知道爸揍了他的臉。

「我得離開了，奇雅。沒辦法待下去了。」

她幾乎要轉身面對他，但沒這麼做。她想求他別留自己跟爸相處，話卻全堵在喉頭。

「等妳夠大之後就會懂了。」他說。奇雅想要大吼：她或許年紀小，但可不笨。她知道爸是所有人離開的原因，她不懂的是為何沒人把她帶走。她也想離開，但無處可去，身上又沒有巴士錢。

「奇雅，妳自己小心。聽著，如果有人來，別進屋去。他們會在屋子裡抓住妳。跑到溼地深處，躲在灌木叢裡。永遠記得掩蓋自己的足跡，我教過妳。妳可以躲起來不給爸找到。」她還是沒說話，他說了再見後越過沙灘走向樹林。她在他要踏進樹林的那一刻終於轉身，望著他離開。

「這隻小豬留在家裡。」她對著海浪說。

她終於動了起來，跑向棚屋，對著走廊大喊他的名字，但喬帝的東西都不見了，他鋪在地上的床也清空了。

她沉重地坐在他的床墊上，看著最後一絲天光從牆面滑下。太陽落下之後，天光還沒有完全消失，其中有些還匯聚在屋內，所以有那麼短暫的一刻，跟外面的樹木相比，那些凹凸不平的床鋪和一堆堆舊衣的形狀及顏色能被看得更清楚。

她因爲磨人的飢餓感嚇了一跳，多麼乏味的感受呀。她走進廚房，站在門邊。這個房間在她有生之年總是因爲烤麵包、煮奶油豆子，或燉著滾燙的魚湯而熱烘烘的，但此刻卻顯得污濁、安靜又陰暗。「誰來煮飯？」她大聲地問。乾脆直接問「誰來跳舞？」算了。

她點亮一根蠟燭，戳了戳爐子裡的熱燙灰燼，又加了些引火柴，擠壓風箱讓火點燃，接著加了更多柴進去。電冰箱被拿來當櫥櫃使用，因爲棚屋附近接不到電。爲了確保黴菌不會失控擴散，門總是用一支蒼蠅拍卡著維持敞開，但綠黃色的霉斑還是在每個裂隙中蔓延。

她拿出剩菜，說，「我要把玉米粥倒進豬油裡，再熱一熱。」她確實這麼做了，也吃了鍋裡的粥，然後往窗外看爸有沒有回來，但爸始終沒出現。

就在弦月的光線終於灑在棚屋上時，她爬上放在門廊的床墊——那是一張凹凸不平的床墊，上頭鋪的床單撒滿了小小的藍色玫瑰，是媽在別人二手出清時買來的眞正床單——但這是她生平第一次獨自躺在上頭。

剛開始的時候，她每隔幾分鐘就會坐起身，透過紗門往外瞧，也仔細聽著是否有來自樹林的腳步聲。她認得每棵樹的形狀，但仍有些樹似乎一下出現在這裡，一下又出現在那裡，彷彿隨著月光到處移動。她一度身體僵硬到連口水都吞不下去，但熟悉的樹蛙鳴唱和大螽斯的叫聲準時充滿夜色，比拿著雕刻刀的三隻瞎老鼠的童話故事還有撫慰效果。夜色中有一種甜香，青蛙和蠑螈呼出的土味會持續一整個溼熱白日。溼地隨著低矮的霧氣籠罩過來。她睡著了。

爸連續三天沒有回來，奇雅從媽的菜園裡採了蕪菁葉後煮來當早餐、午餐和晚餐。她走去雞舍找蛋，發現什麼都沒有。到處都沒有雞或蛋的蹤影。

「雞屎！這裡就只剩一堆雞屎！」她本來打算在媽離開後好好照顧這些雞，但卻幾乎什麼都沒做，而現在這群五顏六色的禽鳥已遠遠逃入樹林。她得到處撒些玉米，看有沒有辦法讓牠們待在棚屋附近。

第四天晚上，爸手上拿著一個酒瓶現身，大字型躺在床上。

隔天早上他走進廚房，大吼：「其他人哪去了？」

「我不知道。」她說話時沒看他。

「妳就跟雜種狗一樣什麼都不知道，就跟公豬的奶子一樣沒用。」

奇雅默默地從通往前廊的門溜了出去，沿著沙灘走時眼睛搜尋著貽貝。她聞到煙味，抬頭看到一簇煙霧在棚屋那個方向升起。她用盡全力快跑，衝刺穿越樹林後看到一個火堆在後院熊熊燃燒，爸正往火裡丟媽的畫作、洋裝和書。

「不！」奇雅尖叫。他沒看她，只是把老舊的電池收音機也丟進火裡。她的臉和手臂在想伸手拿畫時燙傷了，熱氣逼得她不得不後退。

她衝進棚屋擋住想回屋子裡拿更多物品的爸，雙眼死瞪著他。爸作勢要用手背揍她，但她堅持不退縮。僵持一陣後他突然轉身，跛腳走向自己的船。

奇雅跌坐在磚板階梯上，望著媽的溼地水彩畫悶燒爲灰燼。她一直在那裡坐到太陽落下，直到所有衣物的釦子都成爲黑得發亮的焦煤，而和媽一起跳吉特巴舞的回憶也消融在火焰中。

接下來幾天，奇雅學會了如何與他一起生活，她從其他人的錯誤中學到教訓，甚至從鱂魚身上學到了更有用的一課：避開他，別讓他見到妳，從陽光中竄逃入陰影。在他醒來前先起床、離家。她在樹林及水邊生活，只有晚上才躲回屋內，睡到自己位於門廊的床上，而且盡可能靠近溼地。

爸曾在二次大戰時跟德軍作戰，他左邊的大腿骨因爲被砲彈碎片擊中而粉碎，那是他僅剩的尊嚴來源。爸因此能每週收到殘障津貼的支票，而那也是他們僅有的收入來源。喬帝離開一星期後，電冰箱裡空空如也，蕪菁也沒剩下多少。星期一早上，奇雅走進廚房，爸指著桌上一張縐巴巴的一元鈔票和散落的零錢。

「拿這些錢去買這星期的食物。沒人會施捨妳。」他說。「什麼都得花錢買，有這些錢之後得好好理家，要去收集木柴，還得洗衣服。」

生平第一次，奇雅獨自一人去了巴克利海灣小村購買日用品——這隻小豬去了市場。她在厚沙及黑泥上跋涉了四哩路，終於看到海灣在眼前閃閃發光，村莊就在海岸邊。

小鎮邊圍滿了溼地及沼澤，鹹溼的薄霧與海的味道混合在一起，主街另一邊的海面目前因爲漲潮而顯得老高。溼地和海一起將這座村莊與整個世界隔絕開來，唯一的連結就是蜿蜒向外延伸的單線公路，上頭的水泥充滿裂隙及坑洞。

村內有兩條道路，其中面海的「主街」上有一排商店，主街的一端是威力小豬超市，另一端是西方車行，中間則是餐館。混雜於其中的商店還有克雷瑟雜貨店、傑西潘尼百貨（只提供目錄訂購服務）、帕克麵包坊，還有布朗老兄鞋店。威力小豬超市隔壁是「去他的啤酒屋」，供應裝在摺疊紙船內的烤熱狗、紅辣椒，還有炸蝦。沒有淑女或小孩會走進那家店，因爲大家覺得那樣不得體，不過牆上開了一個外帶窗口，所以人們可以直接從街上點熱狗和奈西牌可樂。有色人種不但不能進門，也不能使用這個窗口。

另一條路是「寬街」，這條街從舊公路直直向海延伸，最後接上主街。因此，鎮上唯一的路口就是由主街、寬街，還有大西洋所組成。這些店家及做生意的空間不像大多數小鎮一樣緊連在一起，中間穿插了許多長了海燕麥及棕櫚樹的空地，彷彿溼地總能在一夜之間快速朝鎮上逼近。兩百多年來，銳利的鹹風已讓貼了雪松牆板的建築褪成鏽色，多數漆成白色和藍色的窗框也早已經碎裂斑駁。整體而言，這座萎靡的村莊似乎已經厭倦跟氣候爭辯。

小鎮碼頭朝向小小的海灣突出，上頭覆滿磨損的繩子和老鵜鶘，海灣的水面平靜時能映照出捕蝦船身的紅黃色塊。泥土路邊是一排雪松木建築，這條路在樹林及潟湖間蜿蜒，一路蔓向那排店面的兩端沿海邊。巴克利海灣小村是個名副其實的落後小鎮。建築散落在河口灣及茅草間，彷彿被風吹散的白鷺巢。

奇雅光著腳，身穿過短連身工裝褲的她此刻站在溼地小道與大路的連接處。她咬住嘴唇，好想轉身跑回家。她不知該跟人們說些什麼？要怎麼搞懂日用品的價錢？但飢餓感如此逼人，所以她走上主街，低著頭，沿著偶爾才會在草堆中現身的破爛人行道往威力小豬超市走去。就在接近雜貨店時，她聽到後方一陣騷動，趕緊在三個年紀比她大幾歲的男孩騎著腳踏車奔馳而過時跳到一旁。帶頭的男孩轉頭看她，因爲差點撞到她大笑起來，結果險些撞上從店裡走出來的一名女性。

「**柴斯·安德魯**！你給我回來這裡！三個都過來。」他們又往前騎了一下子，但覺得還是回頭比較明智。那個女人是潘希·普萊斯小姐，布料跟縫紉用品的銷售員。她的家族曾擁有溼地外圍最大的農場，雖然很久以前就被迫賣掉了，她卻還是一直擺出上流地主的架子，但住在餐館樓上小公寓的人要耍這種派頭還眞不容易。潘希小姐總是戴著像是絲質頭巾的帽子，今天早上戴的是粉紅色，襯托出她唇膏的紅和臉上粗糙的紅斑。

她大罵這幾個男生。「我打算跟你們老媽告狀。乾脆直接告訴你們老爸吧？竟然在人行道上騎那麼快，還差點撞倒我。你們有什麼話說嗎？柴斯？」

他的腳踏車最時髦，不但有紅色座墊還有架高的鍍鉻把手。「很抱歉，潘希小姐，我們沒看見妳，因爲那邊那個女孩擋住我們的路。」曬得很黑又有一頭黑髮的柴斯手指奇雅，她早已退開一步，身體有一半埋在桃金孃灌木中。

「別扯她進來。少把自己的錯怪在別人身上，就連怪到那些『沼澤廢物』身上也不行。現在你們這幾個孩子得做點好事來彌補。艾瑞兒小姐正拿著日用品，去幫她搬到卡車上。然後把你的衣服下襬塞好。」

「是的，女士。」他們邊答邊往艾瑞兒小姐的方向騎去，她是他們小學二年級的老師。

奇雅知道黑髮男孩的爸媽就是西方車行的老闆，他也因此能騎那台時髦的腳踏車。她曾見過他把裝了貨物的大紙箱從卡車上卸下來，搬進店裡，但從未跟他或其他人說過話。

她等了幾分鐘，才再次低著頭往超市走去。走進威力小豬超市之後，奇雅望著各種煮粥用的碎玉米，最後選了一磅裝的粗磨黃玉米，因爲上頭吊了一個紅色標籤寫著：**本週特價**。這是媽教她的方式。她在貨架間焦慮了一陣子，直到收銀機前沒有顧客，才走向收銀員辛格特利太太。她問奇雅：「妳媽媽呢？」辛格特利太太的頭髮剪短了，燙了小鬈，染了鳶尾花在太陽下的那種紫色。

「她在家裡忙，女士。」

「那，妳有帶錢來買碎玉米嗎？」

「有的，女士。」因爲不知如何算錢，她直接拿了一塊錢出來。

辛格特利太太不確定這孩子知不知道不同硬幣的差別，所以把零錢放進她攤開的手掌，緩慢數給她聽，「二十五、五十、六十、七十、八十、八十五，另外還有三分錢。因爲碎玉米的價錢是十二分錢。」

奇雅緊張得快吐了。她應該數回去嗎？她盯著手掌中如同謎語的那堆錢幣。

辛格特利太太似乎心軟了。「好，那麼，妳走吧。」

奇雅衝出店外，盡可能快速走向溼地小道。媽之前曾無數次告訴她：「絕對別在鎮上跑，不然別人會以爲妳偷東西。」但奇雅一走上沙土小道，就立刻跑了大半哩，之後才快速走完剩下的路程。

回家之後，她以爲自己知道怎麼煮玉米粥，所以學媽把碎玉米丟進沸水，結果卻全結成一大球。這顆碎玉米球底部燒焦，內裡卻還是生的，她嚼不爛，咬了幾口就放棄。所以她只好又去花園，總算在幾株秋麒麟草中間找到一些蕪菁葉，煮熟之後吃掉，連煮菜的水都咕嚕咕嚕地喝光了。

之後幾天，她終於抓到了煮玉米粥的訣竅，不過無論她如何努力攪拌，總還是會有一些結塊。隔週她買了豬背骨——上頭有紅色標籤——同碎玉米和羽衣甘藍菜葉煮成粥，味道嚐起來還不錯。

奇雅之前很常跟媽一起洗衣服，所以知道該去後院的水龍頭底下，用鹼皂塊在洗衣板上洗衣服。爸的連身褲洗完實在太重了，她無法用小小的雙手扭乾，也沒辦法晾在那麼高的曬衣繩上，所以只能溼答答地掛在樹林邊緣的棕櫚樹葉上。

她和爸就這樣分段接力，兩人在同一間棚屋中各自生活，偶爾甚至連續幾天見不到彼此。

他們幾乎不交談。她會把自己跟爸的生活空間打理乾淨，彷彿一名認眞的小女人。她還算不上一個能爲他煮飯的廚師——反正他大多時候也不在家——但仍會爲他鋪床、收拾房間、掃地，以及洗碗。不是因爲她被要求這麼做，而是因爲唯有這麼做，媽才有間體面棚屋可以回來。

媽之前總是說，秋月的出現是爲了慶祝奇雅的生日。因此，儘管她從不記得自己的生日，在飽滿金黃的月亮從潟湖升起的那晚，奇雅告訴自己：「我想我七歲了。」爸從未提起這件事，當然也不可能有蛋糕。他完全沒說要讓她上學，對此事不太清楚的她也害怕得不敢提起。

媽一定會爲了她的生日回來吧。就在看到穫月的隔天早上，她穿上了印花棉布洋裝，死死盯著屋前小路。奇雅在腦中命令還穿著那雙鱷魚皮鞋和長裙的媽朝著棚屋走來，但發現沒人來之後，她拿了一鍋碎玉米，走過森林抵達海邊。她把雙手圈在嘴邊，抬頭向上高喊「嘰嗷、嘰嗷、嘰嗷」。許多銀色小點從天空出現，從浪花上出現，然後紛紛往沙灘這邊聚集。

「牠們來了。好多海鷗呀，多到數不出來。」她說。

這些鳥尖聲大叫，旋轉衝刺，盤旋在離她臉很近的地方，並在她拋出碎玉米時降落地面。最後牠們安靜下來，站在她附近整理羽毛。她就坐在沙灘上，雙腿彎起側向一邊。一隻很大的海鷗降落在奇雅附近的沙灘上。

「今天是我生日。」她告訴那隻鳥。

3

柴斯
一九六九年

這座廢棄老舊的防火瞭望塔靠著腐爛的柱子橫跨在一座泥塘上，泥塘散發出絲絲透薄的水霧。除了嘎嘎叫的烏鴉之外，面對前來的兩個男孩時，這座靜默的森林似乎心懷期待。班吉·梅森和史帝夫·龍格兩人都十歲，都有一頭金髮，在一九六九年十月三十日早上，他們爬上防火塔潮溼的階梯。

「秋天不該這麼熱才對。」史帝夫往後對班吉大叫。

「是呀，只有烏鴉會在這麼安靜的時候叫個不停。」

史帝夫往下瞄了梯板間的縫隙，說：「哇，那是什麼？」

「哪裡？」

「看那裡。藍色的衣服，好像有人躺在泥巴裡。」

班吉喊了起來，「嘿！在叫你呀！**在那裡幹嘛呀？**」

「我看到一張臉，但沒有動靜。」

他們一邊前後揮動手臂一邊快速跑回地面，想辦法穿過塔底基座，抵達另一邊，靴子上沾滿綠綠的泥巴。那裡躺著一個男人，仰天朝上，左腿膝蓋之下以詭異的角度往上翹起，雙眼跟嘴巴都張得開開的。

「老天爺呀！」班吉說。

「老天，是柴斯・安德魯。」

「我們最好趕快叫警長來。」

「但我們現在不該在這裡耶。」

「現在管不了這個啦。烏鴉很快就會聚來這邊探頭探腦了。」

他們猛然抬頭望向那些嘎嘎叫的烏鴉，史帝夫說：「或許我們得有人留下來，別讓那些鳥接近他。」

「你要是以爲我願意一個人留下來，那就是瘋了。我賭你這個蠢傢伙也不敢。」

兩人於是牽起腳踏車，沿著糖漿般軟爛的沙泥路使勁騎回主街，穿過整座小鎮，抵達那棟低矮的建築。艾德・傑克森警長就在裡頭的辦公室內，室內的照明是用電線懸吊的一顆顆單顆燈泡。他肌肉發達，中等身高，淡紅色頭髮，臉跟手臂上有許多淺色雀斑。他正在翻閱《野外體育》雜誌。

兩個男孩沒敲門就衝進敞開的門。

「警長……」

「嘿，史帝夫，班吉。是哪裡失火了嗎？」

「我們看到柴斯・安德魯躺在沼澤地，就在防火塔底下。他看起來死了。一動也不動。」

巴克利海灣小村自從一七五一年建立以來，就沒有執法人員針對鋸齒草以外的事物行使過司法管轄權。一九四〇及五〇年代，曾有幾任警長爲了追捕從美國大陸逃來的罪犯而放出獵犬，現在也還有警官爲了以防萬一而養著獵犬。不過傑克森通常選擇無視人們在沼澤中犯下的罪行。何必阻止鼠輩殺掉其他鼠輩呢？

但這次死的可是柴斯。警長起身從衣帽架上拿起帽子。「帶我過去。」

警長和芬恩·莫非醫生開著巡邏卡車想辦法沿著泥沙路抵達現場時，橡樹及野冬青樹的枝條刮擦著車身。這位醫生的身體瘦而精實，頭髮已有些灰白，是鎮上唯一的醫生。兩個男人隨著路面凹陷處製造出的節奏搖擺，芬恩的頭還差點因此撞上車窗。他們是老朋友了，年齡也差不多，偶爾會一起去釣魚，每次幾乎都會被分派處理同樣的案子。兩人現在要去確認泥塘裡的屍體身分，也為了可能的結果而沉默不語。

史帝夫和班吉坐在卡車的露天車床上，旁邊放著他們的腳踏車。終於，卡車停了下來。

「他就在那裡，傑克森先生。在灌木叢後面。」

艾德下了車。「你們兩個在這裡等。」接著他和莫非醫生涉過泥水地，抵達柴斯躺的地方。烏鴉在卡車開過來時就已一哄而散，但還是有其他鳥和昆蟲在周遭逗留不去。無恥的生物繁榮不息。

「是柴斯·安德魯沒錯。山姆和佩蒂·樂芙一定要瘋了。」安德魯家的這對夫妻訂購的所有火星塞、在銀行存的每一筆錢，還有在西方車行掛上的每一張價格標籤，都是為了撫養他們的獨子柴斯。

芬恩蹲在屍體旁，試著用聽診器檢查他的心跳，接著宣佈他已死亡。

「你覺得死了多久？」艾德問。

「我猜至少十小時了。驗屍官更能確定時間。」

「他一定是昨晚爬了上去，然後從頂端跌下來。」

芬恩沒移動他，只是簡單進行了檢查，接著站到艾德身邊。兩個男人都盯著柴斯的雙眼，那張腫脹的臉還望著天空，接著他們又看向那張開開的嘴。

「我跟鎮上的人說過多少次了，這事遲早要發生的。」警長說。

他們打從柴斯出生時就認識他了，也親眼目睹他從迷人的孩子輕鬆長成可愛的青少年。他是明星四分衛，是爲他父母工作的王牌店員。最後，這名英俊男子還跟鎮上最美的女孩結了婚。現在他大字型躺在這裡，獨自一人，比身邊的泥沼還沒尊嚴。死亡一如往常靠著愚勇搶盡風頭。

艾德打破了沉默。「其實，我不懂爲什麼沒有其他人來求救。他們總是成群結隊跑來這裡，或至少一次兩人跑來這裡親熱。」警長與醫生心照不宣地看著彼此，迅速點了點頭，雖然柴斯已經結婚，但仍可能帶別的女人來這裡。「我們先離開這裡。好好看一下周遭狀況。」艾德說著，毫無必要地抬高腳跨步。「你們兩個小朋友就待在原地；不要再製造出更多足跡。」

艾德指向一組腳印，那組腳印從階梯底下跨越泥塘，接著抵達距離柴斯不到八呎處。他問：「那些是你們今早留下的腳印嗎？」

「是的先生，我們就走到那裡而已。」班吉說。「一看到是柴斯，我們就往回走了。你可以看到我們往後走的腳印。」

「好。」艾德轉身。「芬恩，這不太對勁，屍體身邊沒有任何腳印。如果他是跟朋友還是誰一起來，他跌下來之後，他們一定也會跑下來，在他身邊踩出大量腳印，又或者是跪在他身邊，確認他是否還活著。看看我們在泥地裡留下的痕跡有多深，但這附近卻沒有任何最近留下的足跡。沒有人走向階梯或離開階梯的跡象，屍體邊也什麼都沒有。」

「那麼，或許他是自己來的。那可以解釋眼前的狀況。」

「嗯，還有件事解釋不了。他本人的腳印呢？柴斯．安德魯要怎麼走下這條小路，穿過這片淤泥，抵達階梯，爬到塔頂，卻又不留下任何足跡呢？」

4
學校
一九五二年

就在生日過後幾天，奇雅獨自光腳走在泥地上，彎腰盯著一隻長出青蛙腿的蝌蚪。她突然站直身體，聽見有車輪攪動著厚重爛泥的聲音，一台車停在他們屋前小路底。從未有人開車到這裡來。接著傳來低語——聽起來是一男一女——他們說話的聲音穿越樹林而來。奇雅快速衝去灌木叢間躲起來，她可以從那裡看見來者何人，也隨時能逃走。喬帝之前就是這樣教她的。

一個高高的女人從車上下來，因爲穿著高跟鞋很難走穩，就跟媽之前沿著沙地小路走的狀況一樣。一定是孤兒院的人來找她了。

*我可以跑贏她。她穿著那種鞋子一定會跌個狗吃屎。*奇雅待著不動，看著女人走向門廊的紗門。

「唷呼，有人在家嗎？我是曠課處理員。我來帶凱瑟琳．克拉克上學。」

太棒了。奇雅坐著沒應聲。她很確定自己六歲就該去上學。現在他們總算來了，但已經整整晚了一年。

奇雅完全不知該如何與其他孩子交談，更別說跟老師互動，但她想識字，也想知道數字二十九之後是什麼。

「凱瑟琳，親愛的，如果妳能聽到我的聲音，請出來好嗎。這是法律的規定呀，小親親，妳得去上學。妳會喜歡學校的，親愛的。妳每天都能得到一頓熱騰騰的免費午餐，我想他們今天吃的是硬餅皮雞肉派。」

這下更棒了。奇雅非常餓，早餐時因爲沒鹽可用，她只煮了碎玉米拌蘇打餅乾。她已經有了一項人生體悟：玉米粥一定要加鹽才能吃。她人生中只吃過幾次雞肉派，但現在彷彿能在眼前看見金黃色的餅皮：外表酥脆、內裡柔軟，口中也浮現肉汁豐盈飽滿的滋味。她的胃自己有了反應，於是她在棕櫚葉片中站起身子。

「哈囉，親愛的，我是寇派柏太太。妳已經長大，準備好要去上學了，是吧？」

「是的，女士。」奇雅低垂著頭。

「沒事的，妳可以光腳上學，其他窮人家的孩子也這樣，但因爲妳是個小女孩，所以得穿裙子。妳有洋裝或裙子嗎？小親親？」

「有的，女士。」

「那就沒問題了，我們去換衣服吧。」

寇派柏太太跟著奇雅走進前門，但得跨越奇雅排在階梯板上的一整排鳥巢。奇雅在臥房穿上了唯一合身的洋裝，那是一件格紋的無袖連身裙，其中一邊的肩帶用安全別針固定。

「很好，親愛的，妳看起來很好。」

寇派柏太太伸出手，奇雅瞪著那隻手，她已經好幾週沒有碰觸到任何人，這輩子也沒有碰觸過任何陌生人。不過她把自己的小手放進寇派柏太太的手中，任她帶著自己走上通往那台福特克瑞斯萊的小路，開車的是一位戴著灰色淺頂軟呢帽的沉默男子。坐在後座的奇雅沒說話，也沒有笑，感覺並不像隻受到母雞羽翼保護的小雞。

巴克利海灣小村有一間專門給白人讀的學校，從一年級到十二年級的學生都在這間磚造的二層樓建築中讀書，這間學校和警長辦公室位於主街的兩端。黑人孩子讀的是另一間學校，那是一棟一層樓的水泥建築，位置靠近有色鎮。

奇雅被帶進學校辦公室，他們找到了她的名字，但出生紀錄上沒有登記日期，所以儘管她這輩子沒去過學校一天，他們仍直接把她分配到二年級。反正呀，他們說，一年級的人已經太多了，而且沼澤區的人通常只會來讀幾個月，之後就再也不會有人看見他們，讀幾年級又有什麼差別？校長帶她沿著寬闊的走廊往前走，腳步聲迴盪走廊，她的額頭上冒出汗珠。他打開教室的門，把她推了進去。

格紋上衣、傘裙、鞋子、很多鞋子，還有些光腳丫，接著是一大堆眼睛全盯著她瞧。她從沒見過這麼多人，有十幾個人吧。老師就是那些男孩之前幫忙搬過雜貨的艾瑞兒小姐，她帶領奇雅走到靠教室後方的一張桌子。奇雅可以把私人物品放在屬於自己的小壁櫃裡，但她沒有任何東西可放。

老師走回教室前面，「凱瑟琳，請起立，告訴大家妳的全名。」

她的肚子開始翻攪。

「起立吧，親愛的，別害羞。」

奇雅站起來。「凱瑟琳．丹尼耶拉．克拉克小姐。」這個全名是媽某次跟她說的。

「妳可以為我們拼出『狗』的字母嗎？」

奇雅沉默地盯著地板。喬帝和媽教過她一些字母，但她從來沒有真正向誰拼出一個完整的單字。

她的胃翻攪得更厲害了，但還是想辦法嘗試。「G—O—D。」

笑聲此起彼落地冒出來。

「噓！你們都給我安靜！」艾瑞兒小姐大喊。「我們不可以笑別人，聽懂了嗎？我們絕對不能嘲笑同學。你們都可以表現得更好。」

奇雅很快坐回自己位於教室後方的位子，試著像小蠹蟲一樣消失在橡樹幹的裂縫中。儘管奇雅非常緊張，老師繼續上課後，她還是把身體往前傾，急著想知道二十九之後的數字是什麼。目前爲止，艾瑞兒小姐說的全是有關「讀音法」的事，學生們做出「O」一樣的嘴型，學她發出「ah」、「aa」、「o」和「u」的發音，他們嗚嗚啊啊的聲音聽起來就像鴿子。

大約十一點時，烘焙圓麵包及派餅的溫熱奶油香充滿了所有走廊，也逐漸飄入教室。奇雅的胃突然開始絞痛，等全班排成一列走進餐廳時，她的口中已分泌了大量口水。她學別人拿了一個托盤、一只綠色塑膠盤，還有一組餐具。有扇附吧檯的大窗開向廚房，而她眼前出現了一個裝滿雞肉派的巨大琺瑯烤盤，派皮被烤出脆脆的交錯條紋，裡頭的肉汁汩汩湧出。一名高大的黑人女性微笑著叫喚其中一些學生的名字，她把一大份派餅放上奇雅的盤子，接著是奶油煮的粉點豌豆和一個圓麵包。奇雅還拿了香蕉布丁，把專屬於她的紅白紙盒牛奶放上托盤。

她轉向座位區，大部分桌子都已坐滿正在聊天說笑的學生。她認出了柴斯·安德魯和他的朋友，就是在人行道上差點騎腳踏車撞到她的那夥人，所以她轉向另一邊，找了張空桌子坐下。她飛速瞥了那幾個男孩好幾眼，他們是她唯一認得的人，不過他們跟其他人一樣無視她的存在。

奇雅瞪著那個塞滿雞肉、紅蘿蔔、馬鈴薯和小豆子的派，以金棕色的派皮包裹著。幾個女孩走了過來，她們穿著有層層疊疊蓬鬆裙撐的傘裙。其中一位身材高瘦的有一頭金髮，另一個圓滾滾的女孩有著胖嘟嘟的臉頰。奇雅實在不懂，穿著這麼大的裙子是要怎麼爬樹或上船？更別說下水抓青蛙了。她們根本連自己的腳都看不見。

奇雅在她們靠近時死盯著自己的盤子看。要是她們坐在自己隔壁，她該說些什麼？但女孩們只是經過她身邊，像小鳥一樣嘰嘰喳喳，接著就跑去跟另一桌的朋友坐在一起了。儘管肚子餓到不行，現在她的口中卻沒有唾液，就連吞嚥都覺得困難。所以她只吃了幾口，喝光牛奶，盡可能把剩下的派塞進牛奶盒，過程中小心地不讓任何人看見，然後把牛奶盒跟圓麵包用紙巾包起來。

這之後她沒再開過口，就連老師問她問題時也完全不答話。反正她是來跟大家一起學習的，大家又不是來向她學習。*何必開口讓人看笑話呢？*她心想。

最後的下課鐘響起時，有人告訴她，學校巴士會把她載到距離她家前方小路三哩的地方，因為之後的路就太泥濘了，接下來她也得每天早上走去那裡搭巴士。巴士在回家的路上搖搖擺擺地開過許多深溝及一片片米草地，前方開始有人不停大聲地喊：「凱瑟琳・丹尼耶拉・克拉克**小姐**！」她在午餐時間看到的高瘦金髮女和圓臉頰女開始大喊：「妳剛剛去哪啦？溼地秧雞？妳帽子去哪啦？沼澤大鼠？」

巴士終於停在一個沒有任何路標的十字路口，好幾道由樹林間延伸而來的人車行跡在此交錯。司機打開車門，奇雅立刻跳下車，氣喘吁吁地衝刺了大半哩路，接著慢跑回自家前的那條小巷。她沒有在棚屋前停下腳步，反而一路跑過棕櫚樹林、跑過潟湖，沿著茂密橡樹林間的小徑一路跑向大海。她一個人的身影突然出現在荒涼的沙灘上，大海張開寬廣的雙臂，她走到高潮線時，風吹散了她編起來的髮辮。她整天幾乎都在忍著不哭。

轟隆隆的浪花衝擊著海岸，奇雅往上呼喚鳥兒。大海唱的是低音，海鷗是高音，尖聲狂叫的牠們在溼地及沙灘上方盤旋。她將派皮及圓麵包丟在沙灘上，牠們會垂著雙腿、頭往下扭轉後落地。

幾隻鳥輕柔地在她的腳趾間啄食，她癢得笑了出來，然後淚水從臉頰滑下，斷斷續續的抽泣聲終於從喉嚨底下繃緊的心口爆發出來。牛奶盒空了，她再也無法承受這樣的痛苦，好怕這些鳥會像其他人一樣離開她。不過這些海鷗仍蹲在她身邊的沙灘上，展開灰色翅膀整理起羽毛。她也坐下，好希望可以將牠們集合起來，帶回家裡的門廊跟自己一起睡覺。她想像這些鳥全跟她一起擠在床上，所有長著羽毛且蓬鬆的溫暖身體跟她一起窩在被子底下。

兩天之後，她聽見那台福特克瑞斯萊攪拌著爛泥前來的聲音，立刻跑進溼地，用力在小沙洲上留下明目張膽的腳印，再不留下痕跡地躡腳涉入水中，原路折返朝另一個方向跑走。她會在走到泥地上時不停繞圈，留下令人混亂的各種線索，到較爲堅實的地面上時則會放輕腳步，藉由草堆和樹枝跳躍著前進，不留下移動的蹤跡。

之後幾個星期，他們每隔兩、三天就會過來一趟。戴著淺頂軟呢帽的男人負責把她找出來，但根本沒找對過方向。接著一星期沒人來，只有烏鴉嘎嘎叫著，她雙手垂在身體兩側，望著屋前空蕩蕩的小路。

奇雅此生再沒踏進學校一步，一天也沒有。她繼續回去過著觀察蒼鷺和蒐集貝殼的生活，認爲能藉此學到些什麼。「我已經可以跟鴿子一樣發出咕咕的叫聲了。」她告訴自己。「比那些人好多了。就算他們有那些漂亮鞋子又怎樣。」

過了幾星期的某天早上，在白烈陽光普照的沙灘上，奇雅爬上哥哥蓋了樹屋的那棵樹，目光在海面搜尋掛了骷髏頭及交叉骨頭旗幟的船隻。想像力果然是在孤寂的沃土中發展得最茁壯，她對著海面大喊：「唷呼！海盜唷呼呼！」然後揮舞著手中長劍，從樹枝跳下發動攻擊。突然之間，一陣痛楚穿透了她的整隻右腳，彷彿有火燒上她的腿。她屈膝側身倒地淒厲號叫，看到一根生鏽的長釘子深深扎入腳底。「爸！」她尖叫。她努力回想昨晚他有沒有回家。「救我！爸！」她哭叫出聲，但無人回應。她伸手快速拔出那根釘子，靠著狂叫壓過疼痛的感受。

她的兩隻手臂毫無意義地在沙灘上狂亂揮動，一邊發出嗚咽的啜泣。終於她想辦法坐起身來，看向腳底。血幾乎沒在流了，傷口只留下一個很小、很深的細微開口。她在那時想起了「牙關鎖閉」，胃因此緊縮成一團，身體也開始發冷。喬帝曾跟他說過，有個男孩就是沒在踩到生鏽釘子後去打破傷風針，因此閉鎖起來的牙關緊到無法打開。然後他的脊椎像弓一樣往後彎，身旁的人完全幫不上忙，只能眼睜睜看著他扭曲至死。

喬帝下了一個非常清楚的指示：妳得在踩到釘子的兩天內打破傷風針，不然就完了。奇雅完全不知道該去哪裡打這種針。

「我得做些什麼。我會把門鎖好，等爸回來。」汗珠一顆顆流過她的臉，她腳步蹣跚地越過沙灘，終於走入棚屋周遭較為涼爽的橡木林內。

媽以前會用鹽水浸泡傷口，然後用泥巴混合各種藥水後進行包紮。廚房裡沒有鹽，她只好跛腳走入樹林，往一道在退潮時鹽分很高的淡海水沖流走去。這道沖流的邊緣因為鹽分閃爍著白色結晶。她坐在地上，把腳泡入溼地的鹽水中，過程中嘴唇動個不停：開、闔、開、闔，又是假裝打呵欠，又是做出咀嚼的動作，總之就是所有確保牙關沒鎖住的動作。過了快一小時之後，潮已經退了，她於是用手指在黑泥地上挖了一個洞，把腳放入絲滑的泥土中。此地空氣涼爽，老鷹的叫聲讓她不至於迷失。

接近傍晚時分，飢腸轆轆的她回到棚屋。爸的房間仍然沒人，之後幾小時恐怕也不會回來。撲克牌局和威士忌總能讓這個男人忙上一整晚。家裡沒有碎玉米了，她翻箱倒櫃找到一個放了很久的油膩起酥油罐頭，挖起一小坨白花花的脂肪抹在蘇打餅乾上。一開始只是小口小口地吃，後來大吃了五片。

她輕手輕腳躺上她的門廊床，仔細聽著是否有爸開船回來的聲音。夜晚的時光狂奔衝刺而去，睡眠破碎襲來，她一定是在接近早晨時昏睡了過去，等她醒來，太陽已曬上她整張臉。她很快張開嘴巴，沒問題。她在淡海水沖流跟棚屋之間來去，並透過觀察太陽起落確定兩天已經過去。她張開嘴巴，又閉上。或許她撐過去了。

那天晚上，她在地板的床墊上準備入睡，敷了泥巴的腳則用破布裹起來。她不知道自己還有沒有辦法活著醒來。沒事的，人沒那麼容易死的：在死之前，她的腰會先往後彎，手腳也會先扭曲才對。

幾分鐘之後，她感覺下背一陣抽痛，立刻坐起身來。「噢不，噢不，媽，媽。」抽痛的感覺反覆出現，她安靜了下來。「只是發癢而已。」她喃喃自語。終於，累壞的她還是睡著了，一直到鴿子在橡木林間低語時才張開眼睛。

她連續一個禮拜每天都去泡腳兩次，靠著鹽脆薄餅和起酥油過活，過程中爸始終沒回來。到了第八天，她的腳已經可以毫不僵硬地轉動，疼痛的感受也僅止於表皮。她跳了一點吉特巴舞，確定腳沒問題，接著扯開喉嚨大叫：「我辦到了！我辦到了！」

隔天早上，她到沙灘上去找尋更多的海盜。

「首先我要做的，就是命令我的船員把所有釘子都撿起來。」

每天早上她都很早醒來，也還會仔細聽是否有媽在廚房忙碌準備早餐的動靜。媽最喜歡的早餐，是用自家母雞的蛋做的炒蛋、切片的紅色熟番茄，還有油炸玉米麵包。做玉米麵包時，她會把玉米粉、水和鹽混合之後丟進油裡，由於油溫非常高，粉團會隨著氣泡浮起來，邊緣也會被炸出薄脆的花邊。媽說要連隔壁房間都能聽到油爆響才算是眞的在炸東西，而奇雅打從出生以來，每天都會在醒來時聽見炸麵包在油中噴濺出油花，還能聞到一絲因爲烹煮玉米而燒出的熱烘烘油煙味。但此刻的廚房一片靜默、清冷，奇雅下了床，偷偷往潟湖跑去。

幾個月過去了，冬天遵循南方的慣例輕緩就位。如同毯子般溫暖的太陽包裹住奇雅的肩膀，誘引她更爲深入溼地。有時她會在夜晚聽見不熟悉的聲響，也會因爲閃電打得太近嚇得跳起來，但無論她如何跌跌撞撞，大地總會接住她。終於到了最後，在不知不覺間，心痛的感受如同水被沙土吸收進去，雖然還會痛，但卻痛在極深的所在。奇雅用手覆蓋住了這片規律吐納的潮溼土壤：溼地成爲了她的母親。

5

調查
一九六九年

頭頂的蟬頂著酷陽嘶吼。所有其他型態的生命都因熱氣躲了起來，只從林下灌木叢發出空洞的低鳴。

傑克森警長擦了擦額頭上的汗，「芬恩，這裡還有得調查，但現在著手感覺不妥。柴斯的妻子和父母還不知道他過世了。」

「我去跟他們說，艾德。」芬恩．莫非醫生這麼回答。

「太感謝了。開我的卡車去吧，然後派救護車來運柴斯，再讓喬把我的卡車開過來。但這件事別走漏風聲，我可不想要鎮上所有人聚到這裡來。若你提了，這場面一定會發生。」

離開之前，芬恩花了整整一分鐘認眞看著柴斯，彷彿他剛剛遺漏了些什麼。身爲醫生的他應該要能解決問題，而他們身後濃重的沼澤空氣，也耐心等著輪到它來「解決」問題。

艾德轉頭對那兩個男孩說。「你們就待在這裡，我不需要任何人回到鎮上到處大嘴巴。別用手亂摸，也不要再製造出更多腳印。」

「遵命，先生。」班吉說。「你認爲有人殺了柴斯，是吧？因爲附近沒有腳印。或許是從塔上把他推了下來？」

「我可沒這樣說。這就是警察的例行確認工作。好了，你們兩個小子不要擋路，也不要把在這裡聽到的話拿去跟別人說。」
副警長喬·波爾杜是個鬢角濃密的矮小男人，不到十五分鐘，他就開著巡邏卡車出現了。
「眞是無法接受，柴斯竟然死了。他是鎭上有史以來最好的四分衛。這下可要大亂了。」
「你說的沒錯。好吧，我們上工吧。」
「你目前調查到什麼？」
艾德走到距離那兩個男孩比較遠的地方。「是這樣，表面上看來，這就是場意外：他從塔上跌下後死了。但截至目前爲止，我還沒找到任何通往階梯的腳印，也沒有任何人在此留下任何痕跡。我們來找找是否有人爲湮滅行跡的證據。」
兩名執法人員花了整整十分鐘仔細查探整個區域。「確實如你所說，除了那兩個男孩之外，沒有任何其他人留下的痕跡。」喬說。
「是呀，也沒有人抹去腳印的跡象。眞是不明白。我們先繼續下一階段的工作，我之後再回頭處理這問題。」艾德說。
他們拍了屍體的照片，除了記錄屍體與階梯的相對位置，還近距離拍攝了頭上傷口，以及彎曲角度不對勁的那條腿。喬把艾德觀察到的要點記錄下來。就在測量屍體與一旁小徑的距離時，他們聽見救護車的車體沿著窄路刮擦灌木叢而來。救護車司機是一名年邁的黑人男性，數十年來都是由他負責載運傷者、病患及垂死之人，當然也包括死者。他敬重地低下頭，悄聲提出建議：「是這樣的，他張開的手臂沒辦法收起來，我無法把他側身滾上粗麻布，所以得直接把他抬起來，而且會很重。警長先生，你扶住柴斯先生的頭，沒錯就是這樣，噢我的老天。」
接近中午時，他們總算把人搬上救護車，包括沾在他身上的爛泥。
由於莫非醫生已將柴斯的死訊告知他的父母，兩個男孩被獲准回家。艾德和喬爬上迴旋階梯，這條階梯隨著每上一層樓而逐漸變窄，並在最頂端處改變方向。隨著他們往上爬，世界的邊角愈來愈向外延展，茂密、飽滿的樹林與水光粼粼的溼地也無盡擴張開來。

等他們爬上最後一階，傑克森抬起手，向上推開鐵柵門板，並在爬上去後小心放下，因爲鐵柵門板也是平台地板的一部分。平台中央由木板組成，這些木板因年久失修而灰敗，上頭有許多裂痕，外圍則是一整圈可以看見下方的鐵柵門板。這些柵門可以開啓或關上，只要都有關好，你能在平台上安然無恙地行走，但要是沒關上，你就可能跌落六十呎以下的地面。

「嘿，看看那裡。」艾德指向平台另一側，那裡有個鐵柵門板開著。

「搞什麼鬼？」喬走了過去，從開啓的柵門往下看，剛好就能看見柴斯在泥巴中留下的扭曲形跡，一旁黏答答的黃泥和浮萍像潑畫一樣往外噴濺。

「這說不通啊。」艾德說。「有時人們會忘記把階梯頂端的鐵柵門板關上，你也很清楚，就是下去時忘了。我們之前有幾次發現那扇柵門板開著，但其他柵門幾乎從未打開過。」

「柴斯一開始爲何會把這扇柵門打開？爲什麼有人會想打開？」

「除非是爲了害死人，有人計畫從這裡推人下去。」艾德說。

「那爲什麼之後不關起來？」

「因爲如果柴斯是自己掉下去的，他不可能有機會關上。柵門開著也才能看起來像一場意外。」

「你看洞下面的支持柱，都因爲撞凹而裂開了。」

「對，我明白了。柴斯掉下去時頭一定是敲到那裡了。」

「我等會兒下去找血跡或頭髮，也會採集一些木頭碎片。」

「謝啦，喬。另外拍幾張近照。我去拿條繩子來綁住你，做安全防護。我們可不想要一天在爛泥內看到兩具屍體。另外也得採集這扇柵門上的指紋，還有階梯頂端的那扇柵門、欄杆和階梯扶手。任何可能有人碰到的地方都得採集。還得蒐集所有頭髮及線頭樣本。」

兩個多小時之後，他們伸展了一下長時間斜倚、彎曲著的腰背。艾德說：「我目前不會說這是一場謀殺，現在下定論還太早。而且，我也想不出有誰想殺掉柴斯。」

「是嗎？我可是能想出一大串名單呢。」副警長說。

「像是誰？你這話什麼意思？」

「得了吧，艾德，你也知道柴斯是什麼樣的人。成天拈花惹草，到處發情，就像受圈養的公牛被放出來一樣。無論婚前婚後，他都跟很多單身女性和已婚婦女玩在一起。我知道很多被大家嫌棄的發情狗都比他乖。」

「少來，沒那麼糟吧。他確實花名在外，但我看不出這座小鎮上有誰會因此想殺死他。」

「我只是想說，很多人不喜歡他。有些丈夫很吃他的醋，一定是他認識的人幹的，一定也是我們都認識的人。柴斯不太可能跟陌生人一起爬上這裡。」喬說。

「也可能是一些我們不知道的原因。說不定他欠了外地人一大筆錢，對方還得是個能把柴斯・安德魯推倒的壯漢，畢竟要推他下去可不容易。」

喬說：「我已經能想到幾個可能人選了。」

6

船和男孩
一九五二年

某天早上，爸把鬍子刮乾淨，穿了一件縐巴巴的正裝襯衫來到廚房，表示要搭軌道巴士離開幾天。他要去艾什維爾跟軍方討論一些事，他認爲還有一些殘障津貼沒拿到，所以打算去看看狀況，總之要花上三、四天才會回來。他以前從不會把自己的事告訴奇雅，不但不會說自己打算去哪裡，也不會說何時回來，因此，身穿早已過短的連身工裝褲的奇雅只是站在那裡，安靜地抬頭盯著他瞧。

「我想妳就跟所有傻貨一樣又蠢又聾。」他說，接著把門廊門在身後用力甩上。

奇雅望著他一跛一跛地沿著小路往前走，左腳不停往側邊擺盪後再往前。她的手指糾結在一起。或許所有人都要丟下她了，他們每個人都沿著這條小路離開了。爸走到大路上時，毫無預警地回頭看了一眼，她立刻抬起手來死命揮動。那是試圖留住他的一次出擊。爸抬起手臂，快速又不耐地表示看到了。這樣就夠了，這已經比媽做得還多了。

她從那裡漫步到潟湖，清晨的光線在數百隻蜻蜓薄翅上閃爍。橡樹和濃密灌木圍住了水域，讓水面陰暗如洞穴。她看著爸的船，那艘船靠著一條繫繩固定於眼前的水面，若是被他發現自己把船開進溼地，他一定會拿皮帶或是擱在門廊門邊的船槳打她，喬帝總說那根船槳是「歡迎回來棍」。

或許是因為渴望前往更遠的所在，她忍不住向船靠近——那是爸用來釣魚的單人金屬平底小艇，非常破舊。她以前乘著這艘小艇在水上航行過無數次，身邊通常都是喬帝，有時他還會讓她掌舵。她甚至知道如何鑽過錯綜複雜的水道及河口，漫遊過一片片的水域和陸地，再經過陸地和水域，最終抵達大海。即便大海就位於環繞棚屋的林地彼方，唯一能透過水路抵達海洋的方法，卻是要反方向出發，先往內陸行駛，沿著好幾哩的水路迷宮蜿蜒前行，才能再回頭駛入大海。

不過由於她只有七歲，又是個小女孩，所以從未獨自駕船出航。船就漂浮在水面，只靠一根棉繩綁在木樁上。這艘灰撲撲的船看起來非常無精打采，捕魚裝備破舊，船底佈滿捏扁的啤酒罐。她走上船，大聲說：「得像喬帝說的那樣檢查汽油量，爸才不會發現我偷開走了。」她拿一根斷掉的蘆葦桿戳進生鏽的油箱中。「如果不開太遠，這個量夠了，我想。」

她就像名厲害的小偷般四處張望，把棉繩從木樁上解下，用一支船槳往前划行。如同雲霧般飛在前方的蜻蜓隨之分開。

她無法克制地扯了啟動拉繩，馬達初次在她手下點起火，斷斷續續吐出白煙。她身子往後跌，手緊抓住舵柄，但油門推得太深，船隻立刻大幅度轉向，引擎也發出尖叫。她放開油門，雙手高舉，船立刻繼續輕柔浮在水面低鳴。

遇到困難時，就放手。回到什麼都不做的狀態。

現在她能比較平穩地加速，駕船繞過一棵倒下的柏樹，然後噗、噗、噗地開過海狸用一堆堆樹枝建造的小屋。她屏住呼吸，一股勁把船開往潟湖入口，那入口幾乎被黑莓灌木遮蓋住。她在參天巨樹的低垂枝條下壓低身子，噗嚕嚕地緩慢穿越延伸超過一百碼的小樹叢，就跟烏龜從水面的木頭滑入水中一樣輕鬆。一整片浮萍將水面染成如同樹冠遮天的綠色，創造出一條翡翠通道。終於，眼前的樹木分開，她滑入的水域面對著一整片廣闊的天空和綿延的青草地，還有鳥在一旁嘎嘎鳴叫。小雞破殼時看到的就是這番景象吧。

奇雅沿著水道前進。她是小船中一個小小女孩，在眼前無止盡分歧又匯流的河口水道間穿梭。**在面對所有通往大海的岔路時朝左側行駛**，喬帝之前這麼說。她幾乎沒碰油門，只是輕巧地讓船穿過水流，盡量壓低船發出的噪音。駛過一片蘆葦時，奇雅看見一隻母鹿帶著去年春天出生的小鹿站著喝水。牠們的頭往上迅速抬起，把水珠甩上天空。奇雅沒停下來，因爲這麼做會讓牠們立刻拔腿逃開，這是她在觀察野火雞時得到的教訓：如果你表現得像掠食者，對方就會表現得像獵物。只要無視牠們，緩慢前進就好。她讓船翩然漂過牠們面前，這兩隻鹿如同松樹一動也不動，直到奇雅消失在鹽草彼端。

她進入一片被橡樹包圍的陰暗潟湖，想起另一邊的遠處有條水道通往巨大河口。她試了好幾次，但總是開進死路，只好回頭試另一條水道，同時在腦中記住沿途的所有天然標記，才能確保等一下能回到原本的潟湖。終於，她眼前出現了那片河口，前方無比寬廣，整片天空及雲朵都能盡收眼底。

潮水正往外退去，她可以透過溪流靠近岸邊的水波線條看出來。等退到一定程度之後，許多水道隨時可能露出底部，她會被卡住無法動彈。她得在那之前回頭。

她繞過一片高大的草叢，突然之間，大海那張灰白、嚴厲又起伏脈動的面容出現了，還對她緊鎖著眉頭。彼此拍擊的波浪沐浴在大海白色的唾液中，以轟隆巨響碎裂在岸邊——這些力量都在尋找得以釋放的灘頭，接著又平息爲大海舌間的安靜泡沫，等待著再一次轟然奮起。

一波波浪花嘲弄著她，想看她敢不敢破浪進入大海，但沒有喬帝陪伴的她終究鼓不起勇氣。反正也該是回頭的時候了。雷雨雲正在西邊的天際堆疊，巨大的灰色蘑菇幾乎要塞滿天際線。

四下無人，就連遠方都看不見船隻，因此，當奇雅重新回到那個巨大河口，看見在靠近溼地草地的附近，有個男孩在另一艘破舊小艇中釣魚時，她非常訝異。她的航道讓兩人之間的距離只有二十呎。此刻的她看起來就是沼澤地小孩的典型模樣：頭髮被吹得糾結在一起，灰撲撲的臉頰上有一條條風颳出的淚痕。

無論是汽油存量不足還是暴風雨的威脅，都沒有比看到另一個人更讓她感到焦躁，尤其對方還是個男孩。媽曾跟她姊姊說要提防這些傢伙。若妳看起來夠誘人，男人會立刻變成侵略者。她抿緊嘴唇，心想：我該怎麼做？我可是得經過他身邊呀。

她能透過眼角餘光看出他很瘦，紅色棒球帽底下冒出一些金色鬈髮，看起來年紀比她大上不少，十一或十二歲吧。她在接近他身旁時一臉陰沉，他卻對她露出了開朗又溫暖的微笑，還像是跟身穿禮服及精緻帽子的淑女致意一樣，碰了一下自己的帽沿。她稍微點點頭，接著繼續望向前方，猛催油門加速越過他。

現在她滿腦子只想趕快回到熟悉的水域，但肯定在某個地方轉錯了彎，結果竟然在抵達第二串潟湖時找不到通往棚屋的那條水道，只能在橡樹的樹墩及低矮的香桃木叢間打轉找路。慢慢地，她開始恐慌，此時所有的草岸、沙洲和水彎看起來都一樣。她關掉引擎，站在船的正中央，雙腳張開取得平衡，努力想越過蘆葦看清遠方，但卻沒辦法。她坐下。此時的她迷路、汽油沒剩多少，暴風雨又已逼近。

她偷用爸的說法來咒罵離開的哥哥。「該死的喬帝！希望你拉爆肚子！希望你跌進自己的屎裡！」

船漂浮在溫和的水流上，她一度低泣起來。雲層逐漸取代太陽籠罩了地面，厚重而緩慢地移動後沉默覆蓋了頭頂的天空，在清澈水面投下陰影。雲層隨時都會颳起暴風；更糟的是，若她在外遊蕩太久，爸就會知道她偷開船。她緩慢前行，說不定能再遇到那個男孩。

又過幾分鐘之後，溪流把她帶到一處水彎，她又進入了那個巨大河口，而男孩就在對面的船裡。一群白鷺起飛，彷彿一整批白色旗幟飄蕩在高聳的灰雲之前。她的眼神緊緊鎖定在他身上。要接近他讓她害怕，但又怕接近不了他。終於，她駛過了整個河口。

他在她駛近時抬起頭來。

「嘿。」他說。

「嘿。」她的眼神越過他，望向後方的蘆葦。

「妳究竟是要往哪個方向去呀？」他問。「希望不是要出海。暴風雨要來了。」

「不是出海。」她回答時低頭盯著水面。

「妳還好嗎？」

她爲了不哭出來緊繃住喉頭。她點點頭，但說不出話來。

「妳迷路了？」

她快速點了點頭。她才不打算像個小女孩一樣哭哭啼啼。

「是這樣呀，我其實也一天到晚迷路。」他說，然後露出微笑。「嘿，我認識妳。妳是喬帝·克拉克的妹妹。」

「以前是。他離開了。」

「就算這樣，妳還是他的……」他沒把話說完。

「你怎麼會認識我？」她直接望入他的雙眼，但立刻又收回眼神。

「噢，我以前偶爾會跟喬帝一起釣魚。之前見過你們幾次，妳當時還只是個小女孩。名字是奇雅，對吧？」

有人知道她的名字！她好驚訝。她有了一種歸屬感，也稍微覺得有所解脫。

「沒錯。你知道我該往哪個方向開嗎？從這裡怎麼過去？」

「應該知道。反正我也差不多該走了。」他用頭示意雲層逼近。「跟我走。」他把繫繩解開，將釣魚設備裝進箱內，啓動舷外發動機。他駛過河口時對奇雅揮手，她跟上。他緩慢駛入右側水道，回頭確認她有確實跟上，然後繼續前進。在抵達橡樹林潟湖群前，他每次轉彎都會回頭確認。在他轉入通往家的陰暗水道時，她已經知道自己哪裡搞錯了，也清楚知道自己不會再犯下同樣錯誤。

他帶領她穿越潟湖，直到抵達能夠看到林中棚屋的岸邊——就連她揮手表示認得路之後也沒離開。她把船駛到浸泡在水中的松樹邊，綁好繫繩。他將船往反方向緩慢駛開，船身因爲兩條船蕩開的衝突水波而快速擺動著。

「沒問題了吧？」

「嗯。」

「那，暴風雨要來了，我得趕緊走了。」

她點點頭，接著想起媽教過她的事。「謝謝你。」

「小事啦。我的名字是泰特，這樣妳要是再見到我，才知道怎麼稱呼。」

她沒回話，所以他說：「那就再見啦。」

他駕船離開，雨滴緩緩灑上潟湖灘，她說：「等一下雨會下很大，他一定會全身溼透。」

她彎腰打開汽油箱，用手包住油箱口，免得雨滴噴濺進去，然後戳了根蘆葦進去。她或許不會數硬幣，但她很清楚知道：油箱裡絕對不能進水。

油量實在太低了，爸一定會發現。我得在爸回來之前，帶個罐子去辛恩加油站裝油。

她認識加油站的老闆強尼·連恩先生，他總說她家的人是「沼澤廢物」，但爲了草地、天空和水去跟他這種人、風暴及潮汐打交道很值得，此刻的她只想回歸那個純粹的自然世界。獨自深入荒野確實讓她害怕，但也逐漸讓她感到刺激。另外還有一件事：那個平靜的男孩。她從未認識任何言行如此穩重自持的人。他的姿態篤定又輕鬆，光是待在他身邊，甚至不用距離很近，都能讓她不再那麼緊繃。自從媽和喬帝離開後，她第一次呼吸不再感到疼痛，也第一次有了傷懷以外的感受。她需要這艘船，也需要那個男孩。

就在同一天下午，泰特·沃克抓著腳踏車的把手漫步至小鎮，他對著雜貨店內的潘希小姐點點頭，走過西方車行，到了小鎮碼頭的這一端。他把海面掃了一遍，想尋找他爸的捕蝦船「櫻桃派號」，大老遠就看到那艘塗著亮紅油漆的船，船兩邊掛著網子的側翼隨著波濤起伏。他走近碼頭，一旁有以此船爲目標的一大群海鷗護衛著，他揮手，而他那位有著山丘般厚實肩膀、豐厚紅髮及鬍鬚的高大父親也高舉一手。村中的人都叫他「破壞王」，他把繫繩丟向泰特，他綁緊，跳上船，幫船員把捕獲的蝦子運下船。

破壞王撥弄了一下泰特的頭髮。「還好嗎兒子？謝謝你來一趟。」

泰特微笑，點點頭。「沒什麼。」他們和船員一起忙個不停，先是把蝦子裝進鐵絲籠，搬上碼頭，再呼朋引伴地說等等要到去他的啤酒屋喝一杯，還問起泰特在學校過得如何。破壞王比其他男人高了大概一個手掌，一次能抱起三個鐵絲籠，還能在搬到碼頭另一邊後再回去搬更多過來。他的手掌跟熊一樣大，指關節有很多破皮及裂傷。不到四十分鐘，甲板就用水管沖洗乾淨，網子綁好，繫繩也固定了。

他告訴船員下次再跟他們一起喝酒，他回家前還有些維修工作得做。船上的駕駛室有一台綁在控制面板上的唱機，他放上一張米莉莎．科猶斯[1]的七十八轉黑膠唱片，調高音量。他和泰特擠進底下的引擎室，破壞王在一顆燈泡的微弱光線下爲零件上油及拴緊螺栓，泰特負責遞上工具。高亢、甜美的歌劇不停竄上更高的天際。

破壞王的曾曾祖父是蘇格蘭移民，一七六〇年代，他搭的船在北卡羅來納州外海撞毀，而他是唯一的倖存者。他游到海邊，在外灘群島落腳，找了個老婆，成爲十三個孩子的父親。這位沃克先生家譜中的後代有非常多人，但破壞王和泰特基本上獨來獨往。他們家親戚星期天會一起在野餐墊上吃雞肉沙拉和惡魔蛋，泰特的母親與妹妹還在時，他們比較常加入，但現在很少去了。

終於，灰黑的薄暮籠罩下來，破壞王拍拍泰特的肩膀。「都搞定了。我們回家吧，去吃點晚餐。」

他們走過碼頭，沿著主街前進，經過一條蜿蜒的小路後回到家中。那是一棟兩層樓房，側邊貼的雪松木瓦已褪色斑駁，是十九世紀建造的房子。白色窗框剛油漆過，幾乎延伸到海邊的草坪修剪得很整齊，但靠近屋子的杜鵑花及玫瑰花叢卻淹沒在雜草中。

在雜物間脫下黃靴子之後，破壞王說：「吃膩漢堡肉了嗎？」

「永遠不可能吃膩。」

泰特站在廚房流理台前，把一個個漢堡肉團打成肉餅，放上盤子。他的母親和戴著棒球帽的妹妹卡利安娜正從窗邊的相片中對他微笑。卡利安娜喜歡那頂亞特蘭大火爆者隊[2]的帽子，到哪裡都戴著。

他從她們身上移開眼神，開始把番茄切成薄片，拌勻焗豆。如果不是因爲他，她們都還會在這裡。他的母親會在烤雞上淋油，妹妹會在切比司吉。

破壞王一如往常地把漢堡肉煎得太焦了，但內裡仍非常多汁，而且厚得像一本小型城市的電話簿。因爲飢餓，兩人一開始進食時完全沒交談，接著破壞王問起泰特在學校的狀況。

「生物學還不賴，我很喜歡，但英文課開始上詩歌了，實在沒什麼興趣。我們每個人都得大聲朗誦一首詩。你以前會朗誦一些，但我都不記得了。」

「我有適合你的詩。」破壞王說。「是我的最愛：羅伯特．塞維奇[3]的〈山姆．麥吉的火葬〉。以前都會讀給你們聽，那是你媽的最愛。每次聽我讀，她都會笑，永遠聽不膩一樣。」

因爲提起母親，泰特低下頭來，用湯匙把豆子推來推去。

破壞王繼續說。「別覺得詩歌是娘娘腔的專利。有些情詩很感傷，那是當然，但也有搞笑的詩，很多詩的主題跟大自然有關，甚至談到戰爭。重點是，詩能讓你獲得一些感觸。」他爸跟他說過很多次，眞正的男人要能不羞恥地哭泣、能打從內心欣賞詩歌、能用靈魂感受歌劇，還要能用必要的方式捍衛女人。破壞王走去起居室，對著廚房大喊：「我以前幾乎能全部背出來，但現在不行啦。在這裡，我唸給你聽。」他又坐回桌邊，開始朗讀。

---

1 米莉莎．科猶斯（Miliza Korjus, 1909-1980）是出生在波蘭的愛沙尼亞花腔女高音。

2 亞特蘭大火爆者隊（Atlanta Crackers）是二十世紀前半的一支小聯盟棒球隊。

3 羅伯特．塞維奇（Robert W. Service, 1874-1958）是加拿大裔的英籍詩人兼作家。

「山姆在那裡，冷酷又冷靜，坐在熾烈燃燒的焚化爐裡；
臉上拉開一哩外就能看到的微笑，說：『請把門關緊。
這裡挺好，但我真怕你們讓寒冷與風暴溜進來——
打從離開田納西的梅樹鎮，這可是我初次感到溫暖。』」

破壞王和泰特咯咯笑出聲。

「你媽每次聽到這段都會笑。」

他們微笑玩味著過往，沉默地坐了一陣子。接著破壞王說想去梳洗一番，要泰特去做功課。回到房間後，泰特翻了課堂上要讀的詩選，找到了一首湯瑪斯．摩爾[4]的詩作：

她划著白色獨木舟。
在那兒，整晚，螢火蟲的小燈旁，
……她去了憂傷沼澤之塘，

我很快就會看到她的螢火蟲小燈，
我很快就會聽到她的划槳聲；
我們會過著恩愛的日子，長長久久，
我會把這名年輕女子藏進柏樹中，
當死亡的腳步逼近。

這些話讓他想起奇雅，也就是喬帝的小妹。她在巨大而蜿蜒曲折的沼澤中看起來如此孤獨，非常渺小。他想像要是自己的妹妹迷失在那個地方……爸說的沒錯，詩確實會讓你獲得一些感觸。

---

4 湯瑪斯・摩爾（Thomas Moore，1779-1852）是愛爾蘭詩人、歌手兼作曲家。

7 捕魚季 一九五二年

捕魚男孩帶領她從溼地回到棚屋的那天晚上，奇雅盤腿坐在她的床上。大雨產生的水霧從經歷多次修補的紗門飄進來，碰觸到她的臉龐。她想著那個男孩，他親切但強壯，就跟喬帝一樣。現在除了爸之外，會跟她對話的人就是在威力小豬超市管收銀台的辛格特利太太，不過比跟爸說話的頻率還低。辛格特利太太最近開始教她分辨二十五分錢、五分錢和一角錢——她已經認得一分錢的硬幣。不過辛格特利太太也很愛打探隱私。

「親愛的，妳到底叫什麼名字呀？爲什麼妳媽不再來啦？自從蕪菁採收的季節過後，就沒看過她了。」

「媽有很多家事得做，所以才派我來。」

「這樣呀，親愛的，可是妳買的分量根本不夠一整家人吃。」

「嗯，啊，女士，我得走了。媽現在就需要這些碎玉米。」

奇雅盡可能去其他收銀櫃台結帳，以避開辛格特利太太。其他人通常不會對她表現出任何興趣，頂多說小孩不該光腳來超市買東西。她一度想跟那位小姐說，她可沒打算用腳趾挑葡萄呀，她哪買得起葡萄？

奇雅逐漸不再跟任何人說話，只跟海鷗說話。她思量著能跟爸做個交易，好讓她也能使用那艘船。她可以去沼澤裡蒐集羽毛和貝殼，或許偶爾還能見見那個男孩。她從未交過朋友，但她感覺交這個朋友很有用，也很有吸引力。他們可以找時間在各個河口間一起行船，探索整片沼地。他或許只把她當作一個小鬼頭，但既然他清楚沼澤地的路，或許可以教她認路。

爸沒有車，他靠船捕魚、靠船去鎮上，也靠船行駛過沼澤地前往「幾內亞沼澤」，那是一間因爲風吹雨淋而破敗的酒吧兼撲克牌館，只靠一道穿越香蒲的搖晃木棧道與堅實的地面連在一起。酒吧的錫片屋頂底下是切工粗糙的魚鱗板，內部空間隨著增建不停往外蔓延，但地板高度不一，隨著沼澤底部的磚造支撐柱高低而定。爸都是開船去酒吧或其他地方，很少走路，怎麼可能會想借給她呢？

但他之前沒用船時，會讓哥哥開船出去，或許是因爲他們會抓魚回來當晚餐吧。她對釣魚毫無興趣，得用其他表現來交換才可能打動爸。煮飯也許有用，不然就在媽回來之前多做點家事吧。

雨勢轉小。雨滴錯落降下，被擊中的葉子如同貓耳一般搧動。奇雅跳了起來，清理拿來當櫥櫃用的電冰箱，把廚房的夾板地面抹乾淨，然後刮掉乾涸在木柴爐台上好幾個月的碎玉米。隔天一大早，她把爸散發汗臭及威士忌味的床單刷洗乾淨，掛在棕櫚樹上，還把哥哥不比衣櫥大的房間打掃了一遍。哥哥的髒襪子堆在衣櫃後方，泛黃的漫畫散落在兩片髒污床墊旁的地上。她試著想起那兩個男生的臉，試著想起穿著那些襪子的腳掌，但所有細節在她眼前一片模糊，就連喬帝的臉都在回憶中逐漸褪色。她能在瞬間看到他的眼睛，但接著畫面又溜開、消失無蹤。

隔天早上，奇雅帶著一個加侖罐，沿著沙土小徑走到威力小豬超市。她買了火柴、豬背骨和鹽，然後特別留下了兩個一角硬幣。「不能買牛奶，得買汽油。」

她去了辛恩加油站一趟，那地方只要從巴克利海灣小村往外走就能立刻抵達。加油站就位於一小片松樹林間，周遭環繞著嚴重生鏽的卡車，還有廢棄舊車堆在水泥塊上。

連恩先生看到奇雅走過來，「滾出去，妳這乞丐雞。沼澤廢物！」

「我有帶現金來，連恩先生。我需要為爸的馬達買汽油。」她遞出兩枚一角硬幣、兩枚五分錢硬幣，還有五枚一分錢硬幣。

「這麼一丁點錢根本不值得我費工夫。但好吧，給我。」他伸手去拿那個破破爛爛的方形容器。

她對連恩先生道謝，他又不耐煩地悶哼了一聲。手上的雜貨跟汽油感覺愈走愈重，她花了好長一段時間才到家。終於，在潟湖的樹蔭下，她把罐子裡的汽油全倒進油箱，然後用碎布跟溼沙子對著船又擦又刷，直到金屬船身終於從污垢下方現身。

爸離開後的第四天，她開始等。接近傍晚時分，她的內心逐漸湧出冰冷的恐懼，呼吸也變淺。又來了，她又在這裡盯著這條小路。雖然他很惡劣，但她需要他回來。終於，他在夜幕落下後沒多久出現了，腳步在沙地上留下凹痕。她跑進廚房，在桌上擺出煮熟的芥末葉、豬背骨，和碎玉米粥。她不知如何煮肉汁，所以直接把浮著一簇簇白色脂肪的豬背骨高湯倒進果醬罐。盤子都裂了，也不成套，但她把叉子擺在盤子左邊，刀子放右邊，就跟媽教她的一樣。然後她等著，身體緊貼電冰箱，彷彿一隻在路上被車輾平的鸛鳥。

他用力把前門推開，門板撞到牆壁，走過起居室後三步就進了自己房間，沒叫她也沒往她的方向瞧。這很正常。她聽見他把行李箱放在地上，拉開抽屜。他一定會注意到乾淨的地板，也會發現床具都洗過了。就算眼睛沒看到，鼻子也能聞出差別。

幾分鐘後，他從房間直接走進廚房，盯著餐桌上熱氣蒸騰的一碗碗食物。他看見她站在電冰箱旁，兩人像從未見過面一樣乾瞪著彼此。

「啊這該死的女孩，這些是什麼？看起來妳是突然長大啦。又是煮飯又是做那些家事。」他沒有微笑，表情平靜。他沒刮鬍子，沒洗的深色髮絲垂掛在左側太陽穴上。他沒有喝醉，她看得出來。

「是的。我還做了玉米麵包，但沒成功。」

「嗯，謝妳啦。眞是個了不起的好女孩。我累死了，跟野豬一樣餓。」他拉開一張椅子坐下，她也照做。在一片靜默中，他們從多筋的背骨中挑出少得可憐的肉。他拿起一塊脊骨，吸光裡頭的骨髓，油汁把他臉頰上的鬍鬚沾得閃閃發亮。他們不停把這些骨頭啃成纖細、絲滑的緞帶。

「這些比冷甘藍三明治好多了。」他說。

「我希望玉米麵包有成功。或許該多放點蘇打粉進去，少放點蛋。」奇雅不敢相信自己竟然在說個不停，但又停不下來。「媽做得很好，但我猜我之前沒有認眞看每個步驟……」她想或許不該談起媽，立刻噤聲。

爸把盤子推向她，「還夠我再吃一點嗎？」

「有的，還有很多。」

「噢，還有把玉米麵包倒一些到燉肉裡，我就喜歡麵包吸飽湯汁，而且我敢打賭，那些麵包不會太糟，只是跟奶蛋麵包一樣軟糊糊的。」

她把食物裝進盤內，一邊偷偷微笑。誰會想到他們竟然可以聊玉米麵包。不過重新思考過之後，她擔心要是現在要求用船，他會覺得自己煮飯打掃只是爲了利益交換，這確實是她一開始的計畫，但現在情況似乎有所不同。她喜歡和他像家人一樣坐在桌邊吃飯，她眞的好想有人可以說話。

所以她沒提到自己想獨自開船出去的事，只是問：「之後可以跟你出去釣魚嗎？」

他大笑起來，但笑聲親切。自從媽跟其他人離開後，這是他第一次笑。「妳想去釣魚？」

「是的。我想。」

「妳是個女孩。」他看著自己的盤子，嘴裡嚼著豬背骨。

「是的，但我是你的女兒。」

「好吧，之後或許帶妳去看看。」

隔天早上，奇雅沿著沙土小路橫衝直撞地往前走，她雙臂平舉，唇間發出充滿口水的咂咂聲響，還噴出唾沫。她即將離地飛越溼地、尋找巢穴，然後在高空與老鷹並肩飛翔。她的手指變成長長的羽毛，鋪展於蒼穹，將風聚集在翅膀底下。但突然之間，爸從船上對她大吼，她被這陣聲響扯回地面。她的羽翼瓦解，胃部絞痛。他一定是發現自己把船開出去了。她可以感覺船槳已經打上自己的屁股和雙腿後方。她知道該如何躲起來，再等他喝醉，之後他就找不到她了。但她已經快走到小路底，現在想躲也來不及了。他站在那裡，身邊是他所有的釣具及魚竿，揮手示意要她過去。她走過去，沉默，恐懼。釣魚設備散落各處，他的座位底下探出半截玉米酒的瓶子。

「上船。」他邀請她上船的話就只有這兩個字。她表現出歡快、感激的模樣，但他的表情一片空白，所以她走到船首，在金屬座位上安靜坐下，面朝前方。他發動馬達，沿著水路南北航行時低頭躲避茂密的林葉，奇雅沿途則把殘破的樹木及老樹墩當路標來記。他在一片滯水區放慢速度，然後指示她坐到船中間的位置。

「動手吧，從罐子裡抓幾條蟲出來。」他說話時嘴角叼著一根手捲菸。他教她勾魚餌、拋竿，還有捲線，但似乎爲了避免碰到她，用了古怪的姿勢凹折身體。他們只談釣魚的事，從不觸及其他話題，也不常微笑，但卻因爲這個共同話題而感到安穩。他喝了一點酒，但之後就忙了起來，也沒有繼續再喝。接近傍晚時，太陽失去熱力，褪成奶油的顏色，或許他們自己沒注意，但他們的肩頭也已開始鬆垂無力。

奇雅其實默默希望不要釣到魚，但她感覺線被扯了一下，拉起了一條閃著銀藍光澤的粗厚淡水鯛。爸探出身子，把魚扯下後放進網子，坐回原位，用她沒看過的模樣拍打著膝蓋高聲歡呼。她露出大大的微笑，兩人相視而笑，結束了這趟釣魚行程。

爸把淡水鯛用繩子吊起來之前，牠在船底到處翻動彈跳，奇雅必須逼自己望著遠方排成一列的鵜鶘、研究雲的形狀，做什麼都好，總之不想看那條垂死之魚望向無水世界的雙眼，還有不停想吸入空氣卻徒勞的敞開大嘴。不過，透過自己和這條魚付出的代價，她換得了一丁點與家人共享的時刻。對魚來說或許不值得啦，但她覺得很值得。

他們隔天又一起開船出去，在陰暗的潟湖中，奇雅看到幾根從大鵰鴞胸口落下的柔軟羽毛浮在水面。兩端翹起的羽毛就像迷你的橘色船隻到處漂蕩。她把羽毛撈起來後放進口袋，之後又找到一個編織在突出枝枒上的廢棄蜂鳥巢，於是把巢塞在船頭的安全處。

那天晚上，爸煎了魚當晚餐，魚外部還裹了玉米粉和黑胡椒，另外搭配了玉米粥和蔬菜。飯後奇雅去洗碗，爸拿著他在二次世界大戰時分發的老舊背包走進廚房。他站在門邊，把背包用力甩向一張椅子，但背包滑到地上，發出一聲悶響，她嚇得跳起來，迅速回轉身。

「妳那些羽毛、鳥巢，還是其他想蒐集的東西，都能用這個背包裝。」

「噢。」奇雅說。「噢，謝謝。」但他已經走出門廊門外。她撿起用堅韌帆布製成的破舊背包，那材質就算用一輩子也不會壞，上頭佈滿許多小口袋和祕密收納空間。拉鍊是耐用的款式。她望向窗外。他之前從未給過她任何東西。

在冬天的晴朗日子和春天的每一天，爸和奇雅都會一起出門釣魚，他們用釣繩、甩竿，或捲線釣魚，沿著水岸深入各處。無論是在河口或溪流，她都會到處尋找泰特駕船的身影，希望可以再次遇見他。她偶爾會想起他，希望能跟他交朋友，但完全不知如何著手，甚至不知能怎麼找到他。之後，某天下午，她和爸剛轉過一個水彎，他就在那裡釣魚，幾乎就在她初次見到他的地方。他立刻拉開笑容向他們揮手。她想也沒想，立刻舉起手回應，臉上幾乎浮現笑容。接著在爸驚訝望向她時立刻放下手。

「是喬帝的一個朋友，他離開前交的朋友。」她說。

「妳得提防這附近的傢伙。」他說。「林子裡到處都是垃圾白人。這一帶幾乎所有人都不可靠。」

她點頭。她想回頭看看那個男孩，但沒這麼做。接著又擔心他覺得自己不夠友善。

爸認識這片沼澤地的方式，就像老鷹對自己的草原瞭若指掌：他知道如何捕獵、如何躲藏，也知道如何嚇退入侵者。而如同一張白紙般的奇雅所提出的各種問題，讓他不由得解釋起獵雁季節、魚群習慣，還有如何透過雲朵及潮汐的激流判斷天候。

有些時候，她會在背包裡打包在外野餐的晚餐，包括她現在幾乎完全掌握訣竅的酥脆玉米麵包搭配切片洋蔥，兩人一邊用餐一邊看著太陽落入沼澤。有時他會忘了自己帶的私釀酒，兩人一起喝著裝在果醬罐裡的茶。

「我的父母不是一直都這麼窮的，妳知道嗎？」某天他們坐在橡樹蔭下時，他突然脫口而出。橡樹枝條在潟湖面投下交錯的棕色線條，水面近處有許多昆蟲在飛。

「他們之前有土地，很豐饒的土地，種了菸草和棉花之類的作物。就在艾什維爾那邊。妳奶奶以前會戴跟馬車輪子一樣大的帽子，還穿長裙。我們的房子有那種四面環繞的露台，總共兩層樓高。是棟好房子，眞是棟好房子。」

奶奶。奇雅嘴巴張得開開的。她在世界某處竟然有個（或曾經有個）奶奶。她現在人在哪？奇雅好想問大家發生了什麼事，但又害怕。

爸自顧自講了下去。「後來一切都出了問題。事情發生的那段時間，我年紀還小，不是很清楚細節，總之經濟大蕭條，棉花又長了象鼻蟲。我根本搞不清楚，反正後來房子就沒了。唯一留下的只有債務，一大堆債。」

透過這些破碎的描述，奇雅試圖想像他的過去。她對媽的過去一無所知，之前只要有人試圖談起奇雅出生以前的事，爸就會大發雷霆。她知道媽的家人住在距離沼澤地很遠的地方，就靠近外公和外婆家，媽在那裡會穿店裡買來的洋裝，上頭縫著小小的珍珠釦子、緞帶和蕾絲。他們搬進棚屋之後，媽就把那些洋裝收進衣箱，每隔幾年從中取出一件，拆下所有裝飾後當作工作服來穿，因爲家裡沒錢買任何新東西。那些漂亮衣服和它們背後的故事，都已消失於爸在喬帝離開後點起的火堆中。

奇雅和爸又下了幾次魚竿，平靜的水面上漂浮著軟黃花粉，他們的釣線在其中嗖嗖抽動，她本來以為故事到此為止，但他又說了：「有一天我會帶妳去艾什維爾，讓妳看那片曾經屬於我們的土地，本來也會變成妳的土地才對。」

過了一會兒，他扯了扯釣線。「看這裡，小親親，我給我們釣到一條大魚啦，簡直跟阿拉巴馬州一樣大！」

回到棚屋之後，他們煎了那條魚，還炸了「跟鵝蛋一樣大」的小玉米球。然後她展示了今天蒐集到的戰利品。她把昆蟲仔細釘在一片片紙板上，還把羽毛貼在後方臥房的牆面，形成一幅柔軟、飄飛的拼貼畫。那天稍晚，她躺在門廊床上聽著松樹搖曳。她閉上眼睛，然後突然又睜得老大。他今天竟然叫她「小親親」。

8

負向資料
一九六九年

早上在防火塔的調查工作結束後，艾德·傑克森警長和喬·波爾杜副警長將柴斯的遺孀珍珠及父母山姆和佩蒂·樂芙送至一間診所，那間診所被用來當停屍間，柴斯覆著白布的屍體就躺在涼颼颼實驗室中的鋼桌上。雖然是爲了告別，但那個場面對任何母親而言都太殘酷了，也沒有妻子能夠承受。兩個女人都必須靠人攙扶才能離開。

回到警長辦公室後，喬說：「唉，情況眞是壞得不能再壞了……」

「是呀。眞不知道怎麼有人撐得過去。」

「山姆一個字也沒說。他從來就不是個愛說話的人，但這事眞可能逼死他。」

有人說，鹹水沼澤連水泥塊都能當早餐吞進去，就連警長這間如同碉堡的辦公室可能也無法免於其難：沼澤在低矮牆面上留下了起伏水漬，邊緣排列著細小的鹽粒結晶，黑黴如同血管一路延伸到天花板，還有小小的蕈菇蹲踞在角落。

警長從桌子最底下的抽屜拉出一個瓶子，在兩人的馬克杯中各倒了雙倍分量的烈酒。他們小口啜飲，直到如同波本酒一樣色調金黃、濃稠的太陽滑入海中。

四天之後，喬揮舞著一疊文件走進警長辦公室。「我收到實驗室的初步報告了。」

「給我看看。」

兩人坐在警長辦公桌的兩側，一起掃視著報告內容，喬時不時抬手想打一隻室內蒼蠅。

艾德大聲把內容讀出來，「死亡時間是在一九六九年十月二十九日的午夜，到三十日的凌晨兩點之間，就跟我們想的一樣。」

又讀了一下子之後，他說：「我們得到的只有負向資料。」

「你說的沒錯。根本什麼都沒查出來呀，警長。」

「除了兩個小男生爬上迴旋階梯的第三個轉向點之外，扶手沒有任何剛留下的指紋，柵門上也是，什麼都沒有。沒有柴斯或任何其他人留下的痕跡。」午後陽光把鬍鬚的影子打在警長本來顯得紅潤的皮膚上。

「所以有人擦掉了一切。還眞是一乾二淨。如果不是這樣的話，怎麼會連柴斯的指紋都沒留在扶手和柵門上？」

「沒錯。一開始我們沒找到腳印，現在連指紋都沒有。沒有任何證據顯示他跨過泥地爬上階梯，也沒有證據顯示是他打開階梯頂端的柵門，以及害他掉下去的那扇。另外也看不出有任何其他人這麼做。不過，負向資料仍是有用的資料。若不是有人把所有證據都清理乾淨，就是有人殺了他之後，才把屍體移到防火塔這邊。」

「但如果他的屍體是被拖到塔這邊的話，應該會有胎痕才對。」

「沒錯。得重新回去現場，找找看除了我們卡車和救護車以外的胎痕。或許我們漏看了些什麼。」

艾德又讀了一陣子報告後說：「至少，我現在很確信，這絕對不是一場意外。」

喬說：「我同意，而且一般人哪會清理得這麼乾淨。」

「我餓了。我們離開時順便去餐館一趟吧。」

「那麼，準備好面對大家的拷問吧。鎮上的人簡直群情激憤。柴斯・安德魯謀殺案是這一帶發生過最大的案件了，或許也是有史以來最大的事件。八卦跟烽火一樣已經到處瘋傳了。」

「那就把耳朵張大吧，或許能聽到一些小道消息。那些遊手好閒的人通常管不住嘴巴。」

巴克利海灣餐館面對著港口，前方有一整排裝了暴風擋板的窗戶。在這座一八八九年建造的建築和村碼頭的潮溼階梯之間，只隔了一條窄窄的小路。廢棄的蝦籃和捲成一團的漁網成排堆在窗戶底下，軟體動物的殼被隨處丟在人行道上。海鳥到處嘎嘎吼叫，也到處大便。幸好，香腸、比司吉、煮蔬菜，還有炸雞的香味，蓋過了碼頭區那一排的魚桶腥臭。

警長打開門時，一陣輕微的騷動從門口傾瀉而出。所有卡座——鋪上紅面料的高背座椅——都坐滿了人，大部分桌子也有客人了。喬指向飲料區的兩張空椅子，兩人走了過去。走到一半時，他們聽見辛恩加油站的連恩先生在對他的柴油機械師說：「我想應該是拉馬爾・桑茲。你記得嗎？他好幾次直接抓到柴斯跟他老婆在他那艘花俏的遊艇甲板上亂搞。這就是動機。他也因爲犯法被逮捕過幾次。」

「因爲什麼事情？」

「他跟那幫割破警長車輪的傢伙混在一起。」

「他們當時還是小孩呀。」

「還有其他事，我只是現在想不起來。」

餐館的櫃台後方，身兼廚師的老闆吉姆・博・史威尼把淺煎鍋裡的蟹肉餅翻面後，立刻衝去攪拌爐子上的一鍋奶油玉米，又跑去戳了戳油炸鍋裡的雞腿肉，再回來處理蟹肉餅。在處理這一切的空檔，他還為顧客送上一盤盤堆滿大量食物的餐點。人們總說他一手攪拌比司吉麵團時，另一手還有辦法為鯰魚去骨切片。每年只有幾次，他會供應自己的特色拿手菜——塞了蝦子的燒烤比目魚搭配甜椒起司玉米粥。他從來都不需要宣傳，這種小道消息總會逕自傳開。

警長和副警長繞過這些桌子，朝向櫃台移動，此時他們聽見克雷瑟雜貨店的潘希・普萊斯小姐跟一個朋友說：「很可能是住在沼澤的那個女人。她瘋得可以進精神病院了。我敢打賭，她早就有打算幹出類似的事了……」

「什麼意思？她扯上過什麼麻煩事嗎？」

「唉唷，她跟那個誰廝混過一陣子，就是那個……」

警長和副警長站在櫃台前方時，艾德說了：「或許還是外帶，趕快離開這裡吧。我們可不能被捲入這一切。」

9

跳跳
一九五三年

奇雅坐在船首，望著霧氣的指尖垂探入他們的船中。一開始，片片破碎的雲朵在他們頭上流動，接著是薄霧將他們吞噬入一整片灰幕中，只餘馬達低聲的「噠、噠、噠」。幾分鐘後，意料之外的小小色塊浮現，原來是受到風吹日曬摧殘的小港口加油站逐漸出現在他們眼前，彷彿移動的是加油站，而不是他們的船。爸加速往加油站駛去，輕巧停靠在碼頭邊。她只來過這裡一次。老闆是個老黑人，他總是立刻從椅子上跳起身前來幫忙，所以這裡每個人都叫他跳跳。他白色的鬢角與灰白相間的髮絲讓那張臉看起來寬闊又慷慨，還有雙彷彿貓頭鷹的眼睛。瘦瘦高高的他似乎總在講話、微笑，或者用自己的招牌方式大笑：頭往後仰，雙唇緊閉。他沒像附近大部分工人穿連身工裝褲，反而穿著熨過的藍色正裝襯衫、褲腳太短的深色長褲，還有工作靴。雖然不常見，但夏天最酷熱的時候，偶爾還會見到他戴一頂草帽。

他的「汽油及魚餌店」在屬於自己的小碼頭上搖擺著，這座小碼頭靠著一條纜繩固定在岸邊最近的橡樹上，纜繩跨越滯水區大約四十呎的距離，盡其所能地將小碼頭固定住。早在所有人有記憶之前，大概是在南北內戰之前，跳跳的曾祖父就用柏木板建了這座小碼頭和棚屋。

這三代人在棚屋上釘滿了各種金屬招牌——奈西牌葡萄汽水、皇冠牌可樂、駱駝牌濾嘴菸，還有累積二十年的北卡羅來納州車牌，就算起了濃霧，任何人也都能從海面看到這些炫目的色彩。

「哈囉，傑克先生，今天好嗎？」

「欸，我今天還是早起的鳥兒有蟲吃呢。」爸回答。

跳跳笑得像是從沒聽過這個老掉牙的說法一樣。「你還帶了你的小女兒一起來呀。眞是不錯。」

爸點點頭，接著又想了一下，說：「沒錯，這位是我的女兒，奇雅．克拉克。」

「這樣呀，我太榮幸可以認識妳啦，奇雅小姐。」

奇雅死盯著自己的腳趾，不知該如何回答。

跳跳也不在意，繼續談起最近魚很好釣的話題，然後他問爸：「油加滿嗎？傑克先生？」

「對，直接加到最滿。」

兩個男人聊天氣、聊釣魚，又聊起天氣，終於油箱加滿了。

「祝你們有美好的一天。」跳跳把船的繫繩拋開時這麼說。

爸再次把船慢慢駛入明亮的海洋——跳跳把油箱加滿時，太陽早已將所有霧氣吞噬殆盡。他們噗嚕嚕地將船繞過一座長滿松樹的半島，經過幾哩後抵達了巴克利海灣小村，爸把繫繩綁在小鎭碼頭蝕刻嚴重的柱子上。漁夫在碼頭上忙進忙出，不是在包裝漁獲，就是在綁緊繫繩。

「我想我們可以去餐廳吃點東西。」爸說，帶著她沿碼頭走向巴克利海灣餐館。奇雅從沒吃過餐廳的食物，甚至一步也沒踏進過餐廳。她把過短連身褲上的泥巴刮掉，拉直糾結的髮絲，心跳得好快。爸打開餐館大門時，所有正在進食的人都暫停動作。幾個男人稍微對爸點了點頭，女人們皺眉後轉過頭去。其中一人嗤之以鼻地說：「哎呀，他們大概看不懂標示：必須著襯衫和鞋子才能入內。」

爸指示她坐到一張可以望向碼頭的小桌邊。她看不懂菜單，但他跟她解釋了大部分內容，然後她點了炸雞、馬鈴薯泥、肉汁、白畝豆，還有鬆軟如同鮮採棉花的比司吉。他吃了炸蝦、起司玉米粥、炸秋葵，還有油炸綠番茄。侍者爲他們上了一大盤下面墊著冰塊的奶油、一整籃玉米麵包和比司吉，還有隨意喝到飽的冰甜茶。最後他們吃了黑莓水果派配冰淇淋當甜點。奇雅飽到差點吐出來，但覺得就算吐了也值得。

爸在收銀台前付帳時，她到外面的人行道上等待，漁船的刺鼻氣味瀰漫著整座海灣。她手上拿著一個油膩紙巾包，裡頭是沒吃完的雞肉和比司吉，工裝褲口袋內則是塞滿了一包包撒鹽小餅乾，那些是侍者剛留在桌上供人任取的餅乾。

「嗨。」奇雅聽見背後傳來一個細小的人聲，轉身看見一個長了金色長鬈髮的小女孩，年約四歲的她正抬頭望著奇雅。她穿著淺藍連衣裙，向奇雅伸出了手。奇雅瞪著那隻小小的手，那隻胖胖軟軟的小手或許是她此生見過最乾淨的事物。這隻手一定沒有用鹵水肥皂刷過，指甲底下也一定從未塞滿貽貝泥。接著她望向小女孩的雙眼，映照在裡頭的自己只不過是另一個孩子。

奇雅把紙巾包換到左手，緩慢把右手伸向女孩。

「嘿，妳這傢伙，給我滾開！」突然之間，循道宗教會牧師的妻子泰瑞莎．懷特太太從布朗老兄鞋店的門口衝了過來。

巴克利海灣小村是個極度虔誠的地方，小小規模的村子內就有四間教會，而且還只是給白人上的教會。黑人另外還有三間教會。

當然，這些不同教會的牧師及他們的妻子都在村中享有極高地位，穿著舉止也與這樣的地位相襯。泰瑞莎．懷特通常穿著粉彩色的裙子和白上衣，還依色系搭配相應的平底鞋和皮包。

此刻她匆匆走向自己的孩子，把她抱入懷中，往後退後一步遠離奇雅。她把小女孩放到人行道上，在孩子身邊蹲下。

「梅瑞兒．林恩，親愛的，別靠近那個女孩，聽到沒。她很髒。」

奇雅看著那個母親梳理孩子的鬈髮，當然也注意到她們是如此深刻地凝視著彼此的雙眼。有個女人從威力小豬超市裡快步走向她們。「妳們都還好嗎？泰瑞莎？發生什麼事了？那個女孩找梅瑞兒．林恩麻煩嗎？」

「我及時阻止了。謝謝妳呀，珍妮。眞希望這些人別到鎮上來。看看她，髒透了，實在讓人討厭。現在急性腸胃炎到處流行，我很確定就是這些人帶進來的。去年他們還把麻疹帶進來，這可是嚴重的問題。」泰瑞莎緊抓著孩子離開。

此時，奇雅身後的爸手上拿著一個裝著啤酒的棕色紙袋朝她大喊：「妳在幹嘛？趕快，我們得離開這個地方。在退潮了。」奇雅轉身跟上。他們航向沼澤中的家時，她的眼前還是能看見那對母女的鬈髮和雙眼。

爸偶爾仍會消失不見，連續幾天完全不回家，但頻率沒有之前那麼高了，在家時也不會爛醉地睡死，而是會跟她吃頓飯，說點話。某天晚上他們玩了金拉米牌，他在她贏的時候狂笑不止，而她也就像一般女孩一樣摀著嘴，咯咯笑個不停。

每當奇雅走下門廊時，她都會望向那條小路，就算野紫藤花已經隨著晚春委頓，她的母親也早在去年夏天就離開，但她總覺得或許還有可能看見媽踏著沙土地走來，身上仍穿著她那雙假鱷魚皮高跟鞋。既然現在她跟爸可以一起釣魚、一起聊天了，或許他們能再次試著成爲一家人。爸打過他們所有人，通常都是在喝醉的時候。一開始，他可以維持幾天正常的狀態，那時大家會一起吃雞肉燉菜，甚至還有一次去沙灘上放了風箏，但接著就是：喝醉、大吼、揍人。他曾有幾次發作在她心中留下了椎心刺骨的印象。某次爸把媽推去撞廚房牆壁，媽被一直揍到癱在地板上。奇雅啜泣著希望他停手，還摸了摸他的手臂，但被他用力抓住肩膀，大吼著要她脫下牛仔褲和內褲，叫她在餐桌邊彎下腰。他用順暢、熟練的方式扯下長褲頭上的皮帶，開始打她屁股。她當然記得光屁股上熱辣辣的尖銳痛楚，但奇怪的是，她記得更清楚的是牛仔褲垂落在細瘦腳踝邊的畫面。媽跌坐在烤爐旁的角落，大哭大吼，而奇雅根本不知道他們在吵些什麼。

但要是媽現在回來，爸的舉止也已經比較像樣了，或許他們可以重新開始。奇雅從沒想到會是媽離開，爸留下，但她知道母親絕不會永遠丟下她，母親只要還存於世間某處就一定會回來。奇雅還能恍然看見媽隨著收音機唱歌的豐潤紅唇，也還能隨時聽見她說話的聲音，「現在仔細聽歐森．威爾斯先生說話，他說話就跟紳士一樣得體。永遠別把『這樣』（aren’t）說成『醬』（ain’t），那根本不是正確的說話方式。」

媽會用油彩和水彩把河口與日落畫得栩栩如生，彷彿是直接從地表將這些畫面刮下後黏貼在畫布上。她從老家帶來了一些畫具，偶爾也從克雷瑟雜貨店東買一點、西買一點；有時媽也會讓奇雅用從威力小豬超市拿回來的棕色紙袋畫上自己的創作。

夏天是釣魚的季節，在那年釣魚季的九月初，一個因熱氣而顯得蒼白的下午，奇雅走到小路底的郵箱，卻在翻閱其中的雜貨廣告時僵住，因為她看到一個藍色信封，上面有媽整齊的手寫字跡。懸鈴木的葉子已經有幾片變成她當初離開時的黃色了。這段時間以來沒人知道她的消息，現在卻來了一封信。奇雅瞪著那封信，她把信拿到光下檢視，手指掃過那些完美的斜體筆跡，心臟在胸口中大力敲擊。

「媽還活著。還在某個地方生活。她為什麼還不回家？」她想把信撕開，但唯一確定能讀懂的只有自己的名字，而信封上沒寫她的名字。

她跑進棚屋，但爸已經開船去了某個地方。所以她把信靠在桌上的鹽罐前，好讓他之後能看見，並在煮眉豆和洋蔥時一直注意著那封信，以免它突然不見。

每隔幾秒鐘，她就躲到廚房窗邊聽是否有船的運轉聲，但就在爸跛腳走上階梯時，她突然流失了所有勇氣，衝過他身邊後嚷嚷著要去上廁所，還說晚餐很快就會煮好了。她站在獨立於棚屋搭建的臭烘烘簡易廁所中，快速搏動的心臟幾乎要躍上喉頭。她讓自己平衡地站在木踏板上，望著弦月的光線從門縫灑入，不知道該對接下來的一切抱持什麼樣的期待。

門廊的門被用力撞開，她看見爸快速走向潟湖，直接上船了，手裡抓著一個袋子，啓動馬達後離開。她跑回屋內，衝進廚房，信已經不見了。她拉開他的矮衣櫃抽屜，在衣櫃中胡亂翻找。「那也是給我的信！那不只是你的信，也是我的。」回到廚房後，她在垃圾桶裡找到邊緣還留著一抹藍色信紙的灰燼。她用湯匙把灰燼撈起來，放到桌上，堆成一座藍黑色的小山。她一點一點地在這堆垃圾中挑揀，寄望有些殘留的字句還掩埋在底下，但卻什麼都沒有，只看到一些焦渣沾著洋蔥皮。

她坐在桌前瞪著那一小堆垃圾，豆子還在鍋裡沸騰。「這是媽碰過的東西。或許爸會告訴我她寫了什麼。別蠢了——這個機率就像沼澤地下雪一樣低。」

就連郵戳也看不清了。現在她永遠都不可能知道媽在哪了。她把灰燼放進一個小瓶子，收在床邊的一個雪茄盒中。

爸當天和隔天晚上都沒回來，等他終於回來時，又是之前那個跌跌撞撞衝進門的酒鬼了。她鼓起勇氣問起那封信，他大吼道：「沒妳的事。」接著又說：「她不會回來了，妳不用再『醬』妄想了。」然後拿著袋子快步走向船。

「不可能！」奇雅對著他的背影大吼，她用拳頭猛力敲打自己的側身。她望著他離開，接著對著空蕩蕩的潟湖大喊：「『醬』根本不是正確的說話方式！」

後來她想自己是否該一開始就先把信拆開，根本不該拿給爸，那她之後就可以找機會讀懂內容，而他沒讀到信也會過得比較好。

爸再也沒帶她去釣魚了，那些溫暖的日子不過是段插曲。壓得低低的雲往兩邊分開，陽光從間隙短暫照亮過她的世界，接著雲層又再次吝嗇、陰沉地閉合了起來。

奇雅不記得該如何禱告。重點是兩手交握的方式，還是眼睛要閉得很緊？「或許只要我禱告，媽和喬帝就會回來。就算總是有人會激動地大吼大叫，也比這種老在吃結塊玉米粥的生活要好。」

她片片斷斷地唱著讚美詩——「而祂和我走著，當時玫瑰仍有朝露」——全是她少數幾次跟媽一起上那間小小白色教堂時記下來的。他們最後一次去，是在媽離開前的復活節星期天，但奇雅對那天的印象只有吼叫、血光，某人跌倒在地，還有逃跑的她和媽，所以最後她選擇將一切拋到腦後。

透過樹林，奇雅望向媽之前種的玉米和蕪菁田，現在全長滿了雜草，當然也沒看到玫瑰。

「算了吧。不會有神來這片花園。」

10 只是被風吹動的草

一九六九年

沙比泥更懂如何保守祕密。警長把貨車停在通往防火瞭望塔的小道入口，以免輾過某人在謀殺案那夜可能開車前來此地的證據。他們沿著小徑走，試圖尋找除了他們以外的車行痕跡，但隨著他們每踩一步，沙子就在他們腳底凹陷下去，無法維持固定形態。

接著，在靠近塔邊一個充滿泥坑的沼澤區域，他們讀出了一系列充滿細節的故事：一隻浣熊曾帶著四隻小浣熊腳步拖沓地走進又走出這灘爛泥；一隻蝸牛在地面織出了彷彿花邊的路徑，但被一隻來訪的熊打斷；還有一隻小烏龜曾趴在涼爽的泥中，肚皮在此處留下一個光滑的淺穴。

「簡直可以藉此直接看到那些畫面。但除了我們的貨車之外，沒有任何人爲痕跡。」

「這可難說。」喬說。「看看這個直角，還有一個小小的三角形，這很可能就是有人步行的痕跡。」

「不，我覺得那是火雞腳印的一部分，後來有鹿踩上去，才會變成這種幾何形狀。」

又過了十五分鐘，警長說：「我們健行到小海灣，看有沒有人會開船來這裡，而不是開卡車來。」他們撥開臉前氣味濃重的番桃木，走向那個小小海灣。潮溼的沙地上有螃蟹、蒼鷺和鷸鳥的足跡，但沒有人類。

「不過，看看這個。」喬指向有些砂礫受到擾動而幾乎形成完美半圓形的發散狀凹痕。

「有可能是圓船頭的船停靠在岸上留下的。」

「不是。你看風是如何把這些斷裂的草莖來回在沙上翻動的，是這些草莖畫出了這個半圓形。就只是被風吹動的草而已。」

他們站在那裡，四處張望。這是個小小的半月狀海灘，除了凹痕之外的其他地方都被厚厚一層碎裂的貝殼覆蓋，是甲殼類生物碎片組成的大雜燴，另外還能看到一些蟹螯。而貝殼是最懂得如何保守祕密的。

11
滿滿的粗麻布袋
一九五六年

一九五六年冬天，奇雅十歲。爸愈來愈少一跛一跛地走回家了，常常好幾個星期過去，家裡地上不但沒有威士忌瓶、沒有人大字型躺在床上，甚至連星期一的家用錢也沒了。她一直期待能看到他跛著腳從林間走來，身上背著他那個袋子。但從一個滿月又到了下一個滿月，她始終沒再看見他。

懸鈴木和山核桃的光裸枝條在陰鬱的天空下延伸，就算冬陽為這片慘寂場面帶來多少喜悅，躁動的風也將其一掃而空。那是無法將任何物件吹乾，無用的、乾燥的海陸風。

她坐在屋前的階梯上思考著這一切。他可能因爲撲克牌局打了一架，最後遭痛揍一頓，然後在下著雨的寒冷夜晚被丟在沼澤地。又或者他只是醉得一塌糊塗，漫遊進樹林，臉朝下跌進滯水區的泥塘中。

「我想他應該永遠離開了。」

她把自己的嘴唇咬到發白。那種痛跟媽離開時的感覺不同——事實上，她得非常勉強才能因爲爸的離開感到一絲心痛。但徹底孤身一人的感受過於巨大，政府當局也一定會在發現這件事後把她帶走，她得想辦法假裝爸還在，就連在面對跳跳時也是。

而且她現在沒有星期一的錢可以拿了。她已經努力把最後的幾塊錢多用了好幾星期，這段期間她光靠碎玉米和煮貽貝維生，偶爾還有到處亂跑的母雞零星下的幾顆蛋。她手頭的物資只剩幾根火柴、一小片肥皂，還有一小把碎玉米。她能一把抓住的這點藍頭火柴是撐不過冬天的，但沒有火柴就不能煮玉米粥，她得靠玉米粥餵飽自己、海鷗，和雞。

「我不知道沒有碎玉米該怎麼活。」

至少，她想，無論爸這次消失去了哪裡，他都是徒步離開的。奇雅現在有船了。

當然，她還得想出其他方法弄來食物，但此刻她暫時把腦中的這個思緒推到遙遠的角落。某天晚餐她吃了煮貽貝，現在她已經學會把貝肉剁成漿抹在蘇打餅乾上吃。吃完飯後，她翻閱媽之前珍藏的那些書籍，靠著角色扮演解讀那些童話故事。十歲的她還是不識字。

煤油燈閃爍了一下，接著黯淡、滅去。本來還有一小圈由柔和光線照亮的世界，現在只剩黑暗。她發出「噢」的一聲。之前總是爸去買好煤油，注滿煤油燈，所以她從未認真想過這件事。直到現在周遭伸手不見五指。

她在那裡坐了幾秒鐘，試著從剩下的煤油中勉強再點起一點火，但已所剩無幾。然後，一大團電冰箱的渾圓身形跟窗框開始在微光中顯現形貌，她用手指沿著流理台摸索，終於找到一小截蠟燭。點亮蠟燭要用掉一根火柴，她手上只剩五根，但黑暗又是當下最迫切的問題。

她嗖一聲擦亮了火柴，點燃蠟燭，黑暗於是退到了牆角。不過她腦中很清楚，她需要光線，而煤油得花錢去買。她張嘴急速輕淺地喘起氣來。「或許我該走到鎮上，直接把自己交給政府當局。至少他們會給我食物，送我去學校。」

不過又想了一陣子後，她說：「不，我不能離開那些海鷗，不能離開蒼鷺，也不能離開這棟棚屋。溼地是我唯一擁有的家人了。」

坐在蠟燭最後的光線中，她有了一個想法。

隔天早上，她比平常更早起床，當時還沒漲潮，她穿上連身工裝褲，拿著一個桶子、一把爪刀，和一些空的粗麻編織袋溜出屋外。她蹲在泥沼裡，如同媽教過的一樣把貽貝蒐集起來，在趴跪了四小時之後，她總算裝滿了兩個大粗麻布袋。

她駕著船穿過濃霧，抵達跳跳的汽油及魚餌店，太陽才剛從海面緩慢爬升起來。跳跳看她靠近便站起身。

「哈囉，奇雅小姐，需要一些汽油嗎？」

她的頭稍微往後縮了一下。自從上次去威力小豬超市之後，她就沒再跟任何人說過話，對話能力稍微有些流失。「可能需要汽油。但看狀況。我聽說你會收購貽貝，我這裡有一些。你可以給我現金，順便附送一些汽油嗎？」她指著麻袋。

「沒問題，當然可以。貽貝新鮮嗎？」

「我在太陽升起前挖的。剛剛才挖的。」

「那麼，我可以算妳一袋五十分錢，另外一袋讓妳加滿汽油。」

奇雅拉開一個小小的微笑。她真的靠自己賺到錢了。但她只說了「謝謝你」。

奇雅在跳跳替她加油時，走進他位於碼頭上的小店。她以前只在威力小豬超市購物，從來也沒特別注意這間店在賣什麼，但她現在發現除了魚餌和菸草之外，他還賣火柴、豬油、肥皂、沙丁魚、維也納香腸、碎玉米、蘇打餅乾、廁紙和煤油。她在世上所需的一切幾乎都在這裡了。櫃台上排列了五個一加侖的玻璃罐，裡頭裝滿一分錢一顆的糖果——紅辣肉桂膠囊糖果、星球糖和糖巴拔。世界上眞有這麼多不同種類的糖果嗎？

她靠賣貽貝的錢買了火柴、一支蠟燭，還有碎玉米。煤油和肥皂得等下一個粗麻布袋裝滿貽貝才能買。她用盡全力才說服自己放下糖巴拔，把錢用來買蠟燭。

「你一星期可以買幾袋？」她問。

「看來我們現在是要談生意了呀？」他問話時仍會用獨有的方式笑——雙唇緊閉，頭往後仰。「我大概每兩、三天會收購四十磅。不過要注意，也會有其他人來賣。如果妳帶了貽貝來，但我手上已經夠了，那就沒辦法了。先來先贏，就是這個規則。」

「好的，謝謝你，這樣沒問題。再見，跳跳。」接著她又說：「噢，對了，我爸要我向你問好。」

「這樣呀，眞好。若不麻煩的話，妳也爲我問候他。再見啦，奇雅小姐。」他滿臉微笑地看著她駛船離去。她幾乎也偷偷微笑了起來。靠自己的錢買汽油和生活必需品確實讓她像個大人了。之後回到棚屋，她打開那一小堆生活必需品，看到袋子底下有個黃紅相間的驚喜。她是個大人了，但還沒大到不需要跳跳塞進袋子裡的糖巴拔。

爲了確保能搶在其他採貝者之前，奇雅通常會在深夜靠著蠟燭或月光去沼澤採貝，此時她的影子總會在反射著水光的沙子上搖曳。她會在袋子裡額外加入一些牡蠣，偶爾也會睡在星光下的小沖谷邊，好在第一道陽光升起時就趕到跳跳的店。賣貽貝的錢比之前每週一拿到的錢更可靠。她幾乎總能擊敗其他採貝者。

她不再去威力小豬超市了，辛格特利太太老是問她爲什麼沒去上學，他們遲早會逮住她，把她拖回學校。她靠著從跳跳那裡買來的補給品過活，還有吃不完的貽貝。這些貽貝丟進碎玉米煮來吃的口感不算太糟，而且反正已經爛到看不出原貌了，不像魚還會用眼睛瞪她。

12

零錢和碎玉米

一九五六年

爸離開幾個星期後，奇雅每聽到有渡鴉大叫就會抬起頭來，心想或許牠們有見到他拖著一隻腳走過林間。只要聽到風裡有任何怪聲，她就會探出頭去，搜尋著任何人類的動靜，任何人都好。就算是跑給那個抓逃課學生的女士追，都算是很好的活動。

大多時候她還是在找那個釣魚男孩。她曾在這幾年間遠遠地看過他幾次，但自從三年前他在她七歲時穿越沼澤帶她回家之後，兩人就沒再說過話。除了跳跳和幾位收銀小姐之外，他是她在世上唯一認識的人。因此每次在水道上移動時，她都在到處搜尋他的身影。

某天早上，就在駕船駛入一處長滿米草的河口時，她看見他的船塞在蘆葦叢內。泰特現在戴的棒球帽跟當時不同，身形也抽高了，但就算距離五十碼遠，她還是能認出他的金色鬈髮。奇雅空轉引擎，任船緩慢往下滑行，安靜駛入高大的草堆中，偷偷朝他的方向望去。她練習著說話的嘴型，想著駕船過去之後，或許就問問他有沒有抓到任何魚好了。爸在沼澤上遇到別人時似乎都是這麼聊的，「有魚咬餌嗎？魚竿有動靜嗎？」

但她只是乾瞪著他，沒有任何其他動作。她很想過去找他，但又想逃開，結果就是動也不動地僵在原地。終於，她還是緩慢朝家的方向駛去，心臟在胸口不停敲打肋骨。

每次看見他時，她做的事都一樣：就跟她看到蒼鷺時的反應一樣。

她還是會蒐集羽毛和貝殼，但會把沾滿鹽分跟沙土的戰利品撒在屋前的磚板階梯邊。就在她每天把一些時間蹉跎於此事時，水槽裡的髒碗盤持續累積，再次沾滿泥巴的連身褲似乎也沒有什麼洗的必要了。從很久以前開始，她就習慣接收離開哥姊的連身褲來穿，但現在她的衣服上一大堆洞，也已經完全沒鞋子可穿。

某天晚上，奇雅剛好看見了那件上頭有粉色及綠色花朵的無袖連衣裙。那件媽之前都會穿去教堂的連衣裙就掛在鐵絲衣架上。這是媽的洋裝中唯一沒被爸燒掉的一件。多年以來，她數次用指尖碰觸這件美麗的衣裙，碰觸上頭的粉色花朵。衣裙前方有一塊污漬，那是在肩帶下的一小塊褪色棕點，或許是血跡吧，但現在已經淡去，就像其他糟糕的記憶一樣被刷掉了。

奇雅把洋裝舉到頭頂，套在自己纖瘦的身體上。裙襬幾乎長到腳趾，不合身。她把衣裙脫下，掛起來，打算再等上個幾年。穿著修剪過的衣服去挖貽貝太可惜了。

幾天之後，奇雅駕船去了尖點沙灘，那是在跳跳的店南方數哩外的一片白色沙灘。時間、海浪及風將其延伸成為一個尖點，也因此比其他沙灘聚集了更多貝殼。她總能在那裡找到許多少見的貝殼。她先把船綁在沙灘的南端，然後往北漫步、尋找。突然之間，有興奮的尖叫聲從遠處傳來。

她立刻衝過整片沙灘，朝樹林跑去，那裡有一棵寬約八十呎的橡樹長在及膝的熱帶蕨葉中。奇雅躲到樹後，看著一幫孩子沿沙灘漫步而來，偶爾在海浪間衝刺，又或者把沙子從地面踢得飛起來。一個男孩跑在最前面，另一個男孩丟了一顆足球在沙灘上。他們顏色亮麗的薄棉短褲在白沙子上就像換季期間的多彩鳥兒。這個畫面彷彿整個夏季沿著沙灘向她走來。

他們逐漸接近，奇雅將身體緊貼在橡樹後方偷偷往外瞧。他們一行人總共五女四男，年紀稍微比她大一些，大概十二歲。她認出了柴斯·安德魯，他正把球丟給那些老是跟他混在一起的其他男生。

至於女孩——高瘦金髮女、馬尾雀斑臉女、短黑髮女、老戴珍珠項鍊女，和圓臉頰女——則緩慢地走在後面，一邊聊天一邊吃吃發笑。在奇雅聽來，她們的聲音就像鐘聲一樣昂揚。她還不到在意那些男孩的年紀，眼神全聚焦在那些女孩身上。她們一起蹲下來，盯著小螃蟹小碎步橫向移動，然後緊靠著彼此的肩膀大笑，最後一整堆人笑到翻倒在地。

奇雅咬住下唇望著這些人。成爲這些人的朋友是什麼感覺呢？他們散發出的喜悅幾乎在逐漸加深的天色背景前創造出一圈光暈。媽常說比起男人，女人更需要彼此，但她從未告訴她該如何打入群體。她很快躲入森林的更深處，從巨大蕨葉的縫隙中偷看著，直到那幫人又沿沙灘上的原路走回去，成爲遠處的一顆顆小點。

清晨的陽光在灰暗的雲層下蓄勢待發，奇雅將船靠在跳跳的小碼頭邊。他走出自己那間小店，邊走邊搖頭。

「我眞的很抱歉，奇雅小姐。」他說。「但有人搶先了。我這個星期收購的貽貝已經到達上限，不能再買啦。」

她熄掉引擎，船隻輕輕碰撞著墩柱。這已經是她第二個星期被人搶先了。她的錢已經用完，什麼都沒法再買。手邊只剩一點零錢和碎玉米。

「奇雅小姐，妳得找其他方法賺錢才行呀。妳不能把所有雞蛋放在同一個籃子裡。」

回家之後，她坐在屋前的磚板階梯上思考，終於又想到了一個點子。她整整花了八小時釣魚，將捕獲的二十條魚浸在鹽水中過夜，天亮後再把魚鋪排在燻魚小屋的板子上。那個小屋的大小和形狀就跟戶外廁所差不多。她在小洞中升起火，模仿之前爸的做法，將剛折下來的木枝戳入火中。藍灰色的滾滾濃煙從煙囪陣陣冒出，也從牆壁的每個縫隙中鑽出。整間小屋彷彿正在發怒。

隔天她開船到跳跳的店，站在船上舉起一個桶子，裡頭是一些看起來可憐兮兮的小型鯛魚和鯉魚，有些魚肉都沿著邊緣碎落了。「你買燻魚嗎？我這裡有一些。」

「哎呀，我得說，妳還眞弄出一些燻魚了，奇雅小姐。這樣吧，我就讓妳寄賣，如果賣出去了，妳就能拿到錢，如果沒賣出去，妳就把魚拿回去，這樣可以嗎？」

「好，謝謝你，跳跳。」

那天晚上，跳跳沿著沙地小徑走回有色鎭，那是一個由棚屋及單坡頂小屋組成的小聚落，只有幾間眞正稱得上房子的建築蹲踞在滯水泥塘及泥沼間。許多營帳散落在樹林深處，因位於背海處而沒有風，「蚊子比整個喬治亞州還要多。」

走了大概三哩後，他可以聞到煮飯火堆的煙味穿越松樹飄來，還能聽到一些孫女和孫子嘰嘰喳喳在說話。有色鎭沒有鋪好的道路，只有從樹林延伸出來通往各家的小徑。他住的是一間眞正的房子，是他跟他爸用松木建的，周遭有原木籬笆圍住一座硬泥土地的院子，而他那位大塊頭妻子梅寶總是把院子掃得一塵不染，乾淨得幾乎跟室內地面沒兩樣。只要有蛇溜進距離階梯三十碼內的距離，就一定會受到鋤頭伺候。

她一如往常地面帶微笑，從屋裡走出來歡迎他。他把奇雅那桶燻魚遞給她。

「這是什麼？」她問。「看起來是狗都懶得吃的東西。」

「又是那個女孩。是奇雅小姐帶來的。有時她不是第一個帶貽貝來賣的，所以就跑去燻魚了，希望我把魚賣出去。」

「老天爺呀，我們得幫幫這孩子。沒人會買這種魚的，不過我可以煮成燉菜。我們教會能想辦法湊出一些衣服和其他小東西。跟她說有人會用一些罩衫來換魚。她的尺寸多少？」

「妳問我呀？就很瘦。我只知道她像旗桿上的一隻壁蝨那麼瘦小。我想她大概明天一大早就會來了。她應該徹底破產了。」

吃完加熱的貽貝玉米粥當早餐之後，奇雅駕船到跳跳的店，想知道燻魚有沒有賣錢。這些年來，跳跳的小碼頭上始終只有他和客人，但這次在她緩緩靠近時，有個身形巨大的黑人女性正把碼頭地板當成廚房地板掃個不停。跳跳坐在他的椅子上，背靠著店面外牆算帳本裡的帳，但一看到她就跳起來招手。

「早安。」她沉靜地說，同時手法純熟地把船駛向碼頭。

「妳好呀，奇雅小姐。我想介紹個人給妳認識。這是我老婆，梅寶。」梅寶走上前，站在跳跳身邊，所以當奇雅踏上碼頭時，兩人站得很近。

梅寶伸出手，輕柔地把奇雅的手握在手裡，開口，「能認識妳眞是太好啦，奇雅小姐。跳跳有跟我說妳是個多麼好的女孩。是最頂尖的採貝高手呢。」

儘管平日在花園中鋤草、每天得花上大半天煮飯，還得為白人做清潔及縫補工作，她的雙手還是非常柔軟。奇雅感覺自己的手就像被包覆在天鵝絨手套裡，但她不知該做何反應，只好保持沉默。

「是這樣的，奇雅，我們有一群人打算用衣服和其他妳需要的東西來換妳的燻魚。」

奇雅點點頭，盯著腳微笑起來，接著問了：「那可以為我的船加汽油嗎？」

梅寶轉頭，探詢地盯著跳跳。

「嗯嗯，這樣的話。」他說，「今天會給妳加一些汽油，因為我知道妳油不太夠了。但妳之後只要有機會，還是得繼續帶貽貝跟其他捕得到的東西來。」

梅寶用她的大嗓門說了，「老天呀，我的孩子，就別擔心細節了。現在讓我看看妳。我得計算妳的尺寸之後告訴他們。」她把奇雅帶進那間小小的店內。「我們就坐在這裡，妳告訴我需要什麼衣服，還有其他需要的一切。」

他們討論出一張清單後，梅寶用一個牛皮紙袋描了奇雅的腳型，接著說：「好的，那妳明天回來，就會有一堆東西等著給妳帶走啦。」

「真的太感謝了，梅寶。」接著她聲音變得很小，「還有其他事。我找到很多包放了很久的種子，但實在不知道怎麼種菜。」

「哎呀呀。」梅寶身體往後靠，笑聲在寬廣的肚腩中迴盪。「種菜我絕對是懂一些。」她跟奇雅解釋了種植蔬果的每個細節，然後伸手從架上的罐子中取出一些櫛瓜、番茄和南瓜的種子。她把每種蔬果的種子摺進小紙包中，在外頭畫上蔬果的圖案。奇雅不知道梅寶這樣做是因為不會寫字，還是知道自己不識字，但總之這種做法非常適合她們。

她走上船時又向兩人道謝了一次。

「我很高興能幫上妳的忙，奇雅小姐。記得明天回來拿妳的東西。」梅寶說。

就在那天下午，奇雅開始在媽之前種菜的地方挖出一排排土溝。鋤頭沿著土溝往下挖時不停發出沉重的哐啷聲響，土味飄散出來，粉色小蟲也被翻出地面。接著傳出一聲不太一樣的「嗆啷」聲，奇雅彎腰找到一支媽以前用的小髮夾。她輕柔地在連身褲上擦抹髮夾，直到上頭的沙土掉得一乾二淨。媽的紅唇和深色雙眼多年來第一次清晰浮現在她眼前，彷彿是那廉價飾品上的倒影。奇雅環顧四周，確信媽此刻正沿著屋前小路走來，打算來幫她整地。她終於回家了。這是少見的靜謐時刻，就連烏鴉也安靜下來。她可以聽見自己的呼吸。

她抓起自己的幾絡髮絲，用髮夾固定在左耳上方。或許媽永遠不會回來了。或許有些夢注定要淡去。她舉起鋤頭，把一塊硬邦邦的泥塊狠狠砸碎。

隔天早上，奇雅駕船朝著跳跳的碼頭駛去，碼頭上只有他一個人。那個大塊頭妻子和她提到的美好點子可能都是場幻覺吧。不過跳跳指著放在碼頭上的兩箱物品，臉上露出一個大大的笑容。

「早安呀，奇雅小姐。這些是給妳的。」

奇雅跳上碼頭，盯著快滿出來的兩個板條箱。

「拿去吧。」跳跳說。「這些都是妳的。」

她輕輕抽出了連身褲、牛仔褲，和好幾件不是T恤的眞正女式上衣；一雙海軍藍的綁帶帆布鞋，還有布朗老兄鞋店賣的雙色調鞍部牛津鞋，棕色和白色部分都因爲無數次擦拭幾乎在發亮。奇雅拿起一件帶蕾絲領的白色上衣，脖子部分還有一個緞面材質的藍色蝴蝶結。她的嘴巴一時闔不起來。

另一個箱子裡裝了火柴、碎玉米、一條植物油膏、乾豆子，和一整夸脫的自製豬油。最上面還有用報紙包的新鮮蕪菁與蕪菁葉、甘藍，以及秋葵。

「跳跳。」她語氣輕柔地說，「我帶來的魚絕對換不到這麼多東西。這幾乎得靠一整個月分的魚才能換到。」

「哎呀，不然這些舊衣服堆在家裡，大家又能怎麼辦？如果這些東西就是多出來的，妳又需要，他們需要魚也眞能拿到魚，那這場交易就成立啦。妳得現在就拿走，因爲我這裡可沒地方堆這些多餘的廢物呀。」

奇雅知道這話說得不假。跳跳這裡眞沒有多餘空間了。她把這些東西從碼頭上拿走，還是幫了他的忙呢。

「那我就帶走了。但你要幫我跟他們說謝謝，好嗎？我也會燻更多魚，盡快帶過來。」

「那就沒問題啦，奇雅小姐。這樣很好。妳有魚就帶過來。」

奇雅發動馬達，突突地重新駛入海中。繞過半島，離開跳跳的視線之後，她就任船順流漂動，然後從箱子裡挖出那件蕾絲領上衣。她把衣服直接套在布料扎人且膝蓋處有補釘的連身工裝褲上，把藍色緞面蝴蝶結在脖子上繫好。接著她一手掌舵，一手輕撫蕾絲，就這樣駛過海洋及河口，朝家的方向前進。

13

羽毛
一九六〇年

以一個十四歲少女而言，奇雅的身形雖瘦卻顯得精實。某天下午，她站在沙灘上向海鷗丟麵包屑。現在的她仍無法數出牠們有幾隻，也仍不識字。她不再會在白日夢中看見自己跟老鷹比翼飛翔，或許是因爲人一旦得在泥地裡挖出晚餐，想像力立刻就會變得跟成年人一樣扁平。現在她穿媽的那件無袖連衣裙時，胸口部分貼得剛剛好，裙襬則落在她的膝下。她想自己已經追上媽的身形，或許還超越了一些。她走回棚屋，取了魚竿和釣線，直接到潟湖另一端的小樹叢邊釣魚。

就在她拋竿時，身後有樹枝折斷的聲音。她用力回頭到處看。灌木叢裡有腳步聲。不是熊，熊的巨大腳掌會發出擠壓聲，而她聽到的是從黑莓灌木中發出的沉重哐啷響。接著烏鴉叫了。烏鴉就跟泥巴一樣無法保守祕密，牠們一旦見到什麼就得告訴所有人，而願意聆聽的人就有福了：不是因此得到有掠食者來的警告，就是因此得知附近有「食物」接近。奇雅知道有事要發生了。

她將釣線收起，一邊用肩膀推開灌木叢前進，一邊沉默地把線纏上魚竿。她再次停下腳步，聆聽，眼前有一片陰暗的空地在五棵橡樹下展開，這是她最喜歡的地方之一。由於橡樹的枝葉太濃密，只有幾束霧茫茫的陽光得以穿越樹冠灑入，點亮一片片豐美的延齡草和白色紫羅蘭。她的雙眼掃過空地。沒人。

接著一道人影從遠方的樹叢溜了出來，她的眼神立刻掃過去。人影停止動作。她的心跳得更用力了。她蹲低身體，彎腰快速安靜地跑到空地邊緣的林下灌木間，回頭透過枝條縫隙望去，看到一個年紀比她稍大的男孩正快步走過林間，頭前後晃動著，但又在看到她後停下腳步。

奇雅躲在一個帶刺的灌木叢後，把身體擠進一條兔道，那通道彎彎曲曲地鑽過如同堡壘一樣厚的黑莓灌木。她繼續彎著身體跌跌撞撞向前，手臂被灌木上的刺刮花。再次停下腳步時，她仔細聆聽，在炙熱的陽光下躲著，喉嚨因為太渴而痛苦不堪。十分鐘後，沒人出現，於是她躡手躡腳溜到匯聚在苔蘚間的一小池泉水邊，像頭鹿一樣喝了起來。她想知道那男孩是誰？為什麼到這裡來？一定是因為她會去跳跳那裡——人們會在那裡看到她。就像刺蝟被翻出肚皮一樣，她覺得自己暴露了弱點。

終於，在暮色完全暗去之前，陰影仍未篤定掌握大地時，她經過那片橡樹空地，打算走回棚屋。

「因為那傢伙鬼鬼祟祟的，害我今天沒抓到能燻的魚。」

空地中央有一處腐朽的樹墩，上頭覆滿苔蘚，看起來就像一名躲在披風下的老人。奇雅走向樹墩，止步，有一根大約五、六吋長的黑色羽毛就直直插在那根樹墩上。對大多數人而言，這不是什麼大不了的場面，甚至可能以為那就是根烏鴉羽毛，但她知道那不是尋常羽毛，而是大藍鷺的「眉毛」。就是那根在眼睛上方優美往後彎曲，一路延伸到牠優雅的頭後方的羽毛。那是海岸沼澤地中最精美的自然元素之一，而此刻就出現在她眼前。她從未蒐集到這根羽毛，但一看就知道是什麼，畢竟她這輩子總是蹲在沙灘上和鷺鳥們四目相對。

大藍鷺在藍色水面映照出的是一片霧灰色，也能像水霧一樣與背景水乳交融，此時牠的全身都會消失，只剩準備出擊的那對眼睛形成的兩個同心圓。牠是極有耐心的獨行獵人，爲了抓捕獵物可以獨自站多久都沒問題。牠也能用眼睛緊盯獵物，一次一步緩慢往前推進，彷彿一位即將捕獵的伴娘。不過，偶爾牠們也會透過飛行來獵捕，激烈地飛動並往水面衝刺，用如同長劍一般的鳥喙打前鋒。

「怎麼會直挺挺地卡在這裡？」奇雅低聲自問，轉頭望向四周。「一定是那個男生放在這裡的。他可能現在正看著我。」她站在原地不動，心臟再次跳得猛烈。她往後退，把羽毛留在原地，跑回棚屋，鎖上紗門。她已經很少這麼做了，因爲上鎖能提供的保護也很有限。

不過清晨到來時，她想要那根羽毛的想法愈發強烈。至少再去看一眼吧。她在日出時分跑向那片空地，仔細觀察周遭後走向樹墩，拿起羽毛。羽毛質地平滑，幾乎像絲絨。回到棚屋後，她在橫越整片牆的所有收藏品——從小小的蜂鳥羽毛到大大的老鷹尾羽都有——的中央爲這根羽毛找了個特別位置。她眞想知道那個男生爲何帶一根羽毛來給她。

隔天早上奇雅就想衝去樹墩，看看有沒有另一根羽毛出現，但她逼自己等一陣子。她可不能撞見那個男生。終於，她在近午時走向那片空地，接近的步伐緩慢，一邊也聆聽著動靜。由於沒聽見或看見任何人，她往前踏去，接著一抹少見的微笑倏忽即逝地點亮了她的臉龐：她看見一根細長的白羽毛插在樹墩頂上，長度是從她的指尖到手肘，並在優美彎曲後匯聚成一個尖端。她拿起羽毛，大聲笑了出來。那是熱帶鳥驚人的尾羽。她從未見過這種海鳥，因爲這裡不是牠們的棲地，但這些鳥有很小的機率會被颶風的側翼掃來此地。

奇雅內心驚奇不已，沒想到有人能蒐集到如此罕見的羽毛，甚至還能多出一根給別人。

由於她讀不懂媽留下的老舊生物指南，不知道大部分鳥類及昆蟲的名字，所以開始編造出專屬於自己的名字。不會寫字的奇雅也想出方法標記自己做的標本。她的才華已經發展得非常成熟，現在的她能簡單繪畫、用顏料塗畫，也能素描出任何主題。她可以用雜貨店的粉筆或水彩在超市紙袋上素描鳥類、昆蟲或各種貝類，然後把這些圖像貼在她做的標本旁。

那天晚上，她奢侈地點了兩根蠟燭，把蠟燭放在廚房檯面的淺盤上，好能看清這根羽毛中所有微妙不同的白，好把這根熱帶鳥羽毛好好畫下來。

之後樹墩上有一個多星期沒出現過羽毛。奇雅每天都會經過樹墩好幾次，謹慎地從蕨葉間觀察，但什麼都沒見到。她開始大白天就呆坐在家裡，這種狀況之前可不常見。

「應該爲了晚餐來把豆子泡一泡了。瞧時間多晚了。」她走過廚房，在櫃子裡翻找，手指在桌面敲打。本來想畫畫，但沒畫。接著她又去了樹墩那兒。

即便隔著一段距離，她還是能看到那根野火雞的條紋長尾羽。她的注意力立刻被吸引過去。火雞是她之前最愛的一種鳥。她看過母火雞明明還在走路，翅膀下卻塞了多達十二隻小火雞的場面，邊走有些小火雞還會跌跌撞撞滾出來，但總會想辦法追上去。

不過大約一年前，就在奇雅散步經過一小片松樹林時，聽見了非常刺耳的尖叫聲。一群十五來隻的野火雞跑來跑去——大部分是母雞，另外還有幾隻年輕和成熟的公雞。牠們正在啄地上一堆看起來像是油膩破布的東西。牠們的雙腳揚起沙土，煙塵在樹林間瀰漫、飄升後卡在枝條上頭。奇雅小心地往前接近，看到地上其實是一隻母火雞，而牠的同類正在用喙及腳趾對牠的頭和脖子又啄又刮。牠的翅膀不知怎地跟荊棘纏在一起，羽毛以詭異的角度突出，看來是無法再飛了。喬帝說過，只要一隻鳥變得跟其他鳥不一樣——天生殘缺或受傷——就很可能引來掠食者，同類會爲了避免引來老鷹而設法殺掉牠，以免別的鳥跟著被抓走。

一隻體型很大的母火雞用牠又刺又大的腳爪箝制住那隻狼狽的母火雞，將牠壓制在地，另一隻母火雞則開始啄牠毫無保護的脖子和頭。地上的母火雞尖聲狂叫，狂亂的眼神掃視著周遭正在攻擊自己的同類。

奇雅衝到空地，雙手在空中揮舞。「嘿，你們這些火雞在幹嘛？快走開。別這樣！」牠們開始往樹叢奔竄，毛花花的翅膀掀起更多沙土，其中兩隻飛起來後笨重撞上橡樹。但奇雅來得太遲了，那隻躺在地上的母火雞張著雙眼，全身癱軟。皺巴巴的脖子鮮血直流，歪斜地倒在地上。

「噓噓噓，快走！」奇雅把最後幾隻體型很大的火雞趕走，牠們終於窸窸窣窣地離開了，畢竟該做的工作也完成了。她跪在那隻死去的母火雞旁，用一片懸鈴木葉蓋住牠的眼睛。

看過火雞那一幕的那天晚上，她晚餐吃了剩下的玉米麵包和豆子，接著在門廊床上躺下，望著月光碰觸著潟湖。突然，她聽見樹林間有人往棚屋走來，那些人的聲音聽起來既緊張又尖銳，是一群男孩，不是男人。她坐直身體，這裡沒有後門，如果不立刻逃出去，就只能坐在床上迎接他們的到來。她如同老鼠般快速移動到門邊，但此時燭光閃現，上下搖曳，他們帶來的燭火快速在光暈中擺動著。來不及跑了。

人聲變得愈來愈大。「我們來囉，沼澤女孩！」

「秀出妳的白牙呀！秀出妳在沼澤中保養的『秀髮』呀！」陣陣笑聲傳來。

隨著腳步聲接近，奇雅躲在門廊半高的牆後方。燭火狂亂舞動，接著突然一口氣熄滅，原來那五個大概十三、四歲的男生正在跑過院子，就在他們全速衝向門廊時，所有說話聲暫時停止，然後他們開始用手掌拍打門板，彷彿正在甩誰巴掌。

「嘿——在嗎？人猿小姐！」

每一個敲擊聲都刺在奇雅這隻母火雞的心上。

靠在牆邊的奇雅幾乎要嗚咽起來，但還是屏住呼吸。他們可以輕易闖入家裡。只要用力一扯，他們就能進到屋內。

但他們從階梯撤退了，再次跑回樹林。他們興奮地大叫歡呼，因爲從傳說中那個狼孩子般的沼澤女孩手中倖存下來了，也就是那個連「狗」都不會拼的女孩。他們消失在夜色中，回到安全的地方，笑語從樹林間傳來。她望著那些重新點起的燭光在樹林間上下浮動，然後坐在那裡望向死寂的黑暗，感到羞恥。

此後奇雅只要看到野火雞，就會想到那天白天和夜晚的經歷，但此刻注視著這根羽毛，知道這場遊戲仍未結束，還是讓她非常興奮。

14 紅色纖維
一九六九年

悶熱的潮氣讓這個早上成爲一片看不到海、也看不到天的煙霧。喬走出警長辦公室，與從巡邏卡車下來的艾德會合。「來吧，警長，我從實驗室拿到更多有關柴斯・安德魯案件的資料。屋裡跟野豬呼出來的氣一樣熱騰騰的呢。」他帶路走向一棵參天的橡樹，古老的根脈如同拳頭一樣擊穿光裸的土地。警長跟著他走，踩得橡子嘎吱作響，兩人站在樹蔭下，海上的微風撲面而來。

他大聲朗讀資料。「『身體表面有瘀青，也有內傷，符合從極高處落下的傷勢。』他的頭確實在跌落時撞到了那根柱子——血和毛髮的採樣結果也顯示如此——因此對他的後腦杓造成了極嚴重的瘀青跟損傷，但不致命。

「清清楚楚，他就是死在被發現的地方，而且一直沒有受到移動。交叉梁柱上的血跡跟毛髮證實了這點。『死因：後部大腦皮質的枕葉和頂葉遭受突然撞擊，脊椎斷裂』——就是因爲從塔上落下。」

「所以確實有人銷毀了所有腳印和指紋。還有什麼資訊嗎？」

「聽聽這個。他們在他的外套上發現很多外來的纖維。紅色的羊毛纖維，不是從他身上的衣物落下的。還有附上樣本。」警長拿起一個小小的塑膠袋。

兩個男人盯著那包霧花花的玩意兒，裡頭的紅色細線如同蜘蛛網平貼於塑膠袋面。

「羊毛，資料是這麼說的。可能是毛衣、圍巾，或帽子之類的。」喬說。

「上衣、裙子、襪子、披風。老天，幾乎什麼都有可能。我們得找出來。」

15

遊戲

一九六〇年

隔天中午，奇雅雙手捧著臉頰往樹墩緩慢前進，幾乎像是在禱告。不過樹墩上沒有羽毛。她的嘴唇緊抿起來。

「當然沒有，我也得留些東西給他才對。」

她的口袋裡裝著那天早上找到的未成年白頭海鷗尾羽。除非是很懂鳥的人，才會知道這根看來髒兮兮又破爛的羽毛屬於老鷹，而且是一隻仍未長出頭冠的三歲白頭海鵰。雖然沒比熱帶鳥尾羽少見，但仍是非常寶貴的羽毛。她把羽毛小心放在樹墩上，再壓上一顆石頭，免得被風吹走。

那天晚上她躺在門廊床上，雙手枕在頭底下，臉上有一絲若隱若現的微笑。她的家人留她獨自在沼澤中求生，但現在卻有人自願來爲她在森林裡留下禮物。儘管仍不敢百分之百確定，但她愈想愈覺得這個男孩不是來傷害她的。喜歡鳥的人不可能是惡毒的人，這說不通。

隔天早上，她從床上跳起身，跑去做媽以前所謂的「深層清潔」。她本來只打算從抽屜中挑揀出一些可用的殘餘保養品，但就在拿起母親那把銅鋼合金的剪刀時——手指穿過去的地方旋扭成非常精美的百合形狀——她突然將自從媽離開後七年沒剪過的頭髮一把往後抓起，剪掉了整整八吋，剩下的長度剛好超過肩膀。她看著鏡子裡的自己，稍微甩了甩頭髮，微笑。之後把指甲和頭髮擦洗到發亮爲止。

她把梳子跟剪刀放回原處，低頭看著媽留下的舊美妝保養品。液態粉底和腮紅已乾到龜裂，但唇膏的保存期限想必長達好幾十年，因爲當她打開管狀包裝時，口紅看起來還很新。以前從未玩過打扮遊戲的她生平首次搽上了口紅。她咂咂嘴唇，接著對鏡子微笑，覺得自己有點美，雖然沒媽那麼美，但夠好看了。她咯咯笑了起來，把唇膏抹掉，接著在把抽屜關上前，瞥見一瓶乾掉的露華濃牌指甲油，是裸粉色。

奇雅拿起那個小瓶子，想起媽把這瓶小小的指甲油跟其他東西一起從鎮上帶回來的那天。媽說這個顏色搭配橄欖色肌膚很好看。她叫奇雅和兩個姊姊在褪色沙發上坐成一排，伸出光腳，把她們所有的腳趾甲和手指甲塗滿。她也塗了自己的指甲，然後笑得開懷的她們在院子裡跑跳玩鬧，炫耀著她們的粉色指甲。爸不知道去哪裡了，但船還停在潟湖上。媽於是出了一個主意：所有女孩一起搭船出航。這是她們從未做過的事。

她們爬進這艘小船筏，四人彷彿還沒酒醒一樣快樂揮動著手腳。她們拉了幾下才啓動馬達，離岸出發，媽將船駛過潟湖，進入通往溼地的狹長水道。她們迎著微風在水道內前行，但媽對地形不是很清楚，於是船在駛入一片水淺的潟湖時卡在黏答答又如同焦油般厚重的黑泥上。她們用槳到處推，船就是不動。無計可施的她們儘管身穿裙子，還打扮得漂漂亮亮，也只能爬過船邊，腳踩進及膝的爛泥中。

媽大喊著：「別把船弄翻了！女孩們！別弄翻了。」她們終於把船拖到可以正常航行的水域，過程中不停對著彼此沾滿泥巴的臉尖聲大叫。她們又花了一點工夫才重新回到船上，翻過船側的樣子簡直像一批被丟上岸的魚。一行四人後來沒有坐在座位上，而是一整排擠在船底，雙腳伸向天空扭動腳趾，看著粉色指甲從泥巴中閃爍出光芒。

躺在那裡時，媽說了，「妳們都聽清楚了，我們學到人生中眞正重要的一課。沒錯，我們是卡住了，但我們女孩們會怎麼做？我們從中找樂子，我們大笑。這就是姊妹與女性朋友的重要性。就算是陷入泥沼中，尤其是陷入泥沼中時，妳們更要團結在一起。」

媽一直沒買去光水，所以那些指甲油只是逐漸剝落、碎裂，失去色彩，指甲上殘存的粉紅色塊能讓她們想起那段快樂時光，以及人生中眞正重要的一課。

看著那個老舊的瓶子，奇雅試圖在腦中想起姊姊們的臉，然後大聲開口說了：「妳在哪呢？媽？爲什麼沒留在我身邊？」

隔天下午，奇雅一走到橡樹林空地，就看到在森林柔和的綠色及棕色之間透出了不自然的亮色。樹墩上有一個小小的紅白色牛奶紙盒，旁邊放著另一根羽毛。看來那男孩決定提高遊戲的賭注了。她走向前，先拿起了羽毛。

那根銀色的軟羽毛是夜鷺的冠毛，夜鷺也是溼地中最美麗的鳥之一。她看向牛奶盒，盒中有幾條捲得很緊的紙捲，裡頭包了蕪菁、紅蘿蔔和青豆的種子，另外在牛奶盒底部還有一顆包在棕紙中的火星塞，是爲了給她船上的引擎替換用。她再度微笑，轉了一圈。她已學會在缺乏大部分物資的情況下生活，不過她偶爾也是需要火星塞的。跳跳曾教過她簡單修理引擎的方法，但若需要換零件，她就得走到鎭上，也需要現金才能購買。

而現在她竟然有了一顆備用火星塞，可以在需要時拿出來替換。這是一種餘裕。她的心脹得好滿。每次看到裝滿汽油的油箱，還有夕陽在如同筆刷畫過的天際落下時，她就會出現這種感覺。她一動也不動地站著，努力想理解這件事，想知道這一切的意義爲何。她曾見過公鳥爲了求偶而帶禮物給母鳥。但她還太年輕，還不到築巢的時候。

紙盒最底下有一張字條。她展開字條，瞪著上面的字，上頭仔細書寫的字跡非常簡潔，就連小孩子都不可能讀錯。奇雅記得所有漲退潮的時間，能藉由星星找到回家的路，也知道每種老鷹的羽毛長什麼模樣，但就算已經十四歲了，她還是讀不懂這些字。

她忘記帶任何要留在樹墩上的東西了，口袋裡只有常見的羽毛、貝殼和種莢，所以她趕回棚屋，站在她的羽毛牆前瀏覽自己的收藏品。其中最優雅的是小天鵝的尾羽。她從中拿了一根，打算下次經過樹墩時放上去。

夜色降臨，她拿著毯子到溼地內，睡在一個充滿月色及貽貝的小沖谷附近，並在清晨到來前用貽貝裝滿兩個大提袋。這些是她買換汽油的錢。兩個袋子背起來太重了，所以她先把第一個拖回潟湖。她選了不是最近的路，爲的是能經過橡樹林空地，留下那根羽毛。她瞧也沒瞧地走入空地，而羽毛男孩就站在那裡靠著樹墩。她認出來了，是泰特，就是在她小時候帶她認路回家的人，也是她多年來隔著距離遙望卻始終不敢接近的那個人。可以想像的是，他長高也長大了許多，大概已經十八歲，一頭金色鬈髮以各種姿態從棒球帽下竄出、散落，那張曬黑的臉非常好看。他姿態冷靜，露出大大的微笑，整張臉都在發光。但眞正吸引她的是那雙眼睛。那雙金棕色的眼睛閃爍著綠色光點，盯著她的眼神就彷彿蒼鷺抓到了小鯉魚。

她停住動作，對於原本不成文的規則遭到打破不知所措。這個遊戲的趣味本來在於他們不用交談，甚至不用看見彼此。她的臉開始感覺到熱氣蒸騰。

「嘿，奇雅，請……別……跑開。只有……我一個人……泰特。」他把話說得非常沉靜、緩慢，彷彿她很笨之類的。鎮上的人大概都是這麼說她的：說她幾乎不懂人話。

泰特無法克制地緊盯著她瞧。她現在應該十三、四歲，他心想，但即便年紀這麼小，她卻擁有他見過美得最驚人的臉龐。她的一雙大眼近乎全黑，鼻子細長，唇型俐落，散發出一絲異國氣息。又高又瘦的她顯得纖美、柔弱，彷彿是在野外由風形塑出來的一個生命體。然而那些年輕健壯的肌肉顯示著體內默默蓄積的力量。

一如往常，她的直覺就是跑，但內心卻出現了一種不同的感受，那是一種好多年沒有體驗過的飽滿，彷彿有一股溫暖注入了她心中。她想到那些羽毛，想到那顆火星塞，還有那些種子。若是她跑了，這些東西可能就不會再出現了。她沒說話，只是抬起手，把那根優雅的小天鵝羽毛遞給他。彷彿是害怕她會如同幼鹿一樣突然拔腿狂奔，泰特緩慢走向她，仔細檢視她手中的羽毛。她沉默地望著，眼神只盯著羽毛，而不是他的臉，也完全沒試圖望向他的雙眼。

「小天鵝，是吧？眞了不起，奇雅。謝謝妳。」他說。他比她高上很多，拿取羽毛時必須稍微彎腰。當然，此時該輪到她感謝他送的禮物了，但她只是沉默站著，希望他趕快離開，也希望他們可以繼續用老方法進行這場遊戲。

爲了塡補這片沉默，他接著說：「是我爸教我認識那些鳥的。」

終於，她抬頭望向他，開口，「我讀不懂你的字條。」

「嗯，說得也是，畢竟妳沒去上學。我忘了。我上面只寫了，之前在釣魚時看過妳幾次，然後我想，或許妳用得上那些種子和火星塞。我有一些多的，或許能讓妳少去幾趟鎮上。我猜想妳應該喜歡羽毛。」

奇雅垂下了頭，「謝謝你給我的禮物。你人眞的很好。」

泰特注意到，奇雅的臉跟身體已有了成熟女性的跡象，但舉止及用字卻仍散發著孩子氣。相對而言，鎮上的女孩妝化得太濃、愛罵髒話又老是抽菸，反而讓人不會注意到她們初初蛻變的痕跡。

「不用客氣。哎呀，我得趕快走了，時間已經晚了。如果妳不介意的話，我時不時會來這裡晃晃。」

奇雅沒有回答。這場遊戲一定已經結束了。他意識到她不打算再開口跟自己說話，於是點點頭，摸了一下自己的帽子後轉身離開。不過就在他低頭踏進黑莓灌木叢時，他回頭望了她一眼。

「妳知道嗎？我可以教妳認字。」

16

認字
一九六〇年

之後的好幾天，泰特都沒有回來教她認字。在羽毛遊戲開始前，孤獨就是她身體上自然的一部分，彷彿一隻手臂，但現在卻往內長出根脈，壓迫她的胸口。

某天接近傍晚時，她駕船出航。「我不能只是坐在這裡乾等。」

她沒把船停在跳跳的碼頭，怕被人看見。她把船具藏在南邊一個小海灣，帶著粗麻布袋沿一條林蔭小道走向有色鎮。那日幾乎一整天下著毛毛細雨，此刻由於太陽接近地平線，樹林內逕自飄起了瀰漫在潮溼林間空地的濃霧。她從未去過有色鎮，但覺得只要抵達那裡，應該就能靠自己找到跳跳和梅寶的家。

她身上穿著梅寶給的牛仔褲和粉紅色上衣，粗麻布袋中裝的是兩品脫她自己做的、眞的很稀的黑莓果醬，她打算以此回報跳跳和梅寶的恩情。她得跟某人見上一面，也非常想跟一名女性朋友談談，這份渴望促使她踏上這趟旅程。如果跳跳還沒回家的話，或許她能跟梅寶閒聊一會兒。

接著，在接近一個彎曲的路口時，奇雅聽見有人聲從遠處接近。她停下腳步，仔細傾聽，接著很快跑進小徑旁的樹林，躲到一個小小的桃金孃灌木叢後方。一分鐘後，兩個穿著破舊連身褲的白人男孩走了過來，身上背著漁具和一條跟她的手臂一樣長的鯰魚。她整個人在灌木叢後方僵住不動，等待著。

其中一個男孩指向路的另一頭，「瞧瞧那兒。」

「我們多幸運呀。有個黑鬼正走向黑鬼鎮呢。」奇雅望過去，那個在夜幕降臨中正沿路走回家的人就是跳跳。他距離此地不遠，一定能聽到男孩說了什麼，但只是垂下頭走入林中避開他們，沒停下腳步。

*他這是怎麼回事？為什麼他不做些什麼？*奇雅生起氣來。她知道「黑鬼」是個非常糟糕的字眼，她曾聽爸拿這個字來罵人。跳跳可以輕易把兩個男孩痛揍一頓，教訓教訓他們。但他只是繼續快步往前走。

「只不過是個老黑鬼要回家呀。小心呀，黑鬼小子，可別跌倒了呀。」他們用言語逗弄跳跳，但跳跳只是盯著自己的腳趾。其中一個男孩伸手從地上撿起一顆石頭，往跳跳背部丟去，「啪」一聲剛好打在他的肩胛骨下方。他身體晃了一下，但仍繼續走。男孩們在他消失於一個路彎時大笑，又撿起更多石頭跟上去。

奇雅在灌木叢間跟蹤他們，想辦法搶先到他們前頭，雙眼始終死盯著他們在林間不停上下起伏的兩頂棒球帽。她在小徑邊長了濃密灌木叢的地方蹲下，眼看著他們再過幾秒就要經過她身邊。跳跳在前方走得很遠了，此刻看不見人影。她把布袋扭緊，讓扭出結的袋面緊貼著果醬瓶壁。就在男孩們接近灌木叢時，她甩起沉重的袋子，狠狠敲了靠近她的那個男孩的後腦杓。他往前倒下，臉朝下落地。她又尖聲大喊，衝向另一個男孩，打算也敲他的頭，但他逃走了。她躲回樹林內五十碼處，在那裡等到第一個男孩站起來爲止。他一邊摸頭一邊咒罵。

她則背起裝了果醬的袋子，回頭走向自己的船，駕船回家。我應該再也不會去拜訪了，她想。

隔天，當聽到泰特開船的馬達聲轟隆隆地沿水道傳來時，奇雅跑到潟湖邊，站在灌木叢內看著他走下船。他手上提著一個旅行包，環顧四周，喊了她。她慢慢踱步出來，身上穿著合身的牛仔褲跟縫了各種不同鈕釦的白色上衣。

「哈囉，奇雅，抱歉沒辦法早點過來。我得幫爸工作，但我們很快就能教會妳認字囉。」

「嘿，泰特。」

「我們就坐在這裡吧。」他指著潟湖區林蔭下的一段粗壯橡樹根，然後從旅行包內抽出一本褪色的薄薄字母本和一本橫線條的書寫簿。他放慢速度，仔細在線條間用手描畫出那些字母，a、A、b、B，並要求她跟著做，在她微吐舌頭努力練習時也表現得很有耐心。他會在她寫字時把字母大聲唸出來。聲音溫柔、緩慢。

她之前因爲喬帝和媽而記得一些字母，但不太清楚該如何把字母組成正確的字詞。

才過幾分鐘，他就說：「瞧，妳已經可以寫出一個字了。」

「什麼意思？」

「c—a—b。妳已經可以寫出 cab 這個字了。」

「cab 是什麼？」她問。他知道這時不該笑。

「不認識也沒關係。我們繼續。妳很快就能寫出認識的字了。」

之後他說：「妳得多花一些時間練習字母。搞懂所有字母會花上一些時間，但妳現在已經可以閱讀了。我示範給妳看。」他沒有文法書，所以她讀的第一本書是他爸的藏書：奧爾多·

李奧帕德的《沙郡年紀》[1]。他指向書的第一行字，要求她唸給他聽。句子的第一個字是There，她得回頭去認、去練習其中每個字母的發音，但他很有耐心，還解釋了th的特殊發音。好不容易唸出來後，她立刻舉起雙臂大笑。他也一臉燦笑地望著她。

她終於慢慢讀出了句中的每個字：「『有些人不需要野地也能活，有些人沒有野外不能活。』」

「噢。」她說。「噢。」

「妳有辦法讀書了，奇雅，別人不能再說妳不識字了。」

「不只是這樣。」她幾乎是用耳語的聲音說。「我不知道文字能這麼有力量。我不知道一個句子可以這麼強烈。」

他微笑。「那是一個很好的句子。不是所有文字都這麼有力量。」

之後幾天，泰特教她如何認字，兩人有時坐在樹蔭下的橡樹根上，有時坐在陽光下的海岸，一起讀著那些歌頌鵝和鶴的文字，內容都跟他們周遭的真實生活有關。「要是再也沒有鵝唱出的樂音，那該怎麼辦？」

在幫爸爸工作或和朋友一起玩棒球之餘，他會一星期來找奇雅幾次，而現在無論她在做些什麼——爲花園除草、餵雞、尋找貝殼——她都會仔細聽他是否正駕著船沿水路而來。

某天在沙灘上，他們讀著赤腹山雀的午餐內容時，她問了他：「你跟家人一起住在巴克利海灣小村嗎？」

「我和我爸一起住，沒錯，就在巴克利海灣小村。」

奇雅沒問他是否還有其他離開的家人。他媽一定也是丟下他了。她有點想撫摸他的手，那是她從未出現的渴求，但手指就是不配合。結果她只是記下了他手腕內側所有青紫的血管分佈，精巧得就像大自然在黃蜂翅膀上速寫的圖案。

晚上的她會坐在廚房桌前，靠著煤油燈光複習學到的內容。輕柔的燈光從棚屋窗戶滲透出去，碰觸橡樹低矮的枝條。除了螢火蟲之外，這就是方圓數哩黑暗內唯一的光亮。

她反覆謹慎地寫下、說出每一個字。泰特說比較長的字只不過是由短字連結起來，所以她在學「坐下」的過去式（sat）時，也毫無恐懼地同時學著「更新世」（Pleistocene）。學習認字是她經歷過最有趣的事，但她不懂泰特爲何要來教她這樣一個「垃圾白人」認字。他一開始到底爲什麼來？爲什麼帶那些精巧的羽毛來？但她不敢問，怕他一旦認眞想了就不再來了。

現在奇雅至少能將所有珍貴的標本寫上說明了。她拿每個羽毛、昆蟲、貝殼或花朵的標本跟媽的指南書對照，找出名稱的拼法，小心寫在她畫了圖樣的棕紙上。

1 奧爾多・李奧帕德（Aldo Leopold, 1887-1948）的《沙郡年紀》（*A Sand County Almanac*）是一本於一九四九年出版的經典生態學著作，曾被視為「保育界的聖經」。

「二十九之後是多少？」某天她問了泰特。

他看著她。她對潮汐及雪雁，還有老鷹跟星星的了解遠超越大多數人，但她卻不會算「三十」這個數字。他不想讓她覺得丟臉，所以沒表現出驚訝。她非常會讀人的眼神。

「三十。」他簡單地說了。「好，我會再教妳算數，還有基本的數學算法。很簡單。我會為妳帶一些書來。」

她開始到處去讀所有能讀到的一切——碎玉米包裝上的說明、泰特寫的字條，還有多年來她假裝讀懂的那些童話故事書。接著某天晚上，她「噢」了一聲，拿起書架上的老舊聖經，坐在桌前，小心翻開寫了整個家族姓名的那一頁。她在最底下找到自己的名字，另外還標記了她的生日：凱瑟琳・丹尼耶拉・克拉克小姐，一九四五年十月十日。接著，她往上一條條讀著哥哥姊姊的眞實姓名。

傑瑞米・安德魯・克拉克少爺，一九三九年一月二日。「傑瑞米。」她大聲讀了出來。「喬帝，我還眞沒想到你原來是傑瑞米少爺。」

亞曼達・瑪格麗特・克拉克小姐，一九三七年五月十七日。奇雅用手指多次撫摸這個名字，口中反覆唸了好幾次。

她繼續唸：奈皮爾・莫非・克拉克少爺，一九三六年四月四日。她輕柔地說：「小莫，原來你的名字是奈皮爾。」

最上面寫的名字是瑪莉・海倫・克拉克小姐，一九三四年九月十九日。她再次用手指在那個名字上摩挲，眼前浮現了他們的臉龐，雖然模糊不清，但她能看到所有人擠在桌邊吃燉菜，傳遞玉米麵包，甚至還一起笑鬧著。眞丟臉呀，她竟然忘了他們的名字，但既然重新記起來了，她就絕對不會再忘記。

在這排孩子的姓名上方有一排字，她照著唸出來：**傑克森・亨利・克拉克先生與朱利安娜・瑪麗亞・賈克斯於一九三三年六月十二日結婚**。直到這一刻，她才第一次知道父母的正式全名。

聖經攤放在桌上，她在那裡坐了幾分鐘。這些是她的家人。

孩子不可能逆轉時光，因此無從得知家長年輕時的模樣。奇雅永遠不可能看見在一九三〇年初，英俊的傑克是如何大搖大擺走到艾什維爾的一個飲料店，然後在那裡撞見了瑪麗亞・賈克斯；這名有著黑色鬈髮和紅唇的美人當時是從紐奧良前來此地辦事。兩人一起喝了奶昔，他告訴她自己家裡有大農園，而他打算在高中畢業後爲了成爲律師繼續進修，之後也會住進有石柱的豪宅。

但隨著經濟大蕭條愈形嚴重，銀行拍賣掉克拉克家族腳下的土地，他的父親也不再讓傑克上學。他們搬到路底的一間小松木屋，不久前這裡還是奴隸住的地方。傑克在菸葉農場工作，工作內容是和黑人男女一起把菸葉疊起來，他們通常都用多彩的披巾把嬰兒背在身上。

兩年後的某個晚上，傑克沒有道別就離開了家，而且盡可能帶走了家裡的好衣服跟家族寶物——包括曾祖父的金色懷錶和祖母的鑽石戒指。他徒步走到紐奧良，在一個靠近水邊的優雅房子內找到了跟家人住在一起的瑪麗亞。他們是法國商人的後代，擁有一間鞋子工廠。

傑克典當了那些傳家寶物，帶她去掛著紅色天鵝絨簾的高級餐廳，還跟她說會爲她買一棟有石柱的豪宅。他在木蘭樹下跪下向她求婚，她同意了，一九三三年，他們在一間小教堂結了婚，她的家人全都沉默地站在一旁。

此時他的錢已經花完了，所以開始在岳父的鞋工廠上班。傑克以爲他會直接當上經理，但賈克斯先生可沒那麼好騙。爲了讓他學做生意，他堅持要傑克跟一般員工一樣從基層做起。所以傑克的工作就是裁製鞋底。

他和瑪麗亞住在一間附車庫的公寓，其中放了幾件跟她一起陪嫁過來的華美家具，另外搭配幾張從跳蚤市場買回來的桌椅。他爲了完成高中學業去讀了夜校，但老是蹺課去打牌，不然就是喝威士忌喝得爛醉，很晚才回到新婚妻子身旁。不過三星期時間，老師就把他從課堂上踢出去了。

瑪麗亞懇求他別再喝酒了，也希望他對工作表現得熱情一點，爸才會把他晉升上去。但孩子接連出生，他始終未停止喝酒。兩人在一九三四到四〇年間生了四個孩子，傑克卻只獲得了一次晉升機會。

跟德國作戰讓他扳回了一點分數。將所有身分簡化爲一個穿軍服的人之後，他可以掩藏自己的羞恥感，再次扮演出因從軍而驕傲的模樣。某天晚上，他在法國的一個泥濘散兵坑內時，有人大喊表示上士遭到射擊，正躺在二十碼外的地方流血。當時他們還只是些孩子，這年紀本該在棒球場邊等著上場打擊，或爲了可能出現的快速球而緊張才對。不過他們還是一起跳了起來，七手八腳地想去把長官救回——只有一個人完全沒動。

傑克瑟縮在角落，嚇得無法動彈，此時有一枚迫擊砲彈在他躲的散兵坑旁炸出黃白色火光，也把他的左腿骨炸成碎片。眾人拉著上士回來時，還以爲傑克是爲了拯救同袍才遭到砲擊。他被當成英雄。除了傑克，沒人知道眞相。

他因此獲得一枚勛章，還因傷除役返家。他決心不再去鞋子工廠工作，所以只在紐奧良住了幾天，接著在瑪麗亞沉默的注視下將她的好家具及銀器全數變賣。他把家人送上火車，搬到了北卡羅來納。他從一個老友那裡得知自己的父母已經過世，這個情勢為他的計畫鋪好了路。

他說服了瑪麗亞搬到北卡羅來納州的海岸邊，表示住進這間父親建的釣魚小木屋可以是一個全新的開始。這裡不用繳房租，傑克也可以完成高中學業。他在巴克利海灣小村買了一艘漁船，將所有家人送上船，財產也全堆了上去——最上頭還擱了幾個高級帽盒——然後沿著數哩的溼地水道前進。等他們終於駛進潟湖，眼前出現那棟蹲踞在橡樹下的破爛棚屋時，她望著生滿鐵鏽的紗門和紗窗，緊抓住當時最小的孩子喬帝，努力不讓自己哭出來。

爸向她保證，「別擔心。我會立刻把房子裝修好。」

但傑克始終沒改善他們的居住環境，也沒完成高中學業。一住進棚屋之後，他立刻開始在「幾內亞沼澤」酒吧喝酒打牌，努力想靠烈酒忘記散兵坑的回憶。

瑪麗亞盡可能地打理這個家。她在舊物拍賣中買床單回來鋪地上的床墊，還買了獨立錫製浴缸。她用院子裡的水龍頭洗衣服，還自己想辦法學會種植蔬果和養雞。

一抵達鎮上後，媽就讓自己跟孩子穿上最好的衣服，徒步走到巴克利海灣小村為他們註冊入學。但傑克卻對「教育」這個概念嗤之以鼻，大多時候還叫小莫和喬帝蹺課為他帶松鼠或魚回來當晚餐。

傑克只有一次帶瑪麗亞去月光下遊船，他們因此有了最後一個孩子：名叫凱瑟琳．丹尼耶拉的女兒。之後他們暱稱她奇雅，因為一開始在問她叫什麼名字時，她的回答就是「奇雅」。

偶爾在酒醒之際，傑克會再次夢到自己完成了學業，為家人帶來更好的生活，但接著散兵坑的陰影又籠罩了他。他曾是個對什麼都有把握又桀驁不馴的年輕人，英俊健美，實在無法接受自己現在淪落成這個人，只好老從酒袋裡大口喝酒。跟溼地這些放棄人生的人一起打架、喝酒、胡亂咒罵，是傑克這輩子做過最容易的事。

17
跨越門檻
一九六〇年

學習認字那個夏季的某日，她駕著船去找跳跳，跳跳對她說：「奇雅小姐，出了點麻煩。有些男人在到處打聽，想問有關妳的事。」

她直直盯著他，這次眼神沒有飄開，「誰？他們想幹嘛？」

「我想應該是社會局的人。他們問了各式各樣的問題。妳爸在家嗎？妳媽在哪呀？妳今年秋天會不會去上學呀。還想知道妳什麼時候會來。他們特別想知道妳來的時間。」

「你是怎麼跟他們說的？跳跳？」

「哎呀，我盡可能打發他們了。我說妳爸很好，只是出外捕魚。」他把頭往後仰，笑了起來。「然後我說我從來搞不清楚妳何時駕船過來。好了，妳別擔心，奇雅小姐。如果他們再來，我會把他們耍得團團轉。」

「謝謝你呀。」她把汽油加滿，直接往家的方向駛去。她現在得更提防一些，或許得在溼地找個地方躲一陣子，直到他們不再來找她。

那天接近傍晚，泰特將船停在岸邊，船身輕柔靠在沙子上。她說：「我們可以在其他地方見面嗎？鼻要（'sides）在這裡？」

「嘿，奇雅，很高興見到妳。」泰特跟她打招呼，此時的他仍坐在船舵前。

「你覺得呢?」

「是『不要』(besides)不是『鼻要』(‘sides),而且在要求別人幫忙之前,妳得先打招呼才對。」

「你自己偶爾也會說『鼻要』。」她說話時幾乎要微笑起來。

「我們就是有『木蘭花腔』,畢竟住在長滿木蘭花的北卡羅來納州嘛,但總得想辦法講對呀。」

「午安,泰特先生。」她還稍微做了個屈膝禮。他可以感覺到這個動作中藏有一股微微想要反擊的惱怒。「那現在,我們可以在其他地方見面嗎?拜託。」

「當然,我想應該沒問題,但爲什麼?」

「跳跳說有社會局的人在找我。我怕他們會把我當成一條鱒魚捕走,然後丟進寄養家庭之類的。」

「這樣呀,那我們最好躲得遠遠的,躲到小龍蝦歌唱的地方。不然我可要同情起那些收養妳的家長了。」泰特滿臉微笑。

「這是什麼意思?小龍蝦歌唱的地方?媽以前也會這樣說。」奇雅記起媽以前總是鼓勵她探索溼地:「去得愈遠愈好,比小龍蝦歌唱的地方更遠。」

「指的就是荒野深處,在那樣的地方,所有動物都野到不行,都是動物該有的樣子。對了,妳覺得我們該在哪裡見面?有想法嗎?」

「有個我之前發現的地方,一棟老舊的破木屋。只要找到對的岔道就能駕船過去。我可以從這裡走過去。」

「好,那上船吧。這次先帶我去,下次我們直接在那裡見面。」

「如果我去了那裡，就會在這裡這根圓木旁留一堆小石頭。」奇雅往沙灘上一指。「沒有石頭的話，代表我還在附近，只要聽見你駕船的馬達聲就會出來。」

他們慢條斯理穿過溼地，往南進入開闊海面，遠離小鎮。她在船首雀躍地到處移動，風颳出來的眼淚沿著她的臉頰滑落，清涼又搔得她耳朵發癢。抵達一處小海灣後，她指引他沿著一條垂落著黑莓灌木枝葉的淡水溪前行。這條小溪好幾次都像是要乾涸消失，但奇雅卻一副沒問題的樣子示意他別停，於是船隻不停穿過更多灌木叢前進。

終於，一片原野在他們面前展開，小溪旁出現一間沒有隔間的圓木小屋，其中一側有些毀壞。這些圓木都變形了，有些如撿棍子遊戲般散落在地。屋頂仍矗立在只剩一半的牆面頂端，如同不對稱的帽子從高處往下斜至低處。泰特把船靠上岸邊泥地，兩人安靜地走向木屋敞開的門。

屋裡非常陰暗，充滿潮溼的老鼠尿臊氣。「嗯，我希望妳不是計畫住在這裡——這屋子隨時都可能塌在妳頭上。」泰特推了推牆壁。牆感覺還算穩固。

「只是用來暫時躲人的地方而已。我可以藏些食物在這裡，萬一到時候得躲一陣子的話才有準備。」

泰特轉頭望向她，他的眼睛還在適應眼前的黑暗。

「奇雅，妳有考慮直接回去上學嗎？上學也沒什麼大不了，而且要是去上學，他們或許就不會來煩妳了。」

「他們一定已經發現我一個人住了，如果我去學校，他們會逮住我，給我安排一個家。沒關係啦，我現在的年紀去上學也太老了。他們要怎麼安排我？讓我讀一年級嗎？」她想像自己坐在小小的椅子上，周遭全是懂得如何發音又會數到五十的小孩子，雙眼因此睜得老大。

「那妳是打算獨自在溼地住一輩子嗎？」

「總比去寄養家庭好。爸以前常說，要是我們不乖，就要把我們送養。他說那些人都很壞。」

「不會，他們不壞。不是每個人都壞。他們大多是喜歡孩子的好人。」他說。

「你的意思是，比起住在溼地，你更想去寄養家庭囉？」她面對他，下巴抬高，一手扠在臀部。

他沉默了一陣子。「嗯，記得帶些毯子和火柴過來，以免天氣變冷。或許再帶些沙丁魚罐頭。那種罐頭永遠不會壞。但別放新鮮食物在這裡，會引來熊。」

「就算『醬』會把熊引來，我也不怕。」

「就算『這樣』會把熊引來。」

秋天來臨之前，奇雅和泰特就在廢墟般的小屋中上識字課。到了八月中，他們已經讀完《沙郡年紀》，雖然她不是每個字都認得，但也懂了八成意思。奧爾多·李奧帕德讓她知道河漫灘是河流的動態延伸，河流隨時可以將這些灘地收回爲河道。住在河漫灘上的居民隨時有可能成爲河流的一部分。她也學到雁在冬天去了哪裡，以及牠們鳴唱的曲調代表什麼意義。透過作者語氣幾乎柔媚如詩的文字，她學到土壤裡充滿生命，是地球上最珍貴的寶藏之一；她也學到溼地的水要是枯竭，會讓周遭數哩的土地隨之乾涸，植物和動物亦會隨著水的流失而死。有些種子可以在乾燥的土壤中休眠好幾十年，等待著，只要水分再次回復便立刻破土而出，露出生氣勃勃的臉龐。這些有關真實生命的知識、這些奇蹟，都是她不可能在學校學到的。然而，儘管所有人都該知道的真相就赤裸裸地呈現在所有地方，卻似乎仍像種子一樣受到埋藏。

他們每星期在圓木小屋見面好幾次，但她幾乎每個晚上都仍睡在自己的棚屋中，或跟海鷗一起睡在沙灘上。她必須在冬天之前撿好所有生火用的木柴，也有計畫地在執行，她從或遠或近處將木柴背回來，還算整齊地堆疊在兩棵松樹之間。她在菜園中種的蕪菁高度還沒超越野黃花，但她仍有足夠供自己和小鹿吃的蔬果。她收成了夏末最後一波作物，把節瓜和甜菜收藏在磚板階梯底下的陰影處。

不過就在進行這一切的同時，她也在豎耳傾聽是否有汽車正吃力駛來，畢竟那樣的車裡一定載滿打算把她抓走的人。有時她因為必須不停傾聽而感到又累又怕，只好走到那棟圓木小屋，直接裹著備用毯子睡在泥土地板上。她仔細計算了挖貽貝及燻魚的時間，好讓泰特可以幫她把貽貝和燻魚拿去給跳跳賣，並幫她帶回必要的日用品。這樣她才更不會暴露自己的弱點。

「還記得讀出第一個句子時，妳說有些文字很有力量？」某天，泰特坐在溪邊對她說。

「對呀，我記得，怎麼了？」

「嗯，詩特別是如此。詩裡的文字不只有說明的功能，還能觸發人的情感。甚至讓妳笑出來。」

「媽以前會讀詩，但我都不記得了。」

「聽聽這首，作者是愛德華．利爾[1]。」他拿出一個摺疊起來的信封，唸了起來：

「接著大蚊先生
和小蒼蠅先生
衝向浮滿泡沫的海
不油漬[2]主尖叫起來
然後發現一艘小船
揚著粉色和灰色的帆
他們在海浪間開船
航向遙遠、遙遠的彼方」

她微笑，「這節奏就像海浪拍擊沙灘。」

之後她開始寫詩，每當在溼地駕船或尋找貝殼時，她就會自己拼湊出一些如同歌曲一般簡單、傻氣的小詩。「有隻冠藍鴉媽媽從樹上起飛；我也會一起飛，若有這個機會。」這些詩會讓她笑出聲音，讓漫長的日子中有那麼幾分鐘顯得不那麼寂寞。

某天接近傍晚的下午，她在餐桌前讀書時想起媽有一本詩集，於是翻箱倒櫃地找了出來。

---

1 愛德華・利爾（Edward Lear, 1812-1888），英國著名的打油詩人。

2 愛德華・利爾常在詩中使用一些發音跟真實文字相像的「非字」（non-word），例如這裡的原文就是故意把「spontaneous」寫成「sponge-taneous」。

那本書破損得厲害，封面早不知掉到哪裡去了，所有書頁只靠兩根橡皮筋綁在一起。奇雅小心翼翼地拿下那兩根橡皮筋，閱讀著媽寫在紙頁邊緣的筆記。筆記最後列出了媽最愛詩歌所在的頁數。

奇雅翻出其中一首詩，作者是詹姆斯．賴特[3]：

突然迷失又清冷，
我懂院子的空寂，
我渴望碰觸，渴望緊擁
我的孩子，我那在説話的孩子，
在笑的、溫馴的，或狂野的孩子……

樹木和太陽都已消失，
剩下的只有我們。
他的母親在屋子裡歌唱，
讓我們有溫熱晚餐可吃，
並且愛我們，上帝知曉，
廣闊的大地變得如此黑暗。

至於這首的作者是高爾威．金內爾[4]：

我確實在乎……
我確實說出了一切想法
用最委婉的話語。而此刻，……
我得說很高興都結束了：
結束時我只覺得可惜
可惜那尋求更多生命力的渴望。
……再見。

奇雅撫摸著這些文字，彷彿讀到媽留給她的訊息。媽特別指出這些詩，似乎就是爲了讓女兒某天能伴著微弱的煤油燈光讀到它們，並了解她所做的一切。這不算是份貴重的禮物，比不上塞在襪子抽屜後方的一張紙條，但仍具有意義。她感覺這些文字中緊扣著強而有力的意義，她卻無法將其釋放出來。若她有天成爲一位詩人，她一定要把這些訊息寫得更清楚。

泰特在九月升上高三，沒辦法那麼常來奇雅住的地方，但出現時都會帶別人丟掉的課本

3 詹姆斯·賴特（James Wright, 1927-1980），是在俄亥俄州出生的美國詩人。

4 高爾威·金內爾（Galway Kinnell，1927-2014），美國詩人，曾以詩選在一九八二年獲得普立茲獎。

來。生物課本的內容對奇雅來說太難了，但他沒提醒她，害她苦讀了四年級之前都不可能會讀到的好幾章內容。「別擔心。」他說。「妳每讀一次，就會更懂一點。」情況確實也是如此。

隨著白天變得愈來愈短，他們又再次在她的棚屋見面，因爲日光出現的長度不足以讓他們特地跑去木屋一趟。他們之前一直在戶外上課，不過某天早上颳起狂風，奇雅就在屋內柴爐生了火。自從爸四年多前消失之後，就再沒有人跨越棚屋的門檻，她似乎也很難想像再邀請任何人走進來，但泰特除外。

「要坐在廚房的火爐邊嗎？」她在他把船具拖上潟湖岸邊時這麼說。

「好呀。」他很清楚，自己不該對此邀約表現得大驚小怪。

踏進門廊後，他花了將近二十分鐘查看、讚嘆她蒐集的羽毛、貝殼、骨頭和鳥巢。等終於在桌邊坐定後，她把自己椅子朝他拉近，近到兩人的手臂及手肘幾乎要碰在一起。她希望能跟他親近一些。

由於泰特忙著協助爸的工作，等待的日子顯得漫長無比。某天深夜，她從媽的書架上取出生平第一本小說，那是達夫妮·杜穆里埃寫的《蝴蝶夢》[5]，也因此初次讀到有關「愛」的故事。過了一陣子後，她闔上書，走向衣櫃，把媽的無袖洋裝套到身上，在屋裡以小碎步快速走動，拉起裙子翻動，還在鏡子前旋轉。她搖擺著濃密的長髮和臀部，想像泰特邀自己跳舞。他的手放在她的腰上，彷彿她是小說裡的德溫特太太。

她突然阻止自己想下去，彎下腰咯咯笑了起來，接著站在那裡，一動也不動。

「上來吧，孩子。」梅寶某天下午對她嚷嚷著。「我有些東西要給妳。」跳跳通常會帶一箱箱生活物資給奇雅，但若梅寶出現了，就代表有些什麼特別的。

「去吧，去拿妳的東西。我會把妳的油箱加滿。」跳跳說。奇雅跳上碼頭。

「瞧瞧這件，奇雅小姐。」梅寶拉出一件桃子色洋裝，那件印花裙上覆了一層雪紡紗，簡直是奇雅見過最美的事物，甚至比媽的無袖洋裝還美。「這件洋裝就適合像妳這樣的公主。」她在奇雅面前舉著那件洋裝，奇雅摸摸洋裝，露出微笑。然後梅寶背對著跳跳，稍微有點吃力地彎下腰，從箱子裡拿起一件白色胸罩。

奇雅覺得全身發燙。

「欸，奇雅小姐，別害羞呀，親親。妳是該需要這個了。還有，孩子，要是妳有什麼需要跟我談談的話，只要是妳不懂的事，都告訴梅寶，好嗎？」

「是的，女士，謝謝妳，梅寶。」奇雅把胸罩塞進箱子深處，就藏在牛仔褲、T恤、一袋眉豆，還有一罐醃漬蜜桃底下。

幾星期後，當奇雅駕著船破浪前行，觀賞著鵜鶘在水面漂浮、覓食的場景時，她的腸胃突然絞痛起來。她以前沒有暈船過，這種疼痛又跟她體驗過的所有疼痛都不同。她把船停在尖點沙灘邊，坐在沙地上，雙腿在身體的側邊彷彿鳥的翅膀般交疊。疼痛逐漸變得銳利，她的表情扭曲，發出輕微的呻吟。她一定是要拉肚子了。

---

5 達夫妮·杜穆里埃（Daphne du Maurier）的《蝴蝶夢》（*Rebecca*）是一本出版於一九三八年的歌德小說，除了愛情之外，其中也關於各種欺騙、死亡及人性醜惡的主題。

突然之間，她聽見平穩而低沉的馬達聲，看見泰特的船穿越頂端鑲著白沫的海浪而來。他一看見她，立刻將船轉向小海灣，往岸邊開來。她開始學爸一樣破口大罵。她平常看到泰特時很開心，但在因為拉肚子而隨時得跑去橡樹林解放時例外。他把船拖到她身邊，撲通一聲坐下。

「嘿，奇雅。妳在做什麼？我剛剛才去了妳家。」

「嘿，泰特，很高興看見你。」她試著用正常的語氣說話，但腸胃仍感覺絞紐在一起。

「怎麼了？」他問。

「什麼意思？」

「妳看起來不太好，發生什麼事了？」

「我覺得我好像病了。肚子痛得很厲害。」

「噢。」泰特遠望向海面，光裸的腳趾塞進沙地裡。

「或許你該走了。」她低著頭。

「或許我該等妳好一點再走。妳應該無法自己回去吧？」

「我可能得去……林子裡一趟。我可能是病了。」

「可能吧。但我想去林子裡一趟應該沒幫助。」他低聲說。

「什麼意思？你又不清楚我怎麼了。」

「是不是跟之前肚子痛的感覺不太一樣？」

「對。」

「妳幾乎十五歲了，對嗎？」

「對，那又有什麼關係嗎？」

他沉默了一陣子。雙腳在地面不停摩擦，腳趾更是深陷入沙灘。他別開雙眼，「有可能是、嗯、就是，妳這個年紀的女孩會遇到的事。幾個月前我帶了一本小冊子給妳，記得嗎？就是跟那些生物課本一起拿來的。」泰特快速瞄了她一眼，他的整張臉彷彿有火在燒，接著又望向別處。

奇雅感覺全身發紅，雙眼緊盯地面。是啦，媽不在身邊教導她，但泰特帶來的一本學校小冊子確實讓她略知一二。她的月經來了，而此時她坐在沙灘上變成了女人，還是在一個男孩面前。她的內心滿是羞愧及恐慌。現在該怎麼做？之後究竟會發生什麼事？血會流多少？她想像那些血染紅身邊的沙灘。劇烈的疼痛撕裂她的腹部，她卻只是安靜地坐著。

「妳有辦法自己回家嗎？」他問，但眼睛仍沒看她。

「我想可以。」

「沒事的，奇雅。每個女孩都有過這樣的經歷。妳回家吧。我會跟在後面，確保妳安全到家。」

「你不用這麼做。」

「別擔心我。出發吧。」他站起身，走向船，沒有看她。他把船啓動後開到離岸很遠的地方等著，終於她也沿岸向通往她家的水道行駛而去。他在距離她身後很遠的地方跟著，遠到幾乎只剩一個小點，不過仍一直跟到她抵達棚屋前的潟湖爲止。奇雅站在岸邊輕輕跟他揮了揮手，但低著頭，沒跟他對上眼。

奇雅用搞懂其他事物的方法獨自搞懂了「變成女人」這件事。隔天早上，當第一道陽光灑下，她還是立刻駕船去了跳跳那裡。就在她靠近碼頭、尋找著梅寶的蹤影時，蒼白的太陽已孤懸在濃重霧氣背後。她知道找到梅寶的機率不高，果然也只有跳跳出來跟她打招呼。

「嗨，奇雅小姐，這麼快就需要汽油了嗎？」

仍坐在船上的奇雅低聲說，「我需要見梅寶。」

「眞的很抱歉呀，孩子，梅寶今天不在。我可以幫上什麼忙嗎？」

她頭垂得很低，「我非常需要見梅寶，愈快愈好。」

「這樣呀。」跳跳的眼神穿越小小的海灣，望向大海，沒看到更多船往此處駛來。所有在白天需要汽油的人都得仰賴跳跳，就連耶誕節也一樣，他這五十年來從未有一天離開崗位，只有他的寶貝女兒戴西過世那天例外。他不能就這樣走開。「妳等一下，奇雅小姐，我得沿小徑往回跑一段路，去找某個孩子幫我叫梅寶來。如果有船來，跟他們說我馬上回來。」

「我會的，感謝你。」

跳跳很快跳上碼頭，消失在等待的奇雅面前，她每隔幾秒就望向海灣一次，就怕有別的船開過來。但沒過多久他就回來了，說有幾個孩子去找梅寶了，奇雅只需要「等一會兒」。

跳跳忙著把口嚼菸草拆封上架，以及其他日常瑣事。奇雅繼續待在船裡。終於，梅寶匆忙跑過碼頭上的木板，上頭的每塊木板都因爲她的擺動而搖晃，像有人把一架鋼琴推過碼頭。她手上拿著一個紙袋，完全沒像平常一樣大聲嚷嚷地向她打招呼，只是站在靠近奇雅的碼頭處低聲說：「早安，奇雅小姐，怎麼這麼突然？孩子？出事了嗎？親親？」

奇雅的頭垂得更低了，口中喃喃說了一些梅寶聽不清楚的話。

「妳可以離開船嗎？還是我該上船找妳？」

奇雅沒回答，所以幾乎兩百磅重的梅寶只好先把一隻腳踏上船，再把另一隻腳踏進來，船透過不停碰撞碼頭柱表達抱怨。她坐在船中央的板凳椅上，面對船尾的奇雅。

「好了，孩子，告訴我，妳怎麼啦？」

兩人的頭緊靠在一起，奇雅悄聲對她說話，接著梅寶把奇雅拉進她寬厚的胸口，抱著她輕輕搖晃。奇雅不習慣接受別人的擁抱，一開始全身僵硬，但梅寶沒有因此退縮，終於奇雅鬆開身體，整個人癱倒在梅寶這顆舒適的大枕頭上。過了一陣子後，梅寶往後傾身，打開那個棕色紙袋。

「嗯，我有想到可能是這事，所以給妳帶了些東西。」梅寶坐在跳跳碼頭邊的船上，向奇雅解釋了使用的細節。

「好了，奇雅小姐，這沒什麼好羞恥的，也不像某些傢伙說的是種詛咒。這是生命的開端，而且只有女人才能做到。妳是個女人了，寶貝。」

隔天下午，奇雅在聽見泰特駕船來時躲進了黑莓灌木，偷偷觀察著他。讓任何人認識她這件事本身就夠奇怪了，而現在他還參與了她生命中最私密的事件。光想到這件事就讓她臉頰燃燒起來。她要躲到他離開爲止。

他將船停到潟湖岸邊，走下船，手上拿著一個用繩子綁起來的白色盒子。「唷！奇雅，妳在哪？」他大喊。「我帶了帕克麵包坊的小蛋糕來。」

奇雅已經好多年沒嚐過蛋糕之類的東西了。泰特又從船裡拿出一些書。奇雅離開樹叢，假裝漫不經心地跟在他身後。

「噢，妳在這裡呀。瞧瞧這個。」他打開盒子，裡頭整齊放了一些小蛋糕，每個都只有一吋平方大，上頭覆滿香草糖霜，還有小小的玫瑰花瓣放在頂端。「來吧，開始吃吧！」

奇雅拿起蛋糕，咬了一小口，但仍沒望向泰特，接著把手上剩餘的蛋糕全塞進嘴裡，舔舔手指。

「我放這。」他把盒子放在他們上課的那棵橡樹旁。「想吃多少就吃多少。我們開始上課吧。我帶了新書來。」就這樣。他們繼續上課，從未針對「另外那件事」提起任何一個字。

秋天來了。長青植物或許沒注意到，但懸鈴木知道了，於是在石板灰的天色下閃出數千片金黃葉子。某天接近傍晚時，泰特本該在上完課後離開，卻仍流連不去，兩人一起坐在樹林裡的一根圓木上。此時奇雅終於問了幾個月來一直想問的問題。「泰特，我很感謝你教我認字，也感謝你帶來的所有東西。但你爲什麼要這麼做？你難道沒有女朋友之類的對象嗎？」

「沒——嗯啊，有時候有啦。我之前有女朋友，但現在沒了。我喜歡到野外安靜地待著，我喜歡妳對溼地充滿興趣的模樣，奇雅。大部分的人來這裡只會釣魚，完全不懂得欣賞。他們覺得這裡就是片廢棄的土地，應該把水排光後拿來開發。人們不了解，大部分的海中生物——包括他們在吃的那些生物——都需要溼地。」

他沒說他對她獨自一人生活感到痛心，沒說他知道其他孩子這些年是怎麼對待她的，也沒說村民都叫她「沼澤女孩」，還以她爲主角捏造無中生有的故事。就連溜到她住的棚屋，並在穿過一片黑暗後拍打那棟棚屋，都已成爲鎮上的男孩必經的「轉大人」儀式。這代表他們成了什麼樣的男人？其中有些人已經開始打賭誰能爲她破處了。這一切都讓他憤怒又擔心。

不過這不是他一開始留羽毛給她的原因，也不是之後一直來看她的主要原因。泰特沒說出口的是，他對她的情感非常糾結。他對奇雅抱持著像是面對失散妹妹一樣的甜美情感，但其中似乎又混雜著面對「一般女孩」的熾熱渴望。他完全不知該如何釐清這種複雜感受，但確實從未受過如此強大的衝擊。他因爲這樣強烈的情緒而痛苦，卻也樂在其中。

奇雅拿著一根草莖朝地上的一個螞蟻洞戳弄，最後終於問了：「你媽呢？」

一陣微風蜿蜒掃過樹梢，輕巧搖動枝條。泰特沒回答。

「你啥麼（nothing）都不必說。」她說。

「『什麼』（anything）。」

「你什麼都不必說。」

「我母親和妹妹在艾什維爾的一場車禍中死了。我妹妹的名字是卡利安娜。」

「噢，我眞遺憾，泰特。我猜你媽一定善良又美麗。」

「沒錯，她們倆都是。」他對著雙膝間的地面說話。「我從未跟任何人聊過這件事。一個都沒有。」

我也是，奇雅心想。接著她大聲說了，「我媽某天離開家之後，就再也沒回來了。母鹿明明都一定會回來才對。」

「不過，至少妳還能盼望她回來。我媽是絕對不可能回來了。」

他們沉默了一陣子，泰特又開口，「我覺得……」但他沒說下去，別開了眼神。

奇雅望著他，但他盯著地面，沒再說話。

她說：「什麼？你覺得什麼？你什麼都能跟我說。」

他還是沒說話。她基於理解的心情耐心等著。

終於，他聲音非常輕緩地開口，「我覺得她們去艾什維爾，是爲了買我的生日禮物。我當時特別想要一台腳踏車，就是非要不可。西方車行沒賣，所以我覺得她們去艾什維爾，就是要為我買那台腳踏車。」

「那也不代表是你的錯。」她說。

「我知道，但感覺起來就是我的錯。」泰特說。「我甚至已經不記得那是台什麼樣的腳踏車了。」

奇雅傾身靠近他，沒有近到足以碰觸他。不過她有一種感覺，幾乎就像兩人肩膀之間的空間出現了某種變化。她很想知道泰特是否有同樣感覺。她想再靠近一些，近到兩人手臂能輕柔掃過彼此。她渴望碰觸。奇雅不知道泰特有沒有注意到。

就在那一秒，有陣風吹起，數以千計的懸鈴木葉離開了提供生命的枝條，隨風劃過天際。秋葉並不落下，它們飛翔。它們會慢條斯理地享受這趟漫遊，享受這個唯一能翱翔的機會。這些葉片反射著陽光，隨著一波波風的流動旋轉、飄蕩、翻飛。

泰特從圓木上跳起來，對著她大叫：「看看妳能在這些葉子落地前抓到幾片！」奇雅跟著彈了起來，兩人在葉片組成的帷幕中又蹦又跳，他們張開雙臂，在葉子落地前盡可能多抓一些。泰特一邊笑一邊往地面撲，抓住了一片離地只有幾吋的葉片，在地上滾了一圈，然後將戰利品高舉在空中。奇雅則高舉雙臂，把剛剛救到手的葉片全釋放回風中。她奔跑著穿梭其間，而那些葉片像金子一樣卡上她的髮絲。

接著，她在旋轉到一半時撞上了站在一旁的泰特，兩人瞬間定格，四目相交。笑聲止息。他搭住她的肩膀，遲疑了一下，低頭親吻她的嘴唇。此時葉片在兩人周遭如雪花落下、旋舞。

她對接吻一無所知，所以頭跟嘴唇的動作都硬邦邦的。兩人分開後望著彼此，不知道剛剛怎麼會這樣，也不知道接下來該怎麼做。他動作溫柔地從她髮絲間拿起一片葉子，讓葉片落到地面。她的心跳得好狂野。她的家人總是難以捉摸，她從他們身上體驗過各種不完善的愛，而其中沒有一種跟此刻的感受類似。

「我現在是你女朋友了嗎？」她問。

他微笑。「妳想嗎？」

「想。」

「妳可能年紀有點太小囉。」他說。

「但我懂羽毛。我敢打賭其他女孩都不懂羽毛。」

「那好吧。」他又吻了她一次。這次她將頭斜向一邊，嘴唇也放鬆下來。生平第一次，她覺得自己的心完整了。

18

白色獨木舟
一九六〇年

奇雅每學一個新單字都會伴隨著快樂的尖叫，還透過遊戲學習新句子。泰特會抓著奇雅玩鬧，兩人常翻倒在地，半是孩子氣地（另外一半可不是）在因爲秋天而豔紅的小酸模草叢中打滾。

「稍微正經一下好嗎。」他說。「唯一學會乘法表的方式，就是要把它背起來。」他在沙子上寫下 12 X 12 = 144，但她跑過他身邊，撲身竄入碎浪，潛入平靜的海中。他也跟了上來，兩人在灰藍色光線穿越靜默海水的地方游著，光影特別凸顯出他們如同海豚般光滑的身形。然後渾身沾滿沙粒和鹽粒的兩人在沙灘上打滾，四隻手臂彷彿合而爲一地緊緊交纏。

隔天下午，他將船開進她家前方的潟湖，但停船後仍留在船上。腳邊擱著一個覆蓋紅色格子布的大籃子。

「那是什麼？你帶了什麼來？」她問。

「是個驚喜。來呀，上船吧。」

他們經過緩慢流動的水道後進入海裡，接著往南駛入一個迷你的半月形海灣。泰特在沙灘上甩開毯子，把蓋了布的籃子放上去，在兩人坐下後掀開籃蓋。

「生日快樂，奇雅。」他說。「妳十五歲了。」在籃子裡現身的是個雙層蛋糕，高度跟帽盒一樣，上頭裝飾了一片片粉紅色糖霜，她的名字就寫在最頂端。蛋糕旁放滿以多彩包裝紙及蝴蝶結裝飾的生日禮物。

她不知所措地瞪著這一切，嘴巴張得開開的。自從媽離開後，從未有人祝她生日快樂，也從沒有人買過上面寫了名字的蛋糕給她，她更沒收過眞正有包裝、有緞帶的禮物。

「你怎麼知道今天是我生日？」因爲沒有日曆，她根本不知道原來就是今天。

「我在妳的聖經裡讀到的。」

她拜託他切蛋糕時別切到她的名字。他切了幾塊好大的蛋糕放上紙盤，然後兩人凝視著彼此雙眼，把蛋糕切成一口口後塞進嘴裡。他們吃得咂咂作響，還舔手指，沾滿糖霜的嘴巴笑個不停。蛋糕就該這樣吃，每個人都想這樣吃。

「要拆禮物嗎？」他微笑。

第一個禮物是個小小的放大鏡，「妳能看清楚昆蟲翅膀上的細節。」第二個禮物是塑膠髮夾，那是個塗成銀色並用水鑽裝飾出海鷗形狀的髮夾，「給妳夾頭髮。」他有點笨拙地撩起她耳後的幾綹髮絲夾上。她摸摸髮夾。這髮夾比媽的還美。

最後一個禮物裝在比較大的盒子裡，奇雅打開後發現十瓶油彩、一些罐裝水彩，還有不同尺寸的筆刷，「這些讓妳畫畫。」

奇雅拿起每瓶顏料跟筆刷來看。「如果妳需要，我可以再多帶一些來。畫布也可以，去海橡樹那座小鎮買就行了。」

她把頭埋入他懷裡。「謝謝你，泰特。」

「動作放輕。現在慢慢來就好。」破壞王對著泰特大喊，他正在漁網、油布，跟理毛的鵜鶘之間操作絞盤。「櫻桃派號」的船首在托架上浮沉，一陣抖動後滑入彼特船場的水下欄架，彼特船場是藉著朝一邊傾斜的突堤碼頭建造起來的鏽敗船塢，也是巴克利海灣小村唯一能將船拉出水面的地方。

「對，很好，現在船在架子上了，把它升上來。」泰特慢慢加大絞盤的力道，船於是沿著軌道緩緩升起，進入乾燥的泊位。他們用纜繩固定船身，打算伴隨著米莉莎・科猶斯從黑膠唱機中傳出的清透歌聲，把黏附在船殼上的斑駁藤壺刷掉。他們得先刷上一層底漆，接著是每年固定會塗的紅漆，那是泰特母親選的顏色，破壞王絕不會改掉。每刷一陣子，破壞王就會停下工作，隨著旋律起伏揮動那雙強壯的手臂。

時間已是初冬，泰特會在放學及週末時來幫忙爸爸工作，破壞王會付他成年人的薪資，但泰特也因此不再能那麼常去找奇雅。他從未跟爸聊過這件事，也沒有以任何方式跟爸談起奇雅。

他們一直刮藤壺刮到天黑，就連破壞王的手臂都已經痠疼到不行。「我累到無法煮飯了，你應該也是吧。我們在回家的路上去餐館找點東西吃吧。」

餐館中沒有他們不認識的人，他們跟所有人點頭後坐到角落一張桌子旁。兩人都點了特餐：炸牛排、馬鈴薯泥配肉汁、蕪菁，還有涼拌菜絲，另外還附上比司吉和胡桃派搭冰淇淋。隔壁桌的一家四口低著頭，手牽著手，其中的爸爸大聲禱告，所有人在他說「阿門」時親吻空氣，彼此捏了捏手，然後開始傳遞玉米麵包。

破壞王說：「我說，兒子，我知道工作讓你無法做自己的事。工作就是這樣，但你去年秋天已經沒去返校日舞會，也沒參加其他活動，我不希望你什麼都錯過了。畢竟這是你高中的最後一年。體育館之後要舉辦一場大型舞會。你有邀請哪個女孩了嗎？」

「沒。我可能會去吧，不太確定。但實在沒想邀的人。」

「學校裡沒有任何你想邀去跳舞的女生嗎？」

「沒耶。」

「這樣呀。」破壞王在服務生放下餐點時往後靠向椅背。「謝謝妳呀，貝蒂，妳可眞會堆食物。」貝蒂走向另一邊，放下泰特的餐點，那盤的食物堆得更高了。

「你們得吃光光呀。」她說。「廚房裡還有很多呢。特餐就是要你們吃到飽。」她對泰特微笑，走回廚房前還特地多對他扭了一下屁股。

泰特說：「學校的女人都很傻，整天都在談髮型和高跟鞋。」

「哎呀，女生就是這樣。有時你就只能接受現實。」

「或許吧。」

「是這樣的，兒子，我這個人不太把閒言閒語放在心上，向來如此，但最近一直有人在八卦，說你跟溼地那個女孩有來往。」泰特立刻一臉無奈。「等等，你聽我說。」破壞王繼續說，「關於她的那些傳言，我不是每個都相信，她或許人還不錯。但小心點，兒子。你可不想太快成家，你懂我的意思，是吧？」

泰特壓低聲音，但怒氣沖沖地說：「你先說你不相信有關她的傳言，接著又說我不該太快成家，代表你確實相信她就是那種女孩。好，讓我告訴你，她不是那種人。她比你要求我一起去舞會的那些女孩都更天眞、更純潔。噢，老天，這個鎮上的某些女孩子，我直接說，她們根本就是成群結隊在『搜尋獵物』，而且不擇手段。是的，我是偶爾會去見奇雅，你知道爲什麼嗎？我在教她識字，因爲鎭上的人對她太過惡毒，她根本連學校都去不了。」

「沒問題的，泰特。你這樣做很好。但請理解，身爲父親就是得說這些話。要我們討論這些事情或許不是那麼愉快，但家長得爲孩子提出一些警告。這是我的職責，別因此對我發脾氣吧。」

「我知道。」泰特一邊替比司吉塗奶油，一邊小聲嘟囔，內心還是在生氣。

「別這樣嘛。我們再吃一輪，然後點一些胡桃派。」

派送來之後，破壞王說：「嗯，既然已經談了我們從未提起的事，我或許也該說說自己的心裡話。」

泰特對著派翻了個白眼。

破壞王繼續說。「我希望你知道，兒子，我眞的非常以你爲榮。光靠你自己一個人，你就學會了溼地的知識，書也讀得很好，爲了拿到科學文憑申請大學，申請也通過了。我實在不是會說這種話的人，但我眞的非常以你爲傲，懂嗎？」

「嗯，懂。」

回到自己房間後，泰特朗誦了最愛的詩：

「噢我何時能見到那座昏暗的湖，
以及我親愛之人的白色獨木舟？」

他總是在工作時盡可能抽出時間去找奇雅，但無法待太久。有時他駕了四十分鐘的船，只爲了能跟她在海灘上牽手散步十分鐘，過程中兩人總是不停親吻，接著他再一分鐘也不浪費地駕船回來。他好想撫摸她的胸，光是能看一眼也好。他晚上清醒地躺在床上想著她的大腿，那雙柔軟但一定堅實無比的大腿。想到大腿以上的部分更會讓他在被子底下躁動不安。但她是如此年輕，如此膽怯。他只要走錯一步或許就會對她造成負面影響，那他不是比那些只是誇口要搞她的男生更糟嗎？他想保護她的渴望就跟其他渴望一樣強烈。好吧，有些時候是這樣。

每次去找奇雅時，泰特都會帶學校或圖書館的書去，特別是那些跟溼地生物及生物學有關的書。她的進步程度非常驚人，現在已經什麼都能讀了，而一旦你什麼都能讀，就什麼都能學。他對奇雅說，學多學少完全取決於她自己。「從未有人把自己的大腦裝滿，離裝滿的階段可遠了。」他說，「我們都像長頸鹿，卻沒有用我們的長脖子去吃更高的葉子。」

在燈火的伴隨下，奇雅晚上常獨自讀好幾小時的書。她讀植物和動物如何爲了適應不停變動的大地而出現改變；也讀細胞是如何分裂、分化爲肺臟或心臟，而其他細胞又是如何爲了應付之後的需求而維持幹細胞的狀態。鳥兒之所以大多在清晨時歌唱，是因爲早上清涼、潮溼的空氣能將牠們的歌聲傳遞得最遠。她這輩子總是在親眼見證這些奇觀，很能理解大自然運作的邏輯。

此外，在生物學的世界中，她還努力想爲母親丟下孩子的案例，找出一個解釋。

某個寒冷的日子，早在懸鈴木樹葉都已經掉光很久之後，泰特走下船，手上拿著一個包上紅色和綠色包裝紙的禮物。

「我沒準備什麼給你。」她在他將禮物遞給自己時說。「我不知道耶誕節到了。」

「今天不是耶誕節。」他微笑，「還很久呢。」他說謊。「拿著吧，不是很貴重的禮物。」

她小心拆開包裝紙，裡頭是一本二手的韋氏辭典。「噢，泰特，謝謝你。」

「看看裡面。」他說。辭典在P開頭字詞的段落夾了一根鵜鶘（pelican）羽毛，F開頭的段落夾了勿忘我花（forget-me-not blossom），M的段落則夾了乾燥蘑菇（mushroom）。由於紙頁間夾了好多寶藏，這本辭典沒辦法百分之百闔上。

「我會試著在耶誕節隔天過來。或許還能帶來一頓火雞晚餐。」他向她吻別。她在他離開之後咒罵出聲。這是她在媽離開後第一次有機會為所愛之人準備禮物，但卻錯過了。

幾天之後，她穿著無袖的桃子色雪紡洋裝在潟湖畔等泰特。來回踱步的她手上緊抓著為他準備好的禮物——公北美紅雀的冠羽——包在他曾用過的包裝紙中。他才從船上走下來，她就立刻把禮物塞進他手裡，堅持要他現場打開，他照做了。「謝謝妳，奇雅。我沒有這根羽毛。」

她的耶誕節總算圓滿了。

「現在我們進屋去吧。妳穿這套洋裝一定凍壞了。」廚房因為柴爐而溫暖，但他仍建議她換上毛衣和牛仔褲。

兩人一起把他帶來的食物加熱：火雞、用來搭配的玉米麵包調料、蔓越莓醬、番薯砂鍋菜，還有南瓜派——全都是泰特和爸爸在餐館吃過耶誕節晚餐後留下的剩菜。奇雅做了比司吉，他們一起在廚房內的餐桌上用餐，她還用野冬青及海貝裝飾桌面。

「我來洗碗。」她把熱水從柴爐上倒入水槽。

「我來幫妳。」他走到她身後，雙手環抱她的腰。她往後靠上他的胸口，雙眼閉上。他的手指緩慢伸入毛衣底下，越過光滑的腹部，往胸口探去。她一如往常沒穿胸罩，他用手指環繞她的乳頭。明明他的手只在此處徘徊，卻有一種感覺往下蔓延，彷彿他的手伸到她的腿間。一種想被充滿的空虛感傳遍她全身，但她不知道該怎麼做，該怎麼說，所以只是把他推開。

「沒事的。」他說，然後站在那裡抱著她。兩人開始深呼吸。

在這段淒風苦雨的日子裡，害羞、溫和的太陽偶爾也會探出頭來。接著在某天下午，春天就這麼蠻橫地待了下來。天氣暖和起來，天空閃亮得像被拋光過。在一條長滿了美國楓香樹的深溪邊，奇雅和泰特走在長滿草的岸邊，奇雅正悄聲說著話。突然之間，他抓住她的手，要她安靜。她的眼神跟隨他望向水邊，那裡有一隻六吋寬的牛蛙正蹲在草葉底下。這本來是再常見不過的畫面，不過，那隻青蛙卻是驚人的全白色。

泰特和奇雅相視而笑後望著牠，直到牠安靜地一躍消失爲止。兩人之後還是安靜地又往後向灌木叢退了五碼。奇雅摀住嘴咯咯笑了起來，然後用那早已不再像小女孩的身體，如同小女孩般往一旁跳開。

泰特望著她一陣子，心裡想的已經不再是青蛙。他有意地朝她踏去一步。他的表情讓她在一棵寬厚的橡樹前停下腳步。他抓住她的肩膀，堅定地把她壓上樹幹，把她的兩隻手臂固定在兩側，親吻她，下半身緊靠著她。自從耶誕節之後，他們一直是緩慢地親吻、緩慢地探索彼此的身體，但這次不同。以前的他總是主導一切，小心探詢並仔細觀察任何應該停手的跡象，這次卻完全不同。

他讓自己退開，閃爍著各種金棕色的深邃雙眼望入她的眼底。他緩慢解開她的上衣鈕釦，脫下，露出她的乳房。他仔細地用雙眼及手指探索、在乳頭上畫圈。他拉開她的短褲拉鍊，扯下她的褲子，直到褲子掉落地面。奇雅第一次在他面前近乎全裸，她呼吸急促，想用雙手遮住身體。他把她的手輕巧移開，慢條斯理地觀賞她的身體。她的下體不停鼓動，彷彿全身血液都湧向此處。他也脫掉褲子，雙眼仍盯著她，將他的勃起貼向她。

她害羞地轉開頭時，他抬起她的下巴，「看著我。看著我的眼睛，奇雅。」

「泰特、泰特。」她伸出手，嘗試要吻他，但他阻止了她，迫使她只能用眼睛擁有他。她不知道純然的赤裸能帶來這麼深刻的渴望。他用雙手輕巧滑過她的大腿內側，她立刻本能地將雙腿往兩側稍微踏開。他的手指在她的雙腿間游移，按摩她從不知道存在的部位。她把頭往後仰，嗚咽般地呻吟。

突然之間，他推開她，往後踏了一步。「老天，奇雅，我很抱歉。真抱歉。」

「泰特，拜託，我想要呀。」

「不能是這樣，奇雅。」

「爲什麼不行？這樣哪裡不行？」

她伸手抓住他的肩膀，嘗試把他拉回來。

「爲什麼不行？」她又問了一次。

他撿起她的衣服，爲她穿好，沒再碰觸她渴望的地方，那些部位現在還猛烈地顫動著。然後他抱起她，走向溪邊後放下，坐到她身邊。

「奇雅，這世界上我最想要的就是妳。我想永遠跟妳在一起。但妳太年輕了。妳才十五歲。」

「那又怎樣？你也才比我大四歲。搞得好像你突然就成爲什麼都懂的大人一樣。」

「是沒錯，但我不能讓人懷孕。我不能輕易被這種事擊垮。我不會這麼做，奇雅，因爲我愛妳。」愛。她對這個字一無所知。

「你還是把我當成一個小女孩。」她哀怨地說。

「奇雅，妳這樣講話只會讓妳更像個小女孩。」但他說話時面露微笑，把她更拉近身邊。

「那會是什麼時候？如果不是現在？什麼時候可以？」

「還不是時候。」

他們沉默了一陣子，接著她問：「你怎麼知道該怎麼做？」她低下頭，又害羞起來。

「就跟妳一樣呀。」

五月的某天下午，他們從潟湖邊往別處走時，他說：「妳知道的，我很快就要離開了。去上大學。」

他之前就提過要去教堂山的大學讀書，但奇雅一直不去想，她覺得反正他們還擁有這個夏天。

「什麼時候？反正不是現在吧？」

「不久了。再過幾星期。」

「怎麼會？我以爲大學秋天才開學。」

「我被學校的一個生物實驗室錄取了，不能不去，所以夏天就得入學了。」

在所有離開的人當中，只有喬帝來跟她道別，其他人都只是消失後不再回來。但現在這樣的感覺也沒好到哪裡去，她的胸口一陣熱燙。

「我會盡可能常回來。距離沒那麼遠，眞的。搭公車還不到一天時間。」

她安靜地坐了許久，終於她說了：「爲什麼非走不可呢？泰特？爲什麼你不能待在這裡，跟你爸一樣捕蝦呢？」

「奇雅，妳知道爲什麼的。我就是不行。我想研究溼地，我想成爲一個做研究的生物學家。」此時他們已經走到海灘，兩人坐在沙子上。

「然後呢？這裡沒有類似的工作。你永遠不會再回來了。」

「會的，我會回來。我不會丟下妳，奇雅。我保證。我會回到妳身邊。」

她猛地站起來，一旁受到驚嚇的鴴鳥嘎嘎地飛走了。她從沙灘跑進森林，泰特追在她身後，但才跑進樹林，他就停下腳步，四下張望。她已經甩掉他了。

想著她可能還在附近，所以大喊道：「奇雅，妳不可能每次都逃跑。有時妳得跟人溝通。妳得面對問題。」接著他失去了耐性，「該死的，奇雅。眞是下地獄的該死。」

一星期之後，奇雅聽見泰特的船快速駛過潟湖，於是躲在灌木叢後方。就在他慢慢開進水道時，鷺鳥緩慢拍動銀色翅膀飛起。她有點想逃走，但還是走向岸邊，等著。

「嘿。」他說。這次他沒戴棒球帽，狂野的金色鬈髮在那張曬黑的臉龐前飄蕩。就在過去幾個月，他的肩膀似乎已經厚實得像個男人了。

「嘿。」

從船上走下來的他握住她的手，帶她走向一起讀書的那根圓木，兩人坐下。

「結果我必須比我以爲的更早走。爲了開始工作，我也不能參加畢業典禮。奇雅，我是來道別的。」就連他說話的聲音都更像個男人了，他已經準備好面對一個更嚴肅的世界。

她沒回話，也不看他。她的喉嚨縮得好緊。他把兩袋學校跟圖書館丟棄的書放在她腳邊，大多是跟科學有關的書。

她不確定自己有辦法開口。她想要他再次把自己帶去那個看到白青蛙的地方。萬一他不會再回來的話，她想要他在那裡佔有自己。

「我會想妳的，奇雅。每天都想，整天想。」

「你可能會忘記我。到時候你得忙那些大學的事，還會看到很多漂亮女孩。」

「我永遠不會忘記妳。永遠。妳好好照顧溼地，等我回來，聽到了嗎？自己小心。」

「我會的。」

「我是認眞的，奇雅。提防鎭上的人，不要讓陌生人接近妳。」

「我想我能躲過或跑贏任何人。」

「是，我相信妳可以。我大概一個月後會回家，我保證，到時候是國慶日假期。妳根本沒感覺到我離開，我就已經回來了。」

她沒回話，他站起來，雙手塞在牛仔褲口袋裡。她在他身邊站起來，明明站在彼此身邊的兩人卻都望向別處，望向樹林深處。

他搭住她的肩膀，吻了她好久。

「再見，奇雅。」有那麼一刻，她越過他的肩膀看向某處，接著又凝視他的雙眼。她太了解這種分道揚鑣的時刻了。

「再見了，泰特。」

他沒再說話，直接上船開過潟湖。就在轉入兩側都是黑莓灌木叢的水道之前，他轉身揮手。她將手高舉過頭，然後輕輕放在心口。

19

有些不對勁
一九六九年

看完第二次實驗室報告的隔天早上，也是在沼澤地發現柴斯．安德魯屍體的第八天，波爾杜副警長用腳踹開警長辦公室的門，走了進去。他手拿兩個裝咖啡的紙杯，還有一袋熱甜甜圈——剛從炸鍋裡夾出來的。

「噢，天呀，是帕克麵包坊的味道。」艾德在喬把早餐放在桌上時這麼說。兩個男人從沾滿油漬的棕紙袋裡各掏出一個巨大的甜甜圈，吃得咂咂作響又舔手指上的糖霜。

兩個男人同時對彼此宣佈：「話說，我查到了些什麼。」

「你先說吧。」艾德說。

「有好幾個人跟我說，柴斯在溼地裡搞了一些事。」

「搞了一些事？什麼意思？」

「不太確定。不過去他的啤酒屋那裡有人說，四年前開始，他常獨自一人跑去溼地，鬼鬼祟祟的。他還是會跟朋友一起去釣魚、遊船，但很常獨自去溼地。我是在想，他或許跟某個吸大麻的傢伙混在一起，又或者情況更糟，他可能跟某個毒蟲糾纏不清。近朱者赤，近墨者黑。又或者就這個案例而言，最後就是你整個人都發黑了。」

「是這樣嗎？他是個運動員耶，實在很難想像他跟毒品有牽扯。」警長說。

「他只是當過運動員。而且很多運動員都扯上過毒品。一旦成爲英雄的偉大日子過去之後，他們就得靠其他方法亢奮起來。還是說他在溼地有女人。」

「我實在不知道那裡有哪個女人是他的菜。他只跟那些所謂的『巴克利菁英』來往，他不跟廢物交朋友的。」

「嗯，也許他就是覺得自己墮落了，才絕口不提吧。」

「倒是。」警長說。「總之，無論他去溼地做什麼，都是我們之前不清楚的事情。去打探一下吧，看看他到底在搞些什麼。」

「你說你也查到了些什麼？」

「其實還不確定。柴斯的母親打電話來，說有些跟案子有關的重要資訊想告訴我們。跟他一直戴的貝殼項鍊有關。她很確定那是線索，所以想來辦公室跟我們說。」

「她什麼時候來？」

「今天下午，很快。」

「能有眞正的線索實在太好了。總比到處找一個穿著紅色羊毛衣又有殺人動機的傢伙來得強。我們得承認，如果這是一場謀殺，那眞的幹得很漂亮。就算有留下證據，也都被溼地吃乾抹淨了。我們在佩蒂．樂芙來之前還有時間吃午餐嗎？」

「當然。今天的特餐是炸豬排，還有黑莓派！」

20

七月四日
一九六一年

七月四日，奇雅穿著已顯得太短的桃子色雪紡洋裝光腳走到潟湖旁，坐在兩人之前上課的那根圓木上。無情的暑氣已將最後一絲霧氣抖散，空氣中充滿讓她幾乎難以呼吸的溼氣。她時不時跪在潟湖邊，往自己的脖子上潑水，過程中始終豎耳傾聽是否有泰特駕船來的嗡鳴。她不介意等。她坐在那裡讀他給自己的書。

那天的每一分鐘都無比漫長，太陽彷彿永遠卡在半空中。圓木被曬得硬邦邦的，所以她背靠著樹坐在地面休息。最後因為實在太餓，跑回棚屋吃了剩下的香腸及比司吉。她吃得很快，就怕他在自己離開等待崗位時出現。

溼熱的下午帶來滿天蚊子。眼前沒有船，泰特也沒個人影。暮色降臨時，她站得直挺挺的，安靜不動的她就像一隻鸛鳥，望著空蕩無人的水道，就連呼吸都讓人痛苦。她褪下洋裝，緩慢下水，在陰暗清涼的水中游著，水從肌膚表面滑過，釋放出內裡的熱氣。她從潟湖起身，坐在岸邊的一片青苔上，赤裸著等身體變乾，直到月亮也降到大地之下，她才拿起衣服走回屋內。

隔天她又等了一天。天氣在中午之前慢慢轉暖，午後變得熾熱，熱氣甚至一路延伸到日落之後。接著，月光在水面上灑下盼望，而這盼望卻又凋萎了。太陽再次升起，又是一次白熱的大中午。太陽再次落下。所有盼望的情緒變得波瀾不興。她逡巡的雙眼變得無精打采，儘管還是仔細在聽泰特是否有開船來，她卻不再因為任何動靜而緊張。

潟湖聞起來同時有生命及死亡的氣味，是由許諾及腐爛組成的有機雜燴湯。蛙鳴陣陣。她意興闌珊地望著螢火蟲匆匆劃過夜色。她從來不把這些發光的小蟲放進瓶子裡，若想認識任何事物，別把牠們放進罐子裡一定是比較好的。喬帝曾經教過她，雌螢火蟲會透過尾巴底下發光的訊號，讓雄螢火蟲知道她準備好要交配了。不同種的螢火蟲會有不同的閃光模式。根據奇雅的觀察，有些雌螢火蟲的訊號是「點、點、點、線、Z型飛舞」；另外則有一些是用不同舞姿組合成「線、線、點」的訊號。雄螢火蟲當然很清楚哪種訊號屬於自己的同類，也只會飛向同種的雌螢火蟲。然後，正如喬帝所說，牠們會像大部分生物一樣彼此摩擦下體，好生產出年輕的後代。

突然之間，奇雅坐直身體，注意到有隻雌螢火蟲改變了放送的信號。一開始牠送出由線和點組合成的合適訊號，吸引屬於自身種類的雄螢火蟲後交尾。接著牠發送出不同的訊號，於是有不同品種的螢火蟲飛向牠。雄螢火蟲因為這隻雌螢火蟲發出的訊息，相信自己找到一隻願意交配的同類，所以在上方盤旋著等待交配。但那隻雌螢火蟲倏地往上用嘴逮住牠，把牠的六隻腳和兩片翅膀都嚼碎吞下。

奇雅望著其他螢火蟲。所有雌螢火蟲都得償所願——先是交配，再享用一頓大餐——只靠著改變發出的訊號。

奇雅知道大自然中不存在任人批判的空間。在這一切背後作用的不是邪惡，只是湧動的生機，生物靠著犧牲他人也要想辦法延續下去。對生物學而言，是非對錯都是同一個顏色，只不過打上了不同光線。

她又等泰特等了一個小時，最後終於走向棚屋。

隔天早上，她一邊咒罵心中所剩無幾的殘酷盼望，一邊還是回到潟湖邊。她坐在水邊，聆聽是否有船隻沿著水道轟隆隆駛來，又或者就是開過遠處的河口。

中午時，她站在那裡大聲尖叫：「泰特！泰特！不！不！」她跪倒在地，臉埋進泥地，感覺身體底下有強烈的潮汐在拉扯。那是她再熟悉不過的潮汐。

21

庫柏
一九六一年

熱風吹拂下，棕櫚樹葉片如同風乾骨頭搖動。放棄等待泰特後的這三天，奇雅始終沒下床。她被絕望及熱氣癱瘓，皮膚黏答答地在汗溼的衣物及床單中翻滾。她派自己的腳趾在床單間進行尋找清涼所在的任務，但一無所獲。

她沒注意月出的時間，也沒把大鵰鴞日間撲向冠藍鴉的時間放在心上。她在床上聽見遠方溼地有烏鶇拍翅飛起，卻沒前去查看。她聽見沙灘上的海鷗哭叫著呼喚她，並因此心痛，卻生平第一次沒去找牠們。她希望用忽視牠們的痛苦來取代內心的裂痕，不過始終沒有成功。

無精打采的她不明白自己做錯了什麼？為什麼所有人都離開她？先是她自己的媽媽、她的姊姊、她的整個家庭、喬帝，現在就連泰特也一樣。她腦中最鮮明的記憶就是家人接連沿著屋前小路消失，只是她無法確定日期。她還記得白色圍巾在葉片間閃現的最後身影。記得留在床墊上的那一堆襪子。

泰特、她的人生，還有愛的下場都一樣。現在泰特也不在了。

「為什麼？泰特？為什麼？」她在床單中喃喃自語，「你應該跟別人不一樣呀。你應該留下來才對。你說你愛我，但愛根本不存在。在地球上根本無法信賴任何人。」打從心底某處，她暗自下定決心再也不信任，也不去愛任何人了。

她之前總有辦法找到脫離困境的力量及決心，無論處境多艱難，她總有辦法踏出下一步。但這一切又爲她帶來了什麼？她在淺眠中睡睡醒醒。

突然之間，飽滿、明亮又炫目的太陽照耀在她的臉上。她這輩子從未睡到大中午過。她聽見輕巧的窸窣聲，用手肘撐起身，看見一隻渡鴉大小的庫柏鷹站在紗門另一邊，探頭探腦地往內瞧。這些日子來第一次，她內心起了一些興致。就在老鷹起飛時，她讓自己下了床。

終於，她用熱水弄了一碗爛糊的玉米粥，去沙灘餵了海鷗。就在她走上海灘時，所有海鷗一波波旋風似襲來，她跪在沙地上將食物往沙子上丟。海鷗們擠在她身邊，牠們的羽毛刮擦著她的手臂及大腿，接著她把頭往後仰，應和著牠們的心情微笑起來，即使淚水早已流下臉頰。

七月四日之後的一個月，奇雅沒離開家、沒去溼地，也沒去跳跳那裡加油跟補充家用品。她只靠著魚乾、貽貝、牡蠣、碎玉米及蔬菜過活。

等家裡所有食物櫃都被清空之後，她終於駕船去跳跳那裡購物，但卻沒像之前一樣跟他閒聊，只是辦完事後立刻離開，留跳跳呆站在碼頭上盯著她的背影。她對人的需求只帶來傷痛。

幾天後的早晨，庫柏鷹又來到她家門前的階梯上，透過紗門窺探著她。**真怪呀**，她心想，然後歪著頭看牠。「嘿，庫柏仔。」

庫柏鷹跳了一下，低空飛了一段，再往上翱翔入雲端。終於，奇雅看著牠告訴自己，「我得回到溼地。」她把船開出來，緩慢沿著水道及沖流行駛，在泰特拋棄她後第一次尋找著鳥巢、羽毛及貝殼。即便如此，她還是無法避免地想到他。教堂山的迷人知識或是漂亮女孩讓他樂不思蜀。她無法想像讀大學的女人是什麼樣子，但無論如何，跟住在棚屋裡、頭髮打結，總是光腳在挖貽貝的女人相比，一定是好多了。

她的人生在八月底再次找到了重心：船、蒐集物件、繪畫。幾個月過去了。她只有在食物及日用品眞的少到不行時才會去找跳跳，但也很少跟他聊天。

她的收藏品有了一定規模，也非常有系統地以目、屬及種作爲分類。此外，她會根據骨頭的磨損程度進行年紀分類、根據羽毛的毫米尺寸進行物種的體型分類，又或者以差異非常細微的不同綠色調來分類。科學與藝術交相輝映：顏色、亮度、物種、生命，交織成塞滿棚屋每個角落、兼具知識及美的傑作。這也是專屬於她的世界。她獨自與這一切共同成長，是一切蔓延支脈的主幹，是將所有美好匯聚起來的中心。

不過，就在她的收藏愈加蓬勃發展的同時，她的孤獨也跟著壯大。跟她的心一樣強大的苦痛同樣住在她的胸膛內，無從緩解。無論是海鷗、燦爛的落日，還是最稀有的貝殼都沒有幫助。

孤獨度過的時光慢慢從幾個月累積成一年。

孤獨的感受已經強大到超過她的忍受極限。她渴望聽到人聲，也想要有人陪伴、碰觸自己，但更渴望能保護住自己的心。

一個月又一個月過去了，轉眼就是一年，然後又是一年。

第二部　沼澤

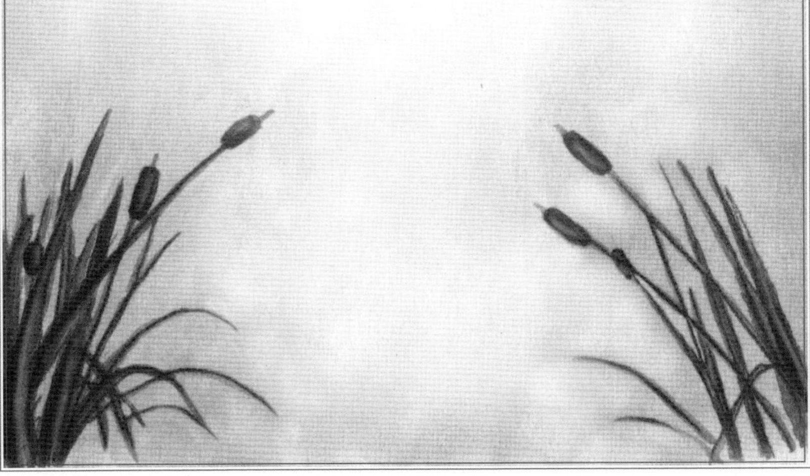

22

同樣的潮汐
一九六五年

十九歲的奇雅腿變長、眼睛變大，皮膚似乎也變黑了。她坐在尖點沙灘上，看著螃蟹把自己倒退埋入受海浪衝擊的沙洲地。接著她猛然聽見南邊有人在說話，立刻跳起身來。原來是這些年來常看到的那群孩子——現在已是剛成年的大人了——正漫步走向她，他們手上拋接著一顆足球，還來回跑動踢著海浪。怕被看見的她立刻逃進樹林，躲到一棵樹幹寬闊的橡樹後，速度快得腳跟後都噴起陣陣飛沙。她也知道自己這舉動多古怪。

情況始終沒什麼改變呀，她心想，**他們繼續笑鬧，我繼續像沙蟹一樣窩藏在此**。她還是一個會為自己的怪物行徑感到羞恥的野東西。

高瘦金髮女、馬尾雀斑臉女、老戴珍珠項鍊女，和圓臉頰女在沙灘上玩鬧，她們又是嘻笑又是擁抱。在少數幾次去鎮上時，奇雅聽過她們講自己的壞話。「對呀，那個沼澤女的衣服是從有色鎮那裡搞來的，還得靠貽貝換碎玉米來吃咧。」

不過她們在那麼多年之後還是朋友，這點確實值得尊敬。是的，她們外表看來傻氣，但梅寶說過很多次了，這些女孩也是一支強悍的部隊。「妳需要一些女性朋友，親親，她們會是妳永遠的朋友。也不需要靠發誓什麼的，只要一群女人聚在一起，就是地球上最溫柔、也最強悍的存在。」

看著她們朝彼此踢海水時，奇雅發現自己不由自主微笑起來。接著她們大聲尖叫，一起衝進浪的更深處。看著她們離開海水進行例行的團隊擁抱時，奇雅臉上的微笑逐漸褪去。

她們的高聲笑談讓自己身邊的安靜顯得更刺耳。她們擁有彼此的畫面更讓她孤獨。但她知道自己已被貼上溼地廢物的標籤，所以只能躲在橡樹後。

她的眼神轉向最高的那名男子。沒穿上衣的他穿著卡其色短褲，正在丟著足球玩。奇雅望著一束束肌肉在他背上跳動，還望向他曬黑的肩膀。她知道他是柴斯．安德魯，這些年來，就在他差點騎著腳踏車撞到她之後，她在沙灘上見過他跟朋友待在一起、見過他走進餐館買奶昔，也見過他在跳跳那裡買汽油。

此刻，隨著這群人愈來愈近，她的眼神只鎖定在他身上。他在另一個人丟球之後跑去接，因此更靠近她藏身的樹，光裸的雙腳深深踩入沙子中。就在他舉起手臂要丟球時，眼神剛好掃到了奇雅的雙眼，把球丟出去後，他沒向任何其他人示意，只是轉身迎向她凝望的眼神。他的頭髮漆黑，跟她一樣，但眼睛是淺藍色，臉非常強壯、俊美。一抹隱約的微笑出現在他唇邊。接著他走回其他人身邊，肩膀放鬆，一副篤定的神態。

但他注意到她，剛剛也跟她對望了。她的呼吸凝結，一陣熱流穿過體內。

她沿著海岸跟蹤他們，主要是爲了他。她的心思是一回事，身體的慾望卻又是另一回事。是她的身體在觀察柴斯．安德魯，而不是她的心。

隔天她又回到原地——同樣的潮汐，不同的時間，但沒人在場，只有鷸鳥和乘著海浪移動的沙蟹。

她努力讓自己避開那片沙灘，盡量只待在溼地搜尋鳥巢和羽毛。她只待在安全的地方餵海鷗吃碎玉米。生命已讓她成爲專家，得以將所有感受搗爛成可輕易埋藏的尺寸。

但孤獨卻有專屬於自己的座標。隔天她又去海灘邊找他。再隔天又去了。

某天，接近傍晚時分，就在去找過柴斯．安德魯之後，奇雅離開棚屋，躺在一片沙灘上，上一波浪花讓沙平滑。她在頭頂伸展手臂，任由溼漉漉的沙子掃過手臂肌膚，然後伸長雙腿，壓下腳尖，閉上雙眼緩慢滾向大海。她的臀部跟手臂在閃爍著水光的沙地上留下輕淺凹痕，水光跟著她的移動亮起又滅去。隨著愈來愈接近海浪，她透過身體感應著海的洶湧，內心也湧起疑問：**大海何時要碰觸我？它一開始會先碰觸我哪裡？**

充滿泡沫的碎浪往岸上推進，朝她逼近。她全身都因期待搔癢起來，呼吸也開始加深。她的身體愈滾愈慢，每次滾動都會在臉掃過沙地之前輕輕抬起頭，吸一口混合著陽光及鹽分的氣味。**很接近了，非常接近。浪就快來了。我何時會感受到呢？**

一種熱切在體內累積。她身體底下的沙子變得更溼了，海浪也轟隆得更響。她滾得更慢，一次只前進幾吋，一心期待著海的撫觸。就快了、快了。她幾乎就要在眞正碰觸前感受到了。

她想張開眼睛偷瞧一下，想知道還有多遠，卻又抗拒著，只是把眼皮閉得更緊。而眼皮後方的天光兀自亮著，不給她任何提示。

她因爲猛然衝入身體底下的力道驚叫起來，這力道玩弄著她的大腿，在她的腿間翻騰、沿著背部流動、在頭底下打旋，還把她的頭髮一束束如同墨跡般拉開。她更快速地滾進海浪的更深處，感覺隨海浪流動的貝殼及海中的浮游碎屑沖刷過身體。海水擁抱著她。她緊靠在大海強壯的身體上，被海緊緊抓牢、擁抱。她不孤單。

奇雅坐起身子，張開雙眼望著在身邊漂浮著碎浪泡沫的海洋，這些泡沫排列出的圖像總是不停在改變。

自從柴斯在海灘上瞄了她一眼之後，她一星期內已經去了跳跳的碼頭兩次，但不承認是爲了能見到柴斯。被某人注意到像是觸發了她的社交神經。現在她開始會像之前一樣問候跳跳：「那總之，梅寶最近好嗎？你的孫子孫女在家嗎？」跳跳注意到了她的改變，但很清楚這時候最好別妄下斷論。「沒錯，現在有四個跟我們住在一起。家裡一天到晚都有人在咯咯笑，我也不知道是爲啥。」

幾天之後的早晨，奇雅開船去碼頭時沒看見跳跳。咖啡色的鵜鶘彎著身體蹲在碼頭柱上，眼睛打量她，像在顧店一樣。奇雅對牠們微笑。

有人碰了碰她的肩膀，她嚇得跳起來。

「嗨。」她轉身看到柴斯站在身後，臉上的微笑消失了。

「我是柴斯·安德魯。」他冰塊藍的雙眼緊盯著她的眼睛。他對於盯著她瞧似乎感到非常自在。

她沒說話，只是把重心轉移到另一隻腳。

「我偶爾會在附近看見妳。妳知道的，這些年在溼地看到的。妳叫什麼名字？」有那麼一陣子，他以爲她不會開口了。說不定她很笨，或者就像某些人說的一樣只會某種原始語言。換作另一個對自己比較沒把握的男人一定早就走開了。

「奇雅。」顯然他已經不記得兩人在人行道上的那段「腳踏車插曲」，又或者除了「沼澤女孩」之外對她沒有留下任何其他印象。

「奇雅——是個不太一樣的名字，但滿好聽的。妳想去野餐嗎？搭我的船去。就這星期天。」

她的眼神越過他，同時花時間推敲他的語意，但看不出他能有什麼目的。這是一個能有人陪伴的機會。

終於，她說了，「好吧。」他要她中午跟自己會合，地點在尖點沙灘北邊的橡樹半島，接著踏上自己那艘藍白色遊艇，加速離去。那艘遊艇幾乎所有表面都反射出金屬部件的光澤。

她又聽見了一些腳步聲，轉過身時看見跳跳正匆忙走上碼頭。「嗨，奇雅小姐，抱歉，我把空板條箱拖到別的地方去擺。汽油加滿嗎？」

奇雅點點頭。

她在回家路上切斷引擎，在能看見岸邊的地方停下，任船漂在水面上。她枕著老舊的背包望向天空，如同偶爾會做的那樣在內心背誦起詩句。她最喜歡的一首就是約翰·梅斯菲爾德的〈海之戀〉[1]：

……我想要的只有多風的一天、白雲飛舞，

---

1 約翰·梅斯菲爾德（John Masefield, 1878-1967）是英國桂冠詩人，也是一名水手。〈海之戀〉（Sea Fever）是他以海洋為主題的作品之一。

還有翻起的水花和飄揚的泡沫，還有
海鷗的啼哭。

奇雅回想起另一個比較不有名的詩人作品，她的名字是亞曼達．漢彌爾頓，這首詩是奇雅最近在威力小豬超市買的當地報紙上看見的：

困陷其中，
愛是一隻籠中獸，
吃著自身血肉。
愛必須被放出去漫遊，
去在所選之岸落腳，
去呼吸。

這些文字讓她想到泰特，她的呼吸因此暫停。他只因爲發現了更好的事物就消失了，甚至也沒來說聲再見。

奇雅不知道，但泰特確實有回來見她。

他打算在那年七月四日搭巴士回家，就在出發的前一天，雇用他的教授布魯姆博士走進原生動物學實驗室，問泰特這個週末要不要和一群著名的生態學家一起進行鳥類考察之旅。

「我注意到你對鳥類學有興趣，不知道你會不會想一起來？我只有一個名額可以提供給學生，就想到了你。」

「好，當然好。我會到。」布魯姆博士離開後，身邊圍繞著實驗桌、顯微鏡、嗡嗡作響的高壓滅菌鍋的泰特獨自站在那裡，不知道自己怎麼一下子就屈服了。他怎麼這麼快就急著想取悅自己的教授呢？身爲唯一受邀的學生，他因爲自己的與眾不同而備感虛榮。

他下一次能回家的機會——而且只能回去一晚——已經是十五天後了。他焦急地想向奇雅道歉，也覺得她在得知布魯姆教授的邀約後一定能原諒自己。

他在離開大海、轉進水道後切掉油門，水道的圓木上排著一列列正在做日光浴的水亮龜殼。走到差不多一半時，他看見她的船謹慎藏在高大的米草叢中，於是立刻放慢船速，看到前方的她跪在一道寬廣的沙洲上，顯然正沉迷於某種甲殼動物。

由於頭幾乎貼在地面，她沒有看到他，也沒有聽見他緩慢移動的船。他安靜地把船筏轉進蘆葦叢，避開她的視線。多年來，他始終知道她偶爾會偷偷透過灌木叢觀察自己。他於是衝動地想做做看同樣的事。

光腳的她身穿截短的牛仔褲和白T恤，她先是站起來將手臂往高處伸展，露出如同大黃蜂般纖細的腰，然後再次跪下，雙手捧起沙子，透過指間篩落沙粒，檢視著留在手掌上蠕動的有機物質。他因爲眼前這名年輕的生物學家微笑起來，她是如此專注而忘情。他想像她站在一群賞鳥人的身後，儘管努力不想引起他人注意，卻仍是第一個發現並認出所有鳥的人。儘管害羞，她仍會語氣溫柔地列出編織鳥巢的所有草葉種類，或根據母幼鳥翅膀尖端出現的色澤，來判斷這隻鳥已經出生幾天。她能指出許多細微的差異，這樣的觀察不但超越了指南書，也超越了名聲卓著的生態團體所擁有的知識範圍。所謂物種就是靠著這些最微小的差異而成立。差異就是一切的本質。

接著泰特嚇了一跳。因為奇雅突然驚跳起來，沙子全從指間散落，眼神望向泰特反方向的上游。他隱約能聽見一座舷外馬達運作的低沉聲響，可能是漁夫或溼地住民正要往鎮上去。那是一種輕緩的轟隆聲，如同鴿子的叫聲一樣尋常、平靜。不過奇雅抓起背包，衝刺過沙洲，跌跌撞撞躲進了高大的草叢中。她蹲得非常低，同時來回觀察那艘船是否出現。她像鴨子一樣蹲著移向她的船，膝蓋往上時幾乎要撞到下巴。她現在距離泰特比較近了，他能看見她那雙陰沉、瘋狂的雙眼。等到船邊時，她低下頭，整個人縮在船身旁。

一位漁夫駕著船噗嚕嚕出現了，這個戴著帽子的老人看起來一臉愉快。他沒看見奇雅或泰特，身影很快也就消失在河彎處，但她仍僵住不動，直到馬達聲響漸弱消失後才站起來，把手搭在眉毛處往遠方瞧。她不停望著船離開的方向，彷彿一頭鹿望著豹離開後留下的空蕩草叢。

就某個層面而言，他知道她一直就是這種人，但自從羽毛遊戲之後，他就沒再實際目睹她如此生猛、赤裸的原始樣貌。她是多麼深受折磨、孤絕，又怪異呀。

他去上大學還不到兩個月，但已直接踏入他所渴望的世界，現在已經在分析驚人對稱的DNA分子，就彷彿爬進了一座由交纏原子組成的燦爛大教堂，還爬上由核酸梯板蜿蜒組成的螺旋樓梯。他發現生命仰賴這些精密、準確的密碼由無比脆弱的有機薄片上轉譯而來，而且只要溫度高一點或低一點，這些密碼會立刻消失無蹤。他的身邊環繞著各種巨大的疑問，以及和他一樣好奇著想找尋答案的人。他感覺離目標愈來愈接近：成為一名研究型生物學家，擁有自己的實驗室，並和其他科學家交流往來。

奇雅的心智能輕易在那種地方存活下來，但她本人不行。他的呼吸變得沉重，也開始檢視自己躲在米草叢內的決定。是要選奇雅，還是選所有其他的一切。

「奇雅、奇雅，我實在是做不到。」他悄聲說。「我很抱歉。」

她離開之後，他上了船回到海中，咒罵著內心那個不敢跟她道別的懦夫。

23

貝殼

一九六五年

在跳跳的碼頭上見過柴斯．安德魯的那天晚上，奇雅就著提燈的明滅燈光坐在廚房內的桌邊。她重新開始煮飯了，此時正小口小口吃著白脫牛奶比司吉、蕪菁和斑豆，同時還一邊讀著書。但每個句子都會讓她想到隔天和柴斯的野餐約會。

奇雅起身走入夜色，走入四分之三滿月的奶滑月光中。溼地柔和的空氣如同絲緞落在她的肩頭。月光以不尋常的路徑穿越松林，將陰影如韻腳到處安置。她如夢遊者一般漫步著。月色從水中裸體爬上岸，手腳並用地爬過橡樹林。潟湖岸邊的光滑泥巴散發著熾烈光芒，數百隻螢火蟲的光點散落在林中。她穿著一件二手白色洋裝，裙襬飄蕩，雙臂緩慢揮舞，隨著大鰠斯和豹蛙的樂音跳起華爾滋。她用雙手輕撫身側，再往上滑過頸項，望著想像中的柴斯．安德魯，再用雙手滑過大腿。她希望他如此觸碰自己。她的呼吸變深。從來沒有人像他這樣看著自己。就連泰特也沒有過。

螻蛄在映照著月光的泥地上翻飛，而她就在牠們蒼白的薄翅間舞動。

隔天早上，她沿著半島行船，看見柴斯站在離岸不遠的船裡。天光之下，現實就赤裸裸地等在她眼前時，她反而口乾舌燥。她把船駛向岸邊，下船，把船身沿著沙地摩擦後拉上岸。

柴斯駕船過來，「嗨。」

她轉頭朝他點了點頭。他走下船，對她伸出手——那是曬黑的修長手指，以及攤開的手掌。她遲疑了一下，碰觸某人代表給出一部分自己，而且永遠取不回來。

即便如此，她仍輕輕將手交到他手上。他協助她穩當踏進船尾，讓她坐在鋪了軟墊的座位上。天氣溫暖、和煦，陽光燦亮，穿著未收邊牛仔短褲和白色棉質上衣的奇雅看起來也很尋常——那是她從別人身上學來的穿著。他坐在她旁邊，她感覺他的袖口輕巧摩擦她的手臂。

柴斯緩慢將船開向大海。開闊的水域讓船變得比安靜的溼地更顛簸，她知道海水的上下晃動會讓兩人的手臂碰在一起。她因為這種可能性雙眼直瞪前方，但也沒有因此移開。

終於，一陣比較大的海浪捲起又落下，他堅實溫暖的手臂輕擦過她的肌膚。他的手臂因為船的搖晃而退開，接著又因為每次的浪與她碰觸。當一陣大浪直接在船底下捲起時，他的大腿擦過她的大腿，她立刻停止呼吸。

他們沿著海岸往南行駛時，整片荒涼的海域中只有他們一艘船。他加速前進。十分鐘之後，數哩白色沙灘沿潮線鋪開，藉由一片頂端呈圓弧狀的濃密森林與外界隔絕開來。尖點沙灘在前方如同一把精美的白扇子般展開。

柴斯自從打招呼後就沒再說過一個字，她也完全沒說話。他把船滑上岸，然後把野餐籃塞在船身陰影下的沙灘上。

「想散步嗎？」他問。

「好。」

他們沿著水邊散步，每道小小的浪都在他們的腳踝邊旋起渦流再往後抽，彷彿要把他們的腳吸進海裡一樣。

他沒有牽住她的手，但兩人的手指時不時會因爲自然擺動掃過彼此。偶爾他們會跪下來檢視一個貝殼，或是如同藝術品般螺旋狀延伸的一片透明海草。柴斯的藍眼睛看起來很風趣，任何一點小事都能讓他微笑。他的肌膚跟她一樣黝黑。站在一起的兩人都很高，姿態優雅，看起來非常相似。

奇雅知道柴斯選擇不去上大學，而是留下來爲爸爸工作。他是鎮上引人注目的傢伙，是最雄壯的那頭公火雞。她暗暗擔心自己或許不過是他在沙灘上撿到的玩物，不過是因爲好奇而翻玩後隨手就能丟回沙灘上的東西。但她還是繼續走著。她嘗試過「愛情」了，而現在的她只打算填補空虛。她打算在築起心牆的狀態下緩解寂寞。

走了半哩路之後，他面對她低低鞠了一個躬，雙手姿態誇張地邀請她背靠著一根漂流木坐在沙灘上。兩人把雙腳埋入白色結晶的沙地中，往後靠著那根圓木。

柴斯從口袋裡抽出一支口琴。

「噢。」她說，「你會吹口琴。」她說話時的舌頭都變得不太靈活了。

「不是吹得很好，不過，當我有一個聽眾背靠著沙灘上的浮木時……」他閉上雙眼吹起〈仙納度〉[1]，手掌在樂器上翻飛，彷彿困在玻璃窗內的鳥。那樂音優美、傷感，像是來自一個遙遠國度。突然，音樂戛然而止，他撿起一枚比五分錢鎳幣稍大一些的貝殼，奶白色的殼面上有著明亮的紅色及紫色斑點。

「嘿，瞧瞧這個。」他說。

「噢，這是華麗扇貝，拉丁文學名是 Pecten ornatus。」奇雅說。「我很少看見牠們。這附近有很多跟牠同屬的生物，但這個物種通常棲息在緯度更南的區域，因爲這裡的水溫對牠們來說太冷了。」

他瞪著她。他聽過很多關於沼澤女孩的八卦，但其中沒有任何一條提到這個不會拼「dog」的女孩知道貝類的拉丁文學名和棲地——她是怎麼知道的？老天爺。

「我不知道這件事。」他說。「但瞧瞧這裡，這裡有一個扭結。」兩片貝面沿著連接處往外展開的部分並不平滑，在基底處形成一個完美的孔洞。他在手掌上把扇貝翻過來。「給妳留著吧。妳是懂貝殼的女孩。」

「謝謝。」她把扇貝放進口袋。

他又演奏了幾首歌曲，最後是一段加快速度的〈迪克西〉[2]。兩人走回藤編野餐籃邊，坐在格紋毯子上吃著冷掉的炸雞、鹽醃火腿配比司吉，還有馬鈴薯沙拉。另外還有用小茴香及糖醃的小黃瓜，以及幾片有半吋厚焦糖糖霜的四層蛋糕。所有包在蠟紙內的食物都是柴斯家自己做的。他打開兩瓶皇冠牌可樂，倒進紙杯——這是她生平第一次喝氣泡飲料。這一餐豐盛得讓她吃驚，其中還附了摺得整齊的餐巾和塑膠盤叉。甚至連迷你白鐵鹽罐和胡椒罐都有。這些一定是他媽準備的，奇雅心想，只不過不知道他的野餐對象是沼澤女孩。

---

1 〈仙納度〉（Shenandoah）是一首來源不明的美國民謠歌曲，大約出現於十九世紀初，內容是一名經商的船員駕著獨木舟時的所思所想。

2 〈迪克西〉（Dixie），是一首美國的著名民謠歌曲，在南北內戰時為邦聯國歌。

他們語調輕柔地聊起海中生物——鵜鶘和鷗鳥在一旁蹦蹦跳跳——兩人沒有撫摸彼此，只是偶爾笑出聲。奇雅指出一列排得歪歪扭扭的鵜鶘時，他點點頭，爲了看清楚靠得離她近了一些，兩人的肩膀因此輕微摩擦。她望向他時，他抬起她的下巴，親吻了她。他輕柔地撫摸她的脖子，接著越過上衣，手指輕巧地往胸口探去。他抱著她親吻，力道變得扎實，往後讓兩人躺在毯子上。他緩慢地把身體移到她上方，下半身緊貼在她的腿間，接著一下子拉起她的上衣。她把頭用力抽開，扭動著從他身體底下爬了出來，比夜晚還深邃的黑眼睛閃爍著，然後把上衣重新拉好。

「冷靜、冷靜，沒事的。」

她躺在那裡——髮絲散亂披在沙地上，臉頰泛紅，紅潤的嘴唇微張——美得無比驚人。他小心地想伸手摸她的臉，但她像貓一樣彈開後站起身。

奇雅的呼吸非常沉重。昨晚她在潟湖岸舞動身體，還沐浴著月光和螻蛄一起擺動時，她以爲自己準備好了，也以爲已經透過觀察鴿子了解有關交配的一切。從沒有人跟她聊過「性」，而她也只跟泰特有過前戲的經驗，但她從生物課本上知道了更多細節，也比大多數人見過更多生物交媾——而那可不只是像喬帝說的「下體彼此摩擦」而已。

但眼前的節奏還是太突然了——先是野餐，然後就要跟沼澤女孩交配了。就連公鳥都會對母鳥求偶一陣子，比如亮出漂亮的羽毛呀、蓋蓋涼亭呀、演出精彩的舞姿或情歌之類的。沒錯，柴斯是準備了一頓大餐，但她可不只值一頓炸雞。而且〈迪克西〉可稱不上什麼情歌。她早該知道會是如此。雄性哺乳動物只有在想幹上一場時才會纏著妳不放。

兩人瞪著彼此，沉默蔓延，唯一的動靜只有他們的呼吸聲，還有遠方打上岸的碎浪。柴斯坐直身體，伸手想碰她的手臂，但她往一旁彈開了。

「我很抱歉。沒事的。」他站起來。沒錯，他是打算來這裡佔有她，打算成爲她的第一個男人，但望著那雙噴火的雙眼，他被深深迷住了。

他又試了一次。「好啦，奇雅，我都道歉了。我們就忘了這事吧。我會把妳帶回妳的船那裡。」

她聽到後立刻轉身，越過整片沙灘走向樹林。修長的身體沿路搖擺著。

「妳在幹嘛？妳不可能走回去的。有好幾哩遠耶。」

但她已經走進樹林，並沿著烏鴉通常飛行的路徑前行，她先往內陸走，再越過半島，走向自己的船。她對這區並不熟悉，但有烏鶇的蹤跡帶領她走過內陸溼地。她沒有因爲泥塘或溪谷停下腳步，而是直接走過一條條溪流，跳過一根根圓木。

終於她彎身跪倒在地，沉重喘氣，對著空氣大聲咒罵。她怒氣沖沖地大吼，想啜泣的眼淚始終掉不下來，此刻沒什麼能眞正消滅她心中的灼人羞恥感及椎心憂傷。她不過是希望有人陪伴，希望有人眞正喜歡她，也想被碰觸，於是陷入了這種場面。但那雙急匆匆想亂摸的手只不過是想**佔有**，不是想**分享**及**給予**。

她仔細聆聽他是否有追來，不確定是否希望他衝破灌木叢來抱住自己、懇求原諒。她光是想到這個場面又憤怒起來。接著，精疲力盡的她站起身，把通往船的剩下路程走完。

24 防火瞭望塔 一九六五年

雷暴雲在地平線上愈堆愈高，此時奇雅駕船駛進了午後的海洋。自從十天前在沙灘野餐之後，她沒有再跟柴斯見面，但仍能感覺到他在沙地上壓制自己時的身體形狀及篤定力道。

她把船駛入尖點海灘南邊的小水灣時，目光所及沒有任何船隻。她曾在這個小水灣見過非常不尋常的蝴蝶——白到她覺得應該是得了白化症。不過在四十碼外看見柴斯的朋友時，她立刻放開油門。他們正把野餐籃及鮮豔的毛巾打包裝進船內。奇雅迅速掉頭快速駛離現場，但又因爲強大的吸引力轉頭尋找他的身影。她知道這種渴望一點也不合理。用這種不合邏輯的舉動來塡補內心空虛的效果不太好。人究竟願意爲了逃離孤獨付出多少代價？

就在靠近他親吻她的所在，她看見他拿著釣魚竿走向他的船。而在他身後的是拿著手提冰箱的老戴珍珠項鍊女。

突然之間，柴斯轉頭直接盯著站在船上隨波浪起伏的她。沒轉身的她直接和他眼神交會，但終究跟之前一樣因害羞而望向別處，她加速駕船離開，躲進一個陰暗小海灣，打算等這一小群支配海洋的隊伍離開後再獨自去沙灘上。

十分鐘之後，她重新駕船駛入大海，結果在前方看到柴斯獨自站在船上隨海波晃蕩，顯然正在等她。

渴望再次洶湧襲來。他仍對她感興趣。沒錯，他在那次野餐時表現得太強勢，但在她抗拒時立刻停手，也道歉了。或許她該再給他一次機會。

他揮手示意她過去，「嗨，奇雅。」

她沒有過去，但也沒有離開。他駕船靠近了一些。

「奇雅，我對那天感到很抱歉。好嗎？來吧，我想帶妳去看防火塔。」

她沒說話，卻無法克制地往他那裡漂去，她知道這是軟弱的表現。

「聽著，如果妳沒爬過那座塔的話，不會知道從上頭看溼地有多驚人。跟我來吧。」

她加速油門，將船頭轉往他的方向，過程中不停掃視海面，以確保周遭沒有他的朋友。

柴斯示意她往北經過巴克利海灣——隔著一段距離看時，那座小村顯得繽紛又寧靜——接著兩人停在一個深陷於濃密樹林內的小沙灘邊。把船固定好之後，他帶領她走過茂密雜亂的蠟桃金孃和刺冬青樹。這個地方位於小村的另一邊，太靠近鎮上的人跡，所以奇雅從未來過這個森林根脈裸露的水澤區。就在他們行走的腳下，滯水的細流浸滿灌木叢底下的土壤，暗自提醒著人們：眞正擁有這片土地的是大海。

接著是一片眞正的沼澤，此地充滿著低窪土壤及潮霉的氣味，突兀、幽微又靜默地延伸入陰暗且面目逐漸模糊的樹林中。

在樹冠之上，奇雅看見廢棄防火塔頂那座歷經風雨的木製平台，幾分鐘之後，他們就抵達了防火塔以幾根柱子跨撐在地面的底座，每根柱子看起來都裁切得凹凸不平。每根柱腳邊及塔底都有漫溢的黑泥，柱身也因爲潮溼逐漸受到腐爛侵蝕。有一道階梯旋轉通往頂端，且隨著每升高一層樓逐漸變窄。

走過一整片淤泥之後，他們開始往上爬。柴斯在前面帶路。到了第五個階梯轉角時，樹冠豐美的橡樹林看似毫無盡頭地往西側延伸。在鮮豔的綠草地上，沖流、潟湖、溪水及河口朝著四面八方延伸向大海。奇雅從未爬到距離溼地上方如此高的地方。溼地的每個角落都鋪展在她腳下，她終於第一次看清這位朋友的全貌。

踏上最高的一階時，柴斯推開蓋在階梯井頂部的鐵柵門，並在兩人爬上平台後輕巧把柵門蓋回去。奇雅在踏上柵門之前還先用腳趾測試了一下。柴斯輕笑出聲。「沒問題的，妳別擔心。」他帶她走到欄杆邊，兩人站在那裡俯瞰著溼地。兩隻紅尾鵟揮翅時發出呼呼風聲，從兩人眼前飛過，牠們驚訝地歪頭，沒想到在牠們的領空出現了一對年輕男女。

柴斯轉身對她說：「謝謝妳來，奇雅。謝謝妳讓我有機會為那天的事道歉。我做得實在太過頭了，絕不再犯。」

她沒說話。此刻她有點想親吻他，想感受他壓制在自己身上的力道。

她把手伸進牛仔褲口袋中，說：「我用你找到的貝殼做成一條項鍊，但如果不想戴也不用戴。」她在前晚用生獸皮串了貝殼，本來是想給自己戴，其實心裡很清楚：她想再見到柴斯，而且一有機會見到就會把項鍊送給他。但即便是在她的傷感白日夢中，都沒有預見兩人會一起站在防火塔頂端眺望著世界，彷彿站在世界的巔峰。

「謝謝妳呀，奇雅。」他盯著那條項鍊，然後掛上脖子，用手指撫摸著貼著喉頭的貝殼。

「我當然會戴著。」

他沒說那種老套的話：**我會永遠戴著，直到死去的那一天**。

「帶我去妳住的地方。」柴斯說。奇雅腦中浮現蹲踞在橡樹下的那間棚屋，屋子的灰敗木板上滿是生鏽屋頂滴下的如血污漬。紗門上的洞比網眼還多。那個拼拼補補的破地方。

「很遠。」她只這麼回答。

「奇雅，我不在乎有多遠，或長成什麼模樣。來嘛，我們出發。」若她拒絕，這個得到接納的機會或許就沒了。

「好吧。」他們爬下防火塔。他帶領她走回海灣，示意她開她的船帶路。她往南行駛，航向那一片錯綜複雜的河口，在開進通往棚屋的水道時彎下身，以免撞到上頭的綠蔭。他的船大到差點開不進這些叢林植株之間，船身相較之下也顯得太「藍」又太「白」，但仍在枝條的刮擦下擠了過去。

她住處前的潟湖在兩人面前展開，所有長了苔蘚的枝條及鮮活葉片的細節都反射在清澈、幽暗的水面。蜻蜓和雪白的白鷺鷥因爲這艘奇特的船飛起又落下，接著斂下翅膀，重新優雅地安頓下來。奇雅在岸邊固定船隻時，柴斯往岸邊駛來。有一隻大藍鷺在幾呎外如同鸛鳥一般靜定地站著，老練的牠早已接納過許多像船隻這類更不野生的事物。

她洗過的破舊褪色連身褲和T恤晾在繩子上。親手種植的大量蕪菁一路延伸到森林內，讓人很難判斷菜園與野地之間的界線。

他看著裝了破舊紗門的門廊，開口問：「妳獨自在這裡住了多久？」

「我不太確定爸是何時離開的。但大概十年了吧，我想。」

「眞不賴。妳一個人住在這裡，沒有爸媽指揮妳該做什麼。」

奇雅沒回應這句話，只是說：「裡頭沒什麼好看的。」但他已經走上磚板階梯，首先看到的就是她在手工層架上塞滿的收藏品。那幅閃亮的生命拼貼畫就在紗門後方。

「這都是妳做的？」他問。

「對。」

他稍微看了幾隻蝴蝶，但很快失去興趣，心想：**為什麼要把門外就能看到的玩意兒留在家**

裡？

她的小床墊放在門廊，上頭鋪的床單就跟老舊浴袍一樣破損嚴重，但打理得很整潔。稍微走幾步就能通過狹小的起居室，裡頭放著凹陷的沙發，接著他往後方臥室瞧了一眼，看見裡頭的牆面鋪排了各種顏色、形狀和尺寸的羽毛。

她揮手示意他走進廚房，內心考量著能端出什麼食物招待。當然絕對沒有可樂或冰茶，也沒有餅乾，就連冷掉的比司吉都沒有。爐子上擱著吃剩的玉米麵包，旁邊是一鍋已經隨時可以煮來當晚餐的去殼眉豆，但全都不適合拿來招待客人。

出於習慣，她將幾片木柴塞入爐子的火箱中，用火鉗戳了戳，烈焰立刻隨之升起。

「就這樣了。」她說。她背對著他，伸手壓幫浦把手，把有些凹陷的水壺注滿水——這是一個在一九六〇年代顯得衝突的二〇年代場景。沒有自來水、沒有電力，也沒有浴室。兀立在廚房角落的錫製浴缸邊緣早已扭曲生鏽；獨立的派櫃中裝著剩菜，上頭仔細披覆著茶巾；殼體隆起扭曲的冰箱門口開著一條縫，其中叼著一根蒼蠅拍。柴斯從沒見過類似的場面。

他壓了壓幫浦把手，看著水流入當作水槽的琺瑯水盆。他撫摸了整齊疊在爐邊的柴堆。屋內唯一的光源來自煤油提燈，上頭的煙囪早已被燻成灰色。

自從泰特之後，柴斯是她的第一個訪客。泰特就跟其他溼地生物一樣對一切表現出自然、接納的態度，但柴斯卻讓她覺得赤裸，彷彿有人把她當成魚排一樣去骨切片。她的內心湧起一陣陣羞恥。雖然背對著他，她仍能感覺到他在屋內到處走動，腳下傳來她熟悉的吱嘎聲。接著他走向她，動作輕緩地將她轉過身來，輕輕抱住她。他用嘴唇吻她的頭髮，她可以感覺到他在自己耳邊的吐納。

「奇雅，我沒認識任何人能夠像這樣住在野外。大部分的孩子，就算是大男人好了，都會嚇得不敢住在這裡。」

她以爲他要吻自己了，但他垂下雙臂，走向餐桌。

「你想從我身上得到什麼？」她問。「跟我說實話。」

「聽著，我不打算說謊。妳很美，妳是個自由奔放又狂野到不行的女孩。那天我就是想盡可能地親近妳。誰會不想呢？但那樣做不對。不該就那樣硬上的。我只是想跟妳相處相處，好嗎？了解一下彼此。」

「然後呢？」

「我們就慢慢確認對彼此有什麼感覺。如果妳沒有要求，我不會對妳做任何事。這樣可以嗎？」

「可以。」

「妳說妳有一座私人海灘。我們去海灘吧。」

她切下幾片特別留給海鷗的玉米麵包，然後帶領他沿小徑走到明亮的沙灘和海洋。她輕柔地呼喚，海鷗現身在她的肩膀邊盤旋。一隻巨大的公鳥「大紅」落地後在她腳邊來回踱步。

柴斯站在一定距離之外，望著奇雅消失在圍繞著她飛舞的鳥群中。他沒打算對這個怪異又老是光腳的野女孩產生任何感情，但望著她在沙子上兜轉，一隻隻鳥從她的指尖啄食，他開始對她的自給自足及美貌產生了興趣。他沒認識過任何類似奇雅的人，心中因此同時騷動起了好奇心及慾望。等她走回他站的地方時，他問隔天能否再來，表示他只是想待在她身邊，連她的手都不會牽。她點點頭。這是泰特離開後，她心中首次又有了盼望。

25

佩蒂．樂芙來訪
一九六九年

警長辦公室的門被人輕輕敲了敲。喬和艾德抬起頭來，看見柴斯的母親佩蒂．樂芙．安德魯。她的身形透過霧面玻璃顯得幽暗、破碎，但他們仍能認出那就是穿戴了黑色洋裝及帽子的她。她將逐漸灰白的棕髮綁成一個整齊的髮髻，嘴唇上抹的是一種就此刻而言顯得得體的暗沉色調。

兩個男人站起身來，艾德打開門，「哈囉，佩蒂．樂芙。進來吧，請坐。喝咖啡嗎？」她瞄了那些裝了半杯飲料的馬克杯，杯緣都還有喝完飲料流下的痕跡。「不用，謝了，艾德。」她坐在喬拉來的一張椅子上。「你們有任何線索了嗎？除了實驗室報告以外的進一步線索？」

「沒有、沒有，目前沒有。我們已經非常仔細地爬梳過目前擁有的一切資訊，若發現了什麼，你和山姆絕對會第一個知道。」

「但那不是一場意外，艾德，是吧？我知道那不是一場意外。柴斯絕不可能自己從塔上跌下來。你知道他是個運動員，而且又聰明。」

「我們同意，目前證據確實足以顯示這是一場謀殺，但都還在調查中，沒有任何確切的結果。對了，妳說有事要告訴我們？」

「是的，我認爲這是重要資訊。」佩蒂·樂芙的眼神從艾德轉向喬，接著又回到艾德身上。「柴斯總是戴著一條貝殼項鍊。戴了好多年了。我知道他去防火塔的那晚也戴著。山姆和我那天晚上邀他來吃晚餐，我記得跟你提過——珍珠那天不能來，那是她的橋牌之夜——他在去防火塔之前就戴著那條項鍊。然後在他……之後，嗯，總之，我們在診所看見他時，他就沒戴著項鍊了。我本來以爲是驗屍官把項鍊取下，也就沒特別提起，接著因爲在忙葬禮跟後續要處理的各種事，我就忘了這事。不過前幾天，我開車到海橡樹鎮，問驗屍官是否能看看柴斯的私人物品，你知道他們爲了分析留下了那些東西。我想摸摸那些物品，就是想感覺一下他最後一晚穿戴在身上的一切。所以他們請我在一張桌前坐下，讓我一件件翻看，然後，警長，那條貝殼項鍊不在。我問驗屍官是否有把那條項鍊取下，他說沒有，他沒取下過項鍊。他說他根本沒見過什麼項鍊。」

「確實很奇怪。」艾德說。「項鍊是什麼材質？說不定是在他跌下時掉了。」

「是一塊貝殼掛在生獸皮繩上，長度只能剛好套過他的頭。那條項鍊並不長，而且是打了一個結綁起來的。我實在無法想像怎麼會意外不見。」

「我同意。生獸皮繩很韌，打起結來也不太會散。」艾德說。「他爲什麼一直戴著那條項鍊？是某個特別的人爲他做的嗎？或者是重要的人給的？」

佩蒂·樂芙沉默地坐著，眼神飄向警長辦公室的角落。她很怕再多說些什麼，因爲不想承認自己的兒子和溼地廢物有牽扯。當然，村中早有謠言，大家都說柴斯在婚前跟沼澤女孩早已來往超過一年。佩蒂·樂芙甚至懷疑他們在婚後還糾纏不清，但每當朋友問起這些傳言，她總是否認。不過現在情況不同了。她得說出眞相，因爲她知道那個女孩子一定跟兒子的死有關。

「是，我知道是誰爲柴斯做那條項鍊，就是會開著破爛老船到處晃蕩的那個女人。他戴那條項鍊很多年了。之前兩人有約會一陣子，就是那時她做給他的。」

「妳是說沼澤女孩嗎？」警長問。

喬開口，「妳最近見過她嗎？她可不再是個小女孩了，大概二十五歲，長得可好看了。」

「是克拉克家的那個女人嗎？只是想確定我沒搞錯。」艾德問，眉頭皺成一團。

佩蒂．樂芙說：「我不知道她的名字。甚至不知道她到底有沒有名字。人們都叫她沼澤女孩沒錯。就是那個多年來都賣貽貝給跳跳的女孩。」

「沒錯，我們說的是同一個人。繼續說吧。」

「嗯，驗屍官說柴斯沒戴項鍊時，我非常驚訝，後來想到，她是唯一可能會想把項鍊拿走的人。柴斯跟她分手，和珍珠結婚，她得不到他，所以可以直接殺了他，再把項鍊從他身上拿走。」

佩蒂．樂芙的身體微微發顫，努力平復自己的呼吸節奏。

「我明白了。確實，這是個重要資訊，佩蒂．樂芙，我們應該繼續追蹤。但先別太快做出結論。」艾德說。「妳確定項鍊是她給的？」

「對，我確定。柴斯本來不肯告訴我，但後來還是說了。」

「關於項鍊，還有他們的關係，妳還知道些什麼嗎？」

「不多。我甚至不確定他們來往的時間有多長。可能也沒人知道吧。他總是偷偷去。就像我之前說的，他曾有好幾個月沒告訴我。等我知道之後，每次他駕船出去，我都不知道他是跟朋友出去，還是去找她。」

「好，我們會查查看。我向妳保證。」

「謝謝你。我很確定這是條重要線索。」她起身離開，艾德為她開門。

「如果還想說些什麼，隨時都能再來找我們，佩蒂．樂芙。」

「再見。艾德、喬。」

關上門之後，艾德再次坐下，喬開口問：「欸，你怎麼想？」

「如果有人在防火塔那邊拿走柴斯的項鍊，那至少證明那個人在案發現場，我也可以想像某個來自溼地的人牽涉其中。那裡有屬於他們自己的一套法則。但我不確定一個女人是否有辦法把柴斯這麼大一個人推進洞裡。」

「她可能把他引誘到塔上，在他抵達前先打開柵門，等他在一片黑暗中走向她時，在對方還沒看清楚自己就推他下去了。」喬說。

「聽起來是有可能。不容易辦到，但有可能。這其實算不上什麼線索，畢竟只是一條『不在場』的貝殼項鍊。」警長說。

「但除了『不在場』的指紋還有紅色纖維之外，這目前是我們唯一的線索。」

「是沒錯。」

「不過我不懂的是。」喬說，「爲什麼要特地把項鍊拿走？是，她被辜負了，所以決心要殺掉他，就算那是動機好了，但如果拿走項鍊會讓她身處現場的事實無從抵賴，爲何還要這麼做？」

「你應該也懂呀。每場謀殺案中似乎都會有些不合理的地方。人們就是會把事情搞砸。或許她看見他還戴著項鍊，太生氣又太吃驚了，等殺掉他之後，把項鍊拔掉也算不上什麼大不了的事了。她不可能知道有人清楚項鍊跟她的關係。你也聽說過柴斯在外頭胡搞的消息。也許就跟你之前說的一樣，這根本和毒品無關，而是女人問題，就是這個女人。」

喬說：「那也是一種毒品。」

「而且溼地的人知道如何掩飾足跡，因爲他們總是在做誘捕、追蹤、設陷阱之類的事。好吧，反正去跟她聊一下也沒什麼損失。就問她那晚人在哪裡。我們可以問她有關項鍊的事，看她會不會因此有所動搖。」

喬問：「你知道怎麼去她住的地方？」

「不太知道怎麼駕船過去，但應該能開卡車找到路。就是沿著那條風很大的路，開過一連串潟湖之後，再開上很長一段路就會到。我曾在好一陣子前去家訪過她爸幾次。很討人厭的傢伙呀，眞的是。」

「我們什麼時候去？」

「天一亮就去吧，看能不能在她離家前找到她。就明天。不過我們現在最好先去防火塔那邊好好找一下那條項鍊，說不定從頭到尾都還在那裡。」

「實在很難想像會在那裡。我們爲了找出任何胎痕、腳印和線索，已經把那裡徹底搜查過了。」

「但該做的還是得做呀，走吧。」

之後，他們用耙子跟手指把塔下的爛泥全挖過一遍後，認定現場沒有貝殼項鍊。

淺淡天光逐漸滲入厚重低垂雲層的清晨，艾德和喬沿溼地道路駕車前進，希望能在她開船出發航向某處之前抵達她家。他們轉錯了幾個彎，不是開進死路，就是停在某間破舊的房舍邊。就在抵達其中一棟棚屋前時，有人大叫：「警長來了！」然後一群幾乎全部裸體的傢伙往四面八方散開，衝刺過黑莓灌木後逃竄消失。「該死的大痲鬼。」警長說。「那些私釀烈酒的傢伙至少衣服還會穿著。」

終於他們來到通往奇雅棚屋的那條小路。「就是這裡了。」艾德說。

他把相對而言體型過度龐大的卡車轉入那條小徑，安靜開往她的住處，緩慢把車停在距離門口五十呎處。兩個男人下車時都沒發出聲響。艾德敲了敲紗門的木框。「哈囉，有人在家嗎？」回應的卻只有沉默，所以他又試了一次。他們等了兩、三分鐘。「去後面瞧瞧吧，看她的船還在不在。」

「不用了，看來那是她用來綁船的圓木。她已經離開了。該死的。」喬說。

「沒錯，她聽見我們來了。她可能就連有隻兔子在睡覺都能聽得見。」

之後兩人在天亮前就來了，還把車停在很遠的另一邊，也看見她的船還綁在圓木上。但仍然沒人來應門。

喬悄聲說：「我覺得她就在這附近盯著我們瞧。你不覺得嗎？她就蹲在那邊的棕櫚樹林內吧。根本近得要命。我就是能感覺到。」他的頭到處兜轉，眼神掃視著黑莓灌木叢。

「唉，這樣行不通。若是再找到其他線索，我們才能申請搜索令。先離開吧。」

26

上岸的船
一九六五年

兩人剛開始來往的第一個星期，柴斯每天從西方車行下班之後，幾乎都會開船來奇雅住處前的潟湖，和她一起探索周邊植滿橡樹的水道。在那個星期六早上，他帶她沿水岸進行了一趟遠征。之前她因為船小得不適合遠行，所以從未去過那裡。這裡跟河口以及她在溼地常見到的綿延草地不同，透過開闊明亮的柏樹林，她能看見清澈的水面彷彿無休無止地延伸而去。漂亮的白鷺與鸛鳥站在睡蓮跟其他浮在水面的植物之間，植物綠得彷彿都在發亮。他們弓身坐在大如躺椅的柏樹墩上，一起吃著甜椒乳酪三明治及薯片，在游過水面的野鵝刮擦過腳趾底下時吃吃發笑。

柴斯就跟大多數人一樣把溼地當作可供使用的資源，不是用來行船捕魚，就是放乾水後當作農地使用，因此，奇雅對於溼地生物、水流及香蒲之類的知識讓他興味盎然。不過每當看到她溫柔撫觸溼地、在遇見鹿時慢速將船漂過，或者在鳥巢附近輕聲低語時，他也真心覺得可笑。他自己對學習貝殼或羽毛的知識毫無興趣，也會在看到她做筆記或蒐集標本時出聲質疑。

「妳為什麼要畫草？」某天他在廚房裡問了。

「我在畫那些草開的花。」

他笑了。「草不會開花。」

「當然會開花，看看那些花朵，很小，但很美。每種草都會開不同的花，花序也不同。」

「那這些東西之後要拿來做什麼？」

「我就是靠著這些紀錄，來學習有關溼地的知識。」

「妳只需要知道何時會有魚，還有牠們會在哪裡上鉤，這件事我能告訴妳。」他說。

她應付地笑了。這是她以前絕不會做的事。為了能得到他人的陪伴，她又給出了一部分自我。

柴斯在那天下午離開後，奇雅獨自駕船進入溼地，但卻不覺得孤單。她比平常開得快一點，長髮在風中飄揚，唇邊掃過一抹淺淺的微笑。光是知道自己很快能再次見到他，並知道自己有人陪伴，就讓她感覺煥然一新。

接著，就在駛過一個河彎之後，她看見了泰特。他距離很遠，大概跟她隔了四十碼，看來也沒聽見她的船開來。她立刻放開油門，關掉引擎，抓著槳把船慢慢往後划入草叢間。

「讀完大學回家了，我猜。」她低聲對自己說。她這幾年見過他幾次，但從未距離這麼近。不過現在他人就在眼前，狂亂的頭髮在另一頂紅色棒球帽下全力伸展著。臉曬得很黑。

泰特穿著高筒涉水靴走過潟湖，把潟湖水的樣本舀入小小的玻璃瓶中。不是他們還是赤腳孩子時用的那種老舊玻璃罐，而是收在隨身攜帶的特殊架子上鏗鏘作響的小管子。那副學者氣派屬於她完全配不上的那種人。

她沒把船划走，就這樣觀察了他一陣子，心想所有女孩大概都無法忘懷初戀吧。她長長吐了一口氣，回頭，沿著來時路划船離去。

隔天，就在柴斯和奇雅沿著水岸往北駕船前行時，有四隻鼠海豚朝他們游來後跟著不走。天色灰濛，霧氣的指尖挑玩著海浪。柴斯關掉引擎，任由船漂浮在水面，拿出口琴演奏起老歌〈麥克划船上岸〉[1]。一八六〇年代的奴隸划船從南卡羅來納州的海島來到北美大陸時，唱的就是這首充滿嚮往之情的抒情歌曲。媽以前常在刷洗整理時哼唱這首歌，奇雅也大概記得歌詞。彷彿是受到這首歌的召喚，鼠海豚們游得更近，熱切眼神緊鎖著奇雅瞧。接著，其中兩隻輕巧靠上船體，她於是彎腰把臉湊到距離牠們只有幾吋之處，柔聲歌唱：

「姊妹，幫忙修整船帆，哈雷路亞
兄弟，來幫個忙吧，哈雷路亞
我父親去了未知的土地，哈雷路亞
麥克，划船上岸吧，哈雷路亞

約旦河的水又深又寬
在彼岸見見我的母親吧，哈雷路亞
約旦河的水既冷且寒
但冷的是身體而非靈魂，哈雷路亞」

鼠海豚又盯著奇雅幾秒鐘，之後才竄回海水之中。

接下來幾星期的晚上，柴斯跟奇雅都躺在她的專屬沙灘上。夜晚的沙子仍因白日陽光而溫暖，兩人就這樣跟海鷗們一起懶散地打發時間。柴斯不會帶她去鎮上看電影，也不會跟她去參加襪子舞會[2]，他們就是在溼地、海洋和天光中享受著兩人時光。他不會吻她，只會握她的手，或者在微涼時用手臂輕柔環抱她的肩膀。

某天晚上，他待到很晚，在一整片星空之下，兩人坐在沙灘上的一個小火堆旁，身上蓋著一張毯子，肩膀時不時彼此摩擦。小火堆如同營火一般朝他們的臉投射出光線，他們身後的海岸因此隱沒在黑暗中。他凝視她的雙眼，問了：「可以吻妳嗎？」她點頭，所以他彎下身吻了她，一開始輕柔，之後就是充滿情慾的吻。

他們一起躺在毯子上，她扭動著身體盡可能向他靠近，感覺著他強壯的身體。他用兩隻手臂緊抱住她，但只有雙手碰到她的肩膀，沒再進行其他動作。她加深呼吸，用力將此刻的暖意、他的氣味，以及這種相伴的感受，深深地吸進體內。

1　〈麥克划船上岸〉（Michael Row the Boat Ashore）是一首源自非裔美籍教會圈的靈歌，在南北戰爭時期非常受歡迎。

2　襪子舞會（sock hop）是美國一九五〇年代高中生流行的社交活動，由於一開始舉辦時，為了避免刮傷作為舞會場地的高中體育館或食堂地板，這些學生不可以穿硬跟外出鞋進入，只能穿襪子進場，因此才有了這個名稱。

沒過幾天，尚未回研究所的泰特開船奔馳在通往奇雅家的水道上，這是他五年來首次這麼做。直到現在，他仍無法解釋自己為何始終沒回去找她，大多時候也只是覺得自己懦弱、羞恥。但現在他終於還是要去找她了。他要告訴她自己從未停止愛她，也要乞求她的原諒。

就讀大學的四年間，他說服自己：奇雅不可能融入他想進入的學術世界。他在那四年間努力忘記她，畢竟在教堂山這帶也有很多女人足以分散他的注意力。他甚至發展了幾段穩定的長期關係，然而沒人比得上奇雅。他學會了有關DNA、同位素和原生動物的知識，但之後立即明白：自己沒她根本活不下去。沒錯，奇雅無法在他所追求進入的大學環境中生存，但現在的他有辦法加入她的世界。

他全都計畫好了。教授說他可以在接下來三年完成研究所學業，因為他打從大學期間就已經開始進行博士論文的計畫，現在也已接近完成。此外，泰特最近得知，海橡樹鎮附近即將建立一座聯邦實驗室，他很有機會能獲聘成為那間實驗室的正職科學家。地球上沒有人比他更符合資格了：他幾乎一輩子都在學習有關當地溼地的知識，而且很快就能拿到博士學位證明自己的能力。不用再過幾年，他就能跟奇雅一起在溼地生活，同時在這間實驗室工作。他可以跟奇雅結婚。只要她願意。

就在他乘風破浪朝向她家的水道前進時，突然間看到奇雅的船往南駛去，路徑恰巧與他垂直。他放開船舵，想靠著狂亂揮舞雙臂取得她的注意力，還大吼她的名字。但她只是望著東方，泰特沿著她的視線望去，看見柴斯的遊艇正轉往她的方向。引擎空轉後的船往後漂動，泰特望著奇雅和柴斯在藍灰色的浪花間繞著彼此旋轉，那圓圈愈轉愈小，就像在天空求偶的兩隻老鷹。兩人在船尾掀起狂亂旋轉的波浪。

泰特望著這個場面。兩人終於會合，手指在翻湧的水面上交纏。他是有從自己在巴克利海灣小村的老朋友那裡聽見謠言，但內心總希望不是眞的。他可以理解奇雅爲何會迷上這樣的男人，他英俊、無疑非常浪漫，還會開著時髦的船在她身邊兜轉，帶她去享受花俏的野餐之旅。而她對他在鎮上的生活一無所知——他仍在巴克利海灣小村追求其他年輕女性、和她們約會，甚至就連在海橡樹鎮也有對象。

我又有什麼資格說這些？泰特心想。**我也沒對她比較好呀。我沒有遵守承諾，甚至沒膽子當面跟她分手。**

他垂下頭，接著又偷看了一眼，剛好看見柴斯傾身輕吻了她。**奇雅呀，奇雅，**他在心中呼喚。**我怎麼可以丟下妳呢？**他緩慢地將船加速，回頭開往鎮上的港口，打算幫助他爸把漁獲裝箱運上岸。

幾天之後，因爲始終不知道柴斯何時出現，奇雅發現自己又開始注意是否有人開船來，就跟之前等泰特出現的情況一樣。無論是在拔雜草、砍爐柴還是蒐集貽貝的當下，她都會歪著頭盼望聽到船的聲響。「拉長妳的耳朵。」喬帝之前會這麼說。

懷抱這種盼望的壓力實在太大，所以她把三天份的比司吉、冷脊肉和沙丁魚丟進背包，走去快要倒塌的老舊木屋，也就是被她視爲「閱讀小屋」的地方。她在這樣一個眞正偏遠的所在不會疑神疑鬼，可以盡情採集、閱讀，並仔細觀察野外生態。不用等待某人出現的聲響實在是種解脫，也爲她帶來了力量。

距離小木屋不遠的路彎附近有個胭脂櫟小樹叢，她在其中發現紅喉潛鳥脖子處的一根細小羽毛，因此大笑出聲。打從有記憶以來，她就一直想蒐集到這根羽毛，而這根羽毛其實就在距離她如此近的地方。

她來這裡大都是爲了讀書。泰特多年前離開之後，她就不再有辦法取得書籍。所以某天早上，她駕船越過尖點沙灘，又行駛了十哩後抵達海橡樹。那是一座比巴克利海灣更大、更時髦的小鎮。跳跳說所有人都能從那裡的圖書館借書。她不知道住在沼澤的人是否也借得到，所以想親自確認。

她把船繫在鎮上的碼頭邊，穿越俯瞰海洋且四周種滿樹的廣場。她在走向圖書館的路上時沒被人盯著瞧，沒有人在背後竊竊私語，也沒有人用噓聲把在櫥窗前的她趕走。身處此地的她不再是那個沼澤女孩。

她把一張清單遞給圖書館員海因斯太太，上頭列的都是大學教科書。「能不能麻煩妳幫我找吉斯曼寫的《有機化學的基本原則》、瓊斯寫的《沿海溼地的無脊椎動物學》，還有歐登姆的《基礎生態學》……」泰特在去讀大學前給了她最後一批書，而這些就是她在其中讀到的書名。

「噢，天哪，我瞧瞧。我們得從教堂山的北卡羅來納大學圖書館借調。」

因此，此刻的她坐在這間老木屋外讀著一本科學文摘。其中一篇跟繁殖策略有關的文章標題爲〈狡猾的交配者〉。奇雅笑了出來。

文章開頭寫道，眾所周知，自然界中能趕走較弱雄性個體，佔到最佳地盤的雄性動物，通常都擁有最強大的第二性徵，像是擁有最大的鹿角、最低沉渾厚的嗓音、最寬廣的胸脯，又或者是擁有最豐厚的知識。雌性選擇和這些最強勢的雄性個體交配，因此在受精時得到周遭地區最棒的ＤＮＡ，而這些ＤＮＡ再遺傳給下一代——這就是主導生命的適應及存續的最強大現象。此外，雌性也能因此爲下一代爭取到最棒的地盤。

不過有些發育遲緩的雄性因爲不夠壯、不夠受喜愛，又或者沒有掌握地盤的聰明才智，會要一些手段來拐騙雌性。他們會在雌性面前故意把自己瘦小的身軀過度膨脹，又或者不停大聲吼叫——就算只是尖細的叫聲也不放棄。透過虛張聲勢及送出假訊息，他們總有辦法到處找到一些交媾的對象。作者寫道，個體小到不行的雄性牛蛙會蹲踞在草叢中，躲在叫起來中氣十足的強勢雄性附近。當有好幾隻雌性同時受到強勁的叫聲吸引而來，而強勢雄性正忙著跟其中一隻交媾時，這隻較弱的雄性就會跳出來跟其中一隻雌性交配。這些冒充強勢雄性的個體就被稱爲「狡猾的交配者」。

奇雅想起來了，很多年之前，媽曾警告她的姊姊們提防那些駕著破爛卡車超速行駛，或者開著老爺汽車到處晃蕩、音響又開得很吵的年輕男子。「不夠好的男生才會製造一堆噪音。」媽當時這麼說。

文章中也有足以慰藉女性的部分。大自然不怕得罪人，因此，這些送出虛假訊號，或在雌性間拈花惹草的雄性，幾乎全落得孤零零的下場。

另一篇文章則深入探討了精子之間的激烈競爭。幾乎在所有的生命形式中，雄性都在競爭能讓雌性受精的機會。雄獅偶爾會爲此激戰而死；敵對的公象會爲此緊鎖彼此的象牙、踩爛腳下的土地，同時撕扯彼此的肉體。儘管是非常儀式性的行爲，這類衝突仍可能造成肢體傷殘的結果。

爲了避免受傷，某些物種的授精者會用比較不暴力、而且更有創意的方式來競爭。昆蟲就是其中最具想像力的生物。雄性豆娘的陰莖就配備了一個小勺，能在提供自己的精子之前把前一個授精者的精子先刮出來。

奇雅把文摘擱在大腿上，內心感到一陣陰晴不定。有些雌性昆蟲會把交配對象吃掉，有些壓力過大的雌性哺乳動物會拋棄孩子。許多雄性則爲了能在授精活動中贏過其他雄性，而設計出各種冒險又詭詐的手段。只要能讓生命的時鐘繼續運轉下去，似乎沒什麼會被視爲不得體的行爲。她知道這不是大自然的陰暗面，只是在面對各種困境時出現的創新方式。當然，人類能使出的手段也就更多了。

連續三天沒找到奇雅，柴斯問之後能否約好在特定的日子來，兩人可以在講好的時間去她的棚屋或某個沙灘上見面，而且他會準時到。此後每次她都能大老遠看見他色彩明亮的船——就像公鳥爲了繁殖而展現的鮮麗羽毛——漂浮在海浪上，也知道他完全是爲了她而來。

奇雅開始想像他帶著自己跟其他朋友一起野餐。所有人一起笑鬧，也一起跑向海浪踢起浪花。他還會把她抱起來轉圈，然後大家一起坐在沙灘上吃著三明治和冷藏箱裡裝的飲料。儘管心懷抗拒，這類想像卻仍一點一滴成形：她開始想像兩人結婚，還有了孩子。**或許這只是為了繁殖後代而產生的生物性衝動**，她告訴自己。不過她爲什麼就不能像其他人一樣擁有心愛的人呢？爲什麼不行？

每次要問他何時把自己介紹給朋友和父母時，話總是卡在舌頭上。她說不出口。

兩人開始見面幾個月後，在某個很熱的日子，他搭船漂浮於離岸不遠處時表示現在太適合游泳了。「我不會看。」他說。「脫掉妳的衣服，跳進海裡吧，我也會跟進。」她站在他面前，努力在船上保持平衡，但就在她把T恤拉過頭頂時，他卻沒轉過身去。他伸出手，用指尖輕巧撫過她尖挺的乳房。她沒阻止他。他把她拉近自己，打開她的短褲拉鍊，褲子輕易地從她纖瘦的臀部滑下。接著他脫掉自己的襯衣和短褲，將她輕柔推倒在毛巾上。

他跪在她腳邊，沒說一句話，手指如同一陣碎語般從左腳踝輕撫上膝蓋內側，又緩慢滑上大腿內側。她將身體抬高接近他的手。他的指尖在她的大腿根部游移，搓揉她的內褲，接著移到下腹部，手勁彷彿思緒一般輕盈。她感覺他的指尖滑到上腹部，往乳房挺進，便扭開身體。他堅定地推她躺平，手指滑向她的胸部，再慢慢用手指沿著乳尖畫圈。他盯著她，臉上沒有微笑，手往下拉住內褲頂端。她渴望他，渴望他的一切，身體也緊貼著他。但幾秒鐘後，她用手壓住了他的手。

「別這樣，奇雅。」他說。「拜託。我們已經等了好久。我一直都很有耐心，妳不覺得嗎？」

「柴斯，你答應過我了。」

「該死的，奇雅。妳到底在等什麼？」他坐直身體。「我的行動已經表示我是真心在乎妳的。爲什麼還不行？」

她也坐起身，把T恤拉回身上穿好。「接下來呢？我怎麼知道你不會離開我？」

「怎麼會有人知道這種事呢？但奇雅，我哪裡都不會去的。我已經愛上妳了。我想要一直跟妳在一起。我要怎麼向妳證明？」

他從未提過「愛」這個字。奇雅想在他的眼神中尋找眞相，卻只受到嚴厲的瞪視。她解讀不出來。她不確定自己對柴斯抱持什麼樣的情感，但至少不再感到孤單，而這似乎就夠了。

「很快，好嗎？」

他把她拉近自己。「沒事的，過來這裡。」他抱住她，陽光底下的兩人躺在船上漂流，聽著船底下嘩啦、嘩啦、嘩啦的海浪聲。

日光逐漸耗盡，夜晚沉重落定，村中燈火在彼方岸上的各處舞動。星星在他們只看得到海及天空的世界頂端閃爍。

柴斯說：「不知道星星爲什麼會閃？」

「因爲大氣中的擾動。就像高處的大氣風。」

「是這樣嗎？」

「我想你一定知道，大部分星星都距離我們太遠，無法直接看到。我們看到的只是星星發出的光，而光線可能受到大氣扭曲。但當然，星星不是靜止不動，是以非常快的速度移動。」

奇雅讀過愛因斯坦的書，所以知道時間跟星星一樣並非恆定不變。時間會在星球及太陽周遭加速、扭曲，在山地及谷地的狀態也不同；其本質是組成空間結構的一部分，而空間就跟大海一樣會彎曲、膨脹。無論是星球或蘋果之類的物體，之所以會落下或旋轉運行，都不是因爲重力，而是因爲急速墜入由高質量物體在時空中創造出的絲滑縐褶——如同落入湖面的漣漪。但奇雅沒說這些。不幸的是，重力完全無法左右人類思想，而高中課本還在教蘋果之所以落到地面是因爲來自地球的強大力量。

「噢，妳一定沒想到。」柴斯說，「他們要我去幫忙指導高中的足球校隊。」

她對他微笑。

接著，她想，就跟宇宙中的所有事物一樣，我們總是跌跌撞撞地受到「高質量物體」吸引而去。

隔天早上，她少見地去了威力小豬超市，目標是在跳跳那裡買不到的一些商品。從超市走出來時，她幾乎直接撞上了柴斯的父母——山姆和佩蒂．樂芙。他們知道她是誰——村裡所有人都知道。

她這些年來偶爾會在鎮上看見他們，大多時候隔著一段距離。她會看見山姆在西方車行的櫃檯後方接待顧客，或者正在打開收銀機。奇雅記得自己還小時，山姆是如何以噓聲把她趕離車行櫥窗邊，彷彿怕她把眞正會消費的潛在顧客嚇走。佩蒂．樂芙沒在店內全職工作，所以總有空在街上來回穿梭，發送有關年度拼布毯比賽或藍蟹女王節的宣傳小冊。她總是精心打扮，腳踩無帶高跟鞋、拿著女用手提包，還戴上足以相襯的帽子，所有配色都是爲了搭配美國南方的氣候。無論跟別人談論什麼話題，她總有辦法提起：柴斯是這座小鎮史上最佳的四分衛。

害羞微笑的奇雅直視著佩蒂．樂芙的雙眼，希望他們能以某種「自己人」的方式跟她說話，並且自我介紹，或許還能認可她作爲柴斯女友的身分。但他們猛然停下腳步，什麼也沒說，往側邊踏出一步後繞過她，甚至是繞了一個毫不必要的大圓圈，才繼續前進。

就在撞見他們兩人的那天晚上，奇雅和柴斯一起待在漂於水面的船上，船上方的橡樹根巨大到直接從水面突出，創造出足供水獺及鴨子利用的許多小洞穴。奇雅跟柴斯提起撞見他父母的事時非常小聲，一方面是不想驚擾綠頭鴨，一方面是因爲恐懼，然後又問：她之後能否很快見到他們。

柴斯沉默地坐著，奇雅覺得腸胃扭縮起來。

終於他開口了，「當然會，很快，我保證。」但他這麼說時沒看她。

「他們知道我的存在，是吧？知道我們在一起？」她問。

「當然。」

船一定是漂到離橡樹太近的所在，因爲就在此時，有一隻如同羽絨枕般飽滿、蓬鬆的大鵰鴞從樹上展翅滑翔而下，低姿態輕巧飛過瀉湖表面，胸前羽毛的花紋朦朧地反射在水面上。

柴斯伸出手握住奇雅的手，想將疑慮從她的指尖搓揉而去。

好幾個星期以來，隨著太陽落下，月亮升起，柴斯和奇雅總在溼地各處輕柔纏綿。不過，每次只要她抗拒，他就會停止攻勢。有個畫面始終沉沉壓在她的心頭：當母鹿及雌火雞辛苦帶著孩子時，雄性卻早已跑去找其他雌性動物。

無論鎮上的人怎麼說，他們頂多就是幾近全裸地躺在船上。柴斯和奇雅沒跟外人說兩人見面的事，但這個鎮很小，人們總是會看到他們一起在柴斯的船上，或者兩人一起待在沙灘上。捕蝦者不太會錯過任何海上的動靜。鎮上謠言四起。大家對此竊竊私語。

27

豬山路
一九六六年

冬天的霧氣開始確實地在地面成形。烏鶫的翅膀開始躁動，棚屋卻仍沉默兀立於這片騷亂的黑色翅膀前，而霧氣則如同一簇簇棉花沿牆面隆起、爬升。奇雅用好幾星期的貽貝錢買了比較特別的食材，她煎了蜜糖火腿、煮了紅眼肉汁[1]，另外還搭配酸奶油比司吉跟黑莓果醬。柴斯喝即溶的麥斯威爾咖啡，奇雅則喝泰特萊茶。他們已經來往將近一年，但沒人提起這件事，而這次柴斯卻說了，因為父親是西方車行老闆，他可說非常幸運，「這樣我們結婚時就能有一間很棒的房子。我打算在沙灘上為妳蓋一間有環形露台的兩層樓房，或者任何妳想要的房子都行，奇雅。」

奇雅幾乎無法呼吸。他要她進入自己的生命，而且不只是暗示，是說出了類似求婚的話。她可以屬於某一個人。她能加入一個家庭。她在椅子上坐得更直。

他繼續說。「我不認為我們應該住在鎮上。這樣對妳來說一下子要適應的事太多了。但我

1　紅眼肉汁（redeye gravy）又名窮人肉汁，通常由煎炸過的火腿或燉煮牛肉和黑咖啡混合而成，有些地方還會加入番茄醬及芥末醬，是味道稀薄的肉汁。

們可以在小鎮外圍蓋間房子，妳懂的，就是在比較靠近溼地的地方。」

最近她腦中開始隱約出現跟柴斯結婚的想法，但又不敢深想，此刻他卻直接說了出來。奇雅的呼吸變淺，一方面覺得不敢置信，另一方面又在梳理細節。**我做得到，**她心想，**只要我們住得距離大家遠一點，就行得通。**

接著她低頭問起：「那你的爸媽呢？你跟他們說了嗎？」

「奇雅，妳得明白，我家老爸老媽是這樣，他們愛我，只要我說我選擇了妳，那就沒什麼其他好說了。他們一旦有機會認識妳，一定會愛上妳的。」

她緊咬嘴唇，努力想要相信。

「我會爲妳蒐集的所有東西蓋一間工作室。」他繼續說。「還會有很多大窗戶，好讓妳可以看清楚那些天殺的羽毛的所有細節。」

她不確定自己對柴斯的情感是不是一個妻子該對丈夫懷抱的情感，但此刻她的心因爲某種類似愛的情感而雀躍著。她再也不用挖貽貝了呀！

她伸出手，撫摸著他喉頭底下的貝殼項鍊。

「噢，對了。」柴斯說，「這幾天要爲店裡進貨，所以我得開車去艾什維爾。我在想，爲什麼妳不跟我一起來呢？」

她低垂著雙眼說：「但那是個比較大的小鎮，會有很多人，我沒有合適的衣服，甚至不知道怎樣的衣服算合適……」

「奇雅、奇雅，聽我說，妳到時候是跟我一起去，我都明白的。我們不用去什麼高檔的地方。妳眞的只會透過車窗看到許多北卡羅來納的風景：就是皮埃蒙特呀、大煙山之類的。等抵達目的地之後，我們可以只去快速車道買漢堡來吃。妳就穿妳有的衣服就行了。如果不特別想，也不用跟任何人說話。我會處理好一切。那裡我去過很多次，甚至還去過亞特蘭大市，相比之下艾什維爾根本不算什麼。聽著，若我們打算結婚，妳或許也該開始去外面的世界看看。伸展一下妳那對修長的翅膀。」

她點點頭。就算不管別的，至少她也能去看看山。

他繼續說：「這是兩天才能完成的工作，所以得過夜，就隨便找個地方，妳也清楚，就是那類汽車旅館。沒什麼問題吧？畢竟我們都是成年人了。」

「噢。」她只回答了這麼一個字。然後輕聲低語，「我明白了。」

奇雅從未沿著屋前的大路坐車離家，一次也沒有，因此，幾天之後，當搭乘柴斯的貨卡朝西離開巴克利小村時，她雙眼死瞪著窗外，雙手也緊抓座椅。這條路在鋸齒草和棕櫚樹之間蜿蜒前進，逐漸將後視鏡中的大海拋在腦後。

接下來一個多小時，她所熟悉的草叢和水路都從卡車窗後掠過、消失。奇雅認出會在溼地出沒的鶚鶉和白鷺，這些跟家鄉一樣的場景為她帶來撫慰，彷彿自己從未離開家，反而是將家的一部分帶在身邊。

接著，溼地草原突然就在一條橫跨地平線的界線前戛然而止，隨之展開的是一整片的泥土地——上頭的樹被砍得光禿禿的，圍籬將地隔成一個個方塊，地面還被開出一條條的溝渠。遭砍倒的樹林間散落著如同癱瘓一般的殘枝。一根根綁著鐵絲的柱子朝向遠方的地平線延伸而去。當然，她知道地球表面不全是沿海溼地，但她從未走出溼地範圍之外。人們對土地幹了什麼好事？許多如同鞋盒般形狀一致的房子蹲踞在修剪過的草坪上。一群粉色火鶴在庭院的另一側進食，但就在她驚喜地轉回頭之際，卻又發現不過是幾隻塑膠火鶴。鹿也是水泥製的。唯一會飛的鴨子是被畫在信箱上的圖樣。

「很不賴，對吧？」柴斯說。

「什麼？」

「這些房子呀。妳從沒見過這種房子，對吧？」

「嗯，是沒看過。」

幾小時後，就在皮埃蒙特的一片片平原彼方，她看見阿帕拉契山如同素描在天際的輕淺藍色線條。隨著他們緩慢接近，山峰逐漸在兩人身邊隆起，覆滿森林的山脈和緩地往遠方綿延，奇雅完全望不見盡頭。

雲朵閒散地在山丘的懷抱中打發時間，接著翻騰而起，又飄散而去，留下一些如同纏繞觸鬚的細瘦雲跡沿著較溫暖的深谷蔓延，彷彿霧氣沿著溼地中的潮溼沼地延伸。同樣的物理現象會在不同的生物體系中翻玩出不同樣貌。

奇雅是低地國的子民，生活周遭看到的全是地平線，所以太陽與月亮會在既定時間落下或升起。不過這個地方的地貌參差不齊，太陽必須沿著起伏稜線維繫著自身平衡：或許前一刻還落在某個山脊之後，接著又在柴斯開上某道坡地時再次冒出來。她注意到，當你待在山裡的時候，日落的時間取決於你處在山的什麼位置。

不知道爺爺的土地在哪裡？她不禁想起這件事。說不定她的親人之前就是在剛剛草原上看到的那種老舊農舍內養豬，一旁則有溪水潺潺流過。一個原本應該屬於她的家庭曾在這片光景中辛勞、歡笑及哭泣。其中一些人應該也還在此地，只是散落於鄉間各處，無人知曉。

眼前的路變成四線道的快速道路，柴斯加快車速，跟其他快速移動的車輛間保持著不到一呎的距離，她只能努力抓緊穩住自己。他轉上一條弧形道路，這條道路以神奇的角度往天空延伸，通往他們要去的小鎮。「這是立體高架道路出口。」他得意洋洋地說。

山脈外緣前方聳立著許多八到十層樓高的巨大建築。一批批車輛如沙蟹般碎步前進，人行道上有好多人，奇雅將臉貼在玻璃上，確信能在這些臉孔中找到媽和爸。有個膚色曬得很深的黑髮男孩沿人行道跑來，長得就跟喬帝很像，她立刻轉頭去看。當然，她的哥哥現在一定已經長大了，但她的眼神仍一直跟著那個男孩跑過街角。

柴斯於小鎮另一頭爲兩人在豬山路的汽車旅館訂了房間，那間旅館由一整排單層樓的棕色房間組成，上頭最顯眼的是用來打亮的棕櫚樹形狀霓虹燈。

柴斯打開房間門鎖，出現在她眼前的是個還算整潔的房間，但充滿清潔劑的味道，裝潢也走美式廉價風：貼皮木板牆、有投幣震動功能的凹陷床鋪，以及用大到不合理的鐵鍊及掛鎖固定在牆面的黑白電視。床單是萊姆綠色，地上鋪著橘色粗毛地毯。奇雅腦中想起兩人曾一起躺過的所有地方：潮池旁清透的沙地、月光下浮在水面的船隻。床在此似乎位居最關鍵的地位，但整個房間卻沒有絲毫「愛」的氣息。

她故意站在門邊不動。「房間不怎麼好。」他說，同時把他的圓筒行李包擱到椅子上。他走向她。「是時候了，妳不覺得嗎，奇雅？是時候了。」

果然是這樣，這就是他的計畫。但她已經準備好了。她的身體已經飢渴了好幾個月，心裡也在跟他談過結婚後默許了。她點點頭。

他走向她，解開她上衣的釦子，溫柔將她轉過身，再解開她的胸罩。他用手指輕撫她的乳房外圍，一種興奮的暗流從乳房一路延伸到大腿。紅綠色的霓虹燈光從窗簾縫隙透入，他將她拉倒在床上，她閉上雙眼。在之前兩人幾乎做了的那些時刻，在她阻止他的那幾次，他逡巡的手指彷彿擁有魔力，能將她體內的一些部分起死回生，也能引誘她的身體既是渴求又是嚮往地彎曲迎向他。不過在終於獲准同意的此刻，他突然被一種迫切的衝動攫住，彷彿直接略過她的需求逕自上了她。她因爲一陣強烈的撕扯痛楚叫出聲，覺得一定有什麼出錯了。

「沒事的，會慢慢好起來的。」他極有威嚴地說。但情況始終沒變多好，而他很快就躺到她身邊的床上，臉上露出微笑。

就在他睡著之際，她望著外頭閃爍的「空房」標誌。

幾個星期之後，在吃完早餐的煎蛋跟火腿玉米粥之後，她和柴斯一起坐在廚房內的餐桌邊。剛做完愛的奇雅裹著毛毯窩在椅子上。在第一次嘗試之後，她覺得性生活只稍有改善，而且每次結束都不太滿足，但她完全不知道該如何啓齒。反正她也不知道自己該有什麼樣的感受。或許現在這樣是正常的。

柴斯站起身後用手指勾起她的下巴，吻她，「接下來幾天，我不太會出門，因爲耶誕節要來了，很多事要忙，得參加活動和一堆有的沒的。還有一些親戚會來拜訪。」

奇雅抬頭看他，「我之前一直希望，或許可以……你知道的，參加一些派對之類的。至少，能和你家人一起吃頓耶誕節晚餐。」

柴斯又重新坐回椅子上。「奇雅，聽著，我一直想跟妳談這件事。我想邀請妳去駝鹿俱樂部的舞會或之類的活動，但我知道妳有多害羞，也知道妳從不去鎮上參加那些活動，就算去了一定也不會喜歡。妳不認識任何人，又沒合適的衣服。妳知道該怎麼跳舞嗎？這些都不是妳會做的事。妳懂嗎？我沒說錯吧？」

她盯著地板，「對，你說的都沒錯，但是，嗯，我得開始參與你的生活了。就像你說的：伸展一下翅膀。我想我是得去找一些合適的衣服，然後認識一下你的朋友。」她抬起頭。「你可以教我怎麼跳舞。」

「啊，當然，我會教妳。但我覺得我們倆在這裡生活就好。我很享受我們在這裡度過的時光，就只有妳和我。老實跟妳說吧，我實在有點厭倦那些愚蠢的舞會了。每年都差不多是那樣。反正就是在高中體育館，無論老傢伙或年輕的傢伙都會去，然後放著同樣的無聊音樂。我已經準備好進入下一個階段了。妳也清楚，反正我們婚後也不會做這些事，所以現在何必把妳拖去蹚渾水呢？完全沒道理呀。懂嗎？」

她又開始盯著地板，他再次勾起她的下巴，讓她與自己四目相對，接著露出一個大大的微笑。「還有，老天，跟我家人吃耶誕節晚餐，我那些老到不行的姑姑會從佛羅里達過來，她們太愛講話了。我可不想讓任何人面對那種場面。尤其是妳。相信我，不去也沒錯過什麼。」

她沒說話。

「真的，奇雅，我希望妳能接受這個狀況。我們在這裡過的是所有人夢寐以求的生活。那些其他有的沒的。」他雙手攤開劃過空氣，「都沒什麼意義。」

他伸手把她拉到自己大腿上，她把頭靠上他的肩膀。

「這裡的一切才重要，奇雅，其他都不重要。」他溫和、柔情地吻了她，接著站起身。「好了，我得走了。」

奇雅獨自跟海鷗度過了耶誕節，就跟媽離開後的每個耶誕節一樣。

耶誕節過後兩天，柴斯還是沒出現。她原本發誓不再等任何人，這次卻仍在潟湖邊來回踱步，等於打破了自己的承諾。她編了法式髮辮，還塗上了媽留下的舊唇膏。

彼端的溼地仍披著冬季那襲棕灰色外袍。數哩精疲力盡的草葉在散佈過種子後自我放棄地將頭垂向水面。一陣陣的風鞭打著、撕扯著，將粗糙的植物莖幹搖晃出吵雜的大合唱。奇雅把辮子用力扯開，用手背抹掉嘴上的唇膏。

第四天早上，她獨自坐在廚房裡，用餐具把盤內的比司吉和蛋推來攪去。「他說了一堆『這裡的一切才重要』的鬼話，但他現在人在哪裡？」她憤憤地說，暗自認定柴斯是在跟朋友打觸身式橄欖球，或者就是在派對上跳舞。「就是那些他嘴上說已經厭倦的事啦。」

終於她聽見了船的聲音，於是立刻從桌邊跳起身來，用力撞開棚屋的前門後跑向潟湖邊。但來的不是柴斯或柴斯的遊艇，而是有著一頭黃金色頭髮的年輕男子，那頭已剪短的髮絲仍無法被滑雪帽完全馴服。那是一艘老漁船，而站在上頭的是已長大的泰特。他的臉不再孩子氣，反而顯得非常帥氣、成熟。他的眼神充滿疑慮，嘴邊有一抹害羞的微笑。

她的第一個反應是逃跑，但內心又同時在尖叫，**不，這是屬於我的潟湖，之前我老是逃跑，但這次我不要**。接著她撿起一塊石頭，從二十呎外往他的臉甩過去。他迅速閃開，石頭從他的額邊掃過。

「見鬼了，奇雅！搞什麼呀？等一下。」他在她撿起另一塊石頭瞄準自己時大叫，把雙手擋在臉前。「奇雅，看在老天的份上，住手。拜託，我們不能談一談嗎？」

石頭大力砸到他的肩膀。

「**滾出我的潟湖！下流卑鄙的變態！不然來談你有多下流呀！**」這名鬼吼鬼叫的漁婦又開始狂亂地尋找下一塊石頭。

「奇雅，聽我說，我知道妳現在跟柴斯在交往。我尊重妳的決定。我只是想跟妳談一談。拜託，奇雅。」

「憑什麼要跟你談？我根本不想再見到你。一點都不想！」她抓起一把較小的石頭，往他的臉甩過去。

他躲向一邊，身體往前彎，在船上岸時抓緊舷緣。

「**我說了，給我滾開！**」她還在扯著喉嚨大叫，但沒那麼激烈了。「沒錯，我現在跟別人在一起了。」

泰特的船在碰到岸邊時震動了一下，他穩住自己，然後在船首坐下。「奇雅，拜託，他有些事情，妳是該知道。」泰特本來沒打算提起柴斯的。這次突然前來拜訪奇雅的場面跟他想像的完全不同。

「你在說什麼鬼呀？你沒資格跟我聊我的私生活。」已經走到距離他不到五呎處的她怒氣沖沖地說道。

他態度堅決地說，「我知道，我是沒資格，但我還是要講。」

奇雅轉身要離開，但泰特仍在背後大聲說了，「妳沒住在鎮上，妳不知道柴斯還在跟其他女人約會。前幾天晚上我才看見他開著貨卡從派對載了一位金髮女子離開。他配不上妳。」

她用力轉身。「噢，是這樣嗎！但離開我的可是**你**，沒有依照諾言回來的是你，始終沒回來的也是你。你才是那個從沒寫信來解釋一切，沒讓我知道你是死是活的傢伙。你甚至沒膽量跟我分手。你無法像個男人一樣面對我，就這樣直接搞消失。**你這雞屎一樣的混蛋**。這麼多年之後，你還大搖大擺地駕著船來這裡……你比他還糟。他或許不完美，但你絕對比他糟太多太多了。」她突然不再說話，只是瞪著他。

他伸出雙手，手掌向上做出乞求的姿態。「妳說的沒錯，奇雅，妳說的全部都對。我就是坨雞屎，也沒資格說柴斯什麼。這一切都跟我無關。我不會再來煩妳了。我只是需要道歉，需要解釋一下。這些年來我一直很抱歉，奇雅，拜託聽我說。」

她就像因為風剛停下而垂落的船帆。泰特不只是她的初戀，他跟她一樣熱愛溼地，教導她認字，儘管微不足道，他也是自己和那個消失家族之間的唯一連結。他是她時光之書中的一頁，是剪貼本上黏著的一張剪報，也是她唯一真正擁有過的事物。隨著怒氣消散，剩下的就是她心口大力搏動的心跳。

「瞧瞧妳，多漂亮呀。是個女人了。妳還好嗎？還在賣貽貝嗎？」他對她的改變大感震驚。她的五官更加細緻，也更迷人了；顴骨顯得更銳利，嘴唇也更豐滿。

「嗯。沒錯。」

「我帶了東西給妳。」他從信封裡拿出一根北撲翅鴷的細小紅色頰羽。她本想直接扔地上，但這是她永遠不可能蒐集到的羽毛，憑什麼不能留下？她把羽毛塞進口袋，沒向他道謝。

他話說得很快，「奇雅，離開妳不只是一項錯誤，在過去及未來的所有時光中，也是我做過最惡劣的事。我這些年來一直很後悔，之後也會一直後悔。我每天都會想到妳。在我之後人生中的每一天，我也都會因為離開妳而遺憾。我之前真心認為，妳不可能離開溼地去外面的世界生活，所以不知道我們要怎麼繼續在一起。但我錯了，我該回來跟妳討論這件事才對。我當初做的決定簡直就是狗屁。我知道妳曾被人丟下多少次。我不想知道自己把妳傷得多重。我真的不像個男人。妳說的沒錯。」他說完後仔細觀察著她。

終於，她開口了，「你現在想怎樣，泰特？」

「就是希望，如果有可能，妳能用某種方式原諒我。」他悄聲說了，然後等待。

奇雅看著自己的腳趾。爲什麼傷口都沒癒合的人還有原諒對方的義務？她沒答腔。

「我就是得把這一切跟妳說，奇雅。」

她還是沒說話，他只好逕自講下去，「我讀研究所了，動物學研究所。主要是研究原生動物。妳一定會喜歡的。」

那是她無從想像的領域，此時她回頭望向潟湖，想看柴斯是否有出現。泰特沒漏看這個舉動。他一來就有猜到她應該是在等柴斯。

就在上星期，泰特在耶誕舞會上看到身穿白色晚宴外套的柴斯跟好幾個女人共舞。就跟巴克利海灣小村的大多數活動一樣，這場舞會辦在高中體育館內。籃球網下方搭起的小型高傳眞音響放出〈毛茸茸惡霸〉[2]時，他正在和一位深色頭髮的女子旋轉，而當〈鈴鼓先生〉[3]的樂音響起時，他丟下那名女子後離開舞池，跟之前一起打球的好友混在一起，一夥人從印了「柏油腳跟」[4]的隨身酒瓶中喝野火雞牌威士忌。泰特正跟兩個以前的高中老師聊天，剛好站在柴斯

---

2 〈毛茸茸惡霸〉（Wooly Bully）發行於一九六五年，是一首歌詞怪異卻大賣的流行歌曲，這首單曲曾躍上全美歌曲前一百首銷售排行榜的第二名。

3 〈鈴鼓先生〉（Mr. Tambourine Man）是巴布·狄倫（Bob Dylan）在一九六五年推出的歌曲。

4 柏油腳跟（Tar Heels）指的是北卡羅來納柏油腳跟男子籃球隊。

附近，因此聽見他說：「沒錯，她就像誘捕來的母狐狸一樣野。就是你想像中溼地野婊子該有的樣子。之前花的每一分油錢都值得。」

泰特必須強迫自己走開。

一陣掃過的冷風吹縐了潟湖水面。因爲以爲來的是柴斯，奇雅只穿了牛仔褲跟薄毛衣就跑出來。她用雙臂緊抱住自己。

「妳要凍壞了，我們先進去吧。」泰特指了指棚屋，此時有煙正從鏽蝕的煙囪管內竄向天空。

「泰特，我覺得你該走了。」她又快速望了水道好幾眼。萬一柴斯來的時候泰特還在該怎麼辦？

「奇雅，拜託，幾分鐘就好。我眞的很想再次看看妳的收藏品。」

她直接轉身跑向棚屋，以行動當作回答，泰特也就跟了上去。他一進入門廊就停下腳步。她的收藏品已從孩子時期的嗜好發展爲溼地博物館的規模了。他拿起一片扇貝殼，上頭的標籤用水彩畫了尋獲的那片沙灘，另外還畫了這個生物在吃小型海中生物。每個標本都做了類似標記，而這些標本少說也有數百個，說不定還有上千。他小時候看過其中一部分，但現在作爲一個動物學博士候選人，他是以科學家的眼光在看待這一切。

他轉向還站在門口的她。「奇雅，這些紀錄太詳實，而且非常美麗。妳可以拿這些出版。這可以出成一本書，說不定還能出好幾本。」

「不、不，這些都只是我要用的，能幫助我學習，就這樣。」

「奇雅，聽我說。妳比任何人都清楚，關於這個地區的參考書幾乎不存在。有了這些註釋、技術資料，還有這麼厲害的插圖，這就是所有人在等待的書。」是沒錯。媽有幾本關於此地區的貝類、植物、鳥類及哺乳類的指南書，而那些就是有關此地區僅有的出版品，可惜的是，其中很多資訊都相當不精確，而且每筆資料都只有一些殘破不全的資訊及黑白配圖。

「如果妳願意讓我拿一些標本，我就能拿這些樣本去拜訪出版商，看看他們怎麼說。」她乾瞪著眼，不知該如何看待這件事。她得去某個地方嗎？得跟人見面嗎？泰特沒有忽視她眼中的疑慮。

「妳不需要離開家。妳可以把樣本寄去出版社。這樣也能賺一些錢。金額或許不大，但之後可能不用再挖貽貝了。」

奇雅仍然一個字也沒說。泰特又再一次督促她照顧自己，而不只是自告奮勇要照顧她。她的生活中隨處都有他的存在，但他又總是一次次消失。

「試試看吧，奇雅。有什麼損失呢？」

她終於同意讓他帶走一些樣本，他於是選了一些用色調柔美的水彩畫的貝類及大藍鷺，因爲她在其中仔細描繪了鳥類在不同季節的樣貌，還用精細的油畫描繪彎曲的眼睫羽毛。

泰特拿起那張描繪羽毛的畫作，其中由數百筆豐厚色彩的極細筆觸融合成一片深黑色，反射出的光彩幾乎像陽光直接照在畫布上。羽毛柄上有一個小小的裂口，這個特定細節讓泰特和奇雅同時意識到，這張畫的就是泰特在森林中送給奇雅的第一根羽毛。他們的眼神離開羽毛，望向彼此。她轉身不再面對他，強迫自己不產生任何感受。她不能再受這個無法信任的人吸引。

他走向她，伸手放上她的肩膀，嘗試輕柔把她轉過來。「奇雅，離開妳這件事，我眞的很抱歉。拜託，妳就不能原諒我嗎？」

終於她轉身面對他，「我不知該如何原諒你，泰特。我無法再相信你了。拜託，泰特，你眞的得離開了。」

「我懂。謝謝妳願意聽我說，至少給了我道歉的機會。」他又等了一下，但她沒接話。至少離開的他並非一無所獲。找出版商的事給了他再次聯繫她的機會。

「再見，奇雅。」她沒回應。他緊盯著她，她也迎向他的眼神，但又別了開來。他走出門外，向船走去。

她直到他離開後才回到潮溼、冰冷的潟湖邊沙地上等柴斯，口中大聲重複著剛剛對泰特說的話，「柴斯或許不完美，但你更糟。」

但就在她望入幽暗的水色深處時，泰特說的話又浮上心頭——柴斯開著一輛貨卡從派對載了一個金髮女子離開。

耶誕節過了一星期之後，柴斯才又再次出現。他把船停進潟湖，說他可以在此過夜，好跟奇雅一起迎接新年的到來。他們勾著手臂一起走向棚屋，此時有彷彿跟之前一樣的薄霧從屋頂垂落。做愛之後，他們在爐子附近的毯子中相擁。溼重的空氣已無法再承受更多的溼氣粒子，所以當壺內的水沸騰時，冰涼的窗玻璃上結滿水氣。

柴斯從口袋中掏出口琴，壓上嘴唇演奏起旋律傷感的曲子〈茉莉·馬龍〉[5]。「現在她的鬼魂推著獨輪車穿過大街小巷，叫賣著鳥蛤和貽貝，還活著、還活著噢。」對奇雅而言，柴斯在演奏這些憂鬱曲調時，是他最具有靈魂的時候。

5 〈茉莉・馬龍〉（Molly Malone）說的是一名傳奇魚販的故事，她生活在十七世紀的都柏林，她常被描述成白天做小生意、夜晚從事性工作的一名低下階層女子，而且很年輕時就因為熱病而過世。

28

捕蝦人
一九六九年

在去他的啤酒屋得到的八卦會比餐廳更帶勁。警長和喬踏進狹長又擁擠的啤酒屋，走向由一整根長葉松樹幹製作而成的吧檯，這座吧檯沿著酒吧左側延伸，看上去彷彿消失在盡頭處的微光中。許多當地人——都是男人，因爲女人不准踏入酒吧——不是聚在吧檯邊，就是坐在散於各處的小桌旁。兩個酒吧老闆一邊烤熱狗一邊炸蝦、牡蠣和小玉米球，另外還必須攪拌玉米粥，以及爲客人倒啤酒和波本酒。唯一的光線散發自各種不同閃爍的啤酒商標，那些琥珀色的光芒就像營火舔舐著男人們長了鬍鬚的臉龐。酒吧後方傳來撞球叮咚叮咚的聲響。

艾德和喬自然地加入一群聚在吧檯中間的漁夫，兩人才點好美樂啤酒和炸牡蠣，眾人就開始問個不停：有什麼新消息嗎？怎麼可能沒指紋？眞的沒指紋嗎？你們有想過可能是韓森老頭嗎？他可瘋了，這很像他會幹出來的事，就是爬上防火塔，隨便把出現的人推下去。這讓你們煩惱得團團轉，對吧？

喬和艾德各面對一邊，兩人熟練地駕馭這個亂哄哄的場面，他們又是回話、又是聆聽，偶爾也點頭表示明白。接著在一片騷動之中，警長聽到角落傳來一個心平氣和又沒有情緒起伏的人聲，於是轉頭面對提姆．歐尼爾捕蝦船隊中的隊員海爾．米勒。

「可以跟你談一下嗎？警長？單獨談？」

艾德從吧檯那群人之中退出來。「當然可以，海爾，跟我來。」他帶海爾走到牆邊的一張小桌，兩人一起坐下。「再添一杯啤酒嗎？」

「不用，目前這樣就好。不過還是謝你啦。」

「有什麼在意的事嗎？海爾？」

「欸，當然是有呀。非得說出來不可。我都快被搞瘋了。」

「說出來吧。」

「噢我的老天。」海爾搖搖頭。「我也不知道，可能根本沒什麼，也可能我早就該告訴你了。我一直無法擺脫那晚看見的場面。」

「就告訴我吧，海爾。我們一起搞清楚那到底重不重要。」

「唉，就是柴斯·安德魯那件事。他死掉那天晚上，嗯，我在幫提姆捕蝦，很晚才回到海灣，總之當時早已超過午夜，然後我和艾倫·杭特看到那個女人，就是那個『沼澤女孩』剛好駕船從海灣離開。」

「真的嗎？當時過了午夜多久？」

「應該大約是凌晨一點四十五分了。」

「她開船去哪裡？」

「嗯，這就是重點了，警長。她直直開向防火塔的方向。如果她一直保持我看到的航向，就一定會在防火塔附近的沙灘上岸。」

艾德吐了一口氣。「沒錯，海爾，這是很重要的資訊。非常重要。你能確定是她嗎？」

「嗯，我跟艾倫當時討論了一下，挺確定就是她。我是說，我們心裡想的都一樣：都這麼晚了，她到底還在外面做什麼？還在沒有光線的海上開船？幸好我們有看到她，不然就直接撞上去了。我們本來也就忘了這事。一直過了一陣子，我才把兩件事連結起來，想到那就是柴斯死掉的那天晚上呀。嗯，然後我就想，我最好是說出來。」

「船上還有其他人看見她嗎？」

「欸，我不太確定。其他人都在我附近，這是一定的，船正在入港，大家正準備下錨。但我一直沒跟大家聊過。你知道的，當時沒理由這麼做。之後也沒再問起。」

「我了解，海爾，你跟我講是對的。你有責任說出來。什麼都別擔心。你可以做的就是讓我知道你看到什麼。我會要求你跟艾倫來做個筆錄。現在我可以請你喝這杯啤酒了嗎？」

「不了，我想我還是直接回家吧。晚安。」

「晚安，再次感謝呀。」海爾一站起來，艾德就向喬揮手，他之前每隔幾秒就瞄過來，想從警長的臉上讀出些什麼。他們等了一下子，讓海爾先跟酒吧的大家道別，接著才走到酒吧外的街上。

艾德把海爾看到的事情告訴喬。

「天哪。」喬說，「這下幾乎能確定就是她了。你不覺得嗎？」

「我想法官可能會因此發出搜查令。我不太確定，我得在提出要求之前進行確認工作。有了搜查令，我們就能去她屋裡尋找，看是否有符合柴斯衣服上紅色纖維的衣物。我們最好搞清楚她那天晚上到底做了些什麼。」

29

海草
一九六七年

整個冬天，柴斯常來棚屋看奇雅，通常每個週末會住一個晚上。即便是在寒冷、潮溼的日子，他們還是會一起在瀰漫霧氣的小樹叢間漫步，她蒐集標本，他則用口琴演奏一些天馬行空的曲調。那些音符在霧氣間浮動，飄散入低地林間較為陰暗的角落，溼地似乎也吸收、記憶下了這些音符。因為每次只要奇雅經過這些水道，就會聽見那些樂音。

三月初的某天早上，奇雅獨自悠哉地航過大海往村裡前進。天空穿著一件邋遢的灰雲毛衣。柴斯的生日再過兩天就要到了，她打算為了煮一頓特別的晚餐去威力小豬超市買材料——其中主打的是她首次製作的焦糖蛋糕。她已經在想像那個自從媽離開後從未出現過的畫面：她會將點了蠟燭的蛋糕放在他面前的桌上。最近他已經說了好幾次，表示正在為兩人的房子存錢。她覺得自己得趕快學會烘焙。

把船綁好之後，她沿碼頭走向那一排店家，此時看到柴斯站在路的盡頭跟朋友聊天，手搭在一名纖瘦的金髮女孩肩上。奇雅努力想搞懂眼前發生的事，但雙腿彷彿有自主意識地繼續往前進。之前只要他在鎮上或跟別人待在一起，她從未主動前去搭話，但現在除非跳進海裡，不然根本不可能避開他。

柴斯跟他的朋友立刻轉頭望向她，他也在同時把手從女孩的身上放下。奇雅穿著白色不收邊的牛仔衣褲，雙腿因此被襯得特別修長。兩條黑辮子垂落在胸前。停止交談的那群人盯著她看。她知道現在不可能跑向他，不禁覺得一切都不對勁而心如火燒。

當她走到他們站立的碼頭盡頭時，他說：「噢，嗨，奇雅。」

她先是看著柴斯，再看了看他的朋友，然後說：「嗨，柴斯。」

她聽見他說，「奇雅，妳認得他們吧，他們是布萊恩、提姆、珍珠和提娜。」他又喋喋不休地說了幾個人名，聲音愈來愈小。接著他轉向奇雅，「而這位是奇雅．克拉克。」

她怎麼可能認得他們。柴斯根本沒向他們介紹過她。她只知道他們是「高瘦金髮女」跟其他常一起出現的人。她覺得自己就像是被漁線拖著的海草，但還是努力拉出一抹微笑，打了招呼。這是她始終等待的機會。她一直想跟這群人交朋友，而此刻她就站在他們面前。她努力在腦中思考要說些什麼，最好是某些足以讓他們感興趣的聰明話。終於，其中兩人冷淡地跟她打了招呼，然後突兀地轉身離開，其他人也像是一群小魚般沿街快速跟著游開。

「嗯，所以就剩我們囉。」柴斯說。

「我沒打算打擾你們，我只是來購物，等一下就要回去了。」

「妳沒有打擾。我也只是剛好遇見他們。星期天我會過去，之前有跟妳說。」

柴斯換了雙腳的重心，手指撫摸著貝殼項鍊。

「那就到時候見。」她說。但他已經轉身去追其他那些人了。她匆忙走向超市，繞過一整群走在主街上的綠頭鴨家族，牠們色彩明亮的雙腳在黯淡的人行道上橘得令人驚嘆。走進威力小豬超市後，她努力推開柴斯和那女孩留在腦中的畫面。在繞過麵包走道的盡頭時，她看到處理曠課學童的那位寇派柏女士站在離自己四呎遠處。兩人就像一隻兔子跟土狼剛好在院子的圍欄裡狹路相逢。奇雅現在已長得比這名女士高很多，學識也遠勝過她，但兩人都想不到這一點。在逃跑過這麼多次之後，現在的她也只想拔腿跑走，但卻只是死站在原地，回敬寇派柏女士瞪著她的眼神。這名女士後來稍微點了點頭，繼續處理自己的事。

奇雅找到野餐所需的食材——起司、法國麵包，還有蛋糕所需的材料——因此花光了她為這個日子存下的錢，但她感覺很抽離，那隻拿起物品放入推車的手感覺始終不像自己的手。她眼前只能看見柴斯把手臂搭在女孩肩上的畫面。她買了一份當地的報紙，因為標題提到附近的海岸邊即將設立一間海洋實驗室。

一走出店外，她立刻像隻賊兮兮的雪貂一樣低頭小步跑向碼頭。回到棚屋之後，她坐在廚房的桌邊讀有關新實驗室的新聞。可以確定的是，有一間新潮的科學機構即將在巴克利小村南方二十哩處開張，距離海橡樹鎮很近，其中的科學家以研究溼地生態為主，因為溼地幾乎是以各種方式維繫著近乎半數海洋生命的存續，而且……

奇雅翻面繼續閱讀報導，出現在眼前的卻是一張柴斯與女孩的合照，那是宣佈兩人訂婚的消息：安德魯和史東家聯姻。許多字句脫口而出，然後啜泣，最後是大口喘氣。她站起來，隔著一段距離看著那份報紙。接著她又把報紙撿起來讀——這當然是她在幻想吧。報紙上的那兩張臉靠在一起微笑著。這個女孩名叫珍珠·史東，長得漂亮、看起來很有錢，身上穿戴著珍珠項鍊和蕾絲上衣，也就是柴斯那時候搭著肩膀的女孩：**老戴珍珠項鍊女**。

奇雅扶著牆壁勉強走到門廊，跌坐在床上，雙手蓋在張開的嘴上。突然間她聽見船的馬達聲，瞬間坐直身體，雙眼望向潟湖，看見柴斯將船停到岸邊。

奇雅就像是從無蓋盒子中逃竄而出的老鼠一樣，在他看見自己之前從門廊的前門溜出去，躲進跟潟湖反方向的樹林。她蹲在棕櫚樹後方，看著他走進棚屋呼喚她。他一定會看見攤放在桌上的報紙。幾分鐘之後，他再次離開棚屋走向海灘，應該是以為她會在那裡。

她沒打算現身，即便之後他回來繼續大喊著她的名字也始終躲著。直到他駕船離開，她才從黑莓灌木叢間現身。她動作遲緩地拿了要餵海鷗的食物後，跟隨陽光走向海灘。一股強烈的海風沿小徑吹來，讓之後走上開闊海灘的她至少還有風能依靠。她呼喚海鷗，將大塊大塊的法國麵包拋向空中，接著用比風更惡毒、更大的聲音咒罵起來。

30

離岸流
一九六七年

奇雅從海灘跑上自己的小船，把油門拉到底後在海上全速奔馳，直接往離岸流衝去。頭往後仰的她大聲怒罵：「你這惡劣的、狗屎的……賤貨養的傢伙！」紛擾、迷亂的海浪將船首左右拉扯，舵柄因此變得難以使力。海洋一如往常地比溼地顯得更憤怒、更深沉，也有更多話要說。

奇雅很早就學會如何區辨一般的洋流和離岸流，也知道如何順著離岸流出海，又或者垂直穿越離岸流而行。但她從未直直航向更深層的海流，這些海流有些是受到墨西哥灣暖流攪動，以每秒四十億立方呎的水量湧動，比地球所有陸上河流聚集起來的威力還大——而且就在北卡羅來納州往海洋發散開的各式水路外緣的近處流動。這些海流的湧動觸發出無情逆流，創造出渦流，而且跟岸邊的離岸潮旋轉出反向的水循環路徑，催生出地球海面上最凶險的水域。奇雅這輩子總在避開這些地方，但現在沒這打算，今天的她要直接殺入這片水域，只要能超越痛苦、憤怒的感受就好。

翻騰的海水撲向她，也在船首底下洶湧，拉扯著船隻的右舷，小船於是嚴重往右傾倒，接著才又轉正。她被吸入一道猛烈的離岸流，船速因此比原本快了四分之一。此刻把船駛離海流的風險太大，所以她勉強順著海流行船，小心避過沙洲，這些型態變幻莫測的沙洲是永遠存在水面底下的障礙，只要稍微掃過就可能翻船。

海浪在她背後破碎，因此噴濺，打溼了她的頭髮。快速移動的黑雲正從頭頂經過，不但擋住陽光、阻礙她看見那些渦流及亂流的跡象，也吸走了白日的熱氣。

不過，即便奇雅渴望受恐懼淹沒，只要是能讓插在心頭那把刀消失的負面情緒都好，但恐懼仍沒找上她。

突然之間，幽暗洶湧的水流改變方向，小船往右舷翻轉過去，整艘船以側邊立在海上，力道強到讓她撞上船底，海水也因此潑了她一身。她目瞪口呆地坐在水裡，準備迎接下一波打上來的浪。

當然，她距離眞正的墨西哥灣暖流還有一大段距離，目前面對的不過是訓練營的程度，相對於眞正嚴峻的海相，這不過是參加了一般的運動會。奇雅是有意深入這片險惡之境，決心要駕馭這種場面。她想贏下些什麼。她想消滅痛楚。

石板色的海浪從各個角度入侵，完全沒有任何均衡性或模式可言。她勉強爬回座位，抓住船舵，但不知該往何處航行。陸地不過是掛在遠方的一條細線，只在白色浪頭之間偶爾浮現。每當她才剛瞥見堅實的土地，船就會旋轉、傾斜，於是她又看不見了。她本來對順流航行的決定很有把握，但海流逐漸變得強悍，把她往更爲幽暗、險峻的外海猛推過去。堆積厚重的雲層離海面極近，阻隔了陽光。她全身溼透，身體因爲力氣一點一滴消失而不停打顫，也因此更難平穩駕船。她沒有帶任何應對糟糕天氣的設備，也沒帶食物跟水。

終於她感到恐懼了。那恐懼從比海還深之處湧現。她是因爲知道自己將再次孤身一人而恐懼，而且可能永遠都只能孤身一人。這可是無期徒刑呀。當船歪斜且幾乎朝著左舷處翻過去時，她的喉頭發出難聽的喘息。每道浪幾乎都要把她翻倒。

此時船底已經積了六吋浮著白色泡沫的海水，她的光腳因寒冷而刺痛。海洋跟雲如此迅速地擊退了春日熱氣。她單手抱住胸口，努力想在用另一隻手孱弱駕船時保持身體溫暖，她不跟海水對抗，只是隨著海浪移動。

終於，海水平靜下來。儘管巡行的洋流仍拖著她走，海洋卻不再翻騰、拍擊著她。她在前方看見一座狹長小沙洲，或許有一百呎長，上頭因為海水及溼答答的貝殼而閃閃發光。她努力跟強力潛流對抗，剛好在正確的一秒將舵轉往正確方向，駛出了洋流。她將船開往沙洲的下風處，在較為平靜的海面上將小船如初吻一般輕巧駛上岸。她踏下船，站在停船的淺水處，跌坐在沙上，放鬆地往後躺，感覺背後的堅實土地。

她知道自己不是在哀悼失去了柴斯，而是不停遭人排拒的人生。就在天空及雲朵於天頂彼此對抗之際，她大聲說了：「我得自己過這段人生。我早就知道了。我很久以前就知道了，我身邊的人都不會留下來的。」

一切都不是意外：柴斯狡猾地提起了婚姻，以此作誘餌很快跟她上了床，然後又為了別人丟下她。她從讀過的書就知道，雄性會不停尋找新的雌性，那她為什麼還會被這個男人騙呢？他那艘花俏的遊艇就像發情公鹿展示的蓬鬆頸毛和碩大鹿角：這些都是用來擊退其他雄性、吸引雌性的附屬器官。但她就跟媽一樣受到這類花招蒙騙：**那些人就像伏擊的青蛙一樣是狡猾的交配者**。爸之前也跟媽說了不少謊，在他把錢揮霍光之前也曾帶她去吃昂貴的高檔餐廳，還把她帶回自己的土地上，回到那個「真正屬於他的家」——結果卻是沼澤地上的一間破棚屋。或許愛情就像休耕地，最好就是放著不管才正確。

她大聲地朗誦了一首亞曼達·漢彌爾頓的詩作：

「我現在得放手。
讓你走
愛太常是
讓人留下的答案。
卻很少是使人
離開的理由。
我放開手中的線
任由你漂遠。

從頭到尾
你都以為
是你愛人胸口
那道激烈的洋流
將你扯入深淵。
但卻是我心中的潮汐
放開了你
讓你跟海草一起
漫漫漂浮。」

微弱的陽光找到低沉厚重的雲朵間隙，終於灑落在沙洲之上。奇雅環顧四周，發現掃過海洋的龐大水流及腳下的沙子共謀，兩者結合爲一道細緻的捕網，她因此在周遭看到各種數量驚人且前所未見的貝殼。沙洲的角度及流過一旁的輕緩海流將貝殼聚集在下風處，這些貝殼都被完整無損地輕柔鋪排在沙子上。她看見好幾枚罕見的貝殼，其中還有幾種是她特別喜歡的種類，不但完整，還散發出珍珠色光澤。

她在這些貝殼之間走動，選出最珍貴的聚成一堆，然後把小船翻過來，倒乾裡面的水，把那些貝殼沿著船底接縫處仔細排開。她站直身體、研究海相，擬出回程計畫。她仔細觀察了海面，搭配透過貝殼分佈樣態蒐集到的資訊，決定從沙洲的下風處出發，直直開往陸地，過程中全數避開最強的那幾道洋流。

將船推下水時，她知道不會再有人看見這座沙洲了。這座沙洲是因爲各種元素綜合起來，才會正好以此角度彎曲成一抹稍縱即逝的微笑。下次的潮汐和下次的海流會創造出另一座沙洲，接著又是一座沙洲，總之永遠不會是這座，不會是這座接住她、而且教會了她一些事的沙洲。

之後，奇雅在屬於她的海灘上漫步時，朗誦了她最愛的亞曼達．漢彌爾頓詩作：

「正褪色的月亮，跟隨
我的腳步
穿過沒有遭到

陸地陰影打碎的光線，
跟我有著一樣的知覺
感覺沉默如同
一具冷漠的肩膀。

只有你知道
一個時刻是如何能
因為孤獨而延長
至好幾哩
直到另一個邊界，
而當時間從沙子上
往後退去
天空又是如何
能在一次呼吸中展開。」

若要說誰懂得寂寞，那就是月亮了。

奇雅逐漸回到原本的生活，蝌蚪隨季節出生成長，螢火蟲在既定時節出來跳舞，她也就更躲進無須言語的野外世界。在涉過人生之河時，大自然似乎是唯一不會讓她失足滑倒的穩定基石。

31

書本

一九六八年

在無名小路的盡頭有爸立的一根桿子，上頭是現在早已生鏽破敗的信箱。奇雅唯一可能收到的信，就是那種大量投寄給所有居民的廣告或傳單。她沒帳單得繳，也沒有女性朋友或年長的姑姑及阿姨寄來一些傻氣又窩心的短信。除了多年前媽寄來的那封信之外，她能收到的都是一些無關緊要的文件，有時甚至好幾星期也懶得清空信箱。

但在她二十二歲這年，就在柴斯與珍珠宣佈訂婚的一年多後，她每天都會頂著熾熱陽光走過那條沙土小路，認眞往信箱裡面瞧。終於在某天早上，她發現裡面有個巨大的馬尼拉紙信封，並從信封內取出了一本即將發行的《東部沿海地區的海貝》，作者正是凱瑟琳·丹尼耶拉·克拉克。她深吸一口氣，沒人能跟她分享這份喜悅。

她坐在海灘上翻過每一頁。當時是泰特先去聯絡了出版商，然後奇雅寫信過去，另外也寄上更多畫作，接著對方寄了合約來。由於這些貝殼的畫作及文字紀錄都是在好幾年前完成的，她的編輯羅伯·佛斯特先生來信表示，這本書會盡快出版，而第二本以鳥爲主題的作品，也會很快接著推出。他在信中先預付了五千美金。跛腳老爸要是聽了一定會摔倒在地，把背袋裡的東西撒得滿地都是。

而她手上拿到正是最終版本：她的所有筆觸、所有謹慎考慮過的顏色，以及關於自然史的描述全印在這本書裡了。其中還畫了住在貝類內部的生物——包含牠們如何進食、移動及交配——因爲人們往往忘記這些貝類內的居民。

她每撫摸一頁就回想起一種貝類生物，還有找到這些貝類的故事，包括牠們出現在海灘的地點、發現的季節，或甚至是發現時的日出場面。那就像一本家族相簿。

未來幾個月，北卡羅來納州、南卡羅來納州、喬治亞州、維吉尼亞州、佛羅里達州和新英格蘭州的沿岸許多禮品店及書店都會將她的書放在櫥窗或平台上展示。版稅支票每六個月就會寄來一次，他們說，而且每次可能都會有幾千元。

她坐在廚房的桌邊，爲了去信向泰特道謝擬了一篇草稿，但卻在重看時感覺心漏跳了一拍。光是一封短信似乎不夠表達她的心意。因爲他的善意，她對溼地的愛現在可能成爲得以畢生投入的工作。這是屬於她的人生。她所蒐集的每根羽毛、每片貝殼或每隻昆蟲都有了跟他人分享的機會，也不再需要爲了晚餐在泥巴裡挖個沒完，甚至不需要每天吃碎玉米粥。

跳跳曾告訴她，泰特以生態學家的身分在靠近海橡樹鎮的新建設施兼實驗室中工作，他也因此有了實驗室配給他的高檔研究船。她偶爾會在一段距離外看到他，卻總是繞道避開。

她在信末又附註了一個段落：「如果有來我住的地方附近，可以順道來一趟。我想送你一本書。」接著把信投寄到他工作的實驗室。

她在隔週雇用了技工傑瑞來安裝自來水設備、一台熱水爐，還在後方臥室裝了包括四爪浴缸的全套衛浴設備成爲完整的浴室。她在一間鋪滿磁磚的小間內裝上一座水槽，又設置了沖水馬桶。家裡牽來電線，傑瑞也裝了多爐爐灶和新冰箱。奇雅堅持留下舊柴爐，砍好的木柴也同樣堆在一旁。之所以留下是因爲爐子能保持棚屋溫暖，但最主要還是因爲她母親曾眞心用這座爐子爲他們烤過上千個比司吉。如果媽回來，爐子卻不在了該怎麼辦？他用松樹心材做出廚房的櫥櫃，掛上新的前門，門廊也裝上新紗門，還爲她的標本做了從地板延伸至天花板的層架。她從西爾斯百貨公司訂購了沙發、椅子、床、床墊和小地毯，但仍留下了放在廚房內的舊餐桌。現在她也有了可以收藏過往時光的櫥櫃——那是記錄了她的凋零家庭曾存在過的精細收納櫃。

棚屋外側就跟之前一樣沒有漆上油漆，歷經風霜的松木板及錫屋頂上滿是髒灰或生鏽的污點，上方橡樹枝條垂下的松蘿菠蘿時不時輕撫過屋頂。整座棚屋沒那麼不牢固了，但仍跟整片溼地千絲萬縷地交織在一起。奇雅依舊睡在門廊，只有冬天最冷的時候除外。不過現在她總算有了眞正的床。

某天早上，跳跳告訴奇雅，有一些開發商打算來這個區域執行他們的「大計畫」，也就是要抽乾這片「黑漆漆的沼澤地」後蓋旅館。過去一年來，她曾偶爾看到一些巨大機具出現，這些人能在一星期內砍掉一整片橡木林，再挖出足以讓溼地乾涸的水道。等一塊地處理好後，他們又會移動到新的地點，在硬地層上留下飢渴的軌跡。顯然他們沒讀奧爾多·李奧帕德的書。

亞曼達·漢彌爾頓的詩說得非常清楚。

我們都是孩子
我們四目交會
我們一起成長，
共享靈魂。
翅膀伴著翅膀，
葉子伴著葉子
而你卻離開這個世界，
在孩子面前死去。
我的朋友，我的荒野。

奇雅其實不知道她的家人是否擁有這片土地，還是跟四世紀以來的大多溼地居民一樣直接將這片地佔爲己用。這些年來，爲了找到媽可能身處何處的線索，她讀遍棚屋中每張可能有幫助的紙片，就是沒看到任何類似地契的文件。

從跳跳的店回家之後，她立刻用布把那本老舊聖經包裹起來，帶去巴克利小村的法院。地方書記官是一名額頭寬闊、肩膀瘦小的白髮男子，他拿出一大疊裝在皮製資料夾內的紀錄文件、幾份地圖、一些空拍圖，然後全數散放在檯面上。奇雅用手指在地圖上找出她家前的那座潟湖，大致圈出了自己那片土地的範圍。書記官查了一下參照號碼，在一個老舊的木製檔案櫃中尋找地契。

「沒錯，就在這裡。」他說，「這是一片勘測過的土地，一八九七年由奈皮爾．克拉克先生購入。」

「那是我的祖父。」奇雅翻過聖經的薄薄紙頁後這麼說，而在官方的出生及死亡紀錄上就有一位奈皮爾．莫非．克拉克。多麼顯赫的一個名字呀。她有個哥哥也叫這個名字。她跟書記官說她爸已經死了，實情應該也差不多如此。

「這片土地從未售出。所以，確實沒錯，我認為這片土地屬於妳。但恐怕得告訴妳，這片土地有些未繳清的稅金，克拉克小姐，為了保有這片土地，妳得付清稅金。其實，女士，根據法律規定，任何人只要繳清這些稅就能擁有這片土地，就算沒有地契也無妨。」

「多少錢？」奇雅沒在銀行開戶，她把裝修房子後剩下的現金都放在身上的袋子裡，大約有三千美金，但對方說的可是四十年稅金，應該至少有好幾千美金吧。

「這樣呀，我們來瞧瞧。這片土地被歸類為『荒地』，所以每年的稅金大約是五美金，我們來瞧瞧，讓我算一下。」他走向一座笨重又肥碩的計算機器，輸入數字，每筆輸入後還得拉一下曲柄把手，因此發出彷彿機器真的在算數的晃動聲。

「似乎總共是八百美金——付掉之後，這片土地就沒欠款了。」

奇雅帶著一份寫了自己名字的地契走出法院，現在她擁有一片有豐美潟湖、閃亮溼地、橡樹林，還有北卡羅來納沿岸私人海灘的三百一十英畝土地。「屬於『荒地』分類的這片髒兮兮沼澤地。」

她在暮色中將船停回自家前的潟湖，在此之前，她已經跟蒼鷺說了。「沒問題了。你還能住在這裡！」

她的信箱在隔天中午出現了泰特寄來的短信。這項舉動既古怪又異常正式，畢竟他之前是在樹墩上放羽毛來給她送訊息。他感謝她邀請自己有空前去拜訪，也感謝她打算送一本書給自己，並表示自己當天下午會過去。

她坐在之前兩人一起讀書的圓木上等他。出版社給了她六本書，而現在她身上就揣了其中一本。不到二十分鐘的時間，她聽見泰特的舊船轟隆駛過水道，於是起身迎接。就在他從矮樹叢下逐漸現身之際，兩人彼此揮手，臉上雖有輕柔微笑但也顯得防備。畢竟上次他開船來此地時，她可是朝著他的臉丟石頭。

把船綁好之後，泰特走向她。「奇雅，妳的書太了不起了。」他稍微往前傾身，似乎是要擁抱她，但奇雅的心已長出了一層硬殼。她往後退開。

她只是把書遞給他。「拿去吧，泰特，這是送給你的。」

「謝謝妳，奇雅。」他打開書一頁頁翻閱。當然，他沒說自己早已在海橡樹書店買了一本，而且對其中的每一頁都感到讚嘆。「以前沒人出版過這樣的書。我很確定，這只是妳踏出的第一步。」

她只是低下頭，輕輕地微笑。

接著，泰特翻到書名頁，「噢，妳還沒簽名呢。妳得替我簽個名，拜託了。」

她猛然抬頭望向他。這是她從沒想過的事。她能寫些什麼送給泰特呢？

他從牛仔褲口袋內掏出一枝筆，遞給她。

她接下筆，想了幾秒，寫下：

獻給羽毛男孩

謝謝你
沼澤女孩

泰特讀了，轉過身去。他無法擁抱她，只能任由眼神飛越過整座溼地。終於，他拉起奇雅的手，緊緊握住。

「謝謝妳，奇雅。」

「是你的功勞，泰特。」她心想，**一切都是你的功勞**。她的心渴望他，卻又充滿防備。他在那裡呆站了一陣子，但她沒再開口，他也只能轉身離開。不過就在踏上船時，他說：「奇雅，當妳在溼地看見我時，請別像被人看見的幼鹿一樣躲在草叢中，好嗎？妳可以直接跟我打招呼，或許我們還能一起去溼地某處逛逛，好嗎？」

「好吧。」

「再次謝謝妳送我書。」

「再見，泰特。」她一直目送他的身影消失在灌木叢中，然後自言自語起來，「我可以至少邀請他進來喝杯茶之類的。反正又不會有什麼損失。我可以跟他當朋友呀。」然後想到自己的書，她出現了少見的自豪之情，「我可以當他的同事呢。」

泰特離開一小時後，奇雅開船到跳跳的碼頭，袋子裡也裝著自己的書。接近他的店時，她看見跳跳斜倚在那間承受了風吹日曬的小店旁。他站在那裡對她揮手，但她沒揮手回應。他知道有些什麼不同了，於是安靜地等她把船綁好。她走向他，握起他的手，把書放在他的手掌上。一開始他不明白，但她指向自己印在書上的名字，「我沒事了，跳跳。謝謝你，也謝謝梅寶，謝謝你們爲我做的一切。」

他盯著她。若兩人身處不同的時代及地點，這個黑人男子與這個白人年輕女性或許會擁抱彼此，但這裡不可能，在這個時代也不可能。她將雙手覆在他的手上，轉身，駕船離開。這是她第一次看見他無言以對。她還是會繼續來這裡買汽油和生活用品，但沒再接受過他們的幫助。而每次她來這座碼頭時，都會看見她的書被立在店裡的小小窗戶後方，好讓所有人都能看見，彷彿一名炫耀孩子成就的父親。

32

不在場證明
一九六九年

灰暗的雲朵壓得很低，在鋼灰色的海面上全速衝往巴克利海灣小村。一開始衝擊而來的是風，窗戶搖得吱嘎響，海浪也捲到碼頭上。綁在船塢的船隻全像玩具一般上下浮沉，時不時都能看到身穿黃色厚雨衣的男人在用繩索固定船隻。接著，橫向大雨衝擊向村莊，模糊了所有人的視線，只剩下怪異的鮮黃色塊在一片灰濛濛中閃動。

警長辦公室的窗戶縫隙傳出風的尖嘯，他只好抬高音量喊道：「所以，喬，你有事要告訴我？」

「當然呀。我知道在柴斯死掉那天晚上，克拉克小姐會宣稱自己在哪裡了。」

「什麼？你終於找到她本人了嗎？」

「你開玩笑嗎？她根本就和鰻魚一樣滑溜。只要我接近那一帶，她就會立刻消失。所以我今早開去跳跳的小艇碼頭，想知道她下次何時會去。就跟其他人一樣，她也得去那裡買汽油，所以我想遲早會在那裡等到她吧。你不會相信我發現了什麼。」

「說說看吧。」

「我有兩個可靠的消息來源，說她那晚離開鎮上了。」

「什麼？是誰說的？她從來不離開鎮上的，就算她真的離開了，怎麼可能有人知道？」

「你記得泰特．沃克嗎？現在是沃克博士了。在那個新開的生態實驗室工作的那位沃克博士？」

「嗯，認得呀。他爸在捕蝦，就是那個破壞王．沃克。」

「對，泰特說他認識奇雅——他叫她奇雅——而且是很小的時候就認識了。」

「噢？」

「沒有色情的意思啦。他們當時都還是小朋友。顯然他教她識字。」

「他親口告訴你的？」

「對，他當時在跳跳的店那邊。我問跳跳要去哪裡才能找到沼澤女孩？到底要如何才能向她問上一些問題？他說她都是突然出現的，他無法事前知道。」

「跳跳一直很照顧她。實在很懷疑他會不會跟我們說實話。」

「總之，我問他，柴斯死掉那晚，他是否剛好知道她人在哪裡？他說其實他還眞的知道，她在柴斯死掉的隔天早上有來，而且就是他把柴斯的死訊告訴她的。他說她在格林維爾待了兩個晚上，包括柴斯死掉的那個晚上。」

「格林維爾？」

「他是這樣說的，然後，我們說話時一直站在旁邊的泰特也加入了，他說，對，她去格林維爾了，而且就是他教她如何買巴士票的。」

「欸，這可是重要消息。」傑克森警長說，「不過兩個剛好站在那裡的人，就剛好說出了同樣的故事，也未免太巧了吧。她爲什麼要去格林維爾？」

「泰特說有個出版公司——你也知道，她之前出過一本跟貝殼有關的書，還有一本談海鳥的書——總之，這間公司提供旅行費用，邀請她去跟他們見面。」

「實在很難想像會有高檔的出版社人員想跟她見面。我想這種不在場證明應該很容易查證。關於教她認字，泰特還說了什麼？」

「我問他怎麼認識她的。他說以前會去她的住處附近釣魚，然後發現她不識字，就教她了。」

「呃，就這樣？」

喬說：「總之，這下情況完全不同了。她確實有不在場證明，還是很好的不在場證明。要我說的話，身處格林維爾確實能洗清她的嫌疑。」

「是啦，表面看來是如此。不過你也知道，所謂『好的』不在場證明，問題可能就在於『太剛好了』。而且捕蝦工人不是也有提供證詞嗎？他說柴斯從防火塔摔下的那晚，有看到像她的人開船朝那裡去。」

「他有可能看錯了呀。當時那麼暗。月亮是凌晨兩點後才升起。說不定她人在格林維爾，而他也只是剛好看到長得像的人開船過去而已。」

「嗯，就像我說的，這尚未確認的不在場證明應該很容易查清楚。」

原本的風暴已減弱爲嗚咽及細雨，但這兩名執法人員仍沒有選擇走去餐館吃飯，反而是派了個人跑腿買回了雞肉餃子、奶油煮豆、節瓜燉菜、糖蜜以及比司吉。

一吃完午餐，警長辦公室就有人敲門。潘希．普萊斯小姐打開門走了進來。喬和艾德起身迎接，她頭上戴的玫瑰色頭巾帽質地光滑閃亮。

「午安，潘希小姐。」兩人向她點頭。

「午安，艾德、喬。我可以坐下嗎？不會花太多時間的。我覺得我掌握了跟案件有關的重要消息。」

「可以，當然可以，請坐。」潘希小姐如同一隻體積驚人的母雞蹲踞在椅子上，還如同打理羽毛一樣仔細整理了自己的外貌。兩個男人立刻也跟著坐下。她的手提包就像她寶貝的蛋一樣擱在大腿上。警長忍不住追問。「是哪件案子呢？潘希小姐？」

「噢，少在那邊裝了，艾德，你知道是哪件案子。就是有人殺了柴斯．安德魯的案子。」

「我們還不知道他是不是被謀殺的，潘希小姐。好嗎？所以，妳要告訴我們什麼？」

「你們也知道，我在克雷瑟工作。」爲了維持自己的身價，她始終不完整說出「克雷瑟雜貨店」的全名。她等警長點頭，確認他聽見自己說的話——他們怎麼可能不知道呢？她在那裡工作好久了，甚至還曾賣玩具士兵給還是小朋友的警長呢——才繼續說下去。「我猜沼澤女孩是嫌疑犯之一，沒錯吧？」

「誰跟妳說的？」

「噢，很多人都深信不疑，但最主要還是佩蒂．樂芙。」

「我明白了。」

「是這樣的，我和克雷瑟的一些員工可以證實，沼澤女孩在柴斯死掉那晚不在鎮上，因爲我們有看到她在那前後幾日上下巴士。我還可以告訴你她上下巴士的日期和時間。」

「噢？」喬和艾德彼此交換了眼神。「日期跟時間是？」

潘希小姐在椅子上坐得更直。「她在十月二十八日下午的兩點三十分上了巴士，然後在三十日的一點十六分回來。」

「妳說有其他人也看見了？」

「對。如果你需要，我可以列張名單給你。」

「倒是沒有必要。若是需要做筆錄，我會直接去雜貨店。謝謝妳，潘希小姐。」警長站了起來，潘希小姐和艾德也跟著起身。

她走向門口。「那麼，謝謝你聽我說。就像你說的，你知道可以去哪裡找我。」他們向她道別。

喬坐回椅子上，「看吧，就是這樣。這就能確認泰特和跳跳的證詞了。她那天晚上就在格林維爾，不然也至少是搭上巴士去了某個地方。」

警長長長地呼出一口氣。「看來是這樣沒錯。但我想，若白天時搭巴士去格林維爾，還是有可能在晚上搭車回來，幹上一票，然後再搭車回去。誰曉得呢？」

「也是啦，但機率實在不高。」

「去把巴士班次表找來。我們得看時間上是否眞的可行，看一個晚上搭車來回到底有沒有可能。」

就在喬踏出辦公室之前，艾德又說了。「或許她就是想被看到，才會在大白天的時候上下巴士。你要是仔細想想，就會意識到，她得爲不在場證明做些平常不會做的事。如果她宣稱在柴斯死掉那晚，自己就跟平常一樣獨自待在棚屋，那就完全算不上不在場證明了。完全不算。所以她事先做好計畫，去做了讓很多人能看到她在做的事，所以在主街上的一大堆人面前製造了非常好的不在場證明。太厲害了。」

「嗯，是啦，這樣說確實很有道理。總之，現在也不用偷偷摸摸地來了。我們可以直接坐在這裡，啜飲著咖啡，等著鎭上的女人們帶著各種好料來。我去把巴士時程表找來。」

十五分鐘後，喬回來了。

「嘿，你說的沒錯。」他說。「瞧瞧這裡，是有可能在同一天晚上從格林維爾搭巴士回來，再搭巴士回去。其實很簡單，眞的。」

「是呀，兩趟巴士間的時間很多，夠把一個人從防火塔推下去了。我們去申請搜查令吧。」

33

疤

一九六八年

一九六八年冬天的某天早上，坐在廚房桌邊的奇雅正用橘色和粉紅色的水彩在紙面掃動，創造出蓬鬆的蕈菇形貌。她已經完成有關海鳥的那本書，現在進行的主題是蕈菇。另外還計畫推出有關蝴蝶及蛾的主題。

眉豆、紅洋蔥和鹽火腿正在柴爐上那只老舊、凹陷的鍋子中燉煮著，比起新的多爐爐灶，她還是比較喜歡柴爐。冬天尤其如此。錫屋頂在小雨中輕哼著歌。接著，她突然聽見有卡車奮力沿著屋前沙地小路開來的聲音，發出的轟隆聲比雨還響。她驚慌起身，走到窗邊，看見一輛紅色貨卡正想辦法開過地面泥濘的一道道凹溝。

奇雅的第一個想法是逃跑，但貨卡已經停在門廊前。她蹲在窗台底下，看見一個身穿灰綠軍裝的男人走下車。他下車後就是站著，車門半開，望向樹林，又沿小路望向潟湖，然後輕輕把門關上，在雨中往門廊慢跑過來，敲門。

她咒罵了一聲。他可能只是迷路，問完路就會離開，但她不想應付這個人。她本想安靜躲在廚房裡，暗自盼望他直接離開，卻又聽見他大喊：「唷！有人在家嗎？哈囉！」

她覺得很煩，但又有些好奇。她越過新裝修的起居室，走向門廊，而那位高高的黑髮陌生人就站在前門階梯上握住敞開的紗門，距離她五呎遠。他身上的制服硬挺，彷彿不需要有人穿著就能兀自聳立，又彷彿是那件制服支撐住了那個人。他穿的外套胸前別了各種色彩的三角勛章，不過最引人注目的還是臉上的疤痕。那道歪七扭八的紅色疤痕從左耳延伸到嘴唇上方，幾乎把他的臉分成兩半。奇雅倒抽了一口氣。

就在那個瞬間，她回想起媽永遠離開前六個月的那個復活節週日。那天奇雅唱著〈搖滾時代〉，跟媽手勾手從起居室走向廚房，把她們前晚畫好的許多漂亮彩蛋裝起來。其他孩子們都去釣魚了，所以她跟媽有時間去把這些蛋藏起來，再把雞肉和比司吉送入爐子。哥哥和姊姊們年紀都很大，已經不是到處去玩「點心尋寶」的年紀了，但他們會先假裝遍尋不著，之後再大笑著把找到的寶藏舉高。

媽和奇雅拿著從雜貨店買來的一籃籃彩蛋和巧克力兔離開廚房，此時爸正好從走廊轉角走了過來。

他扯下奇雅頭上的女帽，在空中到處揮舞，同時對媽吼叫：「妳哪來的錢買這些花俏東西？又是女帽又是那些亮晶晶的皮鞋？還有那些貴得要命的彩蛋和巧克力兔？說呀！哪來的錢？」

「拜託，傑克，別叫。今天是復活節，這是要討孩子開心。」

他把媽用力往後推。「妳出去賣身了，一定是這樣。妳就是這樣賺錢的嗎？現在就給我說實話。」他抓住母親的手臂，死命搖晃她，她的臉因為搖晃力道太大，幾乎像是直接發出了喀啦喀啦的聲響，只有臉上那雙張得老大的眼睛靜如死水。彩蛋從籃子跌落，搖搖晃晃滾動，在地面留下粉彩的軌跡。

「爸，拜託，別這樣！」奇雅尖叫，接著啜泣。

他抬起手用力搧了她一巴掌。「閉嘴，妳這個神經兮兮的愛哭鬼！把這件蠢洋裝和花俏的鞋子給我脫掉。妓女才穿這種衣服。」

她蹲下，單手捧住自己的臉，同時追著去撿媽手繪的那些彩蛋。

「我在跟妳說話呀，女人！妳是從哪裡搞來錢的呀？」他從角落拾起撥火棍，走向媽。

奇雅用盡力氣狂叫。她抱住爸的手臂，但他已經把撥火棍往媽的方向揮去。血如同波卡圓點從印花夏日洋裝的表面湧現。接著有個巨大的身體從走廊移動過來，奇雅抬頭，看見喬帝從爸的身後箝制住他，兩人因此撲倒在地。她的哥哥擋在爸和媽之間，吼叫著要奇雅跟媽快跑，她們立刻開始跑。但就在奇雅轉身之前，她看見爸舉起撥火棍往喬帝臉上砸了過去，他的下巴因此整個歪掉，血噴出來。那個場面此刻在她眼前瞬間閃過。她的哥哥癱倒在地，身邊是一地的粉紫色彩蛋和巧克力兔。她和媽跑過棕櫚樹林，躲在草叢中，媽的洋裝上沾滿鮮血，但一直說自己沒事，還說蛋不會這樣就破，他們還是可以把雞拿去烤。奇雅不明白爲何她們還躲在這裡——她相信哥快死了，哥需要她們幫忙，但奇雅實在嚇得動彈不得。等了好長一段時間後，兩人才溜回去，透過窗戶確定爸不在了。

喬帝整個人冷冰冰地躺在地上，身邊積滿了血，奇雅哭喊著說他死了。但媽把他扶起來，移到沙發上，用縫紉針把他的臉縫合起來。等一切騷動過去之後，奇雅抓起地上的女帽，快速跑過樹林，用盡全力把帽子甩進鋸草叢中。

此刻，她望著門廊上那名陌生人的臉，開口叫了，「喬帝。」

他微笑，臉上的疤痕隨之扭曲，「奇雅，我就希望妳還在這裡。」他們瞪大雙眼，在彼此已經成長的眼中尋找過去的樣貌。喬帝不會知道的是，他始終在這些年來影響著她，包括那些教她如何在溼地中穿梭，以及一次次教她認識鷺鳥及螢火蟲的過往時光。比起其他人，她最想再次見到的莫過於喬帝和媽了。她早在腦中抹去了那道傷疤，以及所有隨之而來的苦痛。難怪她要埋藏這段回憶呀，難怪媽要離開。畢竟她可是被用撥火棍毆打了胸口呀！奇雅現在又能看懂夏日印花洋裝上那道被抹淡的污漬，那其實就是血。

他想擁抱她，想把她包裹在自己懷裡，但他走過去時，她非常害羞地將頭垂向一側，還往後退開。所以他只有走上門廊。

「進來吧。」她說，然後帶領他走過塞滿標本的起居室。

「噢。」他說，「對，我有看見妳出的書，奇雅。我本來不確定到底是不是妳，但沒錯，現在我知道就是妳。實在太了不起了。」他來回走動，欣賞她蒐集的標本，同時檢視著室內的新家具，還沿著走廊望向臥室。他不打算窺探太多，但仍將一切收入眼底。

「你想喝咖啡嗎？還是茶？」她不知道他是來拜訪，還是打算住下來。這麼多年過去了，他來這裡是爲了什麼？

「能喝咖啡就太好了，謝謝妳。」

走進廚房時，他在新的瓦斯爐及冰箱旁認出了那座舊柴爐，還用手劃過奇雅完整保留的那張舊餐桌，上頭留有油漆剝落的痕跡。她把咖啡倒進馬克杯裡，兩人一起坐下。

「看來，你現在是個軍人了。」

「去過越南兩次。之後還會在軍中再待幾個月。他們對我很好，我的大學學位就是靠他們付的學費。我讀的是機械工程，是在喬治亞技術大學。我爲了回報至少得多待一陣子。」

喬治亞其實離這裡並不遠——他可以早一點來的。但總之他人已經在這裡了。

「你們都走了。」她說，「爸在你離開之後還待了一陣子，但後來也走了。我不知道去了哪裡，也不知道是不是還活著。」

「之後妳就一直獨自待在這裡？」

「對。」

「奇雅，我實在不該把妳一個人跟那隻野獸留在這裡。我一直感到心痛，多年來都覺得自己很糟糕。當時的我是個懦夫、愚蠢的懦夫。這些該死的徽章根本一點意義都沒有。」他用手掃過胸前勛章。「我丟下了妳，我把一個小女孩丟在這裡，讓她獨自在沼澤地中跟一個瘋子生活在一起。我不指望妳原諒我，永遠不會。」

「喬帝，沒事的。你當時只是個孩子。你又能怎麼辦？」

「我年紀大一點之後可以回來的。一開始，我每天只能在亞特蘭大市的後街求生。」他露出嗤之以鼻的表情。「我離開這裡時，口袋裡有七十五分錢，是從爸留在廚房的錢當中偷出來的，而且拿的時候也知道這算是佔了妳的便宜。軍隊願意收我之前，我都是靠打零工度日，受訓之後就是直接上戰場。之後我又過了好久才回國，當時猜妳應該早就自己逃離這裡了，所以才始終沒寫信來。我想我之後申請回戰場，也算是用某種形式在懲罰我自己。丟下妳的我活該過這種生活。大學畢業後，就在幾個月前，我在店裡看見妳的書。凱瑟琳．丹尼耶拉．克拉克。我立刻心碎了，但同時又開心得不得了。我得找到妳，所以想說應該先來這裡看看有沒有妳的線索。」

「嗯，現在我們都在這裡了。」她第一次露出微笑。他的眼睛就跟之前一模一樣，人的面孔雖然會因為飽經風霜而有所改變，但眼睛仍像一扇通往過去的窗戶。她能看到原本的他依然存在。「喬帝，我很抱歉，竟然讓你一直掛心著丟下我的事。我一次都沒責怪過你。我們都是受害者，不是犯錯的人。」

他微笑。「謝謝妳，奇雅。」淚水湧上雙眼，他們各自別開視線。

她猶豫了一下，然後說：「或許很難相信，但爸有一陣子對我很好。他酒喝得比較少了，也教我釣魚，我們很常一起駕船出去，在溼地裡到處跑。但之後，他果然還是繼續喝個爛醉，留下我獨自照顧自己。」

喬帝點點頭。「我懂，我也見過他的那一面，但他最後總是又開始喝個不停。有一次他告訴我，他會這樣跟戰爭有關，現在我也上過戰場，也看了不少場面，確實有人可能會因此開始酗酒。但他不該拿妻子和孩子來發洩。」

「媽呢？其他人呢？」她問。「你有聽過他們的消息嗎？知道他們去哪裡了嗎？」

「我完全沒聽說小莫、曼蒂或蜜西的任何消息。就算是在街上遇見他們，我應該也認不出來。現在他們應該已經四散各地。不過，關於媽，奇雅，這也是我想找到妳的另一個原因。我有聽到一些消息。」

「一些消息？什麼消息？告訴我。」有股寒氣從她的手臂延伸到指尖。

「奇雅，不是好消息，我上星期才知道的。媽在兩年前過世了。」

她彎腰把臉埋入掌心，喉嚨中發出小小的呻吟。喬帝試圖擁抱她，但她躲開了。

喬帝繼續說。「媽有個妹妹名叫蘿絲瑪莉，媽過世後，她有試著透過紅十字會尋找我們的下落，但沒成功。然後是幾個月前，他們透過軍隊找到我了，我才聯絡上蘿絲瑪莉。」

奇雅的聲音變得嘶啞，「媽到兩年前還活著啊。我這些年來始終在等，等她沿著屋前小路走回來。」她站起來，扶住水槽邊緣。「她爲什麼不回來？爲什麼沒人來告訴我她在哪裡？現在一切都太遲了。」

喬帝走向她，她雖然試著避開，但他還是環抱住她。「我很遺憾，奇雅。過來坐下吧。我把蘿絲瑪莉告訴我的事跟妳說。」

他等她坐好，然後說：「媽在離開我們之後去了紐奧良，那是她成長的地方，但因爲丟下我們，所以精神嚴重崩潰，無論心理或生理方面都病了。我對紐奧良還稍微有點記憶，當初離開時大概五歲吧，印象中曾住在一間很不錯的房子裡，還有一扇面向花園的大窗戶。不過一搬到這裡之後，爸就不准我們提起任何有關紐奧良或外公外婆之類的事。那段過往就這樣被抹掉了。」

奇雅點點頭。「我一直都不知道。」

喬帝繼續說。「蘿絲瑪莉說，打從一開始，她們的爸媽就一直反對媽和爸結婚，但媽還是跟著丈夫去了北卡羅來納，而且名下一分錢都沒有。但後來，媽開始寫信向蘿絲瑪莉訴苦，抱怨自己和一個醉鬼住在沼澤地中的一間破棚屋，而且這男人還會打她和孩子。許多年後的某一天，媽突然出現了，腳上穿著那雙她非常寶貝的假鱷魚皮高跟鞋。看起來好幾天沒梳洗的樣子。」

「媽好幾個月都沉默不語，一個字都不說。她待在自己小時候的房間內，幾乎不吃任何食物。當然，他們也找了醫生來，但沒人幫得上忙。媽的父親聯絡了巴克利海灣小村的警長，想問媽的孩子情況如何，但警長辦公室表示根本沒在追蹤溼地住民的狀況。」

奇雅時不時發出吸鼻子的聲音。

「終於，將近一年之後，媽變得歇斯底里，還跟蘿絲瑪莉說，她記得自己丟下了孩子。蘿絲瑪莉幫她寫了一封信給爸，問她能否來接我們，讓我們去紐奧良一起住。他回信說，如果媽回來，或者跟我們其中的任何一個人聯絡，他就會把我們揍到不成人形。她知道他很可能做出這種事。」

就是那封裝在藍色信封中的信。媽曾想把她要回去，她想把所有孩子要回去，媽想見她，但那封信卻造就了完全不同的結果。信裡的話激怒了爸，他因此再次沉浸於酒精之中，於是奇雅也失去了他。她沒跟喬帝說的是，她還把那封信的灰燼收在一個小罐子中。

「蘿絲瑪莉說，媽始終沒再交任何朋友，也從不跟家人一起用餐，甚至不跟任何人互動。她不讓自己好好過日子，也不願接受任何能夠開心的可能性。過了一陣子之後，她開始變得多話，但談的全是孩子。蘿絲瑪莉說，媽是用生命在愛我們，但卻卡在一個恐怖的困境中：她深信我們會因爲她回來而受到傷害，但她不回來又代表自己拋棄了我們。她不是離開我們去談戀愛。她是被逼瘋了，甚至搞不清楚自己已經離開溼地了。」

奇雅問：「她怎麼死的？」

「她得了白血病。蘿絲瑪莉說，其實是有可能治好的，但她拒絕吃藥，所以身體變得愈來愈虛弱，終於在兩年前過世了。蘿絲瑪莉說，她死時跟活著沒兩樣，都是深陷在一整片黑暗的沉默中。」

喬帝和奇雅坐著不動。奇雅想到一首高爾威・金內爾的詩，媽在書中標記了幾句他寫的詩：

我得說我很高興都結束了：
結束時我只覺得可惜
可惜那尋求更多生命力的渴望。
……再見。

喬帝站起來，「跟我來，我想讓妳看一些東西。」他帶著她走向屋外的貨卡，兩人一起爬上後方車床。他小心移開一張防水布，打開一個大紙箱，取出一張張油畫後打開外層包裝。他把這些畫一張張立在平台邊緣，繞成一整圈。其中一張畫了三個蹲在潟湖邊的小女孩，是奇雅和她的姊姊正在看蜻蜓。另外一幅是喬帝正跟哥哥高舉著一串魚。

「想說妳可能還在這裡，所以我把這些畫帶來了。蘿絲瑪莉把這些畫寄給我。她說這些年來，媽日日夜夜都在畫我們。」

有一張畫了五個孩子，其中每個人似乎都望著作畫的人。奇雅凝望著姊姊和哥哥的雙眼，他們的眼睛也回望著她。

她悄聲地問了：「他們誰是誰？」

「什麼意思？」

「我們沒拍過照。我不認得他們了。他們誰是誰？」

「噢。」他難受得幾乎無法呼吸，終於說：「唔，這是大姊蜜西，然後是小莫、曼蒂。當然，這個小可愛是我。那個是妳。」

他給了她一點時間，接著說：「妳看這幅畫。」

在他面前有一幅色彩繽紛到驚人的畫，其中有兩個孩子蹲在一簇簇綠草及野花中。女孩還是在學走路的年紀，大概三歲，直直的黑髮披散在肩上。男孩年紀稍大，一頭鬈曲金髮，手正指向一隻帝王斑蝶，黑黃色的翅膀展開在一朵雛菊上。他的手搭在女孩手臂上。

「我想那應該是泰特．沃克。」喬帝說，「還有妳。」

「應該沒錯，看起來確實像他。媽爲什麼要畫泰特？」

「他之前很常來和我一起釣魚。他總會拿昆蟲之類的小東西給妳看。」

「爲什麼我沒印象？」

「妳那時年紀很小。某天下午，泰特把船開進我們家潟湖，當時爸正在扯弄身上的揹袋，整個人很醉。妳在水中玩耍，爸本來應該要看著妳，但突然之間，他毫無理由地抓起妳的手臂用力搖晃，妳的頭因此往後猛甩。然後他把妳丟在泥地裡，開始狂笑，泰特從船裡跳上岸，往妳的方向跑過去，當時他才七、八歲吧，但還是對著爸大吼大叫。當然，爸揍了他，還嚷嚷著要他滾出自己的土地，要是再敢回來就拿槍射他。這時我們都已經跑過去，想知道發生了什麼事。即便爸仍在語無倫次地大聲叫罵，泰特還是把妳抱起來，交給媽，確定妳沒事之後才離開。我們之後偶爾還是會去釣魚，但他就沒再來過我們家了。」

直到我第一次在溼地中開船，然後由他帶路回家為止，奇雅心想。她望著那幅畫，色彩如此柔和、氛圍如此平靜。已經心神恍惚的媽仍然從中擷取出了美。任何看過這些肖像畫的人一定會以爲這是世界上最快樂的一家人，他們住在海邊，而且總在陽光下玩耍。

喬帝和奇雅坐在貨卡平台的邊緣，兩人安靜地凝視著那些畫。

他又開口了。「媽把自己孤立起來，她非常孤獨。在那樣的情況下，人會表現得不太一樣。」

奇雅細微地呻吟出聲。「請別跟我談孤獨這件事。我很清楚孤獨可以如何改變一個人，不用別人來告訴我。我經歷過，我這個人就是孤獨的產物。」奇雅的聲音非常輕緩，但仍透露出一絲埋怨。「我能原諒媽的離開，但不了解她爲何不回來——爲何她拋下我？你或許不記得了，但在她離開之後，你告訴我，母狐狸如果太過飢餓，或者面對極大壓力時，可能會選擇離開她的孩子，而孩子會因此死去——反正本來應該也活不成——不過母狐會在環境改善後再次繁衍後代，把牠們拉拔長大。」

「在那之後，我讀到過很多類似的情況。在大自然中——在比小龍蝦歌唱的地方更遠的所在——這種看似殘酷的行爲其實增加了母親一生中所能創造出的後代數量，也因爲如此，這種傾向在壓力下拋棄孩子的基因也傳遞給了下一代，而且還在持續傳遞下去。人類也一樣。現在我們看來非常惡劣的舉動，早期卻可能讓無論身處何片沼澤地的人有辦法生存下來。如果沒有那些人，我們也不會在這裡了。我們仍在基因中儲存了這樣的本能，而在某種條件出現時，這些基因就會表現出來。我們內在仍有始終遵循原始本能的一部分，也永遠會做出對生存有利的選擇。」

「或許就是某種原始的衝動——某種遠古但不再顯得恰當的基因——導致媽在壓力、恐懼，以及跟爸住在一起而眞實面臨的危險之下離開了我們。但這也無法合理化她的行爲；她應**該選擇留下來才對**。不過得知在我們的生物藍圖中具有這種傾向，確實有助於讓人原諒一個失職的母親。這可以解釋她離開的原因，但我還是不懂她爲何不回來。她甚至不寫信給我，爲什麼？她可以不停寫信來的，一年年過去，我總可能收到其中一封。」

「我猜有些問題就是找不到答案，我們只能選擇要不要原諒。我也不知道原因。或許沒有原因。我很抱歉帶來這個壞消息。」

「我這輩子大部分的時間都沒有家人，也沒有家人的消息。而現在在幾分鐘之內，我就找到了我的哥哥，卻又失去了我的母親。」

「我很抱歉，奇雅。」

「別抱歉。其實，我早在好多年前就失去媽了，但你回來了，喬帝。我沒辦法讓你明白，我有多麼想再見到你。這是我人生中最快樂、但也最感傷的日子之一。」她用手指摸了摸他的手臂，根據剛剛的經驗，他知道這是極爲罕見的表示。

他們走回棚屋，他環顧四周出現的新東西，包括新漆過的牆和手工打造的廚具櫃。

「妳是怎麼撐下來的，奇雅？妳在出書之前怎麼賺錢？怎麼買食物？」

「噢，那段過去可以講很久，而且無聊，反正我主要是賣貽貝、牡蠣和燻魚給跳跳。」

喬帝仰頭大笑。「跳跳！我已經好多年沒想起他了。他還在嗎？」

奇雅沒笑。「跳跳一直是我最好的朋友，也是我多年來唯一的朋友。除非你把黑脊鷗也算進來，不然他是我唯一的家人。」

喬帝正經起來。「妳沒在學校交朋友嗎？」

「我這輩子只去上了一天的學。」她輕笑出聲。「學校的小朋友都笑我，所以我就再也沒去上學了，還花了好幾星期才靠著各種伎倆躲過曠課處理官員。畢竟之前你把我教得很好，要躲過外人也沒那麼難。」

他似乎非常吃驚。「那妳怎麼有辦法識字？還有辦法寫書？」

「其實，是泰特・沃克教我認字的。」

「妳現在還有和他來往嗎？」

「偶爾。」她起身面對爐子。「再來一些咖啡嗎？」

喬帝可以透過廚房看出她過著孤寂的生活：蔬果籃內只放了少量洋蔥、放在架上瀝乾的只有一只盤子，還像老寡婦一樣用茶巾將玉米麵包仔細包裹起來。

「已經喝很多了，謝謝。不過，我們可以一起去溼地繞繞，如何？」他問。

「當然。你一定會很驚訝，我還在駕駛那艘舊船，不過有裝新馬達。」

雖然是冬天，但此時破雲而出的太陽灑下明亮、溫暖的光線。她駕船經過狹窄水道和明淨河口，他則讚嘆記憶中的一截樹木殘枝竟然還在，而且長得跟過去一模一樣，另外還有一座海狸建的小水壩仍堆在原處。來到媽、奇雅和其他姊姊之前擱淺在泥地中的潟湖時，他們笑了出來。

回到棚屋後，奇雅準備了一些野餐用的食物，兩人一起去沙灘邊跟著海鷗一起吃。

「所有人離開時，我年紀實在太小了。」她說。「跟我說說其他人的事吧。」所以他跟她說了哥哥小莫的事。他曾讓奇雅坐在肩膀上，兩人一起在樹林間穿梭。

「妳以前總是笑個不停。妳高高地坐在他身上，他又是慢跑又是轉圈。有一次妳笑得太誇張，就在他的肩膀上尿了褲子。」

「噢，不！我怎麼會這樣啦。」奇雅笑得整個人往後仰。

「沒錯，妳就是這麼幹啦！他慘叫了一下，但還是繼續往前直接跑進潟湖，整個人浸到水裡，妳當時還坐在他的肩膀上呢。我們全在旁邊看——媽、蜜西、曼蒂，還有我——我們都笑到流眼淚了。媽還笑到整個人跌坐在地上。」

她在腦中幻想出搭配這個故事的畫面。奇雅本以爲自己不可能擁有這些有關家人的回憶片段了。

喬帝繼續說：「是蜜西開始餵海鷗的。」

「什麼？眞的嗎？我以爲是在所有人離開之後，我才開始這麼做的。」

「不是唷，她每天只要有機會就會去餵海鷗，還幫每隻海鷗取了名字。我還記得其中一隻叫作『大紅』。妳知道的，就是因爲嘴巴上有個紅點。」

「當然，現在的大紅早已不是當時的大紅，我自己就見識過好幾代的大紅。不過，你看那裡，左邊那隻，那隻就是現在的大紅。」關於這位讓自己開始餵海鷗的姊姊，她努力回想兩人之間的交集，但眼前只浮現了她在畫中的臉龐。不過再怎麼說，之前她連這張畫中的臉都不記得呢。

奇雅知道黑脊鷗嘴喙上的紅點不只是裝飾。幼雛必須輕啄那個紅點，父母才會把捕到的魚餵給牠們。如果紅點不夠清楚，沒有輕啄的幼雛就會因爲無法得到餵食而死。即便在大自然中，親情也比任何人想像的還要淡薄。

他們在那裡坐了一陣子，然後奇雅說：「我眞的不太記得過去的一切了。」

「那妳很幸運，就這樣活下去吧。」

他們就這樣坐著，安靜地坐著。沒有再回憶任何過去的事。

她煮了一頓媽會煮的南方晚餐：眉豆煮紅洋蔥、煎火腿、豬油炸玉米麵包、用奶油及牛奶煮的奶油豆，還有厚皮黑莓派配打發鮮奶油，另外搭配喬帝帶來的波本酒。兩人用餐時，他說希望能在這裡住上幾天，而她表示歡迎，想住多久就住多久。

「這片土地現在是妳的了，奇雅，這是妳努力的結果。我目前還會在班寧堡駐紮一陣子，所以不能待太久。之後我應該會在亞特蘭大市找份工作，這樣我們才能保持聯絡。我希望有機會能常來這裡拜訪妳。我這輩子最盼望的，就是能知道妳過得好。」

「我喜歡這樣，喬帝。你有空就盡量來吧。」

隔天晚上，他們又跑去沙灘上坐著，浪尖搔刮他們光裸的腳趾，奇雅用前所未有的姿態聊著天，而泰特幾乎出現在兩人話題的每個段落中。她談起還小的時候，他在溼地中現身，帶領迷路的她找到路回家；還談起他讀給她聽的第一首詩。她聊起羽毛遊戲，還有他是如何教會她識字，而現在他已經是在實驗室工作的科學家了。他是她的初戀，卻在上大學時丟下她，任由她在潟湖邊枯等。兩人的關係因此結束。

「那是多久之前的事？」喬帝問。

「大概七年前吧，我猜。就是他一開始去教堂山的時候。」

「妳後來有再見到他嗎？」

「他有回來道歉，說他還愛我。當初也是他建議我出版那些工具書的。現在我偶爾會在溼地見到他，感覺挺好的，但不會再跟他交往了。他不值得信任。」

「奇雅，那是七年前的事了。他當時還小，第一次離家，身邊又圍繞著許多漂亮女孩。如果他還是回來了，也說愛妳，或許妳不用對他那麼嚴厲。」

「大部分男人都會不停換女人，就連不怎麼樣的男人也會虛張聲勢來騙妳，或許這就是媽會受爸這種人吸引的原因。泰特不是唯一丟下我的人。柴斯·安德魯甚至還跟我說要結婚呢，但最後還不是跟別人走入禮堂，而且還沒告訴我。我是從報上讀到的。」

「我很遺憾，奇雅，真的，但是，奇雅，不是只有男人會背叛另一半。我也曾被玩弄、被丟下，甚至被狠狠傷害過好幾次。我們得面對事實，戀愛很多時候不見得會有好結果。但就算失敗了，妳還是跟別人產生了連結，妳到最後能擁有的也只有這個：**跟別人建立的各種連結**。瞧瞧我們，我們現在擁有了彼此，然後想想，要是我生了孩子，妳也有了孩子，我們就能擁有許多新的連結了，而且一切還能繼續發展下去。奇雅，如果妳愛泰特，就冒個險吧。」

奇雅想到媽畫了兒時的泰特和她的那幅畫，兩人的頭靠得很近，身邊圍繞著顏色柔和的花朵和蝴蝶。或許，她終究還是收到了來自媽的訊息。

喬帝前來探訪的第三天早上，他們把媽的畫作包材去除乾淨——只有喬帝打算留下的一幅例外——把其中一些掛到牆上。棚屋內的光線感覺有了改變，彷彿牆面多開了好幾扇窗。她往後站，盯著那些畫——能把媽的一些畫掛回牆上像場奇蹟，彷彿將之前的畫從火堆中重新救了出來。

然後，奇雅送喬帝走到外頭的貨卡邊，把自己為他旅途準備的一袋午餐遞上。他們兩人望向樹林、望向屋前小路。他們到處張望，就是不看彼此的眼睛。

終於，他還是開口了，「我最好趕快出發了，但這是我的地址和電話號碼。」他遞出一小張筆記紙。她停止呼吸，左手扶著卡車穩住自己，右手接下那張紙條。多麼簡單的一個小東西呀：她的哥哥寫在一小片紙上的聯絡地址；但那又是多麼驚人的事物呀：代表她可以聯絡一個家人。這是一支她可以撥打的電話，而他也會接電話。她哽咽得說不出話，他把她拉向自己，終於，在彷彿過了一輩子之後，她任由自己倒在他身上啜泣。

「我沒想到還能見到你。我以為你們永遠都不會回來了。」

「我永遠都會在，我保證。無論搬家去哪裡，我都會把新地址告訴妳。只要妳需要我，就寫信或打電話來，懂嗎？」

「我會的。只要可以，隨時都可以再回來看我。」

「奇雅，去找泰特吧。他是個好男人。」

他在開出小路時不停向她揮手，她則是又哭又笑地目送他離去。等他轉到外面的大路上時，她可以透過樹林縫隙看見他的紅色貨卡往前移動，媽的白色圍巾之前也是這樣逐漸消失在奇雅眼前，而他長長的手臂不停揮舞，直到終於再也看不見。

34

搜索棚屋
一九六九年

「好吧，這次她還是不在家。」喬敲了敲奇雅家的紗門門框後這麼說。艾德站在磚板階梯上，雙手合成圓筒狀，透過紗眼往裡頭瞧。從橡樹的巨大枝幹垂下一條條細長的松蘿菠蘿，在棚屋歷經風雨的板材及尖屋頂上投下影子。這個十一月底的早晨，只有一片片灰色天空從厚雲背後閃出微亮的身影。

「她當然不在。無所謂了，我們有搜索令。就進去吧，我猜也沒鎖。」

喬打開門對著裡面大喊：「有人在家嗎？警長來囉。」進去之後，他們盯著她蒐集在架上的各種生物展品。

「艾德，看看這些東西，一直到隔壁房間都還有，走廊那邊也是。看來她腦筋不太正常。瘋得像隻三眼怪鼠。」

「或許吧，但顯然她對溼地很有研究。你也知道她出版了那些工具書。開始工作吧。好，以下是我們要找的目標。」警長開始朗誦一張短短的清單。「可能符合柴斯外套上紅色纖維的紅色羊毛衣物。日記、日曆或者筆記本，總之就是可能記錄了她在何時去了哪裡的物件。另外還有貝殼項鍊、搭乘夜間巴士的票根。還有，別弄亂她蒐集的那些東西，實在沒理由這麼做。我們可以在那些標本底下找，或者繞過標本找，但沒必要弄壞它們。」

「好啦，我明白了。這裡幾乎就像座神殿。看了讓人心生敬佩，但又有點毛骨悚然。」

「尋找的過程會很無趣，這點倒是肯定的。」警長說話時正小心地在一排鳥巢後方窺看。

「我會從她在後方的臥室找起。」

兩個男人安靜地進行工作，他們在抽屜的衣物中翻找，仔細看了衣櫃角落，還把裝了蛇皮和鯊魚牙齒的罐子移來移去，就希望能找到些證據。

十分鐘之後，喬喊了：「過來看看這個。」

艾德走進門廊，喬說：「你知道母鳥只有一顆卵巢嗎？」

「你在說什麼鬼呀？」

「瞧，這些畫跟筆記說明了，母鳥只有一顆卵巢。」

「該死的，喬，我們又不是來這裡上生物課的。趕快繼續工作。」

「等等。看這裡。這是一根公孔雀的羽毛，筆記裡說，在極度漫長的時光演進中，為了吸引母鳥，這些公鳥的羽毛變得愈來愈大，直到根本無法飛離地面。之後就幾乎不太能飛了。」

「可以了嗎？我們還有正事得做。」

「哎呀，眞的挺有趣的嘛。」

艾德走了開來。「趕快動起來吧，老兄。」

十分鐘之後，喬又喊了他。艾德走出小小的臥房，往起居室前進，「讓我猜猜，你找到了一隻有三隻眼睛的填充老鼠標本？」

喬沒回話，但艾德走向他時，喬手上正舉著一頂紅色羊毛帽。

「你在哪裡找到的？」

「就在這裡，跟這些外套、帽子還有其他一些東西一起掛在這排鉤子上。」

「就這樣大剌剌地掛著？」

「我剛剛就是這麼說的，就掛在這裡。」

他從口袋裡拿出一只塑膠袋，裡頭裝的紅色纖維是從柴斯死去那晚的牛仔外套上取下的。他拿來跟帽子進行對比。

「看起來一模一樣。顏色一樣，尺寸和粗細也一樣。」兩人檢視著這頂帽子跟證據樣本時，喬這麼說。

「是一樣。而且都有毛茸茸的米黃色羊毛混在紅色羊毛中。」

「老天，可能就是這頂帽子。」

「當然，我們得把帽子送去實驗室檢驗。如果結果吻合，就得把她帶來偵訊。把這頂帽子裝起來，貼上標籤。」

搜查四小時後，兩個男人在廚房會合。

艾德伸展了一下背，「如果還有其他證據，現在也該找到了才對。反正隨時都可以再來。今天就先收工吧。」

小心翼翼越過地面泥溝開出小路後，喬說：「如果真是她幹的，應該會把帽子藏起來才對，而不是直接掛在那麼顯眼的地方。」

「她可能完全沒想到帽子的纖維會掉到柴斯的外套上，或者沒想到實驗室能辨識這些纖維。她不可能知道這種事。」

「好吧，她或許不清楚那種事，但我打賭她懂得可多了。那些公孔雀趾高氣揚地到處展示，爲了性而彼此競爭，但卻幾乎飛不起來。我不確定這一切代表什麼意思，但在自然界中一定具有某種意義。」

35

指南針
一九六九年

一九六九年七月的某個下午，就在喬帝來訪七個月之後，凱瑟琳・丹尼耶拉・克拉克的第二本書《東海岸鳥類》出現在她的信箱中，那是一本充滿細節的美麗作品。她用手指掃過美得驚人的書衣，上頭是她畫的黑脊鷗，然後微笑著說：「嘿，大紅，你可上封面啦。」

帶著這本新出版的作品，奇雅沉默地走向一旁位於橡樹林蔭下的空地，開始尋找蕈菇。就在她走向一簇鮮黃色傘菌時，又涼又潮溼的腐葉堆碰觸著她的腳，但才走到一半她就停下腳步，發現之前放羽毛的那座樹墩上出現了一個小小的紅白色牛奶盒，就跟很久以前出現的那個一樣。由於完全沒預料到這場面，她噗哧笑了出來。

牛奶盒內有個用衛生紙包起來的物件，打開衛生紙後能看到一個銅製小盒，裡頭是軍隊統一派發的老舊指南針，邊緣因爲老舊泛出綠灰色光澤。她一看到就深吸了一口氣。她向來不需要指南針，因爲辨認方位對她來說輕而易舉。但在遇到多雲的日子，太陽躲得看不見時，指南針確實有所幫助。

盒子裡還有一張摺起來的字條：

我最親愛的奇雅，這個指南針是我爺爺在一次大戰時用的。他在我小時候送給我，但我從來沒用過，我想或許妳能讓它發揮最大的功用。愛妳的，泰特。附註：我很高興妳能讀懂這張字條了！

奇雅把「我最親愛的」和「愛妳的」幾個字又讀了一遍。泰特。這個在暴風雨來臨前帶領她回家的金髮男孩，這個在老舊樹墩上送她羽毛的男孩，這個教她認字的男孩；他也是幫助自己平穩度過初經的溫柔青少年，還激起了她身為女人的第一次情慾；他亦是鼓勵她出書的年輕科學家。

儘管把貝殼的書送給了他，奇雅每次在溼地見到他還是會躲進灌木叢，然後偷偷划船離開。關於愛情，她只知道，一切都像螢火蟲發出的虛假信號。

喬帝說她該再給泰特一次機會，但每次只要想起他或看見他，她的感受就會從過往的愛戀一下子墜入受人拋棄的痛苦。她多希望自己可以只感受到其中一種情緒。

幾天後的早上，她在清晨的霧氣中輕巧划過幾個河口，儘管應該用不上，她仍在包包裡裝著那枚指南針。她打算去一片向海突出的林木沙地尋找少見的野花，但眼神又無法克制地在水道中游移，搜尋著泰特的身影。

霧氣濃重不散，纏繞著樹木的斷肢及低矮枝幹。空氣停滯，就連她在水道間輕緩移動時，鳥禽也沉默不語。此時附近傳來咚、咚、咚的敲擊，聽起來像是緩慢移動的槳在敲打船舷，接著有艘船如同食屍鬼一般由霧氣中浮現。

色彩在一片朦朧中被調低了彩度，直到進入光線才有了形貌。有一頭金髮從紅色棒球帽下冒出。泰特站在老舊漁船的船頭，用竿子撐過水道，彷彿由夢境走來。奇雅關掉引擎，把船往後划入灌木叢，望著他從眼前經過。她總是這樣：倒退、躲起來，看著他經過。

太陽落下時，奇雅已經比較冷靜了，心也不再那麼慌亂。她站在沙灘上朗誦：

「日落沒那麼簡單。
總是折射又反射的夕色
從不真實。
薄暮只是一種遮掩
湮滅了足跡，
湮滅了謊言。

我們並不介意
黃昏的欺瞞。
我們欣賞著一切燦爛光彩，
卻始終沒懂得
當我們感到燒灼的痛苦時
太陽早已落在
地平線之下

日落不過是遮掩，
湮滅真相，湮滅謊言。

A・H」

36

誘捕狐狸
一九六九年

喬走進警長辦公室敞開的門，「沒問題，我們拿到報告了。」

「來看看吧。」

兩個男人將整份報告快速掃讀到最後。艾德說：「沒錯，完全符合。柴斯死掉時，沾在外套上的纖維就跟她帽子上的纖維一樣。」警長用報告拍打手腕，接著又說：「我們重新檢視一下目前所有證據。首先，捕蝦工人願意作證指出，就在柴斯摔死之前，他看見克拉克小姐駕船朝防火塔的方向前進；他的同事會為他作證。第二，佩蒂．樂芙表示，克拉克小姐為柴斯做了一條貝殼項鍊，但項鍊在他死去那晚消失了。第三，她有一頂帽子的纖維出現在他的外套上。第四，動機：那是一個被他辜負的女人。此外，我們也有辦法推翻她的不在場證明。我想這些很夠了。」

「或許該找出更明確的動機。」喬說，「光是說她因為被拋棄而犯案，似乎太薄弱了。」

「我們也不是因此就終止調查工作，但這些足夠把她帶來偵訊了。或許也可以起訴她。我們先把她帶來這裡，看情況如何，再決定下一步。」

「不過，這就是最大的問題，不是嗎？要怎麼把她帶來警局？這些年來，她總有辦法躲開其他人，包括曠課處理官員和人口普查員，**無論是誰**，她都能非常機靈地早一步開溜。要是跑去沼澤地的草叢中追捕她，只會把自己搞得灰頭土臉。」

「這我倒不擔心。別人無法逮到她，不代表我們做不到。但這不是最聰明的方式。照我看來，我們該設個陷阱。」

「噢，對耶，這樣說的話。」副警長說，「我對如何『設陷阱誘捕』也是略知一二。只要你設下捕狐狸的陷阱，通常最後被惡搞的都是那些陷阱。我們這邊已經沒有突襲的條件，畢竟之前去那裡敲門敲得那麼勤，就連棕熊都會被我們嚇走。不然放獵狗呢？放獵狗的成功機率非常高。」

警長沉默了幾秒鐘。「我不知道耶，或許是年紀大了，五十一歲的人好像也容易心軟，總之爲了偵訊而放狗去追一個女人感覺實在不太對勁。如果是逃犯也就算了，因爲他們確定有犯罪，但她跟其他人一樣，在確認有罪之前都還是無辜的。而且，我也不覺得該放獵狗去追一名女性嫌疑犯。或許當作最後手段吧，但不是現在。」

「好吧，那要設下什麼陷阱？」

「所以我們得來想想辦法。」

十二月十五日，就在艾德和喬討論該如何把奇雅帶來偵訊時，有人敲了敲門。霧面玻璃後方出現的是一道巨大人影。

「進來吧。」警長對著門口喊。

男子走進來時，艾德說：「哎呀，哈囉，羅德尼。有什麼能幫上忙的嗎？」

羅德尼・宏恩是一名退休技師，大多時候都在跟好友丹尼・史密斯一起釣魚。村民眼中的他寡言又自持，幾乎每天都穿著連身工作裝。羅德尼幾乎不會錯過任何教堂聚會，不過就連去聚會時也穿著連身工作裝，搭配上一件由妻子愛爾希漿燙得如同木板般硬挺的好襯衫。

羅德尼拿下他的毛氈帽，握在肚子前方。艾德邀請他坐下，但羅德尼搖搖頭。「不會花太多時間。」他說，「只是跟柴斯・安德魯案子有關的一點事。」

「你知道什麼？」喬問。

「嗯，其實是好一陣子前的事了。我和丹尼在今年八月三十日有去釣魚，然後，我們在柏樹灣那裡看見了一些事，想說你們可能會有興趣知道。」

「說吧。」警長說。「但請坐下，羅德尼。你要是坐下，我們都會比較自在一點。」

羅德尼終於願意坐下，接下來的五分鐘，他把那段故事告訴兩人。等他離開之後，艾德和喬望著彼此。

喬說：「好吧，我們掌握到一個很有力的動機。」

「把她帶來偵訊吧。」

37

灰色鯊魚

一九六九年

耶誕節前幾天，奇雅在比平常更早的時間緩慢開船朝跳跳的店前進。自從警長跟他的副手溜進她住的地方，試圖在家裡逮到她之後——她始終在棕櫚樹林中觀察著這一切——她總是在天邊透出第一道光線前就買好汽油跟日用品，此時會出來活動的也只有漁夫。低矮的雲朵在潑濺著浪花的海面疾行，而緊旋如同一條鞭子的狂飆正從東方天際節節逼近。她得趕快結束在跳跳店裡的採買工作，好在風暴來襲前回家。從四分之一哩的距離之外，她看見跳跳的碼頭在霧中隨浪起伏，於是又降下船速，環顧溼氣濃重又靜默的四周，想看有沒有其他船隻。

終於，她可以看見跳跳的身影，他就坐在靠牆的老舊椅子上，距離她只有四十碼。她揮手，但他沒有回應，也沒有站起來，只是稍微搖搖頭，彷彿低語著些什麼。她放開油門。

她又再次揮手。跳跳死盯著她，沒有任何動作。

她立刻扯起船槳，猛然掉頭再次往大海前進，但從霧中出現了一艘更大的船，而警長就站在船邊，船邊還有另外兩艘小船一左一右。狂飆就在這些船的身後。

她加速引擎，試圖鑽過朝她而來的小船間隙，她的船衝向開闊海面，船身不停撞擊著白花花的浪尖。她想找機會掉頭切回溼地，但警長距離她太近了，一定會在她抵達之前逮住她。

海中的浪花不再以固定規律湧動，而是亂糟糟地翻來攪去。風暴邊緣逐漸席捲向她，海相因此變得更爲凶狠。不出幾秒，洪流從天而降。她全身溼透，一束束長髮黏在臉上。爲了避免翻船，她轉往順風方向，但海水仍不停打上船頭。

她知道他們的船能開得更快，只好屈身抵禦著一陣陣方向及強度都參差不齊的風。或許她有辦法在這厚重的雲霧中甩掉他們，又或者她能直接潛下海，靠著游泳逃掉。她在心中快速思考著跳進海中的所有細節，此刻看來這是她最好的選擇。這裡距離岸邊不遠，還會有逆流或激流能在水面下帶著她高速前進，比他們以爲她可以游的速度快上很多。只要偶爾浮出水面換氣，她就能想辦法抵達陸地，然後穿越海岸上的灌木叢溜走。

在她身後，那些船的馬達聲比暴風雨還嘹亮，而且愈來愈近。她怎能就此停下？她從不放棄的。她現在就得跳。但突然之間，這些船就像灰色的鯊魚般圍住了她，其中一艘直接橫切到她前方，她因此猛撞了上去。奇雅整個人往後跌，仰頭撞上了舷外發動機。警長伸手抓住她的船舷邊緣，其他船則全在一旁轟隆隆地上下晃動。兩個男人迅速跳上她的船，此時副警長開口，「凱瑟琳．克拉克小姐，妳因爲謀殺柴斯．安德魯遭到逮捕。妳有權保持沉默……」

她之後什麼都沒聽見了。也沒有任何其他人聽見。

38

週日正義
一九七〇年

天花板有燈，幾扇窗戶幾乎高到天花板，從燈和窗口瀉下的光線太亮，奇雅因此眨了眨眼睛。她這兩個月以來一直待在幽暗空間內，此刻再次張開雙眼時卻能瞥見外界一小片柔和的溼地風景。有一片茂盛的橡樹林底下幽居著巨如灌木的蕨類及冬青。她試圖多看一秒那片生氣勃勃的鮮綠光景，但有雙手堅定地把她帶到一張長桌前坐下，旁邊坐的則是她的律師湯姆．米爾頓。由於雙手被銬在前方，她被迫擺出一個類似禱告的彆扭姿勢。她穿著寬鬆的黑長褲跟素白色上衣，一根辮子垂在兩片肩胛骨之間，從頭到尾都沒有轉頭望向旁觀者，不過她仍能感覺到，人們為了旁觀她的謀殺案審判熱烈擠進法院內的沙沙作響，甚至可以感覺到這些人為了看上她一眼——這個上了手銬的她——而不停扭動肩膀、搖頭晃腦。一種混合了汗味、老舊菸味，還有廉價香水的氣味讓她反胃。就在她走近時，咳嗽的聲音停止，隨之升起了喧鬧的交談聲——不過在她耳中所有聲音都很遙遠，因為主要聽到的還是自己起伏不定的呼吸聲。奇雅緊盯著地上鋪的板材——那是打磨得極為光亮的大王松木——此時有人解開手銬，她於是沉重地坐上椅子。現在是一九七〇年二月二十五日的早上九點半。

湯姆傾身靠近她，悄聲表示一切都會順利的。她沒說話，但仍想在他眼中找到一絲真心，或者任何足以相信他所言為真的信號。倒不是她願意相信他，而是她生平第一次必須將自己的命運交到他人手上。以七十一歲的人而言，湯姆算是身形挺拔，有著一頭厚重白髮，身穿過時的亞麻西裝，還散發一股老派政治家才有的優雅氣息。他的動作非常輕緩，說話時口氣溫和，臉上總是帶著一抹宜人的微笑。

希姆斯法官本來為克拉克小姐指派了一名年輕律師，因為她沒有為自己採取任何辯護行動，但已經退休的湯姆．米爾頓聽說了她的案子後要求無償為她辯護。就跟其他人一樣，他偶爾也聽過有關沼澤女孩的傳言，多年來也見過她幾次，可能是看到她順著水流在水道上快速駕船前行，又或者看到她彷彿剛離開垃圾桶的浣熊一樣從超市碎步跑出來。

兩個月之前，他首次去監獄探望奇雅，當時他被帶入一個陰暗的小房間，而她就坐在桌前。她沒抬眼看他。湯姆向她自我介紹，表示自己是來代表她的律師，但她沒說話，也沒望向他一眼。他非常想拍拍她的手，但她身上有種拒絕外人碰觸的氣息——或許是因為她坐得筆直，又或者是她空洞盯著遠方的眼神。他調整了頭的角度，試圖跟她四目相交，然後解釋了法院的運作程序、她可能會面對什麼場面，並問了她一些問題，但她一個也沒回答。她動也不動，也沒正眼看他。警衛把她帶出房間時，她轉頭透過小小的窗戶快速望了天空一眼。海鳥在小鎮港口上方尖聲鳴叫，奇雅似乎在用雙眼賞讀牠們的歌曲。

下一次前來拜訪時，湯姆從棕色紙袋裡掏出一本亮面的硬殼精裝大書，上頭以斜體字印刷了《世界上罕見的貝類》，裡頭以實際尺寸畫出了許多生活在無比遙遠海岸的貝類油畫。她緩慢地一頁頁翻看，嘴巴微張，還在看到某些特定標本時點頭。他讓她慢慢看，然後，再一次開始跟她說話，這次她願意望向他的雙眼了。他態度輕鬆又耐心地向她解釋了法庭運作的程序，甚至把法庭的樣子畫給她看，包括陪審團坐的包廂、法官席，還有律師和她坐的位子，另外用火柴人畫出法警、法官及書記官所在的位子，以及他們各自的角色。

就跟初次見面時一樣，他試圖解釋那些不利於她的證據，也問了她在柴斯死去那晚的去處，但只要談起任何細節，她就又會縮回自己的殼裡。之後，他起身準備離開，她把桌上的書推向對面的他，但他說：「不用了，這就是帶來給妳的。這本書現在是妳的了。」

她咬住下唇，雙眼眨了眨。

此刻是他們第一次身處法庭內。他嘗試爲她指出先前他畫過的法庭特徵，好讓她別把注意力放在後方那些喧鬧的人群身上，但沒有成功。到了早上九點四十五分，旁聽席的每條長椅都擠滿了村民，大家都用高頻率的聲音討論起證據及死刑的可能性。後方還有一個包廂內坐了二十幾個人。儘管沒有特別標明，但所有人都心知肚明：有色人種只能坐在包廂裡。但今天包廂裡坐的主要是白人，其中只混了幾名黑人，畢竟這從頭到尾都是個只跟白人有關的案子。靠近前方的區域坐了幾名來自《亞特蘭大憲法報》和《羅里先驅報》的記者。找不到位子的人聚在後方靠牆處或一旁的落窗邊。所有人都躁動不安地竊竊私語，或者交換小道消息。沼澤女孩被以謀殺罪名控告，沒有比這更好看的一場大戲了。法院養了一隻名叫「週日正義」的貓，牠的背是黑色的，臉是白色，綠眼睛邊圍了一圈像是眼罩的黑毛，而此時的牠正在一座深廣窗台上的陽光中伸懶腰。這隻貓是法院的長期住客，負責掃蕩地下室和法庭內的老鼠，也藉此鞏固了在此的地位。

在北卡羅來納這片破碎又充滿溼地的海岸線上，巴克利海灣小村是首先建立起的村落，因此，英國王室將此指定爲郡政府，並在一七五四年時建造了原本的法院。在此之後，即便像是海橡樹這類城鎮的人口更多，發展得也更好，巴克利小村仍是郡政府的官方運作中心。

一九一二年時，有道閃電打中法院，把原有的木造建築幾乎徹底燒成灰燼，隔年在主街底的廣場原址又建起一棟兩層樓的磚造建築，側邊有一整排約十二呎高的花崗岩窗孔。到了一九六〇年代，曾經修剪得非常漂亮的戶外地面受到來自溼地的野草、棕櫚樹入侵，甚至還長了幾株香蒲。多年來只要到了春天，長滿百合花的潟湖會淹沒周遭的部分人行道。

相較之下，試圖模仿舊有法庭樣貌的室內裝潢顯得非常宏偉。深色桃花心木製成的法官席位於高處，表面嵌上了色彩繽紛的州徽，後方高掛著包括美利堅聯盟國的各種旗子。陪審席前的半人高板牆也是桃花心木製，上頭還裝飾了紅雪松木，法庭其中一側的窗戶則面向大海。

有一些官員走進法庭，此時湯姆指著畫中的火柴人向她解釋，「那位是法警漢克．瓊斯。」那名走進法庭前方的高瘦男子大約六十歲，髮線已退到耳後，頭幾乎是恰巧禿了一半。他身穿灰色制服、腰繫著寬皮帶，身上掛著一台小對講機、手電筒，還有數量驚人的鑰匙，手槍皮套中則是一把柯爾特六發型手槍。

瓊斯先生對著群眾大聲說：「抱歉，各位，你們都知道消防署長的規定，沒找到座位的人得離開。」

「那位是法警的女兒亨利耶塔．瓊斯小姐，也是這次的書記官。」那名跟父親一樣高瘦的年輕女子安靜走了進來，默默坐到靠近法官席的位子。檢察官艾瑞克．柴斯汀已經就定位，他從公事包中拿出速記簿。這位艾瑞克先生的胸膛非常寬厚，一頭紅髮，身材幾乎有六呎高，身上穿著在艾什維爾的西爾斯百貨買的藍色西裝，還打了同樣在那裡買的亮色寬領帶。

法警瓊斯大喊：「全體起立。現在開庭。由我們尊敬的法官哈洛德．希姆斯主持審判。」

現場驟然安靜下來。法庭後方的門打開，法官希姆斯走了進來，他點頭示意大家可以坐下了，然後要求檢察官及辯方律師上前。他是一名骨架很大的圓臉男子，臉側長了顯眼的白色鬢角，雖然目前住在海橡樹鎮，但已經負責主持巴克利海灣小村的案件九年了。人們普遍認爲他是一位嚴肅、頭腦清楚，而且行事公正的仲裁者，說話時宏亮的聲音總能響遍整個空間。

「米爾頓先生，基於被告可能因爲在這個社群中承受偏見眼光，而無法受到公平審判的前提，你請求將這個案件分派到其他的郡法院審判，但我駁回這項請求。我明白她的生命處境並不尋常，確實承受某種偏見，但我認爲，許多人都會在各自的小鎮中面臨某種偏見，她也不過是這個國家的其中一個例子罷了。而且就算是規模較大的小鎮也會有類似現象。我們現在就會在此地審理這個案件。」兩位律師回到座位上時，許多人都對法官的說法點頭表示同意。

他繼續說，「北卡羅來納州巴克利郡的凱瑟琳．丹尼耶拉．克拉克，妳被控一級謀殺，受害者是曾身爲巴克利海灣小村居民的柴斯．羅倫斯．安德魯。一級謀殺代表是有預謀的行動，本州有權判處死刑。檢方已表示若妳被判有罪，他們會求處死刑。」眾人開始竊竊私語。

湯姆似乎往奇雅靠近了一些，而她沒有抗拒湯姆試圖撫慰她的舉動。

「我們會從挑選陪審員的部分開始。」希姆斯法官轉向坐著陪審員候選人的前兩排座位。就在他讀出一連串的規則與條件時，週日正義「咚」一聲從窗台跳下，姿態流暢地跳上法官席，法官希姆斯則漫不經心地一邊摸貓的頭，一邊繼續眼下的工作。

「在可處死刑的案件中，若有陪審員不同意死刑，北卡羅來納州允許陪審員離席。若在被告判決有罪之後，無法接受被告被判死刑的人，請舉手。」沒有人舉手。

奇雅只聽見「死刑」這個詞。

法官繼續說。「另外一個離席的正當理由是，若你認爲，自己在此刻或過去和克拉克小姐或安德魯先生有過密切來往的經驗，因此無法客觀判斷這個案件的話，請讓我知道。」

第二排中間的莎莉．寇派柏太太舉手報了自己的名字，她的頭髮往後緊紮成一個小髻，身上的帽子、套裝及鞋子都是暗沉的棕色。

「好的，莎莉，妳有什麼疑慮？」法官問。

「正如你所知，我在巴克利郡擔任曠課處理官員將近二十五年，所以處理過克拉克小姐這名個案，或者說，有嘗試處理過。」

奇雅必須轉頭才能看見寇派柏太太或主要旁聽席中的任何人，但她當然不會這麼做。不過她還清楚記得，上次戴著軟呢帽的男人試圖追到她時，寇派柏太太坐在車裡面等的畫面。奇雅已對那個老男人非常仁慈了，她先在穿過黑莓灌木叢時發出一大堆聲響，好讓他有跡可循，然後再繞回去躲在靠近車子旁的灌木叢中。但是軟呢帽先生卻朝反方向的沙灘跑去。

蹲著的奇雅拿了一根冬青枝輕掃車門，因此望出窗外的寇派柏太太直接對上她的雙眼。就在那一刻，她確信這名女士嘴角輕微上揚。無論如何，當軟呢帽先生不停咒罵著回來時，她並沒有洩漏她的行跡，接著兩人就開車離開，再也沒有回來。

而此時寇派柏太太對法官說：「總之，我跟她來往過，不知道是否該迴避？」

希姆斯法官說：「謝謝妳，莎莉，你們其中或許有些人跟克拉克小姐接觸過，可能是在店鋪中，也可能是像曠課處理官員寇派柏太太一樣，是透過某種官方程序有過來往。不過重點是：在聽到目前的所有證詞之後，妳是否有辦法基於證據而非過往的經驗或感受，來決定她是否有罪？」

「是的，我確定我做得到。法官大人。」

「謝謝妳，莎莉，妳可以留下來。」

早上十一點三十分時，七個女人和五個男人坐進了陪審席。此時奇雅可以從坐的位子看見他們，也終於有辦法偷看到他們的臉。其中大多數人她都在村裡見過，但眞正認得名字的不多。寇派柏太太端正地坐在正中間，奇雅因爲這個畫面稍微感到安心。不過在她旁邊坐的是循道宗教會牧師的金髮妻子泰瑞莎．懷特。多年以前，奇雅和爸在餐館吃完午餐——那是兩人唯一一次去外頭用餐——站在外頭的人行道時，她曾從鞋店跑過來把自己的女兒拉開，不讓她靠近奇雅。那個曾跟女兒說奇雅很「髒」的懷特太太現在就坐在陪審席上。

希姆斯法官直到下午一點才宣佈休庭吃午餐。鎭上的餐館負責爲陪審員送來鮪魚、雞肉沙拉和火腿三明治，好讓他們在審議室內用餐。爲了公平對待鎭上的兩個餐飲機構，去他的啤酒屋也會在其他日子輪流送來熱狗、辣椒，還有蝦子三明治。無論是哪邊送餐來，都會爲貓帶一些好料，而週日正義比較喜歡啤酒屋的三明治。

39
撞見柴斯
一九六九年

一九六九年八月的一個早上，霧正散去，奇雅將船開到當地人稱爲柏樹灣的一座偏遠半島。她之前在那裡看過罕見的傘菌。八月採菇是有點晚了，但柏樹灣的氣溫較低又潮溼，所以或許她能再次找到少見的標本。自從泰特將指南針留在樹墩上，時間已過了一個多月，儘管她會在溼地見到他，距離卻沒有近到足以道謝。那枚指南針就好好地收在背包的其中一個袋子中，但她始終還沒用過。

水岸長滿了有苔蘚垂落的樹木，這些低垂的枝葉形成了離岸很近的隧道，她一邊在這條隧道中前行，一邊在灌木叢中尋找有細瘦蕈柄及橘色蕈傘的組合。終於，她看到這樣一群蕈類張揚、漂亮地長在一截老樹墩的側邊，她於是把船拉上岸，盤腿坐在一個小山凹中，開始把這些蕈類畫在紙上。

突然之間，她聽見有踩在腐葉堆上的腳步聲，有人開口：「哎呀，看看是誰在這裡，可不是我的沼澤女孩嗎。」她在驟然轉身的同時站起來，發現眼前出現了柴斯的臉。

「哈囉，奇雅。」他說。她環顧四周，想知道他是怎麼過來的？她沒聽見船的聲音呀。看出她的疑惑，他說：「我剛剛在釣魚，看到妳經過，所以把船停在另一邊的岸上了。」

「請你離開吧。」她把鉛筆和紙本塞進背包。

但他把手搭上她的手臂，「別這樣，奇雅，事情變成這樣，我也很抱歉。」他靠近她，口中有早餐喝了波本威士忌的氣味。

「別碰我！」

「嘿，我說我很抱歉啦。妳也知道我們不可能結婚。妳不可能住在靠近鎮上的地方。但我一直都很在乎妳呀，我有一直守著妳。」

「守著我！這到底是什麼意思？別煩我。」把背包夾在手臂下的奇雅走向船邊，但他抓住她的手臂，非常用力。

「奇雅，世上不可能再出現像妳這樣的人了，永遠不可能。我知道妳愛我。」她把他的手拉開。

「你錯了！我甚至不確定有沒有愛過你。你跟我談到結婚，記得嗎？你還說要爲我們兩個人蓋房子，但後來我卻是在報紙上讀到你跟別人訂婚的消息。你爲什麼要這樣做？爲什麼啊？柴斯！」

「拜託，奇雅，妳也知道我們不可能結婚，根本行不通。我們之前那樣有什麼不好嗎？讓我們回到過去吧。」他伸手抓住她的肩膀，把她拉向自己。

「放開我！」她扭動身體，試圖從他的手中掙脫，但他用雙手把她手臂抓得好痛。他用嘴巴覆蓋住她的嘴唇，開始吻她。她揮動著手臂想把他的手甩開，把頭往後拉開距離，齜牙咧嘴地說：「你敢硬來試試看。」

「這才是我的小山貓，還比之前更野了呢。」他掐住她的肩膀，用一隻腳往後勾住她的膝蓋後側，再把她壓到地上。她的頭用力敲到地面。「我知道妳想要我。」他挑逗地說。

「不要，住手！」她尖叫。他卻把一隻膝蓋跪壓在她的肚子上，讓她完全呼吸不過來，同時他拉下牛仔褲拉鍊，扯下褲子。

她坐起身，用雙手推他，他突然用右手揮了她的臉一拳，她感覺腦子內響起「砰」的一聲，並因此頭暈想吐。她的脖子猛然往後一仰，身體也因此跌回地上。這場面就像爸在打媽。她的腦中因為鼓動的疼痛瞬間空白，接著她扭轉身體，嘗試從他身體底下爬出去，但他太強壯了。他單手把她的兩隻手臂固定在頭頂，拉下她的短褲拉鍊，在她不停踢著自己時扯下她的內褲。她大聲尖叫，但附近沒人可能聽見。她一邊踢著地面一邊努力想要掙脫，卻被他抓住腰，整個人翻過來面朝下趴著，還把她不停抽痛的臉埋進砂子裡，手伸到她的肚子底下，將她的骨盆抬高貼近自己，就這樣跪在她身後。

「我這次不會放妳走了。管妳喜不喜歡，反正妳是我的。」

她的體內湧現了某種原始的力量，她雙手雙膝撐地抬起上半身，用手肘往後砸向他的下巴。就在他的頭往旁邊一歪之際，她開始用拳頭瘋狂揍他，他終於失去平衡後癱倒在地上。接著她瞄準他的下體用力一踢，正好命中目標。

他整個人彎起來滾向側邊，雙手緊抓住睪丸，身體不停扭動。她為了保險又踢了他的背，而且是攻擊腎臟的位置。她踢了好幾下，非常用力。

她拉起短褲，抓起背包往船的方向跑，就在扯動馬達發動繩時，回頭看見正在呻吟的他用雙手和雙膝撐起自己。她不停咒罵，終於馬達發動了。由於預期他隨時可能會追上來，她把舵猛力轉往反方向，在他站起身時加速將船駛離岸邊。她用發抖的雙手拉起褲子的拉鍊，用單手環抱住自己。此時的她眼神狂亂地望向大海，看見附近有另一艘釣魚的小船，上頭有兩個男人正盯著她看。

40

柏樹灣
一九七〇年

午餐時間之後，希姆斯法官問檢方：「艾瑞克，準備好傳喚第一位證人了嗎？」

「準備好了，法官大人。」在處理之前的謀殺案時，艾瑞克通常會先傳喚驗屍官，因爲他的證詞能帶出相關的物理證據，像是凶器、死亡時間及地點、犯罪現場照片，而這一切都會在陪審員心中留下非常強烈的印象。不過這個案子既沒留下指紋，也沒留下腳印，甚至沒有凶器，所以艾瑞克打算從動機開始。

「法官大人，檢方傳喚羅德尼・宏恩先生。」

法庭內所有人望著羅德尼・宏恩步上證人席，也看著他發誓所言一切屬實。儘管之前只見過他幾秒鐘，奇雅仍認得他的臉。她別開臉，不再看他。他是一名退休技師，跟很多人一樣成天釣魚、打獵，或者就在「幾內亞沼澤」牌館打牌，而且是把自己當成集雨桶一樣在灌酒。今天的他一如往常穿著牛仔連身褲，搭配一件乾淨的格子襯衫，漿過的襯衫領子聳立得惹人注目。他宣誓時左手拿著釣魚帽，接著坐上證人席，把帽子擱在膝頭。

艾瑞克姿態輕鬆地走向證人席。「早安呀，羅德尼。」

「早安，艾瑞克。」

「好的，羅德尼，據我所知，你在一九六九年八月三十日早上，曾和朋友去柏樹灣附近釣魚，正確嗎？」

「完全正確。我和丹尼去那裡釣魚，從清晨就一直待在那裡。」

「為了留下完整的紀錄，你說的是丹尼·史密斯，對吧？」

「對，就是我和丹尼。」

「好的。我希望你在法庭上告訴我們，那天早上看到了什麼。」

「嗯，就跟之前說的一樣，我們從清晨就在那裡了，大概到了十一點左右吧，我想，當時已經一陣子沒有魚咬餌了，所以我們打算收線離開，但就在這時候，我們聽見半島尖端那邊的樹林中有一陣騷動。就在林子裡。」

「怎麼樣的騷動？」

「嗯，就是有人在說話，一開始聽不太清楚，後來變得比較大聲。是一個男人和女人的聲音。但我們看不見他們，只知道他們在爭執。」

「然後發生了什麼事？」

「那個女人開始吼叫，所以我們開船過去，想看得清楚一點，看看她是否碰到了麻煩。」

「你們看見了什麼？」

「嗯，等我們比較靠近之後，我們看到那個女人站在男人旁邊，正在猛踢他的……」羅德尼望向法官。

希姆斯法官說：「她踢他哪裡？你可以直接說出來。」

「她直接踢他的卵蛋，而他就側身癱倒在地，不停呻吟。然後她又踢了他的背好幾次。就像騾子在嚼大黃蜂一樣瘋狂。」

「你認得那名女性嗎？她今天在法庭上嗎？」

「認得呀，我們很清楚她是誰。就是坐在那裡的被告。大家都叫她沼澤女孩。」

希姆斯法官傾身接近證人。「宏恩先生，被告的名字是克拉克小姐，請不要用任何其他名字稱呼她。」

「好吧，那麼，我們當時看見的是克拉克小姐。」

艾瑞克繼續問，「你認得她正在踢的那個男人嗎？」

「嗯，原本看不清楚，因爲他在地上扭來扭去，但幾分鐘之後，他站了起來，我們發現他是柴斯．安德魯，幾年前還是四分衛的那個人。」

「然後呢？」

「她跌跌撞撞地走向船邊，嗯，當時衣衫不整，短褲掛在腳踝上，內褲掛在膝蓋上，所以她一邊跑一邊努力想把褲子拉起來，過程中不停對他大吼。她跑向船，跳上去，快速開船離去，一邊還在努力把褲子穿好。她在經過時有跟我們對上眼。所以我才確定知道她是誰。」

「你說她跑向船的過程中一直對他大吼。你有清楚聽見她吼了什麼嗎？」

「有，我們可以聽得很清楚，因爲當時我們之間的距離很近。」

「請在法庭上說出她吼了些什麼。」

「她狂叫著說：『別來煩我，你這死雜種！你再來惹我，我就殺了你！』」

一陣竊竊私語聲在庭內不停蔓延。希姆斯法官敲打手上的小木槌，「好了，夠了。」

艾瑞克對證人說：「就這樣了，謝謝你，羅德尼。沒有其他問題了。現在換人質詢。」

湯姆快速經過艾瑞克身邊後走向證人席。

「好，羅德尼，你剛才的證詞說，當你一開始聽見那些逐漸變大的模糊說話聲時，你無法看見克拉克小姐和安德魯先生之間發生了什麼事，正確嗎？」

「沒錯，在比較靠近之前，我們看不到他們。」

「你也說那名女子，也就是你後來指認爲克拉克小姐的人，似乎因爲遇上麻煩而大吼大叫，正確嗎？」

「是呀。」

「你沒有看見兩名合意成年人之間的任何親吻或性行爲。你只聽見一名女子彷彿因爲受到攻擊而大叫，正確嗎？」

「對呀。」

「所以，當克拉克小姐在踢安德魯先生時，她是否有可能在自我防衛？這名獨自身處於林中的女子，是否有可能在對抗一名非常強壯、擁有運動員體魄的男子？這名之前曾是四分衛的男子是否可能襲擊了她？」

「對，我想確實有可能。」

「沒有其他問題了。」

「檢方進行再次直接訊問？」

「是的，法官大人。」艾瑞克在檢方桌邊起立。

「所以，羅德尼，無論兩人之間是否在合意之下發生了什麼事，若我說克拉克小姐對死者柴斯．安德魯感到極度憤怒，這種說法準確嗎？」

「對，非常生氣。」

「氣到狂叫著若他再來惹她，就要殺了他，正確嗎？」

「沒錯，情況就是這樣。」

「沒有其他問題了，法官大人。」

41 小小的鹿群
一九六九年

奇雅的手不停擺弄著船舵，還往後看柴斯是否有駕船從柏樹灣追來。她快速開進自家前的潟湖，因為膝蓋腫脹而有點跛地跑進棚屋。她跑進廚房，跌坐在地哭泣，她用手撫摸著腫起來的一眼，一邊吐出口中碎石，同時仔細聽著他是否有跟上來。

她剛剛看見那條貝殼項鍊了。他還戴著。怎麼還戴著？

「你是我的。」他說。他一定因為被她猛踢而氣到發瘋，也一定會追來報復，可能是今天來，也可能會等到晚上。

她沒辦法告訴任何人。跳跳一定會堅持告訴警長，但執法單位只會相信柴斯．安德魯的說詞，而不會相信她。她不確定那兩個漁夫看見了什麼，但他們不可能為她說話。他們一定會說是她活該，因為在柴斯離開她之前，外人很常看見他們親密擁吻的場面，她也因此被當成「不夠淑女」的傢伙。**根本就像個妓女一樣**，他們總會這樣說。

屋外有風從海上呼嘯而來，她擔心自己因此漏聽了柴斯開船過來的聲音，因此儘管疼痛不已，她還是緩慢行動起來。她在背包裡打包了比司吉、起司和堅果，然後低頭頂著強風快速穿越米草地，來到那間閱讀小屋。這趟路走了四十五分鐘，過程中只要聽見任何聲響，她瘦疼又僵硬的身體就會立刻驚跳起來，並轉頭檢視灌木叢中的所有動靜。終於，她的眼前緩緩浮現了那間緊鄰溪水又半淹沒在草堆中的老舊木造建築。這裡的風沒颳得那麼猛了，柔軟的草地也相對顯得寧靜。她從未告訴柴斯有這樣一個藏身處，但他可能早就知道了。她無法確定。

屋子裡沒有林鼠的氣味了。自從生態實驗室雇用泰特之後，他和破壞王就把這間木屋修整好，好讓他偶爾能在進行考察工作時來此地過夜。他們把牆面拉直，修好斜塌的屋頂，還帶來了基本家具——一張鋪了毯子的小床、一座爐子，還有一套桌椅。支撐屋頂的椽子上掛了一些湯鍋和平底鍋，還有架格格不入的顯微鏡放在摺疊桌上，上頭蓋了一張塑膠布。角落有個金屬箱子內裝了一罐罐的焗豆和沙丁魚。沒什麼會引誘熊跑來的食物。

但待在屋裡的她無法看見柴斯是否正在逼近，反而有種受困感，所以她跑去坐在溪邊，用右眼搜尋著長滿草的水域。她的左眼已經腫到張不開了。

下游有五隻母鹿無視她的存在，正沿著水岸漫步，慢慢咀嚼著草葉。眞想加入牠們呀，如果能成爲牠們的一員就太好了。奇雅很清楚，鹿群中就算少了一隻鹿也沒什麼損失，但不屬於任何鹿群的鹿卻是損失了大半存活能力。其中一隻鹿抬起頭，暗色雙眼在北側的樹林間逡巡，牠先是把右腳往下一跺，接著又跺了左腳。其他鹿跟著抬頭看，還發出警戒的嘶鳴。奇雅那隻還能看的眼睛立刻往林間尋找柴斯出現的跡象。又或者是有其他入侵者？不過周遭一片安靜。或許驚擾牠們的只是一道微風吧。那群鹿不再跺腳，而是緩慢走入高高的草叢間，留下不安的奇雅自己待著。

她再次仔細觀察草原，想知道是否有人入侵，但不停聆聽及搜尋危險徵兆的行動讓她筋疲力盡。她回到木屋裡，從背包裡挖出表面有些溼答答的起司，癱坐在地上食不知味地吃著，一邊用手撫摸瘀青的臉頰。她的臉、手臂和雙腿上都是傷口，還因爲流血沾上了砂土。擦傷的膝蓋傳來一陣陣抽痛。她啜泣，努力對抗著心中的羞恥感，突然之間猛力吐出了大塊大塊沾滿口水的起司。

她都是自找的。誰叫她要在沒有監護人照顧的情況下跟別人廝混。本能的慾望讓未婚的她在廉價汽車旅館中跟人上床，但也沒有因此得到滿足。那場在閃爍霓虹燈底下的性行爲只在床上留下如同動物行跡的血痕。

柴斯八成已跟所有人吹噓了跟自己做過的事。難怪人們排斥她——她不得體、她令人噁心。

半滿的弦月出現在快速移動的雲朵間時，她透過小窗尋找是否有蹲伏或偷偷摸摸的人影出現。終於，她還是爬上了泰特的床，睡在他的毯子底下，但還是不停醒來仔細聆聽是否有腳步聲出現，然後把柔軟的布料緊抓到下巴，蓋住臉之外的所有部位。

早餐吃的還是起司碎塊。她臉上的瘀青變得更深，現在已是一片青紫，眼睛腫得像水煮蛋，脖子也是又瘦又僵。她的上唇有一塊腫脹得非常嚇人，看起來就像被打得一團糟又不敢回家的媽。就在這個瞬間，奇雅突然清楚明白媽之前經歷了什麼，也懂她離開的理由。「媽、媽。」她小聲呼喚。「我懂了。我終於明白妳爲什麼非得離開，而且再也沒有回來。我很抱歉，我之前不了解，也幫不了妳。」奇雅低下頭啜泣，接著用力抬起頭，「我才不要過那種生活，我才不要每天都在想何時又會挨揍、哪裡又會挨揍。」

那天下午，她走了好長的路回家，儘管又餓又需要補充生活用品，她卻沒去找跳跳，畢竟可能會撞見柴斯。此外，她不想讓任何人看到自己挨打過的臉，尤其不想讓跳跳看見。

她簡單吃了硬麵包和燻魚，坐在門廊床邊透過紗門盯著屋外。就在那一刻，她注意到一隻母螳螂正在靠近她臉附近的一根樹枝上潛行。這隻昆蟲正用牠運用自如的前肢抓起飛蛾，放進口中大嚼特嚼，蛾的翅膀在牠的口中翻撲。一隻公螳螂把頭舉得老高，彷彿一頭驕傲的小馬，牠正透過展示自己來向母螳螂求歡。母螳螂似乎有些興趣，觸角在空中像魔杖般不停舞動。公螳螂提供的擁抱或許很緊，又或者很溫柔，奇雅看不出來，但就在公螳螂伸出交配器官讓母螳螂的卵受精之際，母螳螂轉頭咬下了公螳螂的頭。忙著辦事的公螳螂竟然也沒注意到，下半身還繼續抽動，沒了頭的脖子在空中搖晃，然後母螳螂繼續往公螳螂的胸口吃，再吃到翅膀。終於，公螳螂的最後一隻前腳也被吃了進去，沒有頭也沒有心臟的下半身卻仍以完美的交配節奏運作著。

雌螢火蟲用假信號吸引陌生的雄螢火蟲，然後吃掉對方；母螳螂則是把交配對象一點一點吃乾抹淨。這些雌性的昆蟲呀，還眞是知道如何對付愛人。

幾天之後，她把船開進溼地，探索了柴斯不可能知道的水域，但還是顯得神經質又警戒，很難專注在原本的繪圖工作上。她的左眼仍然是一團腫脹中間開了條縫，原本的瘀青也蔓延開來，導致半張臉都是令人反胃的顏色，全身也幾乎都還在陣陣抽痛。有隻花栗鼠一叫，她立刻轉身，仔細聽著烏鴉嘎嘎的叫聲——那是早在文字之前就存在的語言，當時溝通還是比較簡單明瞭的事。此後不管去哪裡，她總會在腦中先規劃好逃生路線。

42

牢房
一九七〇年

一束束混濁的陽光從奇雅牢房的小窗射進來。她盯著那些灰塵微粒，每顆都沉默地向同樣的方向舞動，彷彿跟隨著同一位恍惚的領袖。一旦進入陰影中，這些微粒就會瞬間消失。沒了太陽的它們什麼也不是。

她把唯一能當作桌子的木箱拖到離地七呎高的窗戶底下。她穿著背後印了「郡立監獄囚犯」的灰色連身囚服站上木箱，凝視著厚重玻璃及欄杆後方勉強可見的大海。碎浪的白頂輕拍沙灘，潑濺出水花，扭著頭找魚的鵜鶘低低飛在浪尖之上。如果她把脖子用力往右伸，就能看到溼地邊緣濃密的樹冠。昨天她還看見一隻老鷹俯衝而下，扭身衝向一條魚。

郡立監獄是由六間十二平方呎的牢房所組成，這棟由水泥磚建成的一層樓建築就位於警長辦公室後方，兩者都在小鎮外圍。這些牢房全數排在建築較長的同一側，因此囚犯無法看到彼此。牢房三面都是潮溼的水泥磚牆，第四面則是欄杆及鎖上的牢門。每間牢房都有一張木床配上凹凸不平的棉花床墊，並提供一只填塞羽毛的枕頭、床單、一條灰色羊毛被，另外設有一座水槽、一張木箱桌，還有一個馬桶。水槽上方由裱框的耶穌照片取代了鏡子，這是女性浸信會傳教輔助會的手筆。身為此處多年來唯一的女性囚犯——只待上一晚的不算——她唯一享受的特殊待遇，就是擁有能圍著水槽及馬桶拉起的一道灰色掛簾。

審判前兩個月，她因爲曾企圖駕船逃離警長追捕而一直被關在牢內，沒有獲得保釋機會。奇雅不禁開始思考，究竟是誰開始用「牢房」取代「牢籠」這個詞呢？一定是歷史上某個階段的人們覺得有改名的必要吧。她的手臂因爲搔抓而浮起交錯的紅色痕跡。她不知道花了多少時間坐在床上，像整理羽毛一樣撥弄、仔細檢視著自己的一綹綹髮絲，模樣就像海鷗。

她站在木箱桌上，脖子用力朝著溼地伸過去，腦中回想起亞曼達．漢彌爾頓的一首詩：

〈布萊登海灘的心傷海鷗〉

長了翅膀的靈魂，你飛舞於天幕，
用淒厲的哭嚎掀翻薄暮。
你跟隨著船帆，在海上無畏飛航，
把風帶回我身旁。

你傷了翅膀；在地面拖行
在沙地留下痕跡。
等羽毛也傷了，你無法飛翔，
但誰有權決定誰何時死亡？

……

你消失了，不知去了何方。
但你翅膀留下的痕跡仍在。
傷痛的心無法飛翔，
但誰有權決定誰何時死亡？

這裡的囚犯看不見彼此，不過，監獄中除了她以外僅有的兩名男性獄友（遠在另一頭的牢房裡），幾乎把每天的時間都拿來不停聊天。這兩人都因為挑起鬥毆事件而必須服刑三十天，那場架最後導致酒吧的鏡子破裂，還有人斷了骨頭，而究其起因，不過是在吵誰能在去他的啤酒屋把口水吐得最遠。他們大多時候都躺在床上對隔壁牢房的另一人嚷嚷，聲音聽起來就像蹲踞在桶子中講話。這些隨興閒聊的內容大多是從訪客那裡聽來的小道消息，而且都跟奇雅有關，尤其是她被判處死刑的機率。此郡已經有二十年沒判過人死刑了，也從未判過女人死刑。

奇雅聽見了他們說的每個字。死亡本身並不讓她困擾，威脅取走她這條悲慘的性命並不會使她害怕。不過想到自己的性命經由他人之手結束的過程，想到這一切是如何被計畫、被排定時程，種種太過難以想像的一切讓她聽得幾乎停止了呼吸。

睡眠不再降臨於她，總是滑過她的身體後逃竄而去。她的意識會突然深陷睡眠之城的牆內——那實在是無比幸福的一刻——但身體又會在一陣顫慄後驚醒。

她從木箱桌上走下來，坐在床鋪上，將膝蓋抱在下巴底下。他們是在庭審之後把她帶回此處，所以現在應該已經六點了。時間才過了一個小時。又或許連一小時都不到。

43 顯微鏡
一九六九年

九月初，就在柴斯攻擊她超過一星期之後，她走向自己的祕密海灘。風扯弄著她抓在手中的那封信，她於是把信緊壓在胸前。她的編輯邀請她到格林維爾見面，信中寫道，他明白她不常出門，但實在很想跟她見上一面，出版社也會支付這趟旅行的費用。

那是晴朗炎熱的一天，所以她駕船進入溼地。抵達狹窄的河口時，她繞過草葉茂盛的河彎，看見泰特蹲在一座寬廣的沙洲上，正把從水中採集的樣本滴進小玻璃瓶中。他那艘也能當作研究工具的遊艇綁在一根圓木上，船身漂在水道上，擋住了她前進的路線。她用力轉動船舵。雖然臉上的腫脹跟瘀青幾乎已經消退了，但雙眼周遭仍圍繞著一些難看的青紫痕跡。她驚慌起來。她不能讓泰特看見臉上被毆打過的痕跡，所以試著快速把船轉向別的方向。

但他抬頭了，還向她揮手。「把船停來這裡吧，奇雅。我有一台新的顯微鏡可以給妳看看。」

這句話的效果就像曠課處理官員跟她提起雞肉派一樣。她慢下船速，但沒回話。

「來吧。妳不會相信這台機器的放大效果有多好，可以看見變形蟲的僞足呢。」

她從來沒看過變形蟲，更別說是變形蟲的任何部位了。而且再次看見泰特讓她平靜不少，心情變得篤定。反正別讓他看見臉上瘀青的這一邊就好吧，她心想，於是把船停上岸邊，涉過淺水走向他的船。她身穿沒收邊的牛仔褲和白色T恤，頭髮沒特別紮起，泰特在她踩上船頭的階梯時向她伸出手，她握住，但眼神飄向他處。

這艘遊艇的柔和米色能輕易融入溼地環境。奇雅從未見過柚木甲板和黃銅舵柄這類精緻物件。「來這裡吧。」他帶她往下步入船艙。她的眼神掃過船長桌，一旁配置的小廚房比她家裡的還棒，而原本的生活空間則已改裝成配有多台顯微鏡及一排排玻璃瓶架的船上實驗室。另外還有一些嗡嗡作響又閃著燈號的設備。

泰特擺弄著最大那台顯微鏡，調整玻片的位置。

「這裡，等我一下。」他把一滴溼地的水滴上載玻片，覆上蓋玻片，調整鏡筒焦距，站起身，「妳看看。」

奇雅彷彿親吻嬰兒般輕巧往前傾身，顯微鏡內的光線反射入她的瞳孔，她倒抽了一大口氣，因為看到的彷彿是懺悔星期二的場景：許多扮裝表演者踮著腳尖跳舞入場，橫衝直撞地進入她的視線。浮現在她眼前的是難以想像的畫面，許多像是佩戴了頭飾的驚人身體為了頌讚生命而扭動，大家就像聚在一座馬戲團帳篷中嬉鬧，而其中一滴水珠也看不到。

她用手摀住心口。「我不知道裡頭有這麼多生命，而且這麼美。」她說話時還看個不停。

他指出其中幾個少見的物種，接著往後退一步，望著她。**她感覺到了生命的脈動**，他心想，**她和她所在的星球之間，不存在任何隔閡**。

他給她看了更多玻片。

她悄聲說：「就像是從來沒見過星星的人，突然間一次都看到了。」

「要來些咖啡嗎？」他柔聲問。

她抬起頭。「不、不用了，謝謝你。」她從顯微鏡旁退開，往船上廚房的方向移動，動作彆扭，努力把又棕又青的那隻眼睛維持在另一邊。

泰特已經習慣奇雅總是充滿防備的姿態，但此刻她的舉動卻比之前更古怪，而且保持的距離更遠，還一直把臉轉向同一個方向。

「別這樣，奇雅，就喝杯咖啡吧。」他已經走進小廚房，把水倒進機器，濃厚的咖啡液體持續滴出。她站在通往上方甲板的階梯旁，他遞給她一個馬克杯，作勢要她往上走。他邀請她坐在鋪了椅墊的長凳上，但她只是站在船頭，彷彿一隻找好逃生路線的貓。在橡樹的庇蔭下，燦爛的白色沙洲朝遠方蜿蜒而去。

「奇雅……」他正打算提問，但就在她面向自己時，他看見她臉頰上褪色的瘀青。

「你的臉怎麼了？」他走向她，伸手想摸她的臉頰。她把臉轉開。

「沒事，半夜的時候撞到門了。」根據她立刻遮住臉的舉動，他知道她說的不是實話。有人打她了。會是柴斯嗎？她還是在跟已婚的他見面嗎？他阻止自己突兀問出這些問題。奇雅把馬克杯放下，一副打算離開的模樣。

他逼自己冷靜下來。「妳開始創作新書了嗎？」

「蕈類那本快完成了。我的編輯打算在十月底左右來格林維爾一趟，他想和我在那邊見面，但我不太確定要不要去。」

「妳應該去。去見見他一定很不錯。有巴士每天會從巴克利小村開去格林維爾，晚上也有一班，車程不長，大概一小時二十分鐘，大概吧。」

「我不知道去哪裡買票。」

「司機知道該怎麼做。妳只需要去主街的巴士站，他會告訴妳該做什麼。我記得跳跳的店那裡有一張發車時刻表。」他本來要說自己之前很常搭那班巴士從教堂山回來，但覺得還是別提起那段時光比較好。畢竟那年的七月她總在沙岸上苦等。

兩人有陣子沒再說話，只是小口啜飲著咖啡，聆聽一對老鷹沿著高聳如牆的雲呼嘯而過。他想再爲她倒一些咖啡，但知道要是這麼做了，她就會離開，所以又問起那本蕈類的書，還解釋了他正在研究的原生動物。爲了把她留下，他盡可能拋出所有她可能感興趣的話題。

午後的陽光不再那麼炙熱，空氣中吹起一股清涼的風。她再次放下馬克杯，「我得走了。」

「我正打算開點酒來喝呢。也喝一點嗎？」

「不，謝了。」

「離開之前，再等我一下。」泰特下去廚房，拿了一袋之前沒吃完的麵包和比司吉回來。「請爲我向海鷗問好。」

「謝啦。」她爬下梯子。

在她走向自己的船時，他大喊：「奇雅，天氣要變冷了，妳不需要拿件外套之類的嗎？」

「不用了，我很好。」

「那麼，至少拿著我的帽子吧。」他把一頂紅色滑雪帽丟過去。她接住後又扔了回來，他又丟過去，這次丟得更遠，她必須跑過整座沙洲，又彎低身體才及時撈起那頂帽子。她一邊大笑一邊跳上船，拉響馬達，然後在駛過他的船旁時又把帽子投了回去。他露齒而笑，她也咯咯笑出聲，接著兩人不再笑了，只是凝望著彼此，同時拋接著帽子，直到她駛過河彎才停止。她癱坐在船尾，用手遮住嘴，「不。」她大聲自言自語，「我不能再愛上他了。我不能再讓自己被傷害得那麼慘。」

泰特仍站在船尾，因爲腦中浮現有人打她的畫面而握緊雙拳。

她沿著海岸線往南航行，緊貼著拍擊海岸的碎浪。這條路線會讓她先經過自己的祕密海灘，然後才會抵達通往棚屋的溼地水道入口。一般來說，她不會在沙灘這邊逗留，而是直接駛過錯綜複雜的水道後抵達棚屋前的潟湖，再徒步走來這邊的海岸。

但就在她經過時，發現她的海鷗全聚集了過來。大紅降落在船頭，上下點著自己的頭，她看了不禁笑出聲，「好吧，你贏了。」她穿過碎浪，將船停在海灘上的海燕麥後方，站在岸邊對著海鷗拋撒泰特給她的麵包屑。

夕陽在海面攤開一整片粉金色，她坐在沙灘上，許多海鷗蹲踞在她身邊。突然之間，她聽見馬達聲，原來是柴斯的遊艇正朝著通往她家的水道前進。他看不見她停在海燕麥後方的船，但她本人毫無遮掩地坐在空曠的沙灘上，只好瞬間躺平身體，並為了看見他將臉轉向側邊。他站在船的舵柄前，頭髮被風往後吹得翻飛，臉上的表情既陰沉又醜惡。不過他沒往她的方向看，只是直接轉入通往她家的水道。

等看不見他之後，她坐起身。若不是她停在這裡跟海鷗玩，他就會在家裡逮到她了。她早就從爸身上一次又一次學到教訓：這些男人一定要確定最後打贏的是他們。奇雅當初是把柴斯揍得癱倒在泥地上就跑了。那兩個老漁民大概也有看見她把他打倒在地。就跟爸一樣，柴斯一定也會來給她個教訓。

一旦發現奇雅不在家，他就一定會走來沙灘。她跑向自己的船，將油門加速後往泰特的方向開回去，但沒打算把柴斯對她做的事告訴泰特。羞恥感戰勝了她的理智。她放慢船速，在太陽逐漸消失之際隨著海浪起伏。她得躲到柴斯離開為止。如果沒親眼看見他離開，她不會知道何時開船回家才安全。

她把船轉入水道時膽戰心驚，就怕隨時看到他駕船往自己的方向急速駛來。她的馬達只開了最低的速限，就爲了確保能聽見他的船。她把船緩慢駛入一片被樹木及灌木包圍的滯水區，其中還長了小樹叢。她倒轉船頭，將船身埋入林下灌叢的更深處，一邊把枝條撥開，好確保能徹底藏入層層疊疊的樹葉及夜色中。

呼吸沉重的她一直仔細聆聽，終於聽見他的引擎尖嘯著劃過柔和靜夜。她在他接近時蹲得更低，很怕自己的船尖被看見。聲音變得很近，接著不到幾秒就飛逝而過。她又在那裡坐了三十分鐘，直到天色徹底暗下來後，才就著星光開船回去。

她把床具帶到沙灘，和海鷗們坐在一起。牠們不介意她的存在，只是張開翅膀整理羽毛，然後像長了羽毛的小石頭般蹲坐下來。牠們輕柔地咕咕叫著，把頭埋進翅膀中睡覺，而她則盡可能睡在靠近牠們的地方。但即便周遭圍繞著牠們的溫柔鳴叫及摩擦聲，奇雅還是睡不著。大部分的時間她都輾轉難眠，只要風發出類似腳步的聲響，她就會立刻坐起身。

清晨的碎浪與風交纏出低吼，拍擊而來的風也讓她的臉頰刺痛。她在鳥群中坐了起來，牠們在附近遊蕩，又是伸展又是踢著腿抓癢。大紅張大雙眼，歪著脖子，彷彿在翅膀底下發現了這輩子最有趣的事物。奇雅平常會因爲牠的這種舉止笑出來，但此刻就連鳥也無法讓她開心。

她走向水邊。柴斯不會就此罷手。孤獨地活著是一回事，活在恐懼中卻完全是另一回事。

她想像自己逐步走入轟鳴的海中，慢慢沉入靜默的海浪底下，一綹綹髮絲像黑色水彩般在淺藍海水中飄開，修長手指及手臂隨浮力往海面延伸，伸往由另一側打來光線的燦亮水面。這類逃亡的夢想——即便是透過死亡——總會將她提升到有光的所在。那份在高處閃亮誘引她的平靜是她始終可望而不可得的獎賞，直到她的身體沉沒到最底，安穩落在泥濘的一片靜默中，她才終於安全了。

但誰有權決定誰何時死亡？

44

牢友
一九七〇年

奇雅站在牢房中央。心想自己終究流落到了監獄。如果那些她愛的人——比如喬帝及泰特——沒離開，她不會淪落至此。倚靠他人的結果就是會跌得很慘。

遭到逮捕之前，她曾瞥見回到泰特身邊的可能性：她的心稍微打開了一些。再次浮現的愛意徘徊不去，但無論他來牢裡拜訪幾次，她都避不見面。她不知道爲什麼，但監牢讓她將心門關得更緊。她不知道自己爲什麼不欣然接受他能在這個地方帶給她的慰藉。此刻的她似乎正因爲感到史無前例的脆弱，更覺得不該信任他人。在人生中最危殆的時刻，她唯一懂得接住自己的救生網就是她自己。

由於被丟入監獄又不得保釋，愈顯得她的人生有多孤單。警長表示她能打一通電話，這讓她更赤裸裸地意識到：她沒有可以打電話的對象。在這個世界上，她只知道喬帝的電話號碼，但她怎麼能打給哥哥，說她因爲遭控謀殺而入獄？都已經過這麼多年了，她怎麼還能拿自己的問題去麻煩哥哥？又或許，她也是覺得羞恥吧。

他們之前將她獨自丟在這裡求生，她只能被迫自保，而現在也正是如此：她獨自在此面對著這一切。

她又再次翻開湯姆．米爾頓送給她的那本精彩貝殼書，截至目前爲止，這是她擁有最有價值的一冊書。地上堆了一疊生物書，警衛說是泰特帶來的，但她無法好好閱讀文字，只感覺所有字句都在往不同方向飛散，害她讀著讀著又回到原點。欣賞這些貝殼的圖像容易多了。

廉價的地磚上響起腳步聲，擔任警衛的矮小黑人男子傑考布出現在她門前，手上拿著一個大大的牛皮紙包裹。「抱歉打擾妳，克拉克小姐，但有訪客。妳得跟我來。」

「是誰？」

「是妳的律師米爾頓先生。」金屬撞擊聲響起，傑考布打開她的門鎖，遞上包裹。「這是跳跳給妳的。」她把包裹放到床上，跟著傑考布穿過走廊進入一個房間，那是個比她的牢房還小的房間。就在她走進去時，坐在椅子上的湯姆．米爾頓起身，奇雅對他點點頭，然後望向窗外，外頭有一朵巨大的積雲，雲層間如同人的臉頰透出了桃粉色。

「晚安，奇雅。」

「米爾頓先生。」

「奇雅，請叫我湯姆吧。妳的手臂怎麼了？是弄傷自己了嗎？」

她把手往後抽開，遮掩被自己抓出的交錯痕跡。「只是蚊子咬吧，我猜。」

「我會跟警長說一下。妳的，嗯，『房間』裡不該有蚊子。」

她低著頭說：「請別這麼做，沒事的。這些昆蟲沒什麼。」

「好吧，當然，我不會做任何妳不要我做的事。奇雅，我來這裡，是要談談妳目前擁有的選項。」

「什麼選項？」

「我會向妳解釋。此刻我們很難確定陪審團傾向如何判決。檢方提出了有力的陳述，雖然證據不算完整，但考量這個小鎮對妳抱有偏見，妳得有心理準備，我們要贏並不容易。不過我們可以進行認罪協商。妳知道這是什麼意思嗎？」

「不太確定。」

「妳之前是針對一級謀殺罪求處無罪，但如果輸了就是全盤皆輸，到時妳可能獲判無期徒刑，又或者如妳所知，他們會希望判妳死刑。而妳的選項是承認犯下比較輕微的罪，譬如說過失殺人。如果妳願意說，沒錯，妳那晚確實去了防火塔，也有跟柴斯見面，你們起了爭執，接著出了一場可怕的意外，他自己退後時從鐵柵門口掉下去了，這場審判或許就能立刻結束。妳不用再經歷這一切瘋狂的場面，我們也可以跟檢方協商刑期。反正妳之前從未遭到起訴，他們或許就是判妳十年，而妳之後只要過，嗯，大概六年就能出獄了。我知道這聽起來不怎麼吸引人，但總比一輩子待在監獄，又或者，嗯，還要好多了。」

「不，我不會說任何暗示自己有罪的話。我也不進監獄。」

「奇雅，我明白，但請花點時間考慮一下。妳不會想要一輩子待在監獄裡，又或者，嗯，妳知道的吧？」

奇雅再次望向窗外。「我不需要考慮。我不進監獄。」

「好吧，我們不用現在就做出決定。還有一段時間可以考慮。我們就看之後情況如何吧。在我離開之前，妳有什麼想跟我討論的嗎？」

「請讓我離開這裡，無論什麼手段都行，你知道的。」

「我會盡我所能讓妳出獄，奇雅，但別放棄，也請妳幫助我。就像我之前說的，妳得想辦法跟人產生互動，偶爾看一下陪審員……」

但奇雅已經轉身離開了。

傑考布把她帶回牢房，她進去後拿起跳跳給的包裹。那個包裹已被典獄長拆開後又用膠帶草草地重新貼起來。她打開包裹，把包裝紙摺起來收好。跳跳送來的是一個裝了許多玻璃顏料瓶的籃子、一枝筆刷、紙張，和一個裝著梅寶做的玉米鬆糕的紙袋。籃內還擱了一個枯松葉編的巢、一些橡樹葉、幾枚貝殼，以及長條的香蒲。奇雅將這這些植物的氣味深深吸進身體，然後抿緊嘴唇。跳跳呀。梅寶呀。

太陽已經完全落下，空氣中不再有眼神可以追逐的塵埃微粒。

傑考布把晚餐盤收走時說了：「我得說，克拉克小姐，妳幾乎沒怎麼吃呀。這些豬排和蔬菜已經算不錯了。」她對他露出一抹淺笑，聆聽他沉重的腳步聲一路延伸到走廊盡頭，等待厚重金屬門關上時那彷彿最終判決的悶響。

牢房欄杆外的走廊上突然有什麼在動。她的眼神立刻掃過去，原來是週日正義縮著身子坐在那裡盯著她，她的深色眼球對上牠的綠眼睛。

她的心跳加速。幾個星期以來，她一直獨自被關在這裡，而此刻卻出現了一隻能像巫師一樣在欄杆間穿梭的生物。來陪她。週日正義不再與她對望，沿著走廊望向有其他囚犯在說話的另一邊。奇雅好怕牠就這樣離自己而去，但牠又把眼神移回來，彷彿對自己非盡不可的義務感到無聊而眨了眨眼，接著輕鬆擠過欄杆縫隙，走進牢房。

奇雅大大吐了一口氣。悄聲說：「請留下來吧。」

這隻公貓非常從容，牠先是在牢房裡到處嗅聞，研究著每一面潮溼的牆壁、一條條裸露出來的管線，還有那座水槽，過程中始終沒理她。對牠來說，牆壁上的一道小裂縫就再有趣不過了，她光是看牠抖動的尾巴就知道。牠在小床邊結束了認識牢房的行程，接著跳上她的大腿，原地轉圈，大大的白色腳掌尋找她大腿上的柔軟區塊。奇雅一動也不動地坐著，兩隻手臂稍微懸空抬起，就怕影響到牠的動作。終於，牠在她的大腿上窩好，彷彿這輩子每天晚上都睡在此處的模樣。牠望著她，她則輕輕撫摩牠的頭，又搔搔牠的脖子，一陣響亮的呼嚕聲如同洪流般傾瀉而出。她因為感覺受接納而閉起雙眼。在這一生中，這是她的心少數不再深深感到飢渴的時刻。

她僵直地坐著，就怕不小心晃動了身體，但後來腿開始抽筋，只好為了伸展肌肉稍微改變姿勢。週日正義根本沒張開眼睛，直接從她身上滑下後蜷曲在一旁。她和衣躺下，跟貓依偎著彼此。她望著牠睡著的模樣，自己也跟著睡去，這次不是顛簸地墜入夢境，而是飄浮著進入一整片空曠的平靜之域。

她有在半夜醒來一次，看到仰睡的貓將前腳往一側伸長，後腳則伸向另一側。但等她清晨醒來時，貓已經不見了。她的喉頭無法克制地冒出一陣呻吟。

之後，傑考布站在她的牢房外，一手拿著早餐盤，一手打開牢房的門。「給妳帶燕麥粥來了，克拉克小姐。」

她接下盤子，「傑考布，那隻睡在法庭的黑白貓昨晚在這裡呢。」

「噢，真是太抱歉了，那是週日正義。有時牠會跟著我一起溜進來，我拿著晚餐盤也沒注意到，結果就把牠跟你們一起留在這裡啦。」他人很好，沒說是把他們一起「關」在這裡。

「沒事的，我喜歡牠待在這裡。如果之後在晚餐後看見牠，可以拜託你讓牠待下嗎？其他任何時候也可以。」

他溫和地望著她。「當然可以。我會注意的，克拉克小姐，我一定會。我能看出牠是個非常好的夥伴。」

「謝謝你，傑考布。」

傑考布當晚又來了。「這是吃的，克拉克小姐，是餐館買來的炸雞，還有馬鈴薯泥澆肉汁。希望妳今晚可以吃一些。」

奇雅起身接下餐盤，同時望向他的腳邊，「謝謝，傑考布。有看見那隻貓嗎？」

「沒，連影子也沒有。但我會替妳注意的。」

奇雅點點頭。她坐在床上盯著餐盤，那是她唯一能坐的地方。她在監獄裡的伙食比這輩子吃過的所有食物都好。她翻弄著雞肉，把奶油豆子推來推去，在好不容易獲得這些食物後卻失去了胃口。

她聽見門鎖轉開，厚重的金屬門被推開。

她又聽見走廊末端有傑考布說話的聲音，「去吧，週日正義先生。」

奇雅屏住呼吸，盯著牢房外的地板，沒過幾秒鐘，週日正義就走入她的視線。牠身上的花紋驚人地顯眼又柔和。這次牠沒有猶豫，直接進入牢房走向她。她把盤子放到地上，貓吃了雞肉——直接把雞腿在地上拖來拖去——還舔了肉汁，但沒碰奶油豆子。她從頭到尾微笑看著，然後用面紙把地板擦乾淨。

牠跳上床，和奇雅一起陷入了甜美夢鄉。

隔天，傑考布站在牢房外面。「克拉克小姐，妳又有訪客了。」

「是誰？」

「又是泰特先生。他來很多次了，克拉克小姐，不是帶東西來，就是要求見妳。妳今天不見他嗎？克拉克小姐？今天是星期六，也沒開庭，一直住在這裡也沒什麼事做。」

「好吧，傑考布。」

傑考布把她帶到之前和湯姆．米爾頓見面的昏暗小房間。就在她踏進那扇門時，泰特立刻從椅子上起身快速走向她。他輕輕露出一抹微笑，但眼神還是因爲她的處境而流露出一絲悲傷。

「奇雅，妳看起來不錯。我一直很擔心。謝謝妳願意見我。坐下吧。」兩人面對面坐在桌子兩側，傑考布在角落非常專心地讀著報紙。

「哈囉，泰特，謝謝你帶來的書。」她表現冷靜，但心已被撕碎成一片片。

「我還能爲妳做些什麼呢？」

「如果去我家附近的話，或許能餵餵那些海鷗。」

他微笑。「有，我一直有在餵牠們，大概每兩天餵一次。」他努力讓自己聽起來像是隨興去的，但其實他每天清晨和傍晚都會開車或開船去餵。

「謝謝你。」

「我一直都有在法庭上，奇雅，就坐在妳身後，但妳始終沒轉過來看，所以不知道妳有沒有發現。但我每次都在。」

她望向窗外。

「湯姆．米爾頓非常厲害，奇雅，或許是本區最厲害的一位了。他會讓妳離開這裡的，再撐一下就好。」

她還是沒說話，他於是繼續說：「等妳一離開這裡，我們就能像之前一樣去每一座潟湖探險。」

「泰特，拜託，你得忘了我。」

「我從來沒忘記妳，以後也不會，奇雅。」

「你知道我跟別人不同，我跟別人就是合不來。我無法加入你的世界。拜託了，難道你不明白嗎？我害怕再次靠近任何人。我做不到。」

「我不怪妳，奇雅，但是……」

「泰特，聽我說，這麼多年來，我始終在渴望他人的陪伴。我真心相信會有人留在我身邊，總有一天也能擁有真正的朋友和家人，還能在一些人身上找到歸屬感。但沒有人留下來。你沒有，我的家人也沒有。現在我終於學會怎麼處理這種處境，也知道如何保護自己了。但我現在無法跟你談這些。我很感謝你一直來這裡探望我，真的。或許之後某天我們可以成為朋友，但我現在沒辦法思考之後的事。在這裡沒辦法。」

「好，我了解。真的，我懂。」

短暫沉默後，他接著說：「大鵰鴞已經開始叫了。」

她點點頭，幾乎要露出微笑。

「噢，對了，昨天我去了妳家，妳不會相信的，有一隻公的庫柏鷹就停在妳家門前的階梯上。」

終於，她因為想到那隻老鷹露出了微笑。這是屬於她自己的祕密回憶之一。「嗯，我相信喲。」

十分鐘後，傑考布說會客時間到了，泰特必須離開。奇雅再次謝謝他來。

「我會繼續餵那些海鷗的，奇雅。之後也會再帶一些書過來。」

她搖搖頭，跟著傑考布離開。

45

紅帽子
一九七〇年

泰特來訪後的星期一早上，奇雅在法警的帶領下走入法庭，雙眼就跟之前一樣始終沒看向那些旁聽者，只是望入窗外樹林的幽暗深處。不過她聽見了一個熟悉的聲音，或許是一聲輕咳吧，總之她因此轉過頭。座位的第一排坐著泰特，另外還有跳跳和梅寶，梅寶戴著上教堂專用的女帽，帽子上還裝飾了絲綢玫瑰。他們和泰特一起走進來，還坐進樓下所謂的「白人」座位區，因此引起了周遭的一陣騷動。不過，法警將此事向還在辦公室的法官報告時，法官要他回去向大家宣佈：無論膚色或信仰爲何，大家在法庭內想坐哪就坐哪，對此不滿的人隨時可以離開。他甚至願意親自護送這些人離開。

看到跳跳和梅寶時，奇雅心中湧現了些許力量，背也稍微挺直了一些。

檢方的下一位證人是驗屍官史都華・孔恩醫生，他那頭逐漸灰白的頭髮剪得極短，眼鏡幾乎掛在鼻尖，這樣的習慣迫使他必須把頭往後仰，才有辦法透過鏡片看到目標。就在他回答艾瑞克的問題時，奇雅的心思飄到了那些海鷗身上。待在牢中這漫長的幾個月，她因爲擔心牠們而憔悴，但其實泰特一直在餵牠們。牠們並沒有遭到遺棄。她想到大紅，每次丟麵包屑給牠們吃時，大紅總是直接踏過她的腳趾。

驗屍官把頭往後仰，調整了一下眼鏡，這個舉動將奇雅的注意力帶回法庭上。

「所以，總結來說，根據你的證詞，柴斯．安德魯的死亡時間是在一九六九年十月二十九日的晚上十二點，到十月三十日的早上兩點之間。死因是從離地六十三呎的防火塔鐵柵門落下，腦部及脊椎受到嚴重損傷。落下的過程中，他的後腦杓撞到梁柱，從梁柱上採集到的血液及毛髮證實了這點。從你的專業角度來看，我說的都正確嗎？」

「正確。」

「那麼，孔恩醫生，像柴斯．安德魯這樣一位聰明又身體健壯的年輕男子，爲什麼會從打開的鐵柵門落下後死亡呢？爲了排除其中一種可能性，我想問的是，在他的血液中，有任何足以妨礙他判斷力的酒精或其他物質嗎？」

「沒有，我沒有發現。」

「根據之前拿給大家看的證據，柴斯．安德魯撞到梁柱的是後腦杓，不是額頭。」艾瑞克站在陪審團面前，接著往前踏出一大步。「往前走時，我的頭會比身體更往前傾一些，如果此時踩入眼前一個大洞，我的頭會因爲動量及重量往前衝，正確吧？若是這樣，柴斯．安德魯應該會撞到額頭才對。因此，孔恩醫生，柴斯是在後退時跌下的，這樣說對嗎？」

「沒錯，目前證據確實支持這個結論。」

「所以我們也能推論，若柴斯．安德魯背對著打開的鐵柵門站著，此時有人推了他一把，他就有可能往後倒，而不是往前傾，對嗎？」湯姆還沒來得及抗議，艾瑞克就立刻接著說：「我不是要你指出這些證據確實顯示有人把他往後推，並導致了他的死亡。我只是想清楚指出，若有人把柴斯往後推，讓他從洞中落下，他頭上因梁柱而產生的傷口符合目前我們看到的傷口，這樣說正確嗎？」

「正確。」

「好的。孔恩醫生，你在診所檢驗柴斯．安德魯的屍體時，也就是十月三十日早上，他有戴著一條貝殼項鍊嗎？」

「沒有。」

爲了壓抑逐漸升起的反胃感受，奇雅努力把注意力放在正在窗台上理毛的週日正義。牠把自己扭成一個幾乎是特技的姿勢：一條腿直直伸向空中，同時用舌頭舔著尾巴尖端內側。牠似乎完全沉浸在洗澡帶來的喜悅中。

幾分鐘之後，檢方問了，「柴斯．安德魯在死亡那晚是否穿著一件牛仔外套？」

「是的，沒錯。」

「根據你的正式報告，孔恩醫生，你是否有在外套上找到紅色的羊毛纖維？而且不是來自他自己身上衣物的纖維？」

「是。」

艾瑞克舉起一個裝了少許紅色羊毛的透明塑膠袋。「這就是在柴斯．安德魯外套上發現的紅色纖維嗎？」

「是。」

艾瑞克從桌上拿起一個較大的塑膠袋。「在柴斯外套上發現的羊毛纖維，是否跟這頂紅色帽子上的纖維吻合？」他把袋子遞給證人。

「是。這些都是我標記過的樣本，帽子的纖維與外套上的纖維完全吻合。」

「這頂帽子是在哪裡找到的？」

「警長在克拉克小姐住的地方找到了這頂帽子。」這不是大家知道的消息，群眾間立刻有各種耳語漣漪般傳開。

「有任何證據顯示她曾戴過這頂帽子嗎？」

「有，帽子裡有發現克拉克小姐的髮絲。」

在法庭上望著週日正義時，奇雅忍不住想，他們家之前為什麼沒養過寵物呢？一隻狗或貓也沒有。家裡唯一類似寵物的生物是一隻住在棚屋底下的母臭鼬——那是一隻毛皮絲滑、體態優美又漂亮的生物。媽都叫她香奈兒。

在幾次偶然相遇之後，他們家的人都認識了香奈兒，而牠也表現得非常有禮，只有在孩子鬧得太厲害時才會亮出防備姿態。牠總是來來去去，當有人上下屋前的磚板階梯時，牠偶爾會在距離人不到一呎處出現。

牠每年春天都會護著自己的一群孩子衝進橡樹林中，也會沿著沖流的岸邊前行。那些小臭鼬總是用短短的小腿跟在後面，有時撞到彼此，有時又跌到別人身上，遠看就是一堆黑白色塊亂糟糟地攪和在一起。

當然，爸總是威脅著要把牠趕走，不過早已比父親成熟許多的喬帝故意面無表情地說：「反正之後又會有其他臭鼬搬進來，我總覺得，家裡有隻你老早熟悉的臭鼬，比其他什麼來路不明的臭鼬好。」想到喬帝，她微笑起來，但又阻止了自己。

「所以，孔恩醫生，在柴斯．安德魯死亡那晚，也就是他從打開的鐵柵門跌下那晚——姿勢就跟被某人推下是一樣的——他外套上的纖維來自克拉克小姐住處中找到的一頂紅帽子，而且帽子裡還有克拉克小姐的髮絲？」

「對。」

「謝謝你，孔恩醫生。我沒有進一步的問題了。」

湯姆．米爾頓看了奇雅一眼，她正遙望著窗外的天空。他幾乎能看見法庭內的地板已經歪斜得讓所有人都倒向檢方了，而奇雅僵直又疏離的身體姿態如同冰雕，更對這種態勢毫無幫助。他把額前的白髮往後撥，走向驗屍官進行交互詰問。

「早安，孔恩醫生。」

「早安。」

「孔恩醫生，根據你的證詞，柴斯·安德魯後腦杓的傷口符合往後掉進柵門開口的狀態。若他是自己往後退，不小心從洞口掉下去，後腦杓撞傷的結果是否也跟目前的傷口狀況完全一致？」

「是。」

「他的胸口及手臂有任何顯示他受人推擠或撞擊的瘀青嗎？」

「沒有。當然，他全身都因爲掉落地面而產生了許多瘀青，不過大多集中在身體和腿的後側。沒有任何能明確顯示他受到推擠或撞擊的瘀青。」

「事實上，沒有任何證據或跡象能指出柴斯·安德魯是被推進那個開口的，對嗎？」

「沒錯。我沒有找到任何證據指出柴斯·安德魯是被推下去的。」

「所以，孔恩醫生，根據你相驗柴斯·安德魯屍體的專業意見，沒有證據能證明這不是意外，而是一場謀殺，對嗎？」

「確實沒有。」

湯姆不急著問下去，他想讓陪審員有時間消化、理解證人的回答。「那麼，我們來談談那些在柴斯外套上發現的紅色羊毛吧。我們有辦法確定那些纖維沾在外套上多久了嗎？」

「沒辦法。我們可以知道來自哪裡，但無法知道是何時沾上去的。」

「換句話說，那些纖維有可能沾在外套上一年了，甚至可能長達四年嗎？」

「是的。」

「就算外套都已經洗過了？」

「對。」

「所以，沒有證據顯示那些纖維是在柴斯死去當晚沾上的？」

「沒有。」

「有其他的證詞指出，被告在柴斯．安德魯死前四年就認識他了。所以你的意思是，在這四年間的任何一個時間點，只要他們見面時各自穿戴著那件外套及帽子，纖維就有可能從帽子轉移到外套上？」

「根據我到目前爲止的觀察，是這樣沒錯。」

「所以，光靠紅色纖維，我們無法證明在柴斯死亡當晚，克拉克小姐確實跟他在一起。有任何證據顯示，克拉克小姐在那天晚上距離柴斯．安德魯非常近嗎？舉例來說，他的身上有她的皮屑嗎？他的指甲縫裡面呢？他的外套鈕釦或壓釦上有她的指紋嗎？他的衣物或身體上有她的髮絲嗎？」

「沒有。」

「所以，事實上，這些纖維有可能在他的外套上沾了長達四年，而目前沒有任何證據或跡象顯示，在柴斯．安德魯死去當晚，凱瑟琳．克拉克小姐曾經接近過柴斯．安德魯？」

「根據我的檢查結果，這樣說沒錯。」

「謝謝你。沒有其他問題了。」

希姆斯法官宣佈提早進入午餐休息時間。

湯姆碰了碰奇雅的手肘，小聲表示這是一次進行得很好的交互詰問。她聽了點點頭。此時法庭內的人陸續站起來伸展身體，但幾乎全是在看到她被銬起帶離房間後才真正離開。

傑考布離開她的牢房，腳步聲沿走廊迴盪著，此時奇雅沉重地在床上坐下。她被關進監獄時，警方不讓她帶著背包，但允許她用牛皮紙袋裝一些包包內的物件進來。她把手伸進紙袋，掏出一張紙條，上頭寫了喬帝的電話號碼和地址。自從來這裡之後，她每天都望著那張紙條，也一直想打電話給哥哥，希望他能來陪自己。她知道他會來，傑考布也說她可以打電話，但她始終沒這麼做。她該怎麼說呢？*請來找我，我在牢裡，現在是謀殺嫌疑犯？*

她小心翼翼地把紙條放回袋子裡，拿起泰特之前給她的一次大戰用指南針。她任由盤面的針往北轉，等它指向正確的方向，然後把指南針緊緊壓在心口。沒有任何地方比身處監獄更需要指南針了。

然後，她悄聲朗誦了艾蜜莉·狄金森的詩句：

掃淨心房
將愛收起
我們不該再渴望愛
永遠不再

46

世界之王
一九六九年

陽光和煦，九月的海洋和天空閃耀著淺淺的藍。奇雅爲了巴士時刻表轟隆隆開著小船前往跳跳的店。光是想到必須和一群陌生人坐車到陌生鎮上，她就緊張到不行，但又想跟編輯羅伯・佛斯特見上一面。過去兩年多來，他們一直是透過書信來往，其中有些信甚至寫得很長，內容大多是討論在編輯文字及圖像過程中需要進行的調整。這些通信內容往往以生物詞彙爲主，再融入一些詩意描述，逐漸鎔鑄爲一種建立起兩人情誼的特殊語言。她想見見這位在信件另一頭的人，他很清楚尋常光線如何透過各種細微折射碎散在蜂鳥的羽毛上，創造出蜂鳥喉頭那片金紅色的光澤，而且還知道如何透過文字描繪出這些令人驚豔的色彩。

就在她踏上碼頭之際，跳跳跟她打了招呼，問她是否需要汽油。

「不，謝了，這次不用。我需要抄一下巴士時刻表。你有一份，對吧？」

「當然。就貼在那面牆上，門的左邊。妳自己來。」

等她抄好時刻表，從店裡走出來後，他問：「要去哪裡旅行嗎？奇雅小姐？」

「也許。我的編輯邀請我去格林維爾跟他見面，但我還沒確定要去。」

「這樣呀，眞不錯呢。去那裡可有一段距離，不過來趟旅行應該對妳有好處。」

奇雅轉身準備回船上時，跳跳彎腰靠近，仔細看了看她。「奇雅小姐，妳的眼睛怎麼啦？

還有妳的臉？看起來是被人揍了，奇雅小姐。」她迅速把臉別開。柴斯揮拳留下的瘀青已經有一個月了，現在幾乎只剩一點淺黃痕跡，奇雅還以爲不會有人注意。

「沒有，我只是自己撞上門——」

「別跟我編故事了，奇雅小姐。我可不是第一天出來混的。是誰揍妳的？」

她呆站著，沒說話。

「是柴斯先生對妳這麼做的嗎？妳知道妳可以告訴我吧。我老實跟妳說，除非妳告訴我，不然我們就一直站在這裡。」

「對，就是柴斯。」奇雅不敢相信自己眞的親口說了出來。她從未想過能把這件事告訴任何人。她再次別開臉，努力忍住眼淚。

跳跳皺起整張臉，有好幾秒沒說話。接著他說：「他還做了什麼？」

「沒做什麼。我發誓。他有試著做些什麼，但我全力阻止他了。」

「那個男人該被鞭打後趕出鎭上。」

「跳跳，拜託，別告訴任何人。你知道你不能跟警長或任何人說。他們會把我拖到警長辦公室，然後逼我跟一堆男人說明。我沒辦法經歷這些。」奇雅把臉埋入雙手中。

「可是我們總得做些什麼。他不能幹了這種事之後，還開著那艘時髦遊艇在這一帶招搖，擺出一副稱霸世界的模樣。」

「跳跳，你知道這個世界就是這樣。他們一定會站在他那邊，還會說都是我在找麻煩，可能還會說是我想從他爸媽那裡騙錢之類的。你想想看，要是有色鎭有個女孩指控柴斯·安德魯攻擊自己，還強暴未遂，那會發生什麼事？警方什麼都不會做。什麼都不會。」奇雅說話的口氣愈來愈淒厲。「最後那個女孩一定會惹上大麻煩。報紙也會針對這條新聞大寫特寫。大家還會指控她是妓女。對，我也會落得那種下場，你很清楚。答應我，絕對別告訴別人。」她最後哭了起來。

「妳說的沒錯，奇雅小姐。我知道妳是對的。別擔心，我不會做任何讓妳爲難的事。但妳怎麼知道他不會再來找麻煩？更何況，妳大多時候都待在沒有其他人的地方。」

「我之前一直有好好保護自己。這次之所以出事，只是因爲我沒聽見他接近的聲音。我會好好保護自己，跳跳，如果確定要去格林維爾，回來後我或許會在閱讀小屋住一陣子。我想柴斯不知道那地方。」

「好吧，那就這樣。但我希望妳常來這裡，我希望妳沒事就來一趟，讓我知道情況如何。妳知道妳隨時可以來我和梅寶家住。妳很清楚。」

「謝謝，跳跳，我知道。」

「妳什麼時候要去格林維爾？」

「我不確定。編輯信裡說十月底。我還沒開始規劃，甚至還沒接受他的邀請。」她知道自己必須在瘀青完全消退後才可以去。

「嗯，那妳再讓我知道何時出發，還有何時回來，聽到了嗎？妳要是離開鎮上了，我得知道。不然要是一、兩天沒見到妳，我就會親自去妳住的地方確認了，如果有必要的話還會帶上一大群人。」

「知道了。謝謝你，跳跳。」

47

專家
一九七〇年

檢察官艾瑞克·柴斯汀質詢警長時，問了有關兩個男孩在十月三十日的防火塔底下發現屍體的經過，還有醫生的檢驗報告和初步調查結果。

接著艾瑞克繼續問：「警長，請告訴我們，你爲什麼認爲柴斯·安德魯從塔上跌落不是一場意外？你爲什麼覺得這是有人犯下的罪行？」

「嗯，首先我注意到，柴斯的屍體周遭沒有任何腳印，就連他自己的也沒有。只有發現他屍體的男孩後來留下的腳印。所以我猜想，是有人爲了湮滅證據除掉那些腳印了。」

「警長，現場也沒有任何指紋和交通工具留下的痕跡，是眞的嗎？」

「對，是這樣沒錯。實驗室的報告也指出，防火塔上沒有最近留下的指紋。就連鐵柵門上也沒有，而那是必須靠人才能打開的門。我和副警長到處去找了交通工具留下的蛛絲馬跡，但完全沒找到。這些跡象全顯示有人在刻意湮滅證據。」

「因此，根據實驗室的報告，克拉克小姐紅帽子上的羊毛，就跟柴斯當天晚上穿的外套上的纖維一樣，而得知消息的時候，你……」

「抗議，法官大人。」湯姆說，「這是引導證人。此外，透過證詞，我們已經確認，那些來自克拉克小姐衣物上的紅色纖維，有可能是在十月二十九到三十日之前就轉移到安德魯先生的衣物上了。」

「抗議成立。」法官大聲宣佈。

「沒有進一步問題了。換你質詢。」艾瑞克本來就知道，對檢方而言，警長能提供的證詞實在很薄弱——在沒有犯案凶器、指紋、腳印或卡車胎痕的前提下，他能帶來的幫助有限——不過，目前還有很多「好料」足以讓陪審團相信有人殺了柴斯，再考量紅色纖維的存在，那個人很可能就是克拉克小姐。

湯姆．米爾頓走向證人席。「警長，你或是任何人有請專家去尋找腳印，或者尋找任何腳印被湮滅的證據嗎？」

「沒這個必要。我就是專家。我受過的專業訓練就包括腳印搜查，不需要另一個專家。」

「我明白了。所以有任何腳印被從地面抹消的證據嗎？我的意思是，舉例來說，是否有灌木及樹枝被用來遮蓋腳印的痕跡？又或者是有泥巴被移來覆蓋在另一片泥地上？有任何證據或照片可以指出有人這麼做過嗎？」

「沒有。我之所以來這裡，是爲了以專家的身分作證，指出防火塔底下只有我們和那兩個男孩的足跡，所以一定是有人把原本的足跡弄掉了。」

「好，但是，警長，溼地就是會有潮汐起落，這是溼地的物理現象，而地下水——雖然離潮汐很遠——也會湧出又消退，導致有些區域本來是乾的，卻在沒過幾小時後就有水再次湧出。許多區域正因爲有水湧出浸溼泥土，導致原本留在泥地上的痕跡消失，例如腳印，而且是消失得乾乾淨淨。這種情況存在嗎？」

「嗯，是啦，是有可能。但沒有證據顯示曾經發生這種狀況。」

「我這裡有十月二十九日晚上和三十日早上的潮汐時間表，請看，傑克森警長，上面顯示，潮汐最低的時候大概是在午夜，因此，柴斯是在那時候走到防火塔，爬上樓梯，也一定因此在潮溼的泥地上留下足跡。然後等到漲潮及地下水湧起時，他留下的足跡就消失了。正因如此，你和那兩個男孩留下了很深的腳印，而柴斯的腳印卻消失了。你是否同意這種情況確實可能發生呢？」

奇雅稍微點了點頭——自從審判開始後，這是她第一次對證詞表現出反應。她曾數次目睹溼地的水吞噬掉前一天留在地面的痕跡：可能是溪水旁的鹿腳印，也可能是在死去幼鹿身旁遺下的山貓腳印，總之全都消失了。

警長回答，「呃，我從來沒見過有痕跡能被消除得如此徹底，所以，我也不確定。」

「不過，警長，正如你所說，你是專家，在搜尋腳印方面受過專業訓練，但你又說，你不知道這種常見的情況是否有在那天晚上發生？」

「哎，要證明是否可能發生這種狀況，其實也不難，不是嗎？直接在退潮時去弄出一些足跡，然後看漲潮時是否還在就好了。」

「沒錯，要證明也不難，那爲什麼沒有人試著這麼做呢？我們現在在法庭內，而你沒有任何證據可以證明有人爲了掩蓋罪行而抹去足跡。更有可能的情況是，柴斯．安德魯確實在防火塔下留下了腳印，但卻被湧升的地下水沖掉了。如果有朋友因爲好玩而跟他一起爬上防火塔，他們的腳印也一樣會消失。在這種非常可能發生的情況中，實在沒有任何人犯下任何罪行的跡象，我說的正確嗎？警長？」

艾德的眼神往左邊閃去，接著往右、往左，又往右掃視，彷彿在尋找寫在牆面上的答案。人們開始在長板凳上躁動不安。

「警長？」湯姆又問了一次。

「根據我的專業意見，就這個案子而言，平日定期湧升的地下水就算把足跡沖掉，也不可能沖得如此一乾二淨。不過，由於確實沒有掩蓋足跡的跡象，我們無法只因爲找不到腳印，就認定有人犯罪，但是——」

「謝謝你。」湯姆轉身對陪審團重複警長的答案。「我們無法只因爲找不到腳印，就認定有人犯罪。現在我們繼續，警長，防火塔頂端那扇開著的鐵柵門呢？你有試圖在上面尋找克拉克小姐的指紋嗎？」

「有，我們當然有。」

「你有在柵門或塔的任何地方找到她的指紋嗎？」

「沒有，是沒有，但我們也沒找到其他人的指紋，所以……」

法官傾身靠了過去。「只要回答問題就好，艾德。」

「那毛髮呢？克拉克小姐留著一頭黑色長髮——如果她一路爬到塔頂，還在平台上忙著一些有的沒的，比如打開柵門之類的，我想應該會留下一些髮絲吧？你有找到嗎？」

「沒有。」警長的額頭開始因爲汗水而發亮。

「驗屍官作證指出，在相驗過柴斯的屍體後，沒有任何證據顯示克拉克小姐當晚有接近他的身邊。噢，確實有那些所謂的纖維，但可能已經沾在那裡四年了。而現在，你是在告訴我們，關於克拉克小姐當晚在那座塔上的證據，你其實完全沒有掌握到。這樣說正確嗎？」

「對。」

「所以在柴斯．安德魯從防火塔跌落而死的當晚，我們沒有可以證明克拉克小姐身處防火塔上的證據，正確嗎？」

「我剛剛就是這麼說的。」

「這個答覆是肯定的嗎？」

「沒錯，就是這樣。」

「警長，防火塔頂端的鐵柵門，是不是很常有小孩子跑上去玩，然後打開就忘了關呢？」

「對，偶爾會有人忘記關那些柵門，但就像我之前所說，通常會被忘記關上的是階梯頂端的那扇，而不是其他扇。」

「不過，是否正因爲階梯頂端那扇柵門及其他柵門偶爾會被人忘了關上，你的辦公室認爲這個狀況很危險，所以曾書面申請要求美國國家森林局進行處理？」湯姆將一張文件拿到警長面前。「這是否爲去年七月十八日交給森林局的正式文件？」警長盯著那張紙。

「對，沒錯。」

「提出這項要求的人是？」

「就是我。」

「所以，就在柴斯·安德魯因爲防火塔打開的柵門跌死的短短三個月前，你曾提出書面申請，要求森林局關閉這座防火塔，或者加強這些柵門的安全，以避免任何人受傷。這樣說正確嗎？」

「正確。」

「警長，你是否能對著整個法庭，讀出你在這份文件上寫的最後一行字？只要最後一行字就好，這裡。」他把文件遞給警長，手指著那行字。

警長將這行字在庭上大聲朗誦出來，「我必須重申，這些柵門非常危險，若沒有採取行動，很可能會有人嚴重受傷，甚至因此死亡。」

「沒有其他問題了。」

48 旅行 一九六九年

一九六九年十月二十八日，決心遵守承諾的奇雅悠哉駕船到跳跳的碼頭道別，然後來到鎮上碼頭，此時漁民和捕蝦工人一如往常地停下手邊工作，直愣愣盯著她瞧。她沒管他們，只是把船綁好，拖著從媽的舊衣櫥深處挖出來的硬紙板提箱走上主街。她沒有女式提包，所以只扛來一個塞滿書的背包，其中還裝了火腿、比司吉和少量現金。至於剩下的大半版稅則裝在錫罐中，埋在潟湖附近。她身上穿戴了西爾斯百貨買的棕色裙子、白色女式上衣，和平底鞋，可說是生平第一次看起來像個普通人。附近忙進忙出的店主人不是在招呼客人，就是在打掃人行道，但此時每個人都盯著她瞧。

她站在街角「巴士站」的站牌底下，終於，「小道公司」的巴士氣閘發出嘶嘶的聲響，停下後剛好擋住了海的景觀。沒有人上車或下車，奇雅往前走，向司機買了一張前往格林維爾的車票。她問起回程的日期和時間，他於是遞上一張印刷好的時刻表，並幫她把行李搬去放好。她緊抓著背包上車，在還來不及細想之前，這台幾乎跟整座小鎮一樣長的巴士已經駛離了巴克利小村。

兩天之後的下午一點十六分，奇雅從駛自格林維爾村的「小道公司」巴士下車。這次周遭有更多村民在場，大家望著她隨意地甩動披肩長髮，從司機手中接下行李箱。她跨越主街走向碼頭，踏上自己的船，直接往家的方向開去。她想去跳跳那裡一趟，讓他知道自己回來了，這是她答應過的事，但有許多船在他的碼頭邊排隊等著加油，所以她打算隔天再來，這樣也能趕快回到海鷗身邊。

因此，隔天的十月三十一日，她把船停到跳跳的碼頭邊，喊他，他從他的小店內走出來。

「嘿，跳跳，我是來讓你知道，我已經回來囉。昨天就回來了。」他走向她，沒說話。

她才踏上跳跳的碼頭，他就開口了，「奇雅小姐。我……」

她歪著頭。「怎麼了？有什麼問題嗎？」

他站在那裡盯著她。「奇雅，妳有聽說柴斯先生的事嗎？」

「沒有，發生什麼事了？」

他搖搖頭。「柴斯．安德魯死了。就在妳去格林維爾那晚的半夜。」

「什麼？」奇雅和跳跳都認眞在彼此眼神中搜索著什麼。

「昨天早上，他們在那座舊防火塔底下發現了他，還有……嗯，他們說他的脖子斷了，頭骨也直接摔爛了。他們認爲他是直接從塔頂摔下來。」

奇雅的嘴巴仍闔不起來。

跳跳繼續說。「整個小鎭都議論紛紛。有些人認爲那就是場意外，但有些耳語，那些人說警長不是那麼肯定。柴斯的母親氣壞了，說一定是有人犯罪。簡直是一團亂。」

奇雅問：「爲什麼覺得有人犯罪……？」

「防火塔上有一扇鐵柵門開著，他就是直直從那裡掉下來，他們覺得這點很可疑。有些人說，因爲總有孩子跑上去胡鬧，那些柵門本來就常常開著沒關，柴斯先生很可能就是因此意外跌下。但還是有人覺得是謀殺。」

奇雅沒說話，所以跳跳繼續說：「其中一個原因是，柴斯先生被發現時，脖子上沒戴著多年來一直戴著的貝殼項鍊。他妻子說，他在那天晚上離家去跟家人聚餐前都還戴著。他一直都戴著，她這麼說。」

她因爲聽到項鍊的事而感到口乾舌燥。

「還有，那兩個發現柴斯的小孩宣稱，他們聽警長說現場沒發現任何腳印，一個都沒有，就像是有人把證據都清掉了。那兩個傢伙在鎮上到處講個不停。」

跳跳把葬禮的時間告訴了奇雅，但知道她不會去。要是她眞去了，那場面一定會成爲各個社交場合及聖經研究會中的熱門話題。可以確定的是，各種推論及耳語中都有出現奇雅的名字。**感謝上帝讓奇雅在他死掉當晚身處格林維爾，不然大家一定會把這事算到她頭上，**跳跳心想。

奇雅對著跳跳點頭，然後開船回家。她站在潟湖的泥岸邊，口中悄聲唸出亞曼達・漢彌爾頓的詩句：

「永遠不要低估
人心
可以做出
大腦多麼無法理解的事。
人心除了感受還能下達命令。
不然你要怎麼解釋
我選擇走上的這條

也是你走過的這條
穿越困境的漫長道路？」

49

喬裝
一九七〇年

下一位宣誓後作證的證人是賴瑞．普萊斯先生，他有一頭剪得很短的白色鬈髮，身穿一套充滿廉價感的藍色西裝，他是「小道公司」在北卡羅來納州這區負責駕駛眾多巴士路線的司機。艾瑞克詰問證人時，普萊斯先生證實，任何人確實都可以從格林維爾搭巴士來巴克利海灣小村，然後在同一個晚上搭巴士回去。他同時也指出，在柴斯死去那晚，正是他駕駛巴士從格林維爾回到巴克利海灣，但沒見到任何像是克拉克小姐的人。

艾瑞克說：「是這樣的，普萊斯先生，在調查過程中，你跟警長說有看到一名瘦瘦的乘客，認爲可能是一名很高的女性喬裝成男性，正確嗎？請描述一下那位乘客。」

「對，沒錯。有一名年輕的白人男子。大概五呎十吋高吧，身上的長褲鬆垮垮的，像是掛在欄杆上的床單。他戴著一頂很大的鴨舌帽，藍色的，頭垂得很低，眼睛沒看任何人。」

「既然已經見過克拉克小姐了，你認爲那名在巴士上瘦巴巴的男子，是否有可能是克拉克小姐喬裝的呢？她的長髮是否可能藏在那頂大鴨舌帽裡？」

「是，我認爲有可能。」

艾瑞克要求法官請奇雅起立，她在湯姆．米爾頓的陪伴下站了起來。

「妳可以坐下了，克拉克小姐。」艾瑞克對她說，接著又問證人：「如果我說，巴士上那名年輕男子的身高及身材跟克拉克小姐一樣，你認爲呢？」

「我認爲幾乎完全一樣。」普萊斯先生說。

「因此，考量所有條件，若我現在說，在去年的十月二十九日晚上，有一名瘦巴巴的男子在晚上十一點五十分從格林維爾村坐巴士到巴克利小村，而那名男子就是克拉克小姐的話，你覺得有可能嗎？」

「是，我認爲非常有可能。」

「謝謝你，普萊斯先生。沒有其他問題了。換你詰問。」

湯姆站在證人席前方，在問了普萊斯先生五分鐘的問題之後，他總結表示，「你所告訴我們的資訊如下：第一，一九六九年十月二十九日晚上，沒有任何像被告的女子從格林維爾村坐巴士到巴克利海灣小村；第二，有一名高高瘦瘦的男子在巴士上，但當時即便你非常近距離地看到了他的臉，也沒有覺得那是一個喬裝成男人的女人；第三，是在警長暗示之後，你才開始思考有人喬裝的可能性。」

證人還來不及回應，湯姆就繼續說了下去，「普萊斯先生，請告訴我們，你要如何確定那個瘦瘦的男子是在十月二十九日晚上十一點五十分的巴士上？你有做筆記嗎？有在哪裡寫下來嗎？說不定是前一天晚上或隔天晚上呀。你百分之百確定就是十月二十九日的晚上嗎？」

「嗯，我知道你想表達什麼。確實，警長要我回憶的時候，我非常相信那名男子就在車上，但現在我又不覺得百分之百確定了。」

「此外，那班巴士的時間已經接近深夜了，不是嗎？事實上，那班車還晚了二十五分鐘，一直到凌晨一點四十分才抵達巴克利海灣，正確嗎？」

「對。」普萊斯先生望向艾瑞克。「我來這裡只是想幫忙，想做點正確的事。」

湯姆安撫他。「你幫了很大的忙，普萊斯先生。很謝謝你，沒有其他問題了。」

艾瑞克傳喚了下一位證人，在十月三十日凌晨兩點三十分，就是這位約翰・金恩先生負責從巴克利海灣小村駕駛巴士到格林維爾。根據他的證詞，被告克拉克小姐不在巴士上，但有一位年紀較大的女士：「……身高跟克拉克小姐差不多。她有一頭鬈曲的灰短髮，應該是燙過的頭髮。」

「看著被告，金恩先生，如果克拉克小姐喬裝成一位年紀稍長的女士，看起來是否有可能像是那位巴士上的女士呢？」

「欸，其實有點難想像。可能吧。」

「所以是有可能囉？」

「是的，我猜是有這個可能。」

換湯姆質詢證人時，他說了，「在謀殺案的審判中，我們無法接受『猜測』這種說法。一九六九年十月三十日凌晨兩點半，從巴克利海灣小村開到格林維爾的巴士上，妳有看到被告嗎？」

「沒有，我沒看到。」

「那天晚上，有任何其他巴士從巴克利海灣開到格林維爾嗎？」

「沒有。」

50

日誌
一九七〇年

隔天被帶進法庭時，奇雅的眼神掃向泰特、跳跳和梅寶，然後在看見某個穿了全套軍裝的人時屏住呼吸。對方的那張疤臉浮現了一抹微笑，是喬帝。她稍微向他點了點頭，但內心也疑惑他是怎麼知道這場審判。可能是因為亞特蘭大那邊的報紙吧。她羞愧地低下了頭。

艾瑞克起立，「法官大人，若庭上沒有意見，檢方傳喚安德魯太太。」就在哀痛欲絕的母親佩蒂．樂芙走向證人席時，庭內所有人開始竊竊私語。望著那名她曾以為能成為自己婆婆的女士，奇雅才意識到當初這個想法有多荒唐。即便是在這樣一個陰沉的場景中，穿著精緻黑絲綢連身裙的佩蒂．樂芙似乎都仍沉浸於自己的裝扮，以及成為目光焦點的這個時刻。她身體坐得很直，閃亮的滑面皮包擱在大腿上，深色髮絲在帽子下綰成一個完美無缺的小髻。那頂帽子稍微傾斜，在她眼前垂下一片浮誇的黑色網布。這種女人絕不會接受光腳住在溼地的人跟自己的兒子結婚。

「安德魯太太，我知道這樣做對妳來說並不容易，我盡可能不花太多時間。妳的兒子柴斯．安德魯是否有戴一條掛了貝殼的生獸皮繩項鍊？」

「是的，沒錯。」

「他何時會戴那條項鍊？戴的頻率為何？」

「一直都戴著，從沒拿下來過。那四年來，我沒看過他取下項鍊。」

艾瑞克把一本皮面日誌遞給安德魯太太。「請告訴大家，妳認得這個本子嗎？」

奇雅盯著地板，嘴唇扭曲起來，對於自己的隱私遭侵犯深感憤怒，因爲檢方把她做的那本日誌在法庭上展示給所有人看。在和柴斯認識沒多久後，她就做了這本日誌。她一生中幾乎沒享受過什麼送禮的樂趣，那是一種很少人能理解的匱乏。當時她花了幾天幾夜做出這本日誌，以牛皮紙包裹，還用鮮綠的蕨葉及雪雁的白羽毛裝飾，然後在柴斯從遊艇踏上潟湖岸時將禮物遞上。

「這是什麼？」

「就是送給你的一個小東西。」她微笑著說。

這本日誌透過繪畫訴說了兩人共度的時光。第一幅墨水畫素描了兩人坐在漂流木上的場景，畫中的柴斯正吹著口琴。奇雅以印刷體手寫上海燕麥及散落各處的貝殼的拉丁學名。而透過一道道奔放的水彩筆觸，我們可以看見柴斯的遊艇在月光中漂蕩。下一幅是抽象概念的畫作，有好奇的鼠海豚環繞在船邊游動，雲上漂浮著〈麥可划船上岸〉的字樣。另外還有一幅畫了銀白的海灘，而她就在海灘上的銀白海鷗間打轉。

柴斯驚豔地翻看，手指掃過其中一些畫作，有時還看得笑出來，但大多時候是沉默地點著頭。

「我沒收過這種東西。」他傾身擁抱她，「謝謝妳，奇雅。」他們在沙地上坐了一陣子，身上裹著毛毯，兩人牽著手閒聊。

奇雅還記得自己的心是如何因爲送出禮物而喜悅地猛擊著。她從沒想過還會有任何人看見這本日誌，更沒想到會被拿來當作呈堂證供。

佩蒂・樂芙回答艾瑞克的問題時，奇雅沒望向她。「那是一系列克拉克小姐爲柴斯畫的作品，是她送給他的禮物。」佩蒂・樂芙記得自己是在打掃柴斯的房間時，從一疊相本底下找到了這本日誌，柴斯應該是不希望被發現才放在那裡。她當時坐在柴斯的床上，翻開厚重封面，日誌中用墨水詳細描繪了她兒子和那個女孩並肩躺在漂流木上的畫面：那個「沼澤女孩」。她的寶貝柴斯竟跟那種廢物來往。她幾乎無法呼吸。要是人們發現了怎麼辦？她先是渾身發冷，接著不停冒汗，開始暈眩。

「安德魯太太，是否能請妳說明，妳在被告克拉克小姐的這幅畫裡看到了什麼？」

「畫了柴斯和克拉克小姐在防火塔的頂端。」法庭內又開始有低語聲四處流竄。

「還有什麼？」

「就在兩人的雙手之間，可以看出來，她正在送貝殼項鍊給他。」

然後他就再也沒把項鍊拿下來了，佩蒂・樂芙心想。我以為我兒子什麼都告訴我。我以為跟其他母親相比，我跟兒子的感情算很好，我一直這麼認為。但我卻對此一無所知。

「所以，因爲他曾親口告知，再加上這本日誌，妳知道兒子有在跟克拉克小姐來往，也知道是她送了他那條項鍊？」

「對。」

「十月二十九日，柴斯去你們家吃晚餐時，有戴著那條項鍊嗎？」

「有，他直到十一點多才離開，那時候還戴著項鍊。」

「隔天等你去診所認屍時，他還戴著項鍊嗎？」

「沒有，他沒戴。」

「妳知道除了克拉克小姐之外，還有誰可能會想拿走項鍊嗎？」

「沒有。」

「抗議，法官大人。」坐在座位上的湯姆立刻提出抗議。「傳聞。要求證人臆測事實。她無法論及他人行事之理由。」

「抗議成立。陪審團，你們必須無視最後一個提問及答案。」接著法官如同鵝一樣伸長脖子，低下頭對檢察官說：「小心一點，艾瑞克，老天在上!你不是要這種手段的人才對。」

艾瑞克沒有因此表現出絲毫膽怯，「好吧，我們從她自己的畫中得知，被告克拉克小姐至少曾和柴斯爬上防火塔一次，也知道她送了貝殼項鍊給他。而且直到死去當晚，他都一直戴著那條項鍊，之後就消失了。這樣說正確嗎？」

「正確。」

「謝謝你，我沒有其他問題了。換你了。」

「沒有問題。」湯姆說。

51

月缺
一九七〇年

法庭上的語言當然不如溼地的語言來得詩意。不過奇雅可以看出兩者本質上的相似之處。法官顯然就是群體中最強勢的雄性，地位穩固，氣勢驚人，但由於佔有領地優勢，所以態度放鬆、絲毫沒有受到任何威脅，就像是野豬。同樣的，湯姆·米爾頓也散發自信氣息，舉止及立場的輕鬆程度與法官不相上下。你可以把他視為一頭強壯有力的雄鹿。另一方面，檢察官則必須仰賴色彩明亮的寬領帶和寬肩西裝外套來提升自己的地位。他試著透過揮舞手臂及提高音量來增添自己的分量，就像相對弱勢的雄性必須靠著大吼大叫來獲得關注。法警代表的是地位最低的雄性，這種人必須透過皮帶上掛著閃閃發亮的手槍、一大捆哐啷哐啷響的鑰匙，還有笨重的對講機來打腫臉充胖子。**優勢階層能維繫大自然的群體穩定，就連不那麼自然的群體也一樣**，奇雅心想。

檢察官打著赤紅色的領帶，整個人色彩鮮麗地走向庭前傳喚下一個證人海爾·米勒。這名骨瘦如柴的二十八歲男子頂著一頭蓬亂棕髮。

「米勒先生，請告訴我們，在一九六九年十月二十九日到三十日的晚上，大約是清晨一點四十五分時，你在哪裡？看到了什麼？」

「我和艾倫·杭特在提姆·歐尼爾的捕蝦船上工作，當時已經很晚了，我們的船正駛回巴克利小村的港口。然後我們看見了她，就是克拉克小姐，她駕著船出現在距離我們大約一哩之外的海灣東側，正往北北西方向前進。」

「這是前往哪裡的航道？」

「直直通往靠近防火塔的小海灣。」

法庭上立刻爆開一波低沉的耳語，而且持續了整整一分多鐘，一直到希姆斯法官敲槌遏止才停歇。

「她難道不可能是去其他地方嗎？」

「這個，我想是有可能，但那個方向什麼都沒有，只有好幾哩長的亂糟糟雜木林。除了防火塔之外，我不知道還有什麼地方能去。」

氣溫開始在躁動不安的法庭內升高，女士們搖動起老式喪扇。睡在窗台上的週日正義突然俐落跳下地板，走向奇雅，第一次在法庭內摩擦她的腿，再跳上她的大腿趴好。艾瑞克停止說話，望向法官，或許正在考慮針對這種明目張膽的偏袒行爲提出抗議，但法律上似乎沒有這方面先例。

「你怎麼確定那就是克拉克小姐？」

「噢，我們都認得她的船。這些年來，她到哪裡都是開著她那艘船。」

「船上有燈嗎？」

「沒有，沒有點燈，如果沒看到她，我們可能就要撞到她了。」

「但天黑後開船沒點燈不是違法嗎？」

「對呀，應該點盞燈的，但她沒有。」

「所以，柴斯．安德魯死在防火塔上前，克拉克小姐正開船往那個方向去，就在他死去的幾分鐘前。這樣說正確嗎？」

「對，就我們看來是如此。」

艾瑞克坐下。

湯姆走向證人。「早安，米勒先生。」

「早安。」

「米勒先生，你在提姆．歐尼爾的捕蝦船上工作多久了？」

「到現在已經三年了。」

「那麼，請告訴我，十月二十九日到三十日時，月亮是幾點升起的呢？」

「當時是月缺，所以是等我們把船停到巴克利時，月亮才升起。我想大概是凌晨兩點多的時候吧。」

「我明白了。所以那天晚上，當你看到一艘小船在巴克利海灣附近行駛時，其實沒有任何月光。四周一定非常暗吧。」

「沒錯，是很暗。天上是有一些星光，但，沒錯，是挺暗的。」

「能否請你告訴我們，那天晚上，克拉克小姐駕船經過你們的船時，身上穿了什麼樣式的衣服呢？」

「呃，我們沒有距離她那麼近，看不到她穿什麼。」

「噢？你們沒有近到能看見她穿什麼。」湯姆在他這麼說時看向陪審團。「那麼，你們距離她有多遠？」

「我想至少有六十碼吧？」

「六十碼。」湯姆再次望向陪審團。「若要在黑暗中看清楚那艘小船，六十碼算是很遠的距離。告訴我，米勒先生，究竟是什麼樣的特徵，或是船上這個人的哪些特質，讓你確信那就是克拉克小姐？」

「嗯，正如我所說，鎮上幾乎所有人都認得那艘船，無論近看或遠看都認得出來。我們知道那艘船的形狀，以及她坐在船尾的身影，就是高高瘦瘦那樣。那是個非常好認的身形。」

「非常好認的身形。所以，任何人只要身形如此，任何同樣高高瘦瘦的人只要駕著同樣類型的船，看起來就會像克拉克小姐，正確嗎？」

「我想，確實可能有其他人看起來像克拉克小姐，但我們很了解這一帶的船和船主人的樣子，你懂嗎？畢竟我們一天到晚都在出海。」

「但是，米勒先生，請容我提醒你，這是一場謀殺案審判。沒什麼比這更嚴肅了，因此我們必須要百分之百確定才行。我們不能只因為在黑暗中的六十碼外看到的『身形』或『樣子』來下判斷。所以，請問，關於你在一九六九年十月二十九日到三十日那個晚上看到的人，你能否篤定地告訴我們，那個人就是克拉克小姐？」

「呃，不行，我無法完全確定。之前我也從沒說我能百分之百確定那個人就是她。但我相當確——」

「我問完了，米勒先生，謝謝你。」

希姆斯法官問了，「再次訊問嗎？艾瑞克？」

艾瑞克坐在座位上開口，「海爾，根據你的證詞，至少已經有三年的時間，你曾多次看過並認出過克拉克小姐的船。告訴我，你是否曾在遠處看到她的船，但在接近後發現對方其實不是克拉克小姐？這種事有發生過嗎？」

「不，一次都沒有。」

「三年內一次都沒有？」

「三年內一次都沒有。」

「法官大人，檢方詰問完畢。」

52

三山汽車旅館
一九七〇年

希姆斯法官走進法庭，對著被告席點點頭。「米爾頓先生，你準備好傳訊第一位辯方證人了嗎？」

「準備好了，法官大人。」

「開始吧。」

等證人宣誓後坐上證人席，湯姆開口，「請說出妳的姓名，以及妳在巴克利海灣小村的職業。」奇雅抬起頭的角度剛好足以看見對方。那位矮小的年邁婦女有一頭泛紫的小鬈白髮，也就是多年前總在超市問她爲何自己來買菜的店員。她好像有稍微變矮一些，頭髮似乎也燙得更鬈了一些，不過一切在她看來幾乎就跟之前一模一樣。辛格特利太太總是一副愛管閒事又霸道的模樣，但在媽離開的那個冬天，也曾給過奇雅一只裝了藍色口哨的耶誕節禮物網襪。這是奇雅在那之後唯一算是歡慶過的耶誕節。

「我是莎拉．辛格特利，是巴克利海灣小村的威力小豬超市店員。」

「莎拉，從威力小豬的收銀台前，妳可以看見小道公司的巴士站，正確嗎？」

「是的，可以看得非常清楚。」

「去年的十月二十八日下午兩點半，妳是否有看到被告凱瑟琳．克拉克小姐在巴士站等車？」

「是的，我有看見克拉克小姐站在那裡。」說到這裡時，莎拉瞄了奇雅一眼，想起多年來那位光腳來超市購物的小女孩。永遠不會有人知道的是，早在奇雅懂得算數之前，莎拉就會多找給她一些零錢，再自掏腰包來填補收銀機內的差額。當然，奇雅一開始購物的金額並不高，所以莎拉多給她的頂多就是一些五分或十分硬幣，但在當時一定也幫上了一些忙。

「她等了多久？妳眞的有看見她走上兩點半的那班公車嗎？」

「她等了大約十分鐘，我猜。我們都有看見她向駕駛買了車票，把行李交給他後走上巴士。車子之後開走了，她絕對就是在那班車上。」

「兩天後的十月三十日，我相信妳也看見她搭了下午一點十六分的巴士回來，正確嗎？」

「是的，兩天之後，大概過了下午一點十五分後沒多久，我有看到巴士停下，克拉克小姐走下車。我還指給其他收銀台的小姐看。」

「她接著做了什麼？」

「她走向碼頭，上了船，往南開走了。」

「謝謝妳，莎拉，我問完了。」

希姆斯法官問：「有其他問題要問嗎？艾瑞克？」

「沒有，法官大人，我沒有問題要問。我在證人列表上看到辯方打算傳喚好幾位鎮民，希望他們跟辛格特利太太一樣作證指出克拉克小姐上下巴士的日期及時間。檢方對這些證詞並無異議。這跟我們對案情的看法一致，克拉克小姐確實有在那些時間點上下巴士，若庭上同意，我認爲實在沒必要針對此事聽取更多證人的說法。」

「好吧，辛格特利太太，妳可以離開證人席了。你又怎麼看呢？米爾頓先生。如果檢方接受克拉克小姐確實有在一九六九年十月二十八日搭上下午兩點半的巴士，也有在一九六九年十月三十日的下午一點十六分下巴士，你還需要為了證明此事傳喚其他證人嗎？」

「不用了，法官大人。」湯姆的表情冷靜，內心卻在咒罵。他們辯護中最強而有力的一點，就是奇雅在柴斯死亡時早已出鎮的不在場證明，艾瑞克卻直接採納了這項事實，藉此減低了這類證詞的力道，甚至還進一步表示不再需要聽到任何有關奇雅在白天時往返格林維爾的證詞。這項事實對檢方無足輕重，因為他們宣稱奇雅是在晚上回到巴克利小村執行了這場謀殺。湯姆之前就有預見到這項風險，但仍認為必須讓陪審員聽到相關證詞，好讓他們能在腦中想像出那個畫面：奇雅是在大白天時離開鎮上，而且是在事件發生後才回來。但現在他們會覺得她的不在場證明毫無意義，就連確認的價值也沒有。

「明白了。請傳喚你們的下一位證人。」

朗・佛洛先生是個臃腫的光頭男子，肚子幾乎要把外套的釦子撐爆。他作證表示自己是格林維爾的三山汽車旅館老闆，而克拉克小姐確實從一九六九年的十月二十八日一直住到十月三十日。

奇雅一聽到這個頭髮油滋滋的男子說話就心生嫌惡。她本來以為不用再見到這傢伙了，但現在這男人就在法庭上，還彷彿她本人不在場一樣談論著她。他說明自己帶領她走到房間的過程，但沒提到他在房間內徘徊不去，一直找理由想待下來，直到她打開門暗示後才走出去。湯姆問他要怎麼確定克拉克小姐抵達及離開汽車旅館的時間，他咯咯笑出聲，說她就是那種讓男人無法不多看一眼的女人。他還說她行徑古怪，不但不知如何打電話、從巴士站提了一個厚紙板行李箱走過來，還用袋子打包了自己的晚餐來。

「佛洛先生，隔天晚上，也就是柴斯在一九六九年十月二十九日死去的那晚，你整個晚上都在旅館櫃台值班，正確嗎？」

「是。」

「克拉克小姐跟編輯吃完晚餐，在十點回旅館之後，你有看到她再次離開房間嗎？十月二十九日晚上或十月三十日的凌晨，你有在任何時候看到她離開或回到房間嗎？」

「沒有，我整晚都在那裡，從頭到尾都沒看到她離開房間。就像我之前說的，我的櫃台就直接正對著她的房間，她要是離開，我一定會看見。」

「謝謝你，佛洛先生，我問完了。換你。」

交互詰問幾分鐘之後，艾瑞克這麼說，「好，佛洛先生，目前為止，我們知道你曾離開櫃台區域兩次又回來，爲的是回你住的公寓上廁所；另外，送披薩的小弟有送披薩來，你付了錢，進行了一些後續動作；有四名客人入住，另外還有兩名客人退房；在進行這些事項的期間，你還算完了收入帳。是這樣的，佛洛先生，我認爲在你忙亂的期間，克拉克小姐有很多機會可以走出房間，快速穿越馬路，而你也不會看見。這難道是完全不可能的事嗎？」

「嗯，我猜確實是有可能，但我什麼都沒看見。我那天晚上沒看見她離開房間——我的意思就是這樣。」

「我了解，佛洛先生。我的意思是，克拉克小姐非常有可能離開房間，走向巴士站，搭巴士抵達巴克利海灣，殺掉柴斯．安德魯，再回到她的房間。你則因爲太忙著處理工作而沒看見。我沒有其他問題了。」

午餐休息時間過後，破壞王在所有人就定位、法官也坐下後走進了法庭。泰特轉頭看見他的父親沿著走道接近，身上仍穿著連身工作服和黃色航海靴。破壞王一直都沒來審判現場旁聽，若是有人問他，他會說是因爲工作的關係，但最主要還是因爲兒子對這女孩的長年依戀令他不知所措。泰特似乎沒有眞正喜歡過任何其他女孩，即便現在已經是個有工作的成年人了，他仍愛著這名奇怪又神祕的女子，而且對方現在還被控犯下謀殺案。

接著，就在那天中午，站在船上的破壞王腳邊堆滿漁網，突然重重吐了一口氣，整張臉因羞恥而火紅，他意識到自己就跟一些無知的村民一樣，只因爲奇雅在溼地長大就對她抱持偏見。他還記得奇雅出版第一本有關貝殼的書時，泰特還無比驕傲地拿給他看，而破壞王確實也對她的科學及藝術才能感到驚豔。他買了她出版的每一本書，但從沒讓泰特知道。他到底在搞什麼呀。

他的兒子是多麼令他驕傲呀，泰特總是知道自己要什麼，也清楚如何完成目標。是呀，奇雅儘管處境艱難，卻也跟兒子是同樣的人呀。

他怎能不陪伴在泰特身邊呢？沒什麼比支持自己的兒子更重要的事了。他把漁網丟下，任由自己的船漂浮在港邊，直接走來了法院。

他走到第一排，喬帝、跳跳和梅寶起身讓開，好讓他可以擠到泰特身邊坐下。父子兩人彼此點了點頭，淚水湧上泰特的眼眶。

湯姆·米爾頓等破壞王坐好，法庭內終於徹底安靜了下來。接著他說：「法官大人，辯方傳喚羅伯·佛斯特。」佛斯特先生身穿花呢外套、打了領帶，下半身穿著卡其長褲，他的身高中等、苗條，臉上留了整齊的山羊鬍，還有一雙和善的眼睛。湯姆問了他的姓名和職業。

「我的名字是羅伯·佛斯特，我在麻州波士頓市的哈里森·摩利斯出版公司擔任資深編輯的工作。」奇雅用手撐著額頭，雙眼盯著地板。在她認識的人當中，這位編輯是唯一沒把她當成「沼澤女孩」的人。他之前非常敬重她，甚至對她的知識及才華感到讚嘆，但現在的他在法庭內，看著被控謀殺的奇雅坐在被告席上。

「你是替凱瑟琳·克拉克小姐出書的編輯嗎？」

「沒錯，我是。她是非常有天分的自然學家、藝術家和作家，也是我們最喜愛的作者之一。」

「你是否能為我們確認，你曾在一九六九年十月二十八日抵達北卡羅來納州的格林維爾，而且在二十九日及三十日都有和克拉克小姐見面？」

「是這樣沒錯。我去那裡參加一場小型會議，也知道在工作之餘還有些空閒時間，但若去她的住處拜訪，時間又沒那麼充裕，所以我邀請克拉克小姐來格林維爾見面。」

「那麼，你是否能告訴我們，在去年的十月二十九日時，你究竟是在幾點鐘開車將她載回汽車旅館？」

「我們見面後在餐廳用餐，接著我就開車將奇雅小姐載回她的汽車旅館，當時是晚上九點五十五分。」

奇雅回想起自己站在餐廳門口，在光線柔和的水晶吊燈底下，餐廳的每張桌子上都點了蠟燭，白色桌布上擺了一只只高腳酒杯。衣著時髦的食客低聲交談，而她只穿了素色的裙子及上衣。她和羅伯一起吃了裹上杏仁碎片的北卡羅來納鱒魚、菰米、奶油菠菜和圓麵包。編輯羅伯始終態度輕鬆優雅，話題從不間斷，而且一直圍繞著奇雅所熟悉的自然主題，讓她感到十分自在。

現在回想起來，她對自己能吃完那頓飯感到震驚，但事實上，就算那間餐廳有多麼光彩奪目，都完全比不上她最愛的野餐。她還記得十五歲的某天清晨，泰特來棚屋接她，在她的肩上披了毯子，駕船穿過如同迷宮般的水道，前往她從未見過的一座森林。他們徒步健行了一哩路，來到一片被水浸透的草原，許多新生的草葉從泥地探出頭。他在如同傘一般巨大的蕨葉底下攤開一張毯子。

「我們就坐在這裡等。」他說，同時從保溫瓶內倒出熱茶，拿出他為野餐而混合各種比司吉麵團、辣香腸，還有熟成切達起司烤出的肉腸麵球。即便在此刻這樣一個冰冷的法庭場景中，她都還記得兩人小口小口在戶外吃著早餐，以及他的肩膀在毯子底下碰觸到她的溫度。

他們不用等太久，沒過多久，如同砲擊般的一陣騷亂從北邊響起。「來了。」泰特說。一條細瘦的黑雲從地平線上湧現，隨著接近兩人的同時往天頂翱翔，黑雲迅速填滿蒼穹，傳來的尖嘯強度及音量也逐步升高，終於兩人再也看不到一抹天空藍。無數雪雁拍打著翅膀，又是鳴叫又是滑行地覆蓋了世界。一群一群雪雁在盤旋、斜切後落地。大概有五十萬左右的白色翅膀一起鼓動著，粉橘色的雁腳擺盪著。眾鳥如暴風雪般襲向地面，眞正以濛天濛地的勢態抹消了地面的一切，眞的是無論遠近的一切。在距離蕨葉下的奇雅及泰特不到幾碼之處，剛開始一次一隻，後來一次十隻，接著一次好幾百隻的雪雁降落。然後天空逐漸清朗，溼漉的草地上擠滿雪雁，彷彿蓋滿了羽毛雪。

沒有任何時髦餐廳比得上這場面，當時吃到的肉腸麵球也比杏仁碎鱒魚來得更香、更有滋味。

「你有看見克拉克小姐走進她的房間嗎？」

「當然，我打開她的門，看到她安全走進去後，我才開車離開。」

「你有在隔天見到克拉克小姐嗎？」

「我們有約吃早餐，所以我七點半去接她。我們在『疊高高鬆餅店』用餐，九點鐘時把她送回旅館，接下來就沒再見到她了，直到今天。」他瞄了奇雅一眼，但她低頭盯著桌面。

「謝謝你，佛斯特先生，我沒有其他問題了。」

艾瑞克起身後提問，「佛斯特先生，我很好奇，為什麼你是住在皮埃蒙特酒店，也就是那個區域最好的旅館，而你的出版公司只願意招待你們口中『最喜愛、最有才華的作者』住在一間設備簡單的三山汽車旅館？」

「嗯，我們當然有打算招待克拉克小姐住在皮埃蒙特酒店，也推薦她這麼做，但她堅持要住在那間汽車旅館。」

「是這樣嗎？她知道那間汽車旅館的名字嗎？她有明確要求住在那間汽車旅館嗎？」

「是的，她寫了一張紙條，表示比較想住在三山。」

「她有說明原因嗎？」

「不，我不知道為什麼。」

「好吧，我有個想法。這是格林維爾的遊覽地圖。」艾瑞克揮舞著地圖走向證人席。「你可以在這裡看到，佛斯特先生，你打算招待克拉克小姐住的四星級皮埃蒙特酒店，就位於鬧區地帶。而三山汽車旅館位於二五八號公路上，接近小道巴士站。事實上，如果你仔細檢視我手上的這張地圖，就會注意到，三山是最接近巴士站的汽車旅館……」

「抗議，法官大人。」湯姆大喊。「佛斯特先生不是格林維爾地區的權威專家。」

「不是，但地圖有這個功能。我了解你的意圖，艾瑞克，我允許你繼續。」

「佛斯特先生，如果有人打算在半夜快速前往巴士站，選擇三山確實比皮埃蒙特合理。尤其那個人是打算走路去的話。我只需要你確認，克拉克小姐有明確要求住在三山，而非皮埃蒙特。」

「正如我所說，她要求住在三山。」

「我沒有其他問題了。」

「再次提問？」希姆斯法官問湯姆。

「是的，法官大人。佛斯特先生，你和克拉克小姐合作幾年了？」

「三年。」

「去年十月去格林維爾之前，你沒見過她，但即便如此，透過這些年來的通信，你認為你算是了解她嗎？若是了解，你會如何形容她？」

「是的，我算是了解她。我認為她是個害羞、溫和的人，基本上寧願獨自待在荒野中，所以我是花了很大的心力，才說服她到格林維爾來。她就是那種絕對會避開人群的類型。」

「所以會想避開皮埃蒙特這種大型酒店中出現的人群？」

「對。」

「事實上，佛斯特先生，克拉克小姐這種喜歡獨處的人，放棄了城裡那間人來人往的大酒店，並選擇了一個偏遠的汽車旅館，你是否一點也不感到驚訝？這項選擇是否符合她的個性？」

「是的，我覺得是如此。」

「此外，克拉克小姐對於大眾運輸系統不熟悉，也知道她得帶著行李箱徒步往返巴士站和旅館，因此，比起大酒店，她選擇了距離車站最近的汽車旅館，是否合情合理？」

「是的。」

「謝謝你。我就問到這裡。」

羅伯·佛斯特走下證人席，然後和泰特、破壞王、喬帝、跳跳和梅寶一起坐在奇雅身後。

那天下午，湯姆又傳喚警長回來作證。

根據湯姆的證人名單，奇雅知道他沒多少證人可以傳喚了。光想到此就令她反胃。接下來就是結辯，然後是判決。只要有夠多證人支持她，她就有機會獲判無罪，或至少延後遭到定罪的時間。如果審判能無休無止地進行下去，判決就不會下來。她試著將自己的思緒帶到停滿雪雁的草原上，自從審判開始之後，她就一直藉此分散自己的注意力，但此刻她的眼前只有監牢、欄杆、溼黏的牢房牆壁，偶爾還會突然閃現電椅的畫面。電椅上有好多皮綁帶。

她突然覺得無法呼吸。她再也無法坐在這裡了，頭重得抬不起來，身體也開始癱軟。湯姆原本看向警長的眼神立刻轉回奇雅身上。她已經把頭埋進雙手。他趕緊走向她。

「法官大人，我要求暫時休庭。克拉克小姐需要休息一下。」

「允許。庭審休息十五分鐘。」

湯姆扶她起身，將她拖進側門後的一間小型會議室，她立刻癱坐在椅子上。他坐在她旁邊說：「怎麼了？奇雅。發生了什麼事？」

她把臉埋入雙手中。「你怎麼可以這樣問？這不是太明顯了嗎？怎麼可能有人撐得過這一切？我真的受不了，我累得無法待在這裡。我得待在這裡嗎？這一切沒我也沒差吧？」她現在能做到的，也想要做的，就只有回到牢房中，去跟週日正義蜷縮在一起。

「不行，恐怕是沒辦法。在像是這類型的重大案件中，依法妳得在場。」

「如果我沒辦法呢？如果我拒絕呢？他們也只能把我丟回監獄吧。」

「奇雅，法律就是這麼規定的，妳得參與。而且妳在場也比較好，陪審團比較容易將缺席的被告定罪。但是，奇雅，審判不會再持續多久了。」

「這安慰不了我，你不懂嗎？之後發生的事只會比現在更糟。」

「我們還不知道。別忘了，就算結果不如預期，我們還可以上訴。」

奇雅沒回話。上訴的可能性讓她更反胃了，她得被迫在不同法庭間輾轉流離，距離溼地也只會愈來愈遠。可能還得去規模更大的小鎮，面對更看不到海鷗的天空。湯姆走出會議室，拿了一杯甜冰茶和一包鹽味花生回來。她啜飲了一些冰茶，但沒打算吃花生。幾分鐘之後，法警敲了門，把他們再次帶回法庭。奇雅的心思不停在現實與想像中來回，只聽到一些片段的證詞。

「傑克森警長。」湯姆說，「檢方宣稱克拉克小姐半夜溜出汽車旅館，並從三山汽車旅館走到了巴士站，這段路至少要走二十分鐘。檢方又宣稱她搭了晚間十一點五十分的巴士，從格林維爾到了巴克利海灣，但巴士誤點了，所以她要到凌晨一點四十分才能抵達巴克利。他們表示她從巴克利巴士站走到鎮上的碼頭——大概花上三、四分鐘吧——然後駕船到靠近防火塔的小海灣——至少也要花上二十分鐘——再走到防火塔，這也得再花上八分鐘。之後她在一片漆黑中爬上塔，至少也要花上個四、五分鐘吧，再花幾秒鐘打開柵門，等柴斯來——這裡難以估計花費多少時間——然後把剛剛做的一切再用相反的順序做一遍。

「這一切行動至少會花上一小時七分鐘，其中還不包括等柴斯來的時間。然後她還得趕上開回格林維爾的巴士，而那班車的發車時間距離她在巴克利的下車時間只有五十分鐘。因此，眼前的事實很簡單：她根本沒有時間做出遭指控的罪行。難道不是這樣嗎？警長？」

「時間確實很緊湊，這點是沒錯。但她可以在下船後慢跑到防火塔，然後再慢跑回來，因此可以省下一些時間。」

「就算是這裡省下一分鐘、那裡又省下一分鐘，時間還是不夠的。她得另外擠出二十分鐘的時間才行，至少二十分鐘。她要怎麼生出這二十分鐘？」

「嗯，她可能沒駕船，或許她在巴士站下車之後，是沿著主街及之後的沙土小徑走路或跑去防火塔。這比從海上駕船過去快多了。」艾瑞克・柴斯汀從檢方的座位上怒瞪了警長一眼。他本來已經說服了陪審團，他們早已深信奇雅有充足時間犯下罪行後再回來搭巴士，現在其實不需要進一步說服他們了。此外，他們還有個強而有力的證人，也就是看到克拉克小姐把船開往防火塔的那位捕蝦工人。

「你有任何證據能夠顯示，克拉克小姐是經由陸路抵達防火塔嗎？警長？」

「沒有，但經由陸路前往目標是個不錯的推論。」

「**推論**！」湯姆轉身面對陪審團。「**推論**是你們在逮捕克拉克小姐之前該做的工作，也是你們把她在牢裡關了兩個月之前該做的事。事實是，你沒辦法證明她是經由陸路前往，而從海上過去的時間也不夠。沒有其他問題了。」

接著換艾瑞克提問，他面對著警長，「警長，巴克利海灣附近常出現足以影響船速的強力海流、激流和水下逆流，是嗎？」

「是，沒錯。所有住在這裡的人都很清楚。」

「知道如何利用海流優勢的人，就能從港口快速駕船到防火塔。若情況真是如此，這趟來回船程就有可能減少二十分鐘，我說的正確嗎？」艾瑞克對於自己必須提出另一種理論感到惱怒，但現在他只需要形塑出一個陪審團能夠理解、而且對他們有吸引力的概念。

「是的，正確。」

「謝謝你。」艾瑞克才從證人席前轉身準備離開，湯姆就已起身準備再次詰問。

「警長，請回答有或沒有。在十月二十九日到三十日的那個晚上，若有任何人打算從巴克利海灣的港口駕船到防火塔附近，是否有任何證據顯示，當時出現了足以縮短航程的海流、激流或強風？又或者是克拉克小姐透過陸路抵達防火塔的證據？」

「沒有，但我確信——」

「警長，你確信什麼並不重要。你有任何證據顯示，在一九六九年十月二十九日的晚上，海中出現了強力激流嗎？」

「不，我沒有。」

53

遺失的環節
一九七〇年

隔天早上的湯姆只剩下一個證人，那人也是他的最後王牌。他傳喚了提姆．歐尼爾，他在巴克利海灣小村附近的水域營運捕蝦船已有三十八年。年近六十五歲的提姆很高，身材健壯，厚重的一頭棕髮中只有少許灰髮，但卻有一把近全白的鬍鬚。鎮上的大家都知道他是個沉默又嚴肅的人，不但做人誠實，姿態優雅的他也總會替女士開門。完全是當壓軸證人的完美人選。

「提姆，去年十月二十九日到三十日的那天晚上，你是否在大約一點四十五分到兩點之間，以船長的身分帶船駛入巴克利海灣的港口？」

「是的。」

「你的船員海爾．米勒先生有上法庭作證，艾倫．杭特則簽署了書面證詞，兩人都宣稱在剛剛提到的那段時間內，看見克拉克小姐駕船經過港口，往北方駛去。你知道他們提出了相關證詞嗎？」

「知道。」

「你也有看見那艘船嗎？在剛剛提到的時間及地點，你有和米勒先生及杭特先生一樣看到那艘船嗎？」

「是的，我有看見。」

「在那艘往北開的船上，你同意駕船的人是克拉克小姐嗎？」

「不，我不認爲。」

「爲什麼？」

「天色很暗。月亮是之後才出來的。而且那艘船距離我們太遠，很難確認是誰的船。我知道這附近很多人都有那種船，我也曾好幾次見過克拉克小姐駕著自己的船，當時也是一看就知道那是她。但那天晚上，天色實在暗得很難把船看清楚，也無法知道船上是誰。」

「謝謝你，提姆。我沒有其他問題了。」

艾瑞克走近證人席。「提姆，就算你看不清楚那艘船，又或者不確定船上的是誰，你又是否同意，大約在柴斯·安德魯死在防火塔的一點四十五分時，確實有一艘船朝向巴克利海灣的防火塔駛去，而且尺寸及形狀都跟克拉克小姐的船一樣？」

「是的，那艘船的形狀和尺寸確實跟克拉克小姐的船類似。」

「非常感謝你。」

再次詰問時，湯姆起身，直接站在原地開口，「提姆，爲了確認起見，你剛剛作證指出，之前曾好幾次認出克拉克小姐開的船，但在那天晚上，你沒有看到任何確切的特徵，足以認定那是克拉克小姐本人及她的那艘小船。正確嗎？」

「正確。」

「請你告訴我們，是否有許多和克拉克小姐的船相同尺寸、相同類型的船在這個區域行駛？」

「噢，是的，那是在這一帶最常見的一種船。有很多類似的船在這附近行駛。」

「所以那天晚上你在船上看到的人，有可能是任何駕著類似船隻的人？」

「當然有可能。」

「謝謝你。法官大人。辯方已結束。」

希姆斯法官說：「我們休庭二十分鐘，你們可以離開了。」

爲了結辯，艾瑞克戴了一條金色及酒紅色交錯的寬條紋領帶。他走向陪審團，站在欄杆邊，雙眼刻意仔細看過每個人的臉，此時旁聽觀眾全沉默地引頸企盼著。

「陪審團的女士們、先生們，你是在地社群的一員，你們屬於這個獨特又令你們驕傲的小鎮。就在去年，你們失去了一個兒子。他是一個年輕人，是鄰里之間的一顆閃亮巨星，眼前正要展開漫長的人生，而且是跟他美麗的……」

在他重複指出奇雅是如何殺掉柴斯．安德魯時，她幾乎沒聽見什麼內容。她坐著，手肘靠在桌面，臉埋在手中，只偶爾聽見一些片段。

「……在我們這個小地方，有兩個大家都認識的人在森林裡看見克拉克小姐和柴斯在一起……也聽見她大喊『我會殺了你！』……有一頂紅色羊毛帽的纖維留在了他的牛仔外套上……又有誰會想拿走那條項鍊……你們都知道，海流跟風可以大幅增加船速……」

「根據她的生活型態，我們知道她絕對具有夜間行船的能力，也能在黑暗中爬上防火塔。一切細節都能像發條裝置般完美拼湊在一起。她在那天晚上做出的每個舉動都非常明確。你可以、也必須判被告一級謀殺罪。感謝你們在此善盡義務。」

希姆斯法官對湯姆點頭，他於是走向陪審席。

「陪審團的女士們、先生們，我在巴克利海灣小村長大，年輕時就聽過有關沼澤女孩的傳聞。是的，我們就攤開來講吧。我們都叫她沼澤女孩。現在還有人這麼稱呼她。有些人私下會說她有狼的血統，或者是從猿猴進化成人類的過程中，那個我們本來以為遺失的環節。又或者說她的雙眼會在晚上發光。但現實中的她不過是個被拋棄的孩子，是個努力在沼澤中求生的孩子，她總是又餓又冷，而我們沒有伸出援手。跳跳是她為數不多的友人之一，除了他之外，我們沒有任何一間教會或社區團體捐助過食物及衣物給她。相反的，我們排斥她，給她貼標籤，只因為她與我們不同。不過，女士們、先生們，我們難道是因為她的與眾不同而排斥她嗎？又或者是因為她被我們排除在一切之外，才慢慢變得不一樣呢？如果我們把她當成我們的一分子，接納她——我相信現在她會是我們的一分子。如果我們為她提供食物、衣服以及愛，邀請她進入教會及大家的家中，我們就不會對她抱持任何偏見了，而我相信，她今天也不會因為疑似犯罪而坐在這裡。」

「為這個害羞、受排斥的年輕女性做出判決的工作此刻落在你們肩上，而你們一定要基於在這個法庭中呈現的案件事實來判斷，而不是過去二十四年來的各種謠言或感受。」

「真正確切的事實有哪些？」就跟檢方結辯時一樣，奇雅只聽見斷斷續續的內容。「……檢方甚至沒有證明這是一場謀殺，而不是一場單純的意外。沒有凶器、沒有被推擠的傷痕、沒有證人、沒有指紋……」

「最重要的事實之一是，克拉克小姐擁有非常明確的不在場證明。我們知道在柴斯死去當晚，她人在格林維爾……沒有證據顯示她喬裝成一個男人、搭巴士回到巴克利……事實上，檢方沒辦法證明她當晚在巴克利海灣，也無法證明她有去過防火塔。我再次強調：沒有任何一項證據能證明克拉克小姐當時在防火塔上，在巴克利海灣，又或者殺了柴斯．安德魯。」

「……開捕蝦船三十八年的船長歐尼爾先生作證指出，當時天色太暗，無法看清楚那艘船。」

「……外套上的纖維很可能是四年前留下的……這些都是無庸置疑的事實……」

「檢方的證人當中，沒有一個人能確定自己看到了什麼，沒有一個。但爲她辯護的人，每個人都對自己訴說的事實有百分之百的把握……」

站在陪審團之前的湯姆沉默了一會兒。「我和你們大多數人都很熟，我知道你們之前就算對她有偏見，此刻也能想辦法放下。她這輩子只去過學校一天——後來因爲其他學生欺負她就沒去了——但她不僅想辦法自學，還成爲一位知名的自然學家兼作者。我們叫她沼澤女孩，而科學單位卻認爲她是溼地專家。」

「我相信你們能把所有謠言及小道消息放到一邊。我相信你們會基於在法庭內聽到的事實做出判決，而不是多年來聽到的眾多錯誤傳言。」

「至少，這次我們該公平地對待，這位沼澤女孩。」

54

反之亦然
一九七〇年

在一間小型會議室中，湯姆指向其中不成套的幾張椅子，請泰特、喬帝、破壞王和羅伯・佛斯特坐下。他們圍坐在一張長方形桌邊，桌上滿是馬克杯因爲咖啡而留下的圓印子。牆壁上漆了兩種不同色調的灰泥，上半是萊姆綠，底下是深綠色，但總之都已一片片剝落。一種彷彿從牆面及溼地而來的幽暗氣息滲透入每個角落。

「你們可以在這裡等。」湯姆把身後的門關上。「沿著走廊走，在陪審法官那區的對面有一台咖啡機，但味道恐怕連三眼怪騾都不能接受。餐廳的咖啡還行。我看看，現在十一點多，我們可以之後再來看午餐要吃什麼。」

泰特走向被白色鐵絲網交錯圍住的窗邊，彷彿之前曾有等待判決的人試圖逃離此地。他問湯姆，「他們把奇雅帶去哪裡？牢房嗎？她得獨自等待判決結果嗎？」

「對，她在自己的牢房裡。我現在正要去看她。」

「你認爲陪審團會花多少時間？」羅伯問。

「很難說。當你以爲很快就能做出結論，他們卻可能花上好幾天，反之亦然。他們大多數人應該早有定見，而且不是站在奇雅這邊。如果有幾位陪審員心存疑慮，試圖說服他人，堅持這項罪行沒有獲得明確的證據支持，我們就有機會了。」

他們沉默著點頭，內心因爲聽到「明確的證據」而感到沉重，彷彿她早已確定有罪，只是還沒獲得證明。

「好。」湯姆繼續說。「我要去看看奇雅，然後繼續工作。我得準備提出上訴要求，甚至是針對基於偏見導致的誤判提出申請。請記住，就算她被判刑了，我們也還沒窮途末路。完全沒有。我時不時就會過來，若有最新消息都會讓你們知道。」

「謝謝。」泰特說，接著又補充：「請告訴奇雅，我們都在這裡，若她願意，我們也可以去陪她。」過去幾天來，她除了湯姆之外不見任何人，其實這兩個月以來幾乎都是如此。

「當然，我會告訴她。」湯姆離開了。

跳跳和梅寶必須在法院外的廣場等待，他們身邊圍繞著棕櫚樹及草葉，另外還有寥寥數位黑人。就在他們將色彩繽紛的毯子鋪開，從紙袋中拿出比司吉及香腸時，一場陣雨逼得他們必須抓起所有東西，躲到辛恩加油站突出的屋簷底下。連恩先生大吼著要他們去外面等——這是他們一百年以來都很清楚的規矩——別妨礙他做生意。有些白人擠在餐廳或去他的啤酒屋喝咖啡，留在街上的人則一群群擠在色彩鮮亮的雨傘底下。孩子們把小水窪的水踩得飛濺起來，一邊還吃著糖衣爆米花，盼望著之後可能出現的那場慶祝遊行。

有過數百萬分鐘在家獨處的經驗後，奇雅以爲自己很懂孤獨是怎麼一回事。她的一生就是在盯著老舊的廚房餐桌、盯著空蕩蕩的臥房，還有望向一片片無盡延伸的海洋及草地。無論是發現羽毛，還是畫完一張水彩畫，都沒有人能跟她分享那份喜悅，就連聽她朗誦詩句的聽眾都是海鷗。

但就在傑考布哐啷關上她的牢門，身影消失在走廊彼端，最後砰一聲鎖上厚重金屬門後，一種冰冷的靜默立刻圍繞住她。等待謀殺案的判決下來讓她感受到一種截然不同的孤獨。是生是死不是她目前考慮的問題，她更害怕的是之後多年或許得在沒有溼地的陪伴下生活。那裡沒有星光、沒有海鷗，也沒有大海。

走道另一頭吵鬧的牢犯已獲得釋放。她幾乎要懷念起他們話說個不停的時光——無論品質多差，那好歹代表了他人的存在。而現在她獨自一人，待在這個全是欄杆和鎖頭的長長水泥隧道中。

她知道人們對自己抱持著多嚴重的偏見，若是判決很早下來，代表討論時間很短，也就代表她會遭到定罪。害怕自己會因爲破傷風而無法張嘴的經驗浮現腦中，她現在面對的似乎也是同樣扭曲、備受折磨，且無從解脫的人生。

奇雅本想把木箱搬到窗戶底下，好在溼地上方尋找猛禽的身影。但她只是坐在那裡，安靜坐著。

兩個小時後的下午一點，湯姆打開小會議室的門，泰特、喬帝、破壞王還有羅伯．佛斯特坐在裡面等著。「嗯，我有新消息。」

「什麼消息？」泰特猛地抬起頭。「不會是要宣判了吧？」

「不是、不是，還沒要宣判。但我認爲是好消息。陪審員要求再次查看法庭紀錄中由巴士司機提供的證詞。這至少意謂他們打算把事情從頭到尾搞清楚，而不只是直接做出判決。巴士司機是關鍵，當然，那兩人都很確定奇雅不在他們駕駛的巴士上，而且也不確定那些『喬裝』的說法。有時候看到白紙黑字印出來的證詞，會讓陪審員更有把握。我們等著瞧吧，這算是爲我們帶來一線希望。」

「就算是一線希望也好。」喬帝說。

「聽著，現在已經超過午餐時間了。你們爲何不去餐廳吃點食物呢？我保證，若有任何進展，我一定會去找你們。」

「我覺得不好。」泰特說，「他們一定都在那裡討論她是多麼罪大惡極。」

「我能理解，那我派我的下屬去買一些漢堡回來，這樣如何？」

「好，謝了。」破壞王回答，從錢包中掏出了幾張鈔票。

兩點十五分，湯姆又來通知他們，表示陪審團要求看驗屍官的證詞。「我不確定這對奇雅是否有利。」

「該死！」泰特咒罵了一聲。「這實在太難熬了。」

「試著放鬆，這或許會花上好幾天。只要有消息，我都會告訴你們。」

四點鐘，湯姆再次打開會議室的門，他的臉上沒有微笑，感覺非常疲憊，「是這樣的，先生們，陪審團做出判決了。法官要求所有人回到法庭。」

泰特起身。「這代表什麼意思？他們太快做出判決了嗎？」

「來吧，泰特。」喬帝拍了拍他的手臂，「我們過去吧。」

他們在走廊上遇見由庭外擁入的鎮民，所有人摩肩擦踵地擠在一起。隨人潮流動的還有潮溼空氣、香菸，以及頭髮和衣物遭雨水打溼的氣味。

法庭內不到十分鐘就擠滿了人。許多人甚至找不到位子，只能塞在走道或前方階梯上。四點半，法警把奇雅帶回她的座位，這也是他第一次扶著她的手肘，奇雅要是沒他扶著似乎真會癱倒在地。她的雙眼始終盯著地面。泰特觀察她臉上的所有細微動靜，還得努力呼吸對抗著反胃想吐的感受。

書記官瓊斯小姐走進法庭，到自己的位子坐下。接著，陪審團員像葬禮合唱隊般莊嚴、肅穆地走進陪審席。寇派柏女士瞄了奇雅一眼。其他人則直直望向前方。湯姆試圖解讀他們的表情。旁聽席上一聲咳嗽及推擠聲都沒有。

「全體起立。」

希姆斯法官辦公室的門打開了，他在法官席坐下。「請坐下。陪審團長先生，你們已做出判決了，正確嗎？」

湯姆林森先生是布朗老兄鞋店的老闆，平日沉默寡言，坐在第一排的他此刻起立。「是的，法官大人。」

希姆斯法官望向奇雅。「被告請起立聆聽判決。」湯姆輕拍奇雅的手臂，引導她起身。泰特把手搭上前方欄杆，盡可能靠近奇雅。跳跳抓起梅寶的手，握緊。

法庭內的所有人從未有過這種全體心跳加速、大家一起喘不過氣來的經驗。每個人的眼神都在浮動，雙手冒汗。在捕蝦船上工作的船員海爾．米勒還在腦中糾結著，努力想確認自己當晚看到的到底是不是克拉克小姐的船？他也可能搞錯了呀。大部分人緊盯的不是奇雅的後腦杓，而是地板和牆面。此刻在等待判決的彷彿是這座小村，而非奇雅，許多人原本以爲會在這個關頭獲得某種快感，但此刻卻又很少有人眞的這麼覺得。

陪審團長湯姆林森先生將一張紙遞給法警，法警再交給法官。法官攤開紙，面無表情地看了內容。接著法警再把紙從希姆斯法官手上接下，交給書記官瓊斯小姐。

「來個誰趕快讀出來吧。」泰特不滿地大喊。

瓊斯小姐起身面對奇雅，攤開那張紙，開口，「我們陪審團判定，凱瑟琳・丹尼耶拉・克拉克小姐針對柴斯・安德魯先生的一級謀殺罪不成立。」奇雅身體一歪，癱坐下來。湯姆也跟著坐下。

泰特不停眨眼，喬帝倒抽了一口氣，梅寶開始啜泣。旁聽的群眾一動也不動地坐著。這一定是搞錯了吧？「她剛剛的意思是無罪嗎？」庭內迅速有許多人開始竊竊私語，音調和音量逐漸拉高成憤怒的各種質問。連恩先生大吼：「怎麼可以這樣！」

法官用力敲槌。「安靜！克拉克小姐，陪審團判妳無罪，妳可以走了，我代表國家爲了妳在牢中待的兩個月致歉。陪審員，感謝你們付出的時間，也感謝你們爲地方社群貢獻心力。此案終結。」

有一小群彷彿親衛隊的居民聚集在柴斯父母身邊。佩蒂・樂芙不停流淚。莎拉・辛格特利跟所有人一樣一臉陰沉，但也大大鬆了一口氣。潘希小姐希望沒人注意到自己的下巴總算不再緊繃。一滴孤零零的眼淚流過寇派柏女士的臉頰，但想到這個沼澤中的曠課者再次成功逃脫，就又淡淡微笑起來。

一群穿著連身工作服的男人站在法庭後半側，「這些陪審員得好好給我們一個解釋。」

「艾瑞克不能直接提出無效審判的聲請嗎？從頭再來一次？」

「不行。不記得了嗎？一個人不能因為謀殺案而審判兩次。她自由了。全身而退。」

「都是警長搞砸，才把艾瑞克害慘了。怎麼會這樣前後證詞反覆呢？還不停亂編故事！一下子這樣推論、一下子那樣推論，到底在搞什麼。」

「只會成天大搖大擺地到處閒蕩，自以為荒野大鏢客呀。」

但這一小群人的抱怨很快結束了，其中一些人直接從門口踱步出去，口中說著還有工作進度得趕，又或者聊起「大雨給大家都降溫啦」的話題。

喬帝和泰特穿過打開的木柵門，衝到辯方席邊。破壞王、跳跳、梅寶和羅伯跟著走過去，眾人將她圍繞在中間。他們沒有碰她，但非常接近坐在那裡不動的她。

喬帝說：「奇雅，妳可以回家了。要我載妳回去嗎？」

「好，麻煩你了。」

奇雅起身感謝羅伯從波士頓大老遠趕來。他對她微笑，「趕快把這些亂七八糟的事拋到腦後，繼續創作了不起的作品吧。」她輕拍跳跳的手，梅寶把她擁入懷中，緊貼著自己柔軟的胸脯。接著奇雅轉身面向泰特。「謝謝你為我帶來那些東西。」她轉向湯姆，卻不知如何表達心中的千言萬語，而他只是用手臂環抱住她。她又望向破壞王。從沒有人跟她介紹這個人，但她光看他的雙眼就知道他是誰了。她輕輕點頭表示感謝，而令她驚訝的是，他用手搭住她的肩，溫和地捏了一下。

然後在法警的帶領下，她和喬帝一起走向法院後門，就在經過窗台時，她伸手摸了週日正義的尾巴。牠沒理她。她非常敬佩牠這種完美的偽裝，彷彿根本不需要道別。

門打開時，海的氣息撲面而來。

55

草開的花
一九七〇年

喬帝的卡車離開柏油路後顛簸開上溼地的砂石路。他在路程中輕柔地和奇雅說話，說她會沒事的，只是需要一點時間來調適。她的眼神掃過窗外一閃而逝的香蒲、白鷺、松樹和池塘，還扭回頭看兩隻正在玩水的海狸。她就像飛越了上萬哩回到出生海岸的燕鷗，心臟因爲想回家的渴求及企盼而劇烈跳動，耳朵根本沒怎麼聽見喬帝的閒扯。多希望他能安靜下來呀。只要他能仔細聆聽體內的野性，或許就能明白她了。

喬帝在蜿蜒小徑上轉了最後一個彎，老舊的棚屋終於出現在兩人眼前，此時的她呼吸幾乎要停止了。棚屋就在橡樹林子下等著她，鏽蝕屋頂上方的松蘿菠蘿隨微風搖曳，潟湖周遭的林蔭內還有鷺鳥單腳站著。喬帝才剛停下，奇雅就跳下車衝進棚屋，撫摸著床、桌子和爐子。喬帝知道她想做什麼，所以把一袋麵包屑留在流理台上，突然振作起來的她立刻拿著那袋麵包屑衝向海灘。當海鷗沿著海岸兩側向她飛來時，淚水滑過她的臉頰。大紅降落到地面，在她身邊踱來踱去，脖子又是伸長又是縮短。

跪在沙灘上的她受到欣喜若狂的鳥群圍繞，身體不停顫抖。「我從沒要求別人幫我什麼。或許現在他們可以放過我了。」

喬帝把她的幾項私人物品放回屋內，用舊鍋子燒水泡了茶。他坐在餐桌邊等待，終於聽到門廊的門打開，看見她走進廚房，說：「噢，你還在呀。」他當然還在，他的卡車還停在門外呢。

「跟我聊一下，好嗎？」他說。「就一下子。」

她不坐下。「我沒事，喬帝，眞的。」

「所以妳是希望我離開嗎？奇雅，妳已經獨自在牢房內待兩個月了，內心認定整座小鎭的人都在跟妳作對，也不讓任何人拜訪妳。我都理解，我懂，但我不認爲我該直接開車離開，把妳獨自留在這裡。我想在這裡待幾天，可以嗎？」

「我這輩子都是獨自一人生活，不是只有那兩個月！而且我沒有『認定』別人跟我作對，我『很清楚』大家都在跟我作對。」

「奇雅，別讓這件可怕的事使妳變得更無法和他人來往，別這樣。這種苦難一定很折磨人，但也是一個可以重新開始的機會呀。他們或許是用這項判決來表達對妳的接納。」

「可沒什麼人需要靠著洗清謀殺罪嫌來獲得接納。」

「我知道，妳可以恨別人，妳完全有理由這麼做。我不怪妳，但是……」

「這就是沒人能了解我的地方。」她提高音量，「我沒有恨過任何人。是**他們恨我**。**他們**笑**我**。**他們離開我**。**他們騷擾我**。**他們攻擊我**。是的，沒錯，我學會不靠他們活下來。不靠你！不靠媽！不靠任何人！」

他試著擁抱她，但她把他甩開。

「喬帝，或許我只是累了。我眞的累壞了。拜託，我得想辦法調適自己的心情，畢竟我經歷了審判、坐牢、**相信自己可能被處決**……我需要自己來，因爲『自己來』是我唯一明白的方式。我不知道怎麼接受別人的安慰。我太累了，連跟你說話都覺得累……我……」她的聲音愈來愈小。

她甚至沒等他回答，就直接離開棚屋走進橡樹林。他知道追上去也沒用，所以留在屋內。他打算等。之前他就考慮到奇雅無罪開釋的可能性，所以前一天就在屋內備齊了各種日用品，現在他打算切點蔬菜，烤一份她最愛的雞肉派。不過太陽開始落下，他實在無法再讓她在屋外遊蕩，就算是一分鐘也不行，於是他把還熱呼呼的雞肉派留在爐子上，離開了。當時奇雅已繞了遠路走到海灘，一聽見他的卡車沿小路駛離的聲音，就立刻跑回家。

金黃派餅的香氣充滿整間棚屋，甚至飄散到了屋頂，但奇雅還是不餓。她拿出顏料，打算在廚房中以溼地的「草」為題進行下一本書的創作。人們很少對這些草投注心思，只是把草割掉、踐踏在腳下，又或者以毒物除掉。她在畫布上用接近黑色的綠瘋狂刷動，陰沉的畫面由是浮現，或許她是在為風暴雲層底下的草原染上陰暗色彩吧。光憑畫面實在看不出來。

她開始低頭啜泣。「為什麼我現在這麼生氣？為什麼是現在？為什麼我對喬帝這麼壞？」她像隻破布娃娃般滑下椅子，癱倒在地，身體像顆球般蜷縮起來，繼續哭個不停。她好想跟完全接納她原本模樣的唯一對象緊抱在一起，但那隻貓仍在牢裡。

天色完全變暗之前，奇雅走回海灘，海鷗還在那裡理毛，也因為夜晚到來陸續安頓下來。她涉水走入岸邊的碎浪，貝殼及螃蟹的碎屑刮過她的腳趾，接著再被海水拖著滾回海中。她伸手撿起兩根鵜鶘的羽毛，多年前的耶誕節，泰特曾把這樣一根羽毛夾在送給她的字典中，就在P開頭的那部分。

她悄聲朗誦出亞曼達．漢彌爾頓的一首詩：

「你再次前來，

讓我盲目
就像照耀在海面的燦爛陽光。
就在我感覺自由時
月亮把你的臉投射向窗台。
每次我忘記你
你的雙眼讓我心迷失，讓心停止。
那麼就此告別
直到你再次前來，
直到我不再見你。」

隔天早上的太陽升起之前，奇雅在門廊床上坐起身，將溼地中複雜而豐厚的氣味深深吸入體內。隨著微弱的光線逐漸照亮廚房，她為自己準備了玉米粥、炒蛋，還有和媽做得一樣蓬鬆輕盈的比司吉。她每一口都仔細品嚐著。太陽升起，她立刻衝到船邊，駕船穿越潟湖，將手指探入清透又幽深的水中。

她在開船穿越水道時和烏龜說話、和白鷺說話，還把雙手高舉過頭揮舞。這就是回家的感覺呀！「我整天都要進行蒐集工作，把所有想要的東西都蒐集起來。」她說。她在內心深處隱約覺得有可能見到泰特。或許他就在附近工作。她有可能撞見他，也能邀請他回到棚屋，一起吃喬帝昨天烤的雞肉派。

不到一哩的距離外，正涉過淺水的泰特將小小的玻璃採樣瓶浸入水中。他每走一步，又或者每把瓶子浸入水中一次，就會有一波輕柔的漣漪朝四面八方散開。他的計畫是待在靠近奇雅的住處，兩人就有機會在奇雅駕船進入溼地時見面了。若沒碰到，他就等到晚上再去奇雅的棚屋。他還沒想好到底該跟她說些什麼，但忍不住想像自己親吻她，一直親到她能好好面對兩人之間的愛爲止。

遠方有一具引擎發出咆哮般的怒吼，音頻很高，比機動船會發出的聲音大上許多，讓溼地中所有幽微的聲響都相形見絀。他抬眼望去，那聲音正朝他接近，突然之間，有一艘他從未見過的新型汽船快速駛入他的視線範圍，在水面上大搖大擺地順暢疾行，就連長了草葉的區域也暢行無阻，並因此在船尾濺起一大片水花。那聲音簡直像是有十台警報器正在瘋狂作響。

這艘船大肆輾過灌木及草叢，強行在溼地中開出一條屬於自己的路徑後，又加速穿越河口。蒼鷺和白鷺呱呱大叫。站在舵柄處的三個男人一看見泰特，就轉往他的方向駛去。就在船愈來愈接近時，泰特認出了傑克森警長、副警長，還有另一個男人。

這艘招搖的船慢下來，緩緩接近泰特，一派從容淡定的姿態。警長對泰特大吼了些什麼，但即便是用手圍住耳朵，又傾身向前靠近他們，泰特在一片喧囂中還是聽不見對方說了什麼。他們又駛近了一些，此時船已在泰特身邊上下漂浮著，水花濺上他的大腿。警長彎腰對他大喊。

奇雅正好在附近聽到了這艘怪船製造的騷亂，就在駕船往現場去時，她看見那艘船正在接近泰特。她往後退，躲進小樹叢，看著泰特正在聆聽警長傳達的訊息，然後他一動也不動地站著，低頭，雙肩自我放棄般地垂下。即便隔著一段距離，她都能從泰特的姿勢感受到他的絕望。警長又再次對他大叫，泰特終於往上伸出手，讓副警長把他拉上船。另一個男人跳到水中，爬到泰特的遊艇上。泰特壓低下巴，雙眼望向地面，站在兩個穿制服的男人中間。接著那艘船掉頭穿越溼地，加速往巴克利海灣駛去，另外那個男人則駕著泰特的船跟在後面。

奇雅一直盯著這兩艘船，直到它們終於消失在鰻草葉的尖端。他們為什麼去找泰特？跟柴斯的死有關嗎？他們逮捕他了嗎？

她感到撕心裂肺的痛苦。終於，在經過了彷彿一輩子之後，她總算願意承認了：自從七歲以來，她每天還有辦法讓自己打起精神進入溼地，就是因為有可能見到泰特，是因為她總盼望著只要繞過一道溪彎，就能透過蘆葦叢見到他的身影。她對他最愛去的潟湖瞭若指掌，也清楚他偏好透過哪些小徑穿越難走的泥潭地；她總是隔著一段安全距離跟在他身後。她偷偷摸摸跟著他，從他身上竊取被愛的感受，但從未回饋。隔著水道愛一個人就不會受傷了。這麼多年來，她總在拒絕他的好意，但她之所以能活下來，就是因為他仍存在於溼地的某處，因為他還在等她。但他或許永遠不會再出現了。

她呆愣地聽著那艘陌生的船逐漸淡去的喧噪聲響。跳跳一定什麼都知道。他一定知道警長帶走泰特的原因，也知道她可以怎麼幫忙。

她使勁拉繩發動引擎，快速駛過溼地。

56

夜鷺
一九七〇年

巴克利海灣墓園沿著幽暗的橡樹林蔭隧道往遠方延伸。松蘿菠蘿如窗簾般長長垂下，創造出洞穴般的庇護所——這裡埋的是一整家人的遺骨、那裡埋的是孤苦無依之人，排列上沒什麼規則可言。多瘤的根脈分支撕裂、扭曲了墓碑，使其彎曲成無以名之的形狀。所有標記了死亡的事物經歷過風吹雨打，被各種維持生命的元素化為一個個大自然中的小瘤節。遠遠望去，相對於這片沉鬱的土地，海和天空實在太明亮了。

許多村民昨天進出這座墓園，彷彿川流不息的螞蟻，其中包括了漁民和商店老闆，大家都是來送破壞王最後一程。所有人尷尬而沉默地聚在一起，泰特則在所有熟悉的鎮民及不熟悉的親戚間來回走動。自從警長在溼地找到他，告知了他父親的死訊之後，泰特無論做什麼都只是在遵從他人的引導及指示——或許是有人拍了他的背、或許是有人用手肘輕推他。這些過程其實他都記不清了。直到今天，他才回到墓園來告別。

之前幾個月以來，他為了奇雅的事而憂心、憔悴，老是在想辦法探監，因此幾乎沒花什麼時間跟破壞王相處。愧疚與遺憾啃噬著他。若不是他如此沉浸於自己的感受，或許就能注意到父親的健康正在惡化。就在遭到逮捕之前，奇雅已經有了願意和他重新開始的跡象，不但送了她的第一本書給他，還去他的船上看了顯微鏡，甚至因為互丟帽子而笑得開心。但審判一開始，她又變得比之前更冷淡。坐牢可以對人造成的影響實在很大呀，他心想。

即便是提著一只棕色塑膠箱走向新墓碑的此刻，泰特心中想的仍大多是奇雅，而不是爸爸，他因此在心中咒罵了自己。他朝著橡樹下走，逐漸接近那個剛堆起又佈滿鏟痕的小土丘，背景是廣闊的大海。這座墳墓就位於他母親的墓旁，他妹妹的墓則在母親旁邊，三座墳墓以粗石及灰泥砌成的牆圍住，牆面嵌著許多貝殼，牆內還有足以讓他加入的充裕空間。爸已經在這裡了，他卻完全沒有眞實感。「我應該把你像是山姆·麥吉一樣送去火化的。」泰特說這話時幾乎要微笑了。接著他望向大海，好希望無論身處何處的破壞王都能擁有一艘船，而且是一艘紅色的船。

他把塑膠箱放到墓旁的地面——那是一台靠電池運作的留聲機——然後將一片七十八轉的唱片放到轉盤上。唱針先是上下浮動，接著落下，米莉莎·科猶斯銀鈴般的歌聲立刻飄揚在樹梢間。他坐在母親的墳墓和那座放了鮮花的小土丘之間，奇怪的是，剛翻過的土聞起來不像生命的終結，反而像新的開始。

他低著頭，大聲要求爸爸原諒他老是不在家，也知道破壞王一定會原諒他。泰特還記得他的爸爸認爲男人該有什麼樣子：可以自在地哭、可以用心感受詩歌和歌劇，而且會盡其所能捍衛女性的安全。破壞王一定能了解自己在泥地間追尋愛情的選擇。泰特在那裡坐了好一陣子，一隻手擱在母親的墳上，另一隻手搭著父親的墳。

終於，他最後一次撫摸了父親的墳，走回卡車，開向停在鎮碼頭的船。他要回去工作了，他想專心沉浸於那些扭動的小生命體中。碼頭邊有好幾位漁民走向他，他尷尬地站在那裡，尷尬地接受著他人的弔唁之情。

他低下頭，決心在還有人接近前趕快離開，他走向自己那艘艙式遊艇的船尾甲板，但在舵輪前坐定之前看見椅墊上有根棕色羽毛。他立刻認出那是母夜鷺胸前的柔軟羽毛，夜鷺是一種神祕的長腿生物，通常獨自住在溼地深處。然而這裡太靠近海邊了。

他四處張望，不，她不可能出現在這裡，不可能如此接近鎮上。他轉動鑰匙，穿越大海往南方行駛，終於抵達了溼地。

由於穿越水道上的船速過快，許多低垂的枝條直接拍過船身。他把船停進她屋前的潟湖，把船綁在她的船旁，洶湧翻起的水花不停拍打岸邊。有煙從棚屋的煙囪升起，翻騰著、奔放著。

「奇雅。」他大叫，「奇雅！」

她打開門廊的門，走到橡樹下。她身上穿著白色長裙和淺藍色毛衣，那是翅膀的顏色，一頭長髮披散在肩上。

泰特等她走向自己，然後抓住她的肩膀，將她緊抱胸前，再把她推開。

「我愛妳，奇雅，妳很清楚。妳一直都很清楚。」

「你跟其他人一樣丟下我了。」她說。

「我不會再離開妳了。」

「我知道。」她說。

「奇雅，妳愛我嗎？妳從來沒跟我說過。」

「我一直都愛著你。在我還是個孩子——在我還不記得的時候——我就已經愛上你了。」

她把頭垂得好低。

「看著我。」他輕聲說。她猶豫了，把臉壓得更低。「奇雅，我需要確定妳不會再逃跑、不會再躲起來了。我必須知道妳能愛我，而且心裡沒有恐懼。」

她抬頭凝望他的雙眼，帶著他走進樹林，抵達那座小小的橡樹林。那是他們當初交換羽毛的地方。

57

螢火蟲

他們在一起的第一個晚上睡在沙灘，隔天他就搬進她的棚屋。就像沙灘上的生物一樣，他在一次漲退潮間就打包完畢，搬好了家。

他們在接近傍晚時沿著潮線走，他握住她的手，凝視著她。「妳願意跟我結婚嗎？奇雅？」

「我們已經結婚了。就像雁一樣。」她說。

「好吧。我可以接受這個說法。」

兩人每天都在清晨醒來，醒來後的泰特濾煮咖啡，而隨著日出的光線在潟湖表面延伸，奇雅用媽留下的老舊鐵煎鍋油炸玉米餡餅——那只鍋子已經焦黑又充滿凹痕——另外也在鍋裡炒碎玉米和蛋。蒼鷺在薄霧中單腳站立。他們駕船經過河口、徒步涉過水道、快速越過狹窄溪流，並蒐集羽毛和變形蟲。他們待在她的老船上四處漂蕩，直到太陽落下，然後在月光中裸泳，或者在涼爽的蕨床上纏綿。

阿奇伯爾德實驗室提供了奇雅一個工作機會，但她拒絕了，決定繼續以創作爲主。她和泰特再次聘請了那位技工。爲了讓奇雅有工作空間，他在屋後用原木、手砍梁柱，以及錫屋頂建造了一間實驗室兼工作室。泰特送了她一台顯微鏡，還裝設了工作桌、層架，以及用來收納標本的櫃子。另外買了用來放器材和相關用品的托盤。然後兩人重新裝修了棚屋，多闢了一套含浴室的新臥室，整理出一間更大的起居室。她堅持讓廚房保持原樣，棚屋外部也不上油漆，因此這個住處比較不像棚屋了，而是像間飽經風霜、但面貌眞實的小木屋。

她從海橡樹小鎮打電話給喬帝，邀請他和妻子麗比前來造訪。他們四人進行了溼地遊歷之旅，還一起釣魚。當喬帝拉上一條巨大的淡水鯛時，奇雅尖叫：「簡直跟阿拉巴馬州一樣大！」他們炸了魚和「跟鵝蛋一樣大」的小玉米球。

奇雅此生沒再去過巴克利海灣，她和泰特幾乎一直待在溼地。村民就算遇見她，看到的也只是飄過霧氣的遙遠身影。時間一年年過去，她神祕的人生已成爲傳奇故事，餐館中總會有人一邊吃著白脫牛奶鬆餅和辣豬肉香腸時聊起她。有關柴斯・安德魯究竟是如何死去的推論及小道消息也從未消失。

隨著時光推移，大多數人都認爲警長一開始就不該逮捕她，畢竟當時沒有足以定罪的確切證據，根本無法證明她犯罪。這樣對待一個生活在大自然裡的害羞生物實在很殘酷。新任警長——傑克森沒再獲選爲警長了——偶爾會打開資料夾，爲了找出新的嫌疑犯而到處打聽，但沒得到什麼結果，這個案子也逐漸成爲傳說。因此，儘管奇雅始終沒有從圍繞著自己的嘲弄及懷疑眼光中徹底恢復，心中仍逐漸升起一種柔和的滿足之情。那幾乎是幸福了。

某天下午，奇雅躺在潟湖附近柔軟的腐葉堆上，等著泰特結束蒐集樣本的行程後回來。她的呼吸深沉，知道他永遠會回到自己身邊，生平第一次不用再面臨遭人拋棄的恐懼。她聽見他的遊艇發出深沉的嗚嗚響，沿著水道轟隆駛來，也能感覺到地面靜默的低鳴。他的船穿越小樹叢時，她挺直背脊向站在船頭的他揮手。他也揮手，但沒有笑。她站起來。

他把遊艇綁在他建好的小碼頭邊，走向站在岸邊的她。

「奇雅，我很抱歉，我有壞消息。跳跳昨天在睡眠中過世了。」

她感到一陣椎心刺痛。之前離開她的人都是自己選擇要離開，但這次不一樣。這次她不是遭人丟下，而是彷彿目睹庫柏鷹重新飛回天際。眼淚沿著她的臉頰滾下，泰特抱住她。

泰特和幾乎鎮上的所有人都出席了跳跳的葬禮。奇雅沒去。不過在葬禮之後，她走去了跳跳和梅寶的家，還帶去早就應該交到他們手上的黑莓果醬。

奇雅在籬笆旁停下腳步。他的親友都站在那片打掃得非常乾淨的院子泥土地上。有些人正在閒聊、有些人因為跳跳之前的趣事笑了起來，還有些人在哭。她打開柵門時，所有人都望向她，然後退向兩邊為她讓出一條路。站在門廊上的梅寶衝向奇雅。兩人抱在一起前後搖動，不停地哭。

「老天，他把妳當成自己的女兒一樣。」梅寶說。

「我知道。」奇雅說，「他就是我的爸爸。」

然後奇雅走去海灘，用自己的方式向跳跳告別：獨自向他告別。

她在海灘上一邊徘徊一邊回想著跳跳，此時母親的影像突然跳進了腦海。奇雅彷彿回到六歲，看見媽穿著那雙假鱷魚皮高跟鞋沿著沙土小路往前走，想辦法在許多溝痕間保持平衡。但在這次的影像中，媽在小徑末端停下腳步，往回望，高舉起手揮舞道別。她對奇雅微笑，然後轉頭繼續走向大路，消失在森林中。這次，終於，她可以放下了。

沒有眼淚，沒有指責，奇雅小聲地說：「再見了，媽。」她短暫地想起了其他那些人——爸和她的哥哥姊姊。但想到這些家人時，她沒有那麼多足以道別的回憶片段。

不過這樣的遺憾，也在喬帝和麗比每年帶著兩個孩子——小莫和敏蒂——前來拜訪幾次後逐漸消散。這間棚屋內再次擠滿了家人，大家圍繞在舊的爐台旁一起吃著媽曾經做過的油炸玉米餡餅、炒蛋和切片番茄，只不過這次搭配的是笑聲與愛。

巴克利海灣隨著時間過去而有了改變。在跳跳那棟棚屋存在超過一百年的地方，一名來自羅里城的男人蓋了一座時髦的小船塢。每個用來停放遊艇的船位上方都立起亮藍色遮篷。許多沿著海岸線南北而來的船主會悠閒地駕船到巴克利海灣，以三點五美金的價格享用一杯濃縮咖啡。

主街上冒出許多新店面，其中有立起顏色時髦陽傘的人行道咖啡店，還有一些專賣海景畫的畫廊。有名來自紐約的女士開了間禮品店，賣的全是當地人不需要的物件，但每個觀光客都趨之若鶩。幾乎所有店面中都有一張專門的陳列桌，上面展示著**本地作家／獲獎生物學家／凱瑟琳·丹尼耶拉·克拉克**的作品。在餐廳的菜單中，碎玉米粥被寫成「玉米糊佐蘑菇醬」，而且要價六美金。然後就在某一天，有一群來自俄亥俄州的女人走進去他的啤酒屋，從沒想到自己是首批走進來的女性，她們點了裝在紙船中的辣味蝦及生啤酒。現在無論是什麼性別、什麼膚色的人都能進來了，不過之前爲了服務在人行道上點餐的女性，而在牆上特別開的那個窗口，現在也還留著。

泰特繼續在實驗室中工作，奇雅又出了七本獲獎作品。儘管獲得許多殊榮——包括位於教堂山的北卡羅來納大學授予的榮譽博士學位——每次有人邀請她去大學及博物館演講時，她還是都拒絕了。

泰特和奇雅想共組家庭，卻始終沒有懷上孩子，而失望之情將兩人更緊密地連結在一起。兩人每天頂多分開幾個小時。

有些時候，奇雅會獨自走去海灘，當夕色暈染天際，她可以感覺海浪敲打著自己的心臟。她會伸手撫摸沙子，也會朝著蒼穹伸展雙手，感覺那些與自然產生的連結。不是媽和梅寶所談過的那種友情連結，奇雅從未有過密友，也沒享受過喬帝描述過的那種家人情誼。她知道多年來的獨自生活已經改變了她的行為模式，讓她變得跟別人不同，但獨自生活並不是她的錯。她所知的一切幾乎都習自荒野。沒有人留在她身邊時，是大自然養育、指導，並保護了她。就算因為特立獨行而承受了相應後果，這些後果卻也組成了維繫她生命基礎運作的核心。

因為泰特的全心付出，她開始相信人類的愛足以超越溼地生物古怪的交配行為，不過生命也讓她明白，那種「想要存活下去」的古老基因，仍以令人討厭的形式留存在人類螺旋形扭轉的基因密碼中。

對奇雅而言，這樣的自然序列就跟潮汐時間一樣恆定，而能成為這種恆定的一部分就非常足夠了。她以一種極為罕見的方式和腳下的星球及其生命有了連結。她在這片土地上扎實地落地生根。她是大地之母的孩子。

六十四歲的奇雅一頭長髮已經變白。某天她出外採集，到了傍晚卻沒回來，所以泰特在溼地小聲開著船到處巡邏、到處找。隨著暮色漸深，他繞過一個河彎，看到她在船上，而船在一座周圍懸鈴木幾乎觸到天際的潟湖中漂蕩。她的身體往後癱倒，頭靠在老舊的背包上。他輕喚她的名字，但她沒動，他只好大喊，接著狂吼。他把船停在她的船邊，姿態笨拙又跌跌撞撞地踏上她的船尾，伸長手臂抓住她的雙肩，輕輕搖晃。但她的頭往側邊垂落得更低。她的雙眼沒有焦距。

「奇雅、奇雅，不！不！」他狂吼。

明明還這麼年輕、這麼美麗呀，她的心臟卻已默默地停止了跳動。她活得夠長了，她目睹了白頭海鵰重新回到這片土地上，而這對奇雅來說就足夠了。他把她緊擁在懷裡，身體來回搖晃，不停地哭。他用毯子把她包裹起來，拖著她的老船穿越如同迷宮般的溪流及河口，最後一次經過那些蒼鷺和鹿，回到她家前的那座潟湖。

我會把這名年輕女子藏進柏樹，
當死亡的腳步逼近。

他得到可以將她埋在自己土地上的特許，就在面海的一棵橡樹下。整座小鎮的人都有來參加她的葬禮。奇雅一定不會相信有多少人來排隊向她致哀。當然，喬帝和他的家人都來了，泰特同輩的親戚也來了。有些人是來看熱鬧的，不過其他大多數人是出於對她的尊敬而來：這麼多年來，她想辦法獨自在荒野中活了下來。其中有些人還記得她小時候的模樣：身穿破舊又過大外套的她總是駕船到碼頭，再光腳走去店裡買碎玉米。還有一些人之所以來，是因爲透過她的書，他們才明白是溼地連結了陸地及大海，而且兩者必須互依互存。

直到現在，泰特才明白人們爲她取的綽號並不殘酷。世間能活成傳奇的人不多，所以他選擇將此作爲她的墓誌銘：

凱瑟琳・丹尼耶拉・克拉克
「奇雅」
那位沼澤女孩
一九四五——二〇〇九

葬禮當天的傍晚，等所有人終於離開之後，泰特走進她在自家後方建造的實驗室。超過五十年來，她所蒐集且仔細標籤的樣本成果驚人，可說是這類溼地樣本中進行時間最長、也最完整的一批。她之前就表示要將這些樣本捐給阿奇伯爾德實驗室，之後他會找一天這麼做的，但現在光想到要送走這一切就讓他難以承受。

他走進棚屋——她始終還是稱此地爲棚屋——感覺牆面彷彿她本人一般仍在呼吸，地板也低語著她的腳步聲，清晰得讓他忍不住喊了她的名字。然後他靠在牆邊，哭泣，將她的舊背包緊抱在胸前。

法院官員要求泰特尋找她的遺囑及出生證明。他在屋後一個曾屬於奇雅父母的房間中翻箱倒櫃，終於在幾張毯子下發現塞了幾個盒子，幾乎像是故意要藏起來似的，裡頭裝滿有關她人生的各種物件。他把這些盒子拉到地板上，在一旁坐下。

他無比謹慎地打開一個老舊的雪茄盒，那是她開始蒐集工作的原點。盒子裡仍有甜甜的菸草及小女孩的氣味。在幾根鳥羽毛、昆蟲翅膀和種子之間，放的是裝了母親手寫信灰燼的小罐子，還有一小瓶裸粉色的露華濃牌指甲油。盒子裡全是有關她人生的吉光片羽。是她人生之河底下的一顆顆卵石。

塞在最底下的是土地契約。她爲了確保土地不會遭到開發而簽署了保育地役權，希望至少能讓溼地的這個角落永遠保有野性。泰特沒在盒中找到任何遺囑或個人文件，但也不感到訝異，她本來就不可能考慮到這種事。泰特打算在她的住處度過餘生，他知道她一定樂見其成，喬帝也不會反對。

就在那天入夜之前，太陽逐漸沒入潟湖後方，當他正在爲海鷗攪拌著玉米碎糊時，眼神不經意掃向廚房地板，第一次歪頭注意到木柴堆及舊爐子底下沒鋪上油地氈。就算是在夏天，奇雅都會把木柴堆得很高，但現在木柴沒那麼多之後，他看出地板有被切割過的一小段痕跡。他把剩下的木頭推開，看到合成板地面上有扇暗門，於是蹲下緩慢掀開暗門，發現裡頭有個位於托梁間的封閉隔間，其中有一只積滿灰塵的厚紙板盒和另外幾個物件。他把盒子拉出來，發現裡頭有大量的馬尼拉紙信封，還有一個更小的盒子。所有信封上都標記了A．H，而每枚信封中裝的都是寫了亞曼達．漢彌爾頓詩歌的紙張。亞曼達．漢彌爾頓是當地詩人，她會在當地雜誌上發表內容淺白的詩歌作品。泰特之前總覺得漢彌爾頓的詩作技巧不夠好，但奇雅都會把這些詩剪下來，而這裡就有許多信封裝了這些詩作。另外有些紙上是完整的手寫詩，但大多仍未完成，其中有些句子遭劃線刪除，或在邊緣有詩人重寫過的筆跡——那是**奇雅的筆跡**。

亞曼達．漢彌爾頓**就是**奇雅。奇雅就是那位詩人。

泰特的臉不可置信地扭曲起來。這些年來，她一定是把這些寫好的詩放在生鏽信箱內寄給當地出版社，然後就這麼安穩地躲在筆名背後。或許這也是她向外示好的方式，是一種向除了海鷗之外的人表達心情的手段。她藉此寄託了內心的話語。

他快速讀了其中幾首詩，大部分主題都跟自然及愛有關。其中一枚信封中裝了這首整齊摺疊好的詩作，他朗讀出來：

〈螢火蟲〉

引誘他很簡單
如同那些發光的情聖。
不過跟螢火蟲女士一樣
藏著一組祕密的死亡訊號。

最終的手筆，
未完成；
最後一步，是陷阱。
落下，他落下，
他的雙眼還望著我
直到眼前已是另一個世界。

我看到他眼神的改變。
一開始是疑問，
接著是答案，
最後是盡頭。

而愛已逝去
回到這一切開始之前。

A.H.

還跪在地上的他又把詩讀了一次。他把那張紙捏在心口，感覺心臟在胸腔內快速搏動。他透過窗戶望出去，確保沒人沿小路走來——倒不是說眞會有誰來，畢竟有什麼必要來呢？但他得以防萬一。他打開了那個小盒子，也知道會找到什麼。盒子裡，柴斯直到死前那晚都戴著的貝殼項鍊，就擱在棉花上。

泰特在餐桌旁坐了好久，努力接受著這一切。他想像她是如何搭上夜間巴士、順著激流駕船前行，計畫著在月亮尚未升起前行動。她在黑暗中輕柔呼喚了柴斯的名字，把他往後推下，然後蹲在塔底的泥巴上，抬起他因爲死去而沉重的頭，取走項鍊，再掩蓋掉所有足跡，沒留下任何證據。

他把引火柴拆成小小的碎片，在舊爐子中生起一把火，把信封逐一丟入火裡，燒掉了那些詩。或許他不需要把詩全部燒完，或許他只該燒掉那一首，但此刻他的腦子一團混亂。那些老舊、泛黃的紙張一丟進去，火焰立刻「呼咻」一聲暴升到一呎高。他把貝殼從生獸皮繩解下，把皮繩也扔進火裡，再把地面的板子全蓋回去。

夜色降臨之前，他走上海灘，站在由軟體動物及螃蟹的白色殼片組成的刺腳地帶。有那麼一秒鐘，他就是盯著掌心中那片本來屬於柴斯的貝殼，然後將貝殼丟在灘地上。那片貝殼就跟旁邊的殼片沒什麼兩樣，一掉進去形同消失。現在正在漲潮，一波海浪打上他的腳，接著又把無數殼片拖回海中。奇雅之前一直屬於這片土地、屬於這座海洋，而現在土地與海洋會把她帶回去，也會安全地保守著她的祕密。

然後海鷗來了。牠們一看到泰特就在他頭上盤旋，並且叫喚著、不停叫喚著。

夜幕落下，泰特往回走向棚屋，但就在走到潟湖邊時，他在幽深的樹蔭下停步，望著數百隻螢火蟲對著溼地的陰暗地帶發出信號。那裡是遙遠的彼方，是小龍蝦歌唱的地方。

致謝

感謝我的雙胞胎兄弟巴比・戴克斯（Bobby Dykes），他此生爲我提供了難以想像的各種支持及鼓勵，我對此致上最深的謝意。感謝我的姊妹海倫・庫柏（Helen Cooper）總是陪伴著我，也感謝我的兄弟李・戴克斯（Lee Dykes）永遠願意相信我。我的親友總是以笑聲支持、鼓勵著我，我眞的對此心懷感恩，他們是亞曼達・沃克・霍爾（Amanda Walker Hall）、瑪格麗特・沃克・衛瑟里（Margaret Walker Weatherly）、芭芭拉・克拉克・寇普蘭（Barbara Clark Copeland）、喬安及提姆・凱帝（Joanne Tim Cady）、夢娜・金姆・布朗（Mona Kim Brown）、鮑勃・艾薇和吉爾・褒曼（Bob Ivey and Jill Bowman）、瑪莉・戴克斯（Mary Dykes）、道格・金姆・布朗（Doug Kim Brown）、肯恩・伊斯威爾德（Ken Eastwell）、傑斯・柴斯汀（Jesse Chastain）、史帝夫・歐尼爾（Steve S'Neil）、安迪・范恩（Andy Vann）、奈皮爾・莫非（Napier Murphy）、琳達・丹騰（Linda Denton，也感謝那些一起騎馬和滑雪的時光）、薩賓・達爾曼（Sabine Dahlmann），還有葛瑞格和艾莉西亞・強森（Greg and Alicia Johnson）。

也感謝許多人讀了我的手稿，給了不少意見，他們是：喬安及提姆・凱帝（而且讀了好幾次！）、吉爾・褒曼、鮑勃・艾薇、卡洛琳・泰絲塔（Carolyn Testa）、迪克・伯爾漢姆

（Dick Burgheim）、海倫·庫柏、彼得·梅特森（Peter Matson）、瑪莉·戴克斯、亞歷山德拉·富勒（Alexndra Fuller）、馬克·歐文斯（Mark Owens）、迪克·休斯頓（Dick Houston）、潔內特·古斯（Janet Gause）、珍妮佛·德彬（Jennifer Durbin）、約翰·歐康納（John O'Connor），還有萊絲莉·安·凱勒（Leslie Anne Keller）。

感謝我的經紀人羅素·加侖（Russell Galen），感謝你始終愛著、理解著奇雅及這群螢火蟲，也感謝你始終熱情堅定，這個故事才有辦法送到讀者面前。

感謝G·P·普特南姆之子出版社（G. P. Poutnam's Sons）出版了我的作品。我對我的編輯泰拉·辛恩·卡爾森（Tara Singh Carlson）心懷感激，謝謝你的鼓勵、你優美的編輯文筆，以及對這部小說抱持的願景。另外在這間出版社中，我也要感謝海倫·里查德（Helen Richard）在每個環節所給予的協助。

特別感謝漢娜·凱帝（Hannah Cady），在我寫小說的過程中，她總是愉快地處理著許多瑣碎、繁雜的工作，彷彿暗夜中的篝火。

Where the Crawdads Sing

【Echo】MO0067X

沼澤女孩

Where the Crawdads Sing

作　　者❖迪莉婭・歐文斯 Delia Owens
譯　　者❖葉佳怡
封面設計❖莊瑾銘
內頁排版❖HAMI
總 編 輯❖郭寶秀
責任編輯❖遲懷廷
協力編輯❖聞若婷
行銷業務❖許純綾

發 行 人❖凃玉雲
出　　版❖馬可孛羅文化
10483台北市中山區民生東路二段141號5樓
電話：(886)2-25007696
發　　行❖英屬蓋曼群島商家庭傳媒股份有限公司城邦分公司
10483台北市中山區民生東路二段141號11樓
客服服務專線：(886)2-25007718；25007719
24小時傳真專線：(886)2-25001990；25001991
服務時間：週一至週五9:00～12:00；13:00～17:00
劃撥帳號：19863813　戶名：書虫股份有限公司
讀者服務信箱：service@readingclub.com.tw
香港發行所❖城邦（香港）出版集團有限公司
香港灣仔駱克道193號東超商業中心1樓
電話：(852)25086231　傳真：(852)25789337
E-mail：hkcite@biznetvigator.com
馬新發行所❖城邦（馬新）出版集團【Cite(M) Sdn. Bhd. (458372U)】
41-3, Jalan Radin Anum, Bandar Baru Sri Petaling,
57000 Kuala Lumpur, Malaysia.
電話：(603)90578822　傳真：(603)90576622
E-mail：services@cite.com.my
輸出印刷❖前進彩藝有限公司
二版一刷❖2022年8月
紙書定價❖420元
電子書定價❖294元

ISBN：978-626-7156-11-7（平裝）
ISBN：9786267156148（EPUB）

城邦讀書花園
www.cite.com.tw

國家圖書館出版品預行編目（CIP）資料

沼澤女孩／迪莉婭・歐文斯（Delia Owens）作；葉佳怡譯. -- 二版. -- 臺北市：馬可孛羅文化出版：英屬蓋曼群島商家庭傳媒股份有限公司城邦分公司發行, 2022.08
面；　公分--（Echo；MO0067X）
譯自：Where the crawdads sing.
ISBN 978-626-7156-11-7（平裝）

874.57　　111009214